올웨이즈

Always

자갈치 로맨스

올 웨 이 즈 ― 자 갈 치 로 맨 스

초판 1쇄 찍은 날 ┃ 2012년 8월 20일
초판 1쇄 펴낸 날 ┃ 2012년 8월 24일

지은이 ┃ 정미림
펴낸이 ┃ 서경석

편집장 ┃ 권태완
편집책임 ┃ 이수민
편집 ┃ 장미연

펴낸곳 ┃ 도서출판 청어람
등록번호 ┃ 제1081-1-89호
등록일자 ┃ 1999. 5. 31
어람번호 ┃ 제5-0313호

주소 ┃ 경기도 부천시 원미구 심곡2동 163-2 서경B/D 3F (우) 420-822
전화 ┃ 032-656-4452 팩스 ┃ 032-656-4453
http://www.chungeoram.com
E-mail ┃ chungeoram@chungeoram.com

Chungeoram
romance
novel

올웨이즈

Always

자갈치 로맨스

정미림
장편
소설

도서
출판
청어
람

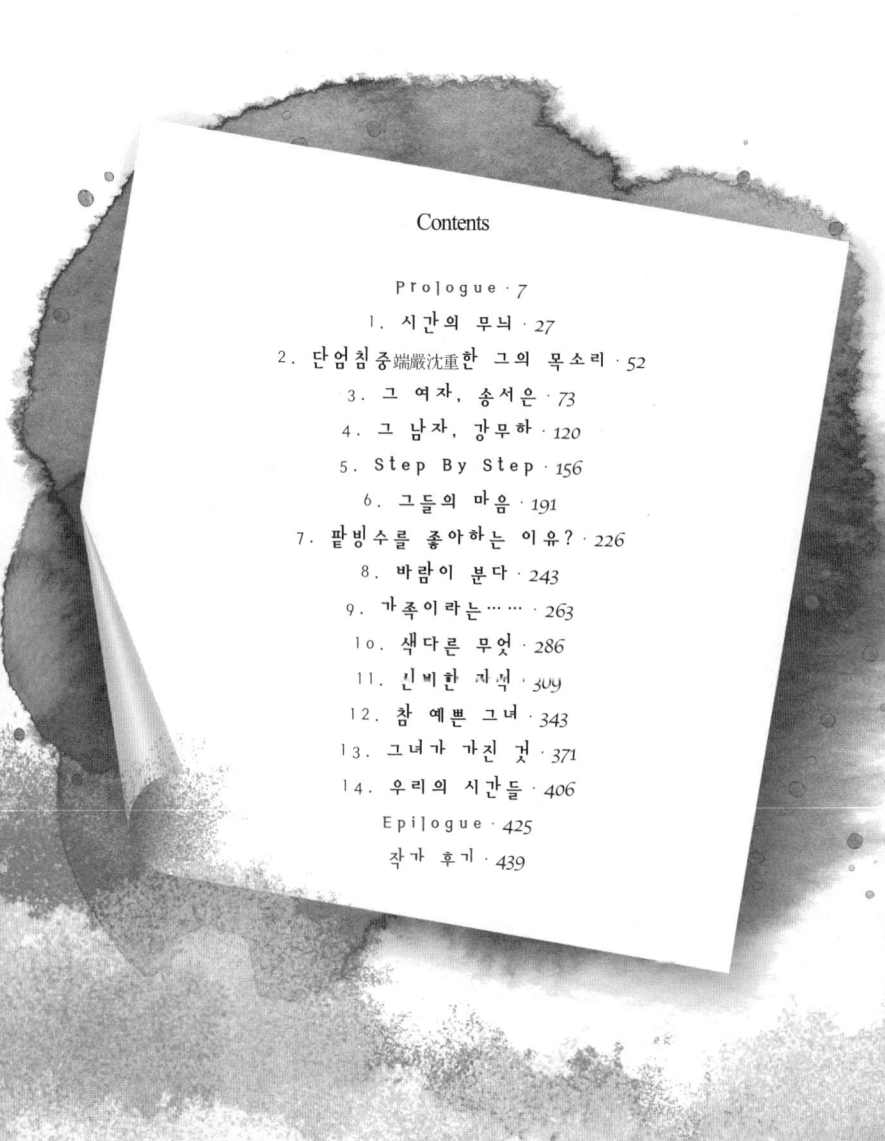

Contents

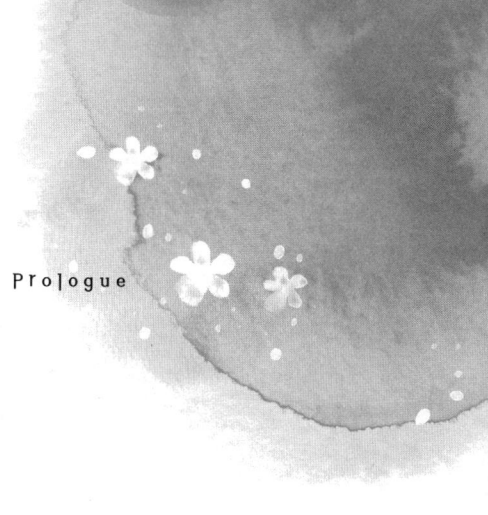

    햇살은, 잔소리 많은 교감 선생님과 마흔이 넘도록 시집 안 간 주임 선생이 의기투합해 잔소리를 해대는 것처럼 쨍쨍거렸다. 전쟁, 호환 마마보다 더 무섭다는 자외선을 피해 나무 그늘로 들어선 서은은 손차양을 풀며 깊은숨을 들이마셨다. 마른 풀 냄새가 코를 찌른다. 머릿속까지 맑아지는 청량함에 서은은 작게 미소를 지으며 고개를 뒤로 젖혔다. 얼룩덜룩, 햇살을 받은 나뭇잎들이 눈부시게 반짝거렸다.

    다시 걸음을 옮기던 서은이 일행을 발견한 것은, 신동아와 영일 빌딩 사이의 좁은 골목을 빠져나올 때였다. 큰길로 합류한 그녀의 앞으로 두 명의 봉사자들이 걸음을 옮기고 있었다.

"내 머리 어때?"

두 사람 중, 키가 크고 날씬한 쪽이 들뜬 음성으로 물었다. 쇳소리에 가까운 날카로운 목소리가 흥분으로 가늘게 떨리고 있다.

"좋아."

작은 쪽이 시니컬하게 대꾸한다. 군더더기 없는 깔끔한 음성, 아마도 솔직하고 합리적인 성격의 소유자일 것이다.

"옷은? 응? 이 청바지는 날씬해 보여?"

"날씬하다 못해 아주 얄팍하다. 바람 불면 날아갈 것 같아."

"피부과라도 다녀올 걸 그랬나?"

"뭘 피부과씩이나, 지금도 충분히 아름다우셔."

키가 큰 여자는 초조한 목소리로 '외모 점검'을 하고, 작은 쪽은 건성건성 대꾸를 해주고 있다. 나름 거리를 두고 있었지만, 별다른 주의를 기울이지 않고 편안하게 이야기를 나누는 덕에 본의 아니게 그녀들의 대화를 들을 수 있었다. 약간의 죄책감이 느껴지기는 했지만, 대화 자체는 무척이나 흥미로웠으므로 서은은 숨을 죽인 채, 그녀들의 뒤를 따르고 있었다.

"오늘은 하늘이 주신 절호의 찬스야! 내가 가진 모든 매력을 남김없이 발산해서 걔를 꼭 사로잡아야 해."

"꼭 이렇게까지 해야 하는 거야?"

"헉! 얘가, 얘가……. 어디, 그런 애가 흔한 줄 알아? 키 크고 잘생겼지, 스펙 좋지, 거기다 친가는 대대로 내려오는 학자에 외가는 4대째 만석꾼 집안이지. 김해 오부잣집이라고 하면 알

만한 사람은 다 아는 재력가라고."

"잘생기고, 키도 크고, 스펙도 좋고, 거기다 '대대로 내려오는 학자'와 '4대째 만석꾼 집안'의 결합으로 태어나신 '자제분'이라니. 눈부셔서 제대로 볼 수나 있겠어?"

작은 여자가 비웃듯 말했다.

"지난번 사진 보여줬잖아. 갠 완전 남다른 후광을 가졌다니까. 완전 블링블링이야. 성격도 얼마나 깔끔한지 몰라. 왜 있잖아, 완전 무심한 것 같으면서도 부드럽고, 차가운 것 같으면서도 다정한 사람."

'남다른 후광'을 지니시고, '완전 블링블링'하시고, '무심하면서 부드러우시고', '차가우면서도 다정해 보이시는' 성격……? 보통은 그런 사람들을 이중인격자라고 부르던데.

서은은 피식, 터져 나오는 웃음을 참아가며 그들의 대화에 귀를 기울였고, 집안끼리 잘 알고 지냈다는 여자 덕분에 얼굴도 모르는 '블링블링'의 키는 184센티미터이고, 복근에는 자연스러운 식스팩이 있으며, 그가 즐겨 입는 브랜드는 검소하게도 국산 스포츠웨어인 헤드, 즐겨 쓰는 화장품은 엘지에서 나온 남성전용화장품, 좋아하는 음식은 '개념 있는 청국장'과 '소박한 참치김치찌개'라는 것을 알게 되었다. 거기다 보너스로 집안이 아주 쟁쟁하다는 것까지.

"비주얼만 봐도 딱 내 스탈인데, 스펙 알고 나니까 완전 끌리더라고."

"그러시겠지."

"걔가 나를 보고 첫눈에 뻑가서는⋯⋯."

"차라리 김태희나 송혜교로 다시 태어나는 게 제일 빠를 거다."

품. 작은 여자가 중얼거리는 소리를 들은 서은은 저도 모르게 낮은 웃음을 토해냈다.

"사람 일은⋯⋯."

그녀들이 버스에 오르며 목소리를 낮춰 버렸으므로, 서은은 더는 '블링블링'에 대해 들을 수가 없었다.

개념 있는 청국장은 뭘 넣고 끓이는 거지?

소박한 참치김치찌개는 참치를 반만 넣나?

마른 웃음을 터트리던 서은은 그녀들을 의식해 잠시 뜸을 들인 후 버스에 올랐다.

아직 이른 시간이라 그런지 버스 안은 한산했다. 자연스럽게 시선을 옮기자 간간이 낯익은 얼굴들이 보인다. 부지런하신 합천 횟집 아저씨는 오늘도 일찍 나오셔서 꾸벅꾸벅 졸고 있었고, 거울을 들여다보며 거의 변장 수준의 화장법을 구사하고 있는 거제도 수산 박 이모와도 눈인사를 나누었다.

블링블링에 대해 이야기를 나누던 여자들은 뒷문 앞쪽에 앉아 있었는데, 서은은 그 옆을 지나칠 때, 귀를 쫑긋 세우며 주의를 기울였다. 혹시라도 청국장에 대한 힌트를 더 얻을 수 있을까 해서였지만, 그녀들의 주제는 이미 다음 시즌에 나올 패션에 관한 것으로 넘어가 있었다.

'아쉽네.'

서은은 입맛을 다셨다.

근데, 우리 봉사자 중에 완전 블링블링이 있었나?

서은은 그녀들이 말하는 것과 비슷한 용의자를 그려보았지만, 딱히 떠오르는 인물이 없었다. 하긴, 소문이란 것은 과장되기 마련이니까.

자갈치 시장 상인들이 주최하는 봉사활동일은 짝수 달, 둘째 주 토요일 날이다. 오늘은 두실에 있는 보육원에 들러 아이들을 태우고 양산놀이공원까지 가는 일정이었다. 서은이 모친인 김영자 여사를 대신해, 이 모임에 참석한 것은 벌써 5년째이다. 한창 뛰어노는 아이들과 온종일 어울리다 보면 진이 빠질 정도로 힘이 들긴 했지만, 보람도 있고 재미도 있는 유익한 시간이었기에 그녀는 매번 김 여사를 대신해 참석하고 있었다.

"서은인 또 왔네? 한참 좋을 땐데 데이트는 없어?"

"나랑 데이트하고 싶은 남자야 줄을 섰지만, 내가 빠지면 언니 심심할까 봐."

"지랄을 떤다."

삼천포 수산의 김 언니가 기가 막힌 듯 웃는다. 서은도 피식, 웃음을 터트렸다.

"서은! 송서은. 이리 와. 여기 앉아."

그녀의 목소리를 들었는지 여태 보이지 않던 최재희가 의자 사이로 불쑥 얼굴을 내밀었다. 서은의 초, 중, 고등학교 동창에

다, 가장 친한 친구인 재희는 부산의 명물이자 자랑인, 롯데자이언츠의 유격수였다. 비록 부상으로 이번 시즌에서 빠져 있긴 했지만, 야구를 좋아하는 사람이라면 응당 알 만한 그가 이곳에 참석한 이유는, 그 역시 자갈치 시장의 가족이기 때문이다. 다른 사람들은 다 빠져도 되지만 유명한 최재희가 이런 모임에 빠진다는 것은, '팥 없는 빙수'이며, '앙꼬 없는 찐빵'이라며 입을 모으는 상가 번영회의 강력한 권유에 재희 역시 이 봉사활동에 참석하는 중이었다. 그것도 매년.

'너도 참 딱하다.'

혼잣말을 중얼거리며 그에게로 걸어가자 왼쪽 볼에만 보조개가 있는 재희가 두 팔을 쭉 뻗으며 유들거린다.

"혼자서 뭘 그렇게 중얼거리냐? 너 조심해라. 송서은. 남들이 보면 머리에 꽃 꽂은 여잔 줄 알겠더라."

187이나 되는 키에 팔까지 어찌나 기신지. 서은은 문득, 깍지 낀 재희의 두 팔에 빨래를 널면 뽀송뽀송 잘 마를 거란 생각을 해보았다.

"왜? 왜 이렇게 뚫어지게 봐? 송서은. 너 나한테 반했냐? 이러지 마라. 난 우리의 이십 년 우정을 지키기 위해 무지 참는 중이니까."

"참아줘서 겁나 고마운데, 그 입 좀 닥치면, 더 고마울 것 같아."

"그럴 순 없지. 난 네가 발끈하고 받아칠 때가 젤로 짜릿하거든."

"당연히 그러시겠지. 그 변태적인 성향이 어디 가것어."

키득거리는 재희의 옆자리에 앉으려던 서은은 팔로 자리를 막는 재희를 보며 눈살을 찌푸렸다.

"왜?"

"미안! 여긴 예약석! 앞쪽에 앉아."

"이십 년 우정 같은 소리 하고 있네."

투덜거리며 앞자리로 옮기려던 서은은 창가 쪽에 놓인 가방을 발견하고 다시 돌아섰다.

"야! 여기 자리 있다. 창가에 앉고 싶은데 이십 년 우정 생각해서 바꿔주면 안 돼?"

"걍, 거기 앉아. 1시간이면 가는데 뭐."

"창밖을 보며 조용히 고독을 씹고 싶었단 말이야."

"허! 고놈, 그거 무지하게 웃긴 놈일세. 고독을 왜 씹어? 고독이 무슨 초콜릿이냐?"

"초콜릿은 달콤하기나 하지."

오늘 서은이 씹어야 하는 고독의 성분은 총명탕과 맞먹을 정도로 쓰다는 순도 100%의 블랙카카오다. 먹어보지 않은 사람은 말을 말라는, 엄청난 후유증을 생산하는 씁쓸한 덩어리. 제조원은 찔러도 피 한 방울 안 난다는 모친 김영자 여사와 피를 나눈 자매님들이다.

"왜? 뭔 일 있었나?"

"경은이 때문에 머리가 아파서 그래."

싱글거리던 재희의 얼굴에서 장난기가 사라져 갔다.

"경은이가? 또 사고 쳤어?"

"사랑하는 동생님께서 연예계로 진출하신단다. 학교 포기하겠대."

"어이구야. 꿈도 야무지셔. 그건 언제 철이 들라고······."

"그놈의 철이, 영영 안 들지도 모른다는 불안감이 들어."

"쯧쯧. 애도의 뜻을 표하는 바다."

"그딴 거 말고 소박하게 자리나 바꿔주지."

"미안하지만, 오늘은 진짜 곤란. 실은 연두가 오기로 했거든."

재희가 미안한 듯 머리를 긁적이며 말했다.

"연두도 오는 거였어?"

오로지 야구밖에 모르던 재희의 인생에 또 다른 즐거움을 안겨준 장연두. 한 달 전부터 재희의 관심사는 야구에서 장연두로 바뀌어 버렸다. 해가 떠도 연두, 달이 떠도 연두, 이래도 연두, 저래도 연두, 하도 많이 들어서 몇 번 만나지도 않은 장연두가 친한 친구로 느껴질 정도였다.

"오늘 보육원 아이들이랑 야유회 간다 그랬더니 자기도 따라오겠다네. 봉사활동에 관심이 생겼다나? 물론 그건 핑계고, 나 보러 오는 게 뻔하지만. 솔직히 나 때문에 고생하러 오겠다는 사람 놔두고 너랑 나란히 앉아 짝짜꿍하고 놀 수는 없잖아? 그니까 네가 이해해라."

"의리 없는 놈."

서은의 투덜거림에도 재희는 웃기만 한다. 자신의 애인이 슈퍼모델 출신이라는 사실과 그 미인이 자기 때문에 보육원 봉사활동까지 따라온다는 사실이 아무리 생각해도 흐뭇한 모양이다.

단순한 놈. 내가 저런 놈을 고교 시절 내내 짝사랑했었다니.

'미쳤지. 미쳤어.'

서은은 혼잣말을 중얼거리며 가방이 없는, 뒷좌석에 자리를 잡았다.

"참! 송서은. 너, 혹시 나 몰래 연두 줘팼냐?"

덩치가 큰 재희가 뒤를 돌아보며 묻는다.

"무슨 소리야? 내가 연두를 왜?"

"우리 연두가 너 무지하게 신경 쓰이나 봐. 너도 같이 가냐고 묻더라고."

문득, 며칠 전 백화점 화장실에서 우연히 부딪쳤던 연두가 생각났다. 자신을 경계하며 껄끄러워하던 연두의 모습에 서은의 입가에 쓴웃음이 떠올랐다.

"그래. 팼다. 됐냐?"

"헐! 그 예쁜 걸 때릴 데가 어딨다고?"

"아주 지랄을 하시네. 네 애인이, 백화점 화장실에서 나더러 재수 없다고, 너랑 친한 척하지 말라더라. 그래서 팼다, 됐냐?"

"에이, 설마?"

"설마는 항상 사람을 잡지."

"후후후. 야! 송모함. 말이 되는 소릴 해라. 우리 연두가 그런 말을 할 리가 있냐? 너 솔직히 말해봐. 네가 그래놓고 뒤집어씌우는 거 맞지?"

"멍청한 놈."

쏘아보는 서은을 보며 재희가 히죽거린다.

"송서은. 아무리 봐도 수상해. 너 나 좋아하지?"

"정신 차려라. 착각이 해저 2만 리냐?"

"푸하하. 질투하는 거 맞고만."

"내가 미쳤냐?"

더는 상대하기가 싫어진 서은이 팔짱을 끼고 눈을 감자, 놀라 숨을 들이켜는 소리가 들린다.

"와우! 예술이다."

"뭐가?"

"네 다크서클. 완전 살아 있는 생명체 같으신데. 며칠 사이 턱까지 영역을 넓히셨어. 네 다크 님은 대체 어디까지 영토 확장을 하려고 이러실까? 가슴? 무릎?"

그러게. 나도 그게 궁금하다.

서은은 대답 대신 카세트의 이어폰을 귀에 꽂고 눈을 감았다. 가는 선을 통과한 날카로운 선율이 달팽이관을 거쳐 심장을 지나, 뇌리까지 다다르자, 엄청난 드럼 소리와 화려한 기타 사운드가 순식간에 머릿속으로 퍼져 나갔다. 쾅쾅 울려대는 힘찬 사운드는 서은의 머릿속을 떠돌아다니던 잡다한 것들을 한꺼번에 날려 버릴 기세였다. 서은은 온몸을 휘저을 짜릿함을 기대하며 슬며시 미소를 지었다. 하지만 곧 낮은 한숨을 토해냈다. 아무래도 이번 선택은 실패인 듯하다. 새로 산 메탈리카의 앨범은 인트로 외에는 몽땅 실망스러웠다. 기타는 가볍게 깔짝대는 것 같고, 깡통처럼 달그락거리는 드럼도 김빠진 사이다 같다.

"또 시끄러운 헤비메탈 듣냐?"

서은의 한쪽 이어폰을 떼어내며 재희가 묻는다.

"그럼 내가 부르리?"

"그런 걸 듣고 자니까 숙면을 못 취하는 거야. 등신아. 대체 자면서 그걸 왜 듣냐?"

"시원해서."

"웃긴 놈. 헤비메탈이 물파스냐? 뭐가 시원해?"

"머릿속이 시원하다고. 내 머릿속을 가득 채우고 있던 복잡한 것들이 한 번에 깨지는 느낌이 들거든."

"그래……. 자라. 자. 인원점검은 대신할게."

복잡한 가정사 때문에 마음이 심란한 친구의 심경을 잘 아는 재희가 다시 이어폰을 꽂아주었고, 서은은 곧바로 음악에 빠져들었다. 첫 번째 곡이 잦아들 즈음, 나지막한 음률 속으로 애교스러운 여자의 목소리가 들려왔다.

"오빠아아아!"

"우리 연두 왔어? 에고, 에고. 힘들었지?"

연애는 사람을 달달하게 만든다. 재희에게도 저런 닭살스러운 면이 있다는 것이 신기하고 놀랍다. 다음번에 꼭 놀려먹어야지. 서은의 입가에 미소가 떠올랐다.

네 번째 곡이 시작될 즈음, 옆자리에 사람이 앉는 기척이 느껴졌다. 바람 냄새와 뒤섞인 은은한 향기에 기분이 좋아진다. 반쯤 잠이 들어 있던 서은은 이어폰을 빼고 인사를 할까 망설였지만, 이미 타이밍을 놓친 것 같았다. 나중에 인사하면 되지 뭐. 서은은 창가 쪽으로 몸을 뒤척였다.

버스가 움직이기 시작했다.

서은은 음악 소리와 뒤섞인 수다 소리를 자장가 삼아 서서히 잠 속으로 빠져들기 시작했다.

잠은…… 사람을 온순하고 평화롭게, 그리고 행복하게 만든다. 서은은 그녀의 모든 고민과 잡념을 가져가 주는 잠이 참 좋았다.

바람이 불었다.

기분 좋은 바람 속에는 베이비파우더 향이 섞여 있었다. 아무래도 저만치 앞서 가는 여자가 범인인 듯했다.

"훨씬 낫네."

무하는 혼잣말을 중얼거리며, 지하철 속의 향수 냄새를 떨쳐 내기 위해 깊은 심호흡을 해보았다. 코끝에 남아 있는 향수 냄새 때문에 여전히 머리가 지끈거렸지만, 바람의 향기는 후각을 짓누르던 불쾌함 속에서 그를 건져 내고 있었다.

그리운 기억의 향기……. 열 살이 넘도록 살이 짓무르던 그를 위해, 엄마는 저녁마다 베이비파우더를 두드려 주셨다. 톡톡, 하얀 가루가 피부 위로 흩어질 때마다 뽀송뽀송해지는 느낌이 들었다. 기분이 좋아 슬며시 미소를 지으면, 엄마도 그를 따라 웃어주셨다. 정겨운 추억을 떠올리며 무하는 슬며시 미소를 지었다.

향기의 주인공이 걸음을 멈추더니, 나무 그늘 사이로 들어가 버렸다. 잠시 휴식을 취하는 그녀를 따라 무하도 걸음을 멈추었다. 그녀는 나무 사이의 하늘을 올려다보며 미소를 지었다. 얼룩덜룩 나뭇잎을 통과한 빛에 반짝이는 그녀의 모습이 눈부셨다.

오 분이 지나지 않아 그녀가 다시 걸음을 옮기기 시작했다. 무하는 천천히 그녀의 뒤를 따랐다. 어깨까지 오는 머리를 자연스레 묶어 올린 그녀는 하얀색 셔츠에 물 빠진 청바지를 입고 있었다. 쭉 뻗은 늘씬한 다리를 감싸고 있는 청바지 위로, 희다 못해 눈이 부신 셔츠가 그의 시선을 사로잡았다.

무하는 앞서 가는 여자의 뒷모습을 감상하며 천천히 그녀의 뒤를 따랐다. 신동아 빌딩을 지나 오 분을 더 걸어간 그녀는 운명의 장난처럼, 그가 타야 하는 버스에 오르고 있었다.

우리 봉사자였나? 누구지?

신기한 우연에 호기심을 느끼며 서둘러 차에 오르려는 찰나, 누군가가 자신의 이름을 부르는 소리가 들려왔다.

"충성!"

무하는 자신에게로 다가오는 선임병에게 깍듯하게 거수경례를 하며, 그녀가 사라져 버린 출입구를 아쉬운 듯 힐끔거렸다.

흰 셔츠에 청바지. 하나로 묶은 머리.

무하는 선임병의 말에 귀를 기울이면서도 그녀에 대한 미련을 놓지 않았다.

"진짜 미안하다!"

그와 함께 참석하기로 한 선임병은, 오늘 몸이 좋지 않아 함께 갈 수 없다는 뻔한 핑계를 대며 뺀질거렸다. '가서 실수하지 말고 잘하고 와라', '혼자라도 참석해 줘서 고맙다' 등등의 시답잖은 격려를 하고는 쌩하니 돌아가 버리는 선임병을 보며 무하는 '차라리 다행이다' 생각하며 버스에 올랐다.

시선은 자석처럼 버스 뒤쪽에 앉아 있는 그녀에게로 꽂혔다. 다행히 옆자리가 비어 있었다. 무하는 조심스레 그녀의 옆으로 다가갔다. 그녀는 아무런 미동 없이 이어폰을 낀 채, 눈을 감고 있다.

잠이 들었구나.

그는 조심스레 그녀를 살펴보았다. 뒷모습만큼 인상적인 얼굴이었다. 하얀 피부와 또렷한 이목구비, 별다른 화장 없이도 꽤 예쁜 축에 속하는, 긴 속눈썹과 붉은 입술이 꽤 매력적인 여자였다.

깨어나면 인사를 해야지. 생각하며 조심스레 눈을 감았다. 이틀 밤을 샜기 때문일까, 무하는 옆자리의 여자를 따라 조금씩 수면 속으로 빠져들기 시작했다.

.

.

.

"벨트!"

"벨트! 안전벨트 매!"

다급한 목소리가 무하의 귓가를 때렸다. 평화롭고 아늑한 바닷속 깊은 곳을 침잠沈潛하던 무하는, 끈질기고 집요한 이끌림에 힘겹게 수면 위로 올라올 수 있었다.

"눈떠!"

날카로운 목소리에 깊이 잠겨 있던 정신이 급격히 돌아오기 시작했다.

"야! 눈뜨라고!"

온몸을 뒤흔드는 아드레날린의 급상승 속에 무하는 번쩍, 눈을 떴다. 두려움에 가득 찬 비명이 귀청을 찢을 듯 들려왔다. 아수라장이 되어버린 버스 안을 살피던 무하가 상황 파악을 하기도 전에 커다란 충격이 몰려왔다.

중앙선을 넘어오는 덤프트럭을 피하려던 버스는 가드레일을 들이박고 반대쪽으로 튕겨 나갔다. 굉음과 함께 도로를 벗어난 버스는 낭떠러지를 구르기 시작했고 승객들은 모두 패닉 상태에 빠져 비명을 질러댔다, 마치 영화의 한 장면처럼. 그리고…… 상황을 미처 파악하기도 전에 다가온 엄청난 충격과 폭발음에 무하는 또다시 정신을 잃어버렸다.

.

.

.

얼마의 시간이 흘렀는지 가늠할 수 없었다.

무하는 혼미한 가운데 조금씩 의식을 찾기 시작했다.

실눈 속에 들어온 버스 안 광경은 처참했다. 좌석이 종잇장처럼 구겨지고, 후미 쪽은 아예 보이지도 않았다. 숨 막히는 공포가 포댓자루처럼 그를 덮어씌웠고, 머리에서부터 발끝까지 포박당해 버린 그는 신음조차 마음대로 낼 수가 없었다.

"으…… 음"

지옥 같은 곳에서 벗어나기 위해 본능적으로 몸을 움직여 보았지만, 온몸을 쥐어짜는 고통에 저절로 신음이 터져 나왔다.

째깍, 째깍, 째깍…….

어디선가 들리는 시계 초침 소리에 정신이 점차 또렷해진다. 목이 타들어갈 것 같은 갈증에 숨이 막혀왔다. 침조차 삼킬 수가 없었다. 팔을 들어 얼굴에 흐르는 끈적끈적한 것을 닦아내고 싶었지만, 두 팔을 칭칭 동여매진 사람처럼 손가락 하나 꼼짝할 수가 없었다. 다리는 아예 감각조차 느껴지지 않았다.

싸늘한 공포가 무하를 옥죄어왔다.

역한 피 냄새, 고무가 타는 냄새, 피와 뒤섞인 연기 냄새, 처절한 비명과 살려달라는 신음이 번갈아, 혹은 한꺼번에 들려오더니 거짓말처럼 사라지고 다시 들려오기를 반복하고 있었다.

죽은 것일까?

삶과 죽음의 경계마저 모호한 순간, 무하는 이상한 기류를 느꼈다. 전쟁터 한가운데 던져진 것같이 무섭고 두려운데도 어디선가 한줄기 햇살이 비치는 것 같았다. 눈물이 날 것처럼 따뜻했다. 이불도, 솜뭉치도 아닌 온기……. 사람의 것이 분명한 체온이었다.

평소보다 두 배는 부은 것 같은 머리에서부터 감각이 희미한 발끝까지. 두려움으로 얼어붙은 마음속 깊은 곳까지 안심시키는 따뜻함에 무하는 부르르 몸을 떨었다. 그러다 문득, 느낌이 아니라, 정말 누군가가 자신을 감싸고 있음을 자각할 수 있었다. 부드럽고 말캉한 두 팔이, 포근한 가슴이 무하를 감싸고 있었다. 그의 머리와 누군가의 심장은 맞닿을 정도로 붙어 있었다. 무하는 본드로 붙여놓은 것 같은 눈을 억지로 떴다. 눈앞에 하얀색 셔츠가 보인다. 이런 절체절명의 순간, 보드라운 감촉이 느껴지는 것이 신기했다. 아무튼, 한 가지 확실한 것은 자신을 안고 있는 사람이 여자라는 사실이다.

지금 누구에게 안겨 있는 거지?

기억을 더듬던 무하는 자신의 옆자리에 앉아 있던 그녀를 기억해 냈다. 지하철에서부터 그의 시선을 사로잡았던 그녀, 이어폰을 꽂은 채 눈을 감고 있어 인사를 나누지는 못했지만, 그녀가 틀림없었다.

순간, 뒤쪽에서 또다시 '쿵' 하는 충격음이 일어났다.

커다란, 무엇인가가 떨어지는 소리. 그리고 '부지직' 뼈가 부서지는, 소름 끼치는, 신경을 긁어대는 신음. 무하는 터져 나오는 흐느낌을 억누르며 그녀의 가슴 속으로 다시 파고들었다. 나지막한 비명과 함께 머리를 감싸고 있던 부드러운 팔에 힘이 들어가는 것이 느껴졌다.

혹시 그녀가 다친 건 아닐까?

"괘, 괜찮아요?"

아무런 대답이 없다. 몸을 움직여 확인해 보고 싶었지만 움직여지지 않는다. 무하는 절망감에 눈을 감았다. 몇 분이 흘렀는지, 몇십 분이 흘렀는지, 감각마저 무뎌진 상태에서 두려움은 성난 파도처럼 끊임없이 몰려왔다.

이대로 죽는 걸까?

관계가 소원했던 아버지를 이제 다시는 못 볼 수도 있다는 두려움이 강하게 엄습해 왔다.

아버지는 과묵하고 정직한 분이다. 올곧은 성품답게 가난하고 소외된 사람들을 위해 평생을 바친 훌륭한 분이다. 아버지와 함께 밥을 먹은 기억은 손으로 헤아릴 정도였지만, 무하가 좋아하는 반찬을 밀어주고는 인자하게 웃으시던 그 웃음이 그리워졌다. 그 웃음을 다시 볼 수 있을까?

언제나 좋은 추억만 있었던 것은 아니다. 아버지가 원망스럽고 미운 때도 있었다. 아픈 엄마가 병원에서 혼자 돌아가셨을 때는 두 번 다시 보기 싫다고 느끼기도 했었다.

엄마가 돌아가신 뒤로 그를 보살펴 주셨던 고모도 생각났다. 차갑고 냉정한 분이셨지만, 무하에게 온 정성을 쏟았던 것을 알고 있다. 그리고 언제나 그의 곁을 지켜주었던 친구들, 현재와 진후도 생각이 났다.

'아직 해야 할 일이 많은데……'

아버지가 못다 했던 일을 해드리고 싶었다. 자랑스러운 아들이 되고 싶었다.

어디에서인가 또 한 번의 충격이 일어났다. 고막을 찢을 듯한 비명에 무하의 몸은 얼음물을 뒤집어쓴 것처럼 떨려 왔다. 순간, 무하의 머리를 안고 있던 손에 다시 힘이 들어갔다. 부드러운 그 손길은 마치, 그의 마음을 아는 것처럼, 그의 두려움을 다 품어줄 것처럼 든든하게 그를 감싸 안고 있었다.

"괜찮아. 아무 일도 없을 거야. 걱정하지 마."

그녀가 가늘게 속삭이고 있었다.

순간, 안도감이 밀려왔다. 어이없게도 눈물이 치솟았다. 죽을 수도 있다는 두려움 때문인지, 엄마의 가슴처럼 아늑한 그녀의 위로 때문인지 알 수 없었지만, 아무튼 무하는 눈물을 흘리고 있었다.

"……울지 마. 괜찮아. 괜찮을 거야."

무하는 고개를 들고 싶었지만, 그럴 수가 없었다. 대신, 희미하게 뛰고 있는 맥박과 그녀의 향기…… 를 열심히 느꼈다. 그러다 문득, 그녀의 목덜미로 흐르고 있는 핏줄기를 발견했다.

"피……."

"……응?"

"피가 나요."

"어, 어디, 어디 다쳤어요? 구급차가 올 때까지 견딜 수 있겠어요?"

이 여자는 지금 내 상태를 묻고 있다. 무하는 그녀의 품에 안긴 채, 고개를 흔들었다.

"아니. 나 말고 그쪽, 당신 몸에서 피가 나요."

"아……. 난…… 난…… 괜…… 괜찮아요."

조금씩 꺼져 가는 그녀의 목소리.

"이봐요! 이봐! 정신 차려요!"

애타게 불렀지만, 아무런 대답이 돌아오지 않았다. 그리고 그때, 희미하게 들리는 사이렌 소리에 무하는 안도의 한숨을 내쉬었다.

1. 시 간 의 무 늬

3년 뒤.

무하가 부산역에 도착한 시간은 8시 15분이었다.

평일이라 그런지 비교적 한산한 역사를 그는 천천히 빠져나왔다. 부산역 광장은 기억 속, 그 모습 그대로였다. 먹이를 찾아 여기저기 날아다니는 비둘기 떼, 벤치에 앉아 휴식을 취하고 있는 어르신들, 시간의 무늬를 고스란히 간직하고 있는 커다란 나무들까지. 지난 3년간 잊고 있었던 그리움이 한꺼번에 밀려왔다.

"천리교를 믿으세요! 천리교를 믿으세요!"

광장을 가로지르는 내내 천리교를 믿으라는 외침이 귓가를 자극했다. 무하는 목울대가 터져 나가라 핏대를 세우는 남자를 지나쳐 횡단보도를 건넜다.

"오빠! 완전 쩔어요!"

"여친 없으면 나랑 사귈래요?"

롯데리아 앞에서 택시를 기다리던 무하의 앞으로 한 무리의 여중생들이 깔깔거리며 지나간다. 생동감 넘치는 그들의 웃음소리는 가로등의 아스라한 빛 속으로 천천히 번져 나갔다.

"오빠! 조금만 기다려 줘요! 나 졸업하면 나랑 결혼해 주세요!"

아이들의 마지막 외침에 주위를 오가는 사람들이 웃음을 터트렸다. 무하는 여중생들의 장난에 헛웃음을 지으며 휴대전화기를 만지작거렸다.

먼저 전화를 해볼까? 아니면 문자라도?

고민하다 다 그만두기로 했다. 그냥 먼발치에서 바라보다 오는 것이 가장 좋은 방법이리라. 무하는 택시를 타려던 마음을 바꾸어 천천히 걷기 시작했다. 사고 이후로 틈만 나면 뻣뻣해지는 다리가 아직 제구실을 못하고 있었지만, 기분은 상쾌했다. 생각 같아서는 달릴 수도 있을 것 같았지만, 무리는 금물이라던 신 박사님의 당부가 떠올랐다.

마음을 따라 몸도 흥분한 탓일까? 채 몇 걸음도 걷지 않아 다리가 쑤시기 시작했다. 고관절을 타고 흐르는 찌릿한 아픔이 그를 괴롭혔지만, 개의치 않았다. 이렇게 두 발로 걸을 수 있다는 것도 감사한 일이니까.

바로 앞에 '차이나타운'이라고 쓰인 아치 모양의 간판이 보였다. 그리고 보니 공기 중에 고소한 춘장 냄새와 이국적인 향신료 냄새가 섞여 있는 것 같기도 하다. 무하는 호기심을 참지 못하고 차이나타운 골목으로 들어섰다. 유비와 관우, 장비 등 삼국지에 나오는 인물들이 벽화로 그려져 있는 골목은 가로등 불이 무색하리만치 환하게 밝았다. 그는 늘어서 있는 상가를 천천히 지나쳤다. 상하이에서 온 주방장이 직접 음식을 만든다고 써 붙인 자장면집을 지나, 인도풍의 옷가게, 중국식료품점, 불이 꺼진 환전소도 지나쳤다.

슈퍼마켓 앞에서 기지개를 켜고 일어났다 앉기를 반복하며 운동에 여념이 없는 아저씨에게 '열심히 하세요'라는 눈인사도 잊지 않았다. 가게 전체가 검은색으로 꾸며진 타투샵을 지날 때는 해골 모양의 문양 앞에 서서 한참 동안 들여다보기도 했다. 그렇게 15분쯤을 걸어 골목길을 벗어난 무하는 중구로 118번 길에서 잠시 걸음을 멈추었다. 그리고 주변을 둘러보았다. 여기저기 막혀 있는 길들을 헤매다 영주 성당 앞까지 온 모양이다. 아무래도 길을 잃은 것 같았다.

"코모도 호텔 방향으로 쭉 걸어가면 돼."

"코모도 호텔이요?"

"저기, 기와지붕."

길을 묻는 무하에게 무뚝뚝하게 대답한 할아버지는 손녀의 손을 잡고 걸음을 재촉했고, 무하는 노인의 뒷모습에 공손히 인사를 했다.

간간이 불어오는 바람을 음미하며 할아버지가 일러준 방향으로 계속 걸어갔다. 여러 겹의 기와집을 쌓아놓은 모양의 코모도 호텔을 지나쳐, 중앙동 소라 계단 앞에까지 다다랐을 때는 무하를 영화배우로 오해한 일본 관광객들의 사인 요청을 받는 해프닝이 벌어지기도 했다.

"정말 배우 아니에요? 드라마에서 본 것 같아요."

"영화배우? 가수? 분명 본 것 같은데?"

일행이 포기하고 사라졌음에도 끝까지 쫓아오며 어눌한 한국말을 토해내는 일본 여자를 모른 체하며 계속 걸어나가자, 따라오던 여자가 민망함에 얼굴을 붉혔다. 무하는 순진하고 착해 보이는 그녀에게 조금 미안한 마음이 들어 가볍게 고개를 숙인 뒤, 다시 걸어나갔다.

중구의 명소인 40계단 앞에 이르자 인적이 눈에 띄게 많아졌다. 계단 중간쯤에 앉은 아코디언을 켜는 아저씨 옆에 앉아 사진을 찍는 관광객, 40계단 기념비 앞에 서서 돌에 새겨진 글자를 읽는 사람, 문화광장에 서 있는 여러 가지 조형물들을 살피는 사람들을 지나쳤다. 무리를 해서일까? 길을 건너 롯데 백화점을 지날 즈음에는 참을 수 없는 통증이 느껴졌다. 육신의 고통을 달래줄 따끈한 커피 생각이 간절해졌다. 그는 자판기에서

뽑은 밀크커피를 마시며 잠시 휴식을 취했다.

3년 사이, 눈에 띄게 화려해진 대로변 빌딩 숲이 한눈에 들어왔다. 뒤편에 남아 있는 오래된 건어물가게들은 아직도 오래된 세월의 흔적이 고스란히 남아 있다. 그 묘한 대비가 왠지 다행스러워진다.

커피를 다 마신 무하는 다시 걸음을 걸었다. 자갈치가 가까워지자 뱃속 깊은 곳에서부터 시작된 긴장이 스멀스멀 올라오기 시작했다. 이유를 알 수 없는 두근거림에 목이 타기도 했다.

"휴우."

그는 심호흡을 하며 시장 입구로 들어섰다. 3년 만에 찾은 자갈치는 좀 더 거대해진 느낌이었다. 하지만 여전히 활기찼고 생동감이 넘치고 있었다.

'오이소! 보이소! 사이소!'라는 글귀가 새겨진 간판 밑에 선 무하는, 생각에 잠겼다.

이곳에 왜 온 것일까? 대체 무엇을 확인하고 싶어서 이곳까지 찾아온 것일까?

"채소가게?"

"응. 시장에서 친구 일을 돕는다던데. 그쪽에서는 너를 모르는 눈치야."

"그렇겠지. 제대로 인사 한 번 해본 적이 없으니까."

"그래도 찾아가 볼 거냐?"

"응. 그냥, 어떻게 살고 있는지 보고 싶어. 기회가 된다면 고맙다는 말도 하고 싶고."

만나서 무엇을 할 예정인지, 뭐라고 말을 할 것인지, 뚜렷한 계획은 없었다. 하지만 그녀를 만나보는 것은, 무하가 한국에 돌아와서 꼭 해야 할 일 중 첫 번째였다. 어쩌면 그 답을 알고 싶어서 이곳을 찾아왔는지도 몰랐다.

"보소. 잘생긴 총각. 생선 좀 사가이소!"

시장 상인들의 구성진 외침을 지나쳐 한참을 걸어가자 그가 찾던 채소가게가 나타났다. 무하는 길 건너편에 서서 가게를 관찰했다. 물건을 사고파는 바쁜 사람들 속에서 유독 눈에 띄는 여자의 모습이 보였다. 한참 흥정을 하고 있는 앳된 얼굴을 물끄러미 바라보던 무하의 얼굴에 작은 미소가 떠올랐다.

그녀다.

분명 그녀였다.

계란형의 얼굴, 단정한 입매와 오똑한 콧날, 시원한 눈매와 매끄러운 이마, 가늘고 흰 목 위로 자연스레 묶은 함치르르한 머리, 그 무엇보다 초롱초롱 빛이 나는 당당한 눈빛이 무하의 마음속으로 파고들었다.

"송서은. 전화받아!"

가게 안에서 그녀를 부르는 소리가 들려왔다.

"누군데? 나 바쁜 거 안 보여?"

그녀가 소리친다. 들고 있는 짙푸른 시금치처럼 싱그러운 목소리였다.

"경찰서라는데. 너 핸드폰 꺼졌다고 이리로 했대. 진성이 병원에 실려 왔다네. 빨리 받아봐!"

"잠시만! 잠시만! 전화 끊으면 안 돼!"

들고 있던 시금치를 내려놓은 그녀가 가게 안으로 뛰어들어갔다. 동그랗게 말아 올린 머리카락이 풀어져 물결처럼 흘러내리는 줄도 모르고 황급히 뛰어가는 뒷모습이 인상적이다. 계속 지켜볼까 망설이는 사이, 그녀가 가게를 뛰쳐나왔다.

"어디 병원인데?"

"부민!"

누군가의 물음에 대답을 한 뒤, 바람처럼 사라지는 그녀의 모습을 무하는 한참 동안이나 지켜보았다. 참 잘 뛰는구나. 이런 의미 없는 생각을 하며……

"총각! 생선 안 살 거면 좀 비켜!"

날 선 목소리에 정신을 차리고 걸음을 옮겼다.

긴장이 풀려서일까? 얼마 지나지 않아 다리의 통증이 참을 수 없을 만큼 강해진다. 무하는 시장을 벗어나 정류장에 서 있던 택시에 올라탔다.

"부민 병원으로 가주십시오."

이렇게 끝낼 순 없잖아. 빠르게 스쳐 지나가는 바깥 풍경을 보며 무하는 자신을 스스로 이해시켰다.

"도착했습니다."

택시 기사님은 제법 큰 병원 앞에 그를 내려주었고, 무하는 다시 그녀를 볼 수 있을지도 모른다는 묘한 기분을 맛보며 하얀 건물 안으로 들어섰다.

"어디가 불편해서 오셨어요?"

두리번거리는 그를 발견한 간호사가 친절하게 물었다.

"아, 다리가 불편해서요."

그녀를 발견하지 못한 탓에 아쉬움이 가득한 목소리가 흘러나온다.

"저런. 이쪽으로 오세요. 마침 대기 환자가 없어서 바로 진찰 받으실 수 있겠네요. 저희 병원은 처음이시죠?"

해맑게 웃으며 안내하는 간호사를 따라가며 무하는 '휴우' 낮은 한숨을 내쉬었다.

"장시간 비행 후에 무리를 하시니 탈이 나죠. 다리가 많이 부었습니다. 약 처방해 드릴 테니까 드시고 이틀 뒤에 다시 봅시다."

친절한 간호사와 달리, 무뚝뚝한 의사는 사무적으로 고개를 끄덕이며 진찰이 끝났음을 알렸다. 무하는 진찰실을 벗어나며 다시 주위를 둘러보았다. 여전히 그녀의 흔적은 보이지 않는다. 잘못 들은 건가? 처음부터 아는 체를 할 걸 그랬나? 그는 눈살을 찌푸리며 늘어선 의자에 앉아 가방 안에 있는 MP3의 이어폰을 꺼내 귀에 꽂았다. 잔잔한 음악이 귓가로 파고들자, 하루의 모든 피곤이 한꺼번에 몰려오는 것 같았다. 그는 가만히 눈을 감고 피로가 물러나기를 기다렸다.

"진성이는 그렇다 치고, 넌 왜 그런 거니?"

사람이 앉는 기색이 느껴지더니, 음악 너머로 젊은 여자의 음성이 작게 들려온다.

"사는 게 지루해서요."

"뭐?"

"사는 게 지루하다고요."

"허. 사는 게 지루해? 뚫린 입이라고 말은 참 찰지게 자알한다."

야무진 여자의 목소리가 들려왔다. 왠지 이상한 예감이 든 무하는 조심스레 눈을 떴다. 그리고 두 칸쯤 옆에 앉아 있는 송서은을 발견했다. 그는 두근거리는 가슴을 진정시키기 위해 심호흡을 하며 주머니 속에 있는 기계의 버튼을 눌렀다.

"약은?"

좀 더 선명하게 들리는 목소리. 무하는 다시 눈을 감고 그녀의 목소리에 주의를 기울였다.

"먹었어요."

"다리는?"

"까딱없어요."

"장하다. 장해. 오토바이에서 떨어지고도 멀쩡한 네 몸뚱이가

시 간 의 무 늬 35

참 다행스럽겠다. 으응? 면허증도 없는 녀석이 겁도 없이 오토바이나 끌고 다니고 말이야."

"가슴이 답답한 걸 어떻게 해요?"

"답답하다고 다 오토바이 끌고 다니면서 사고 치니? 엉? 진성이도 저만하길 다행이지, 어디 잘못됐으면 어떡할 뻔했어? 평생 가슴에 남아서……."

울컥, 화가 치밀어 오르는지 그녀가 말을 멈추었다.

"샘은…… 우리 마음 몰라요."

목소리에 불만이 가득한 학생이 퉁명스럽게 말했다.

"그래. 모른다. 몰라! 이게 가만히 찌그러져 있어도 모자랄 판에 아주 매를 벌어요. 매를 벌어."

가라앉아 있던 그녀의 목소리가 다시 높아졌다.

심상치 않은 기류에 조심스레 눈을 떠보니 말을 하다 흥분을 한 그녀가 벌떡 일어나 남자아이의 머리를 쥐어박는다.

"아야! 왜 때려요. 샘이라는 사람이 맨날 폭력을 써."

"이노므 새끼가. 잘못을 했으면 맞아야지. 잘했다고 상 주랴? 엉? 공부하는 놈이 삼 일씩이나 가출을 했으면 몸 성해서 곱게 들어올 일이지, 어디서 다쳐서 와! 너 같은 놈은 맞아도 싸! 야, 잘됐다. 여기 장소도 아주 딱이네. 여기서 맞다가 어디 한 군데 부러지면 바로 붙이고, 깨지면 꼬매고, 터지면 싸매면 되겠네. 안 그냐? 엉?"

"아야! 잘못했어요. 용서해 주세요."

흥분한 그녀의 모습에 겁을 먹은 학생이 머리를 감싸 쥐며 날아오는 꿀밤을 피하고 있었다. 아주 꼴통은 아닌 모양이다.

"아픈 거 아는 놈이 부모님 마음에 그렇게 대못을 박아? 어머니가 얼마나 우셨는지 알아?"

"잘못했어요."

기가 죽은 학생을 한참 동안 노려보던 서은이 마음을 진정시키기 위해서인지 한숨을 내쉬었다.

"부모님께 전화는 드렸어?"

"아직이요."

"이게 죽을라고. 얼른 전화 안 드려?"

"그러지 말고 한 번만 봐줘요. 네? 우리 꼰대 알면 난 죽는단 말이에요."

키가 큰 중학생이 어울리지 않게 애교를 떨었지만, 서은은 눈 하나 까딱하지 않았다.

"어머니 걱정으로 쓰러지시기 일보 직전이니까 얼른 전화드리고 집에 들어가. 안 그럼 아버지 손에 죽기 전에 내 손에 먼저 죽는다."

"새엠. 싫어요. 진성이 혼자 놔두고 못 들어가요."

"그럼, 아버님더러 오셔서 데려가라고 할까? 그래. 그게 낫겠다. 네가 병원에서 아주 개짝 나게 맞아봐야 정신을 차리지?"

"명색이 국어 선생이라는 사람이 맨날 욕이나 하고."

"아주 죽으려고 못자리를 파는구나? 엉? 얼른 안 들어가?"

"알았어요. 그럼 진성이는요?"

풀이 꺾인 학생이 우물거리자, 그제야 목소리를 낮추는 서은이다.

"진성이 내가 봐줄 거야. 그니까, 걱정하지 말고 얼른 들어가."

"헉! 오나전 어이가 없어서. 여자가 어떻게 남자 병실에서 밤을 새요?"

"오나전 같은 소리 하고 자빠졌네. 네놈들 잡으러 다니다가 길거리, 경찰서에서도 자봤다. 그니까 걱정하지 말고 얼른 들어가."

"알았어요. 대신 내일 일찍 올게요."

"야! 고원!"

"네?"

"이거 입고 가. 쌀쌀해."

서은이 입고 있던 카디건을 학생에게 건넸다.

"샘! 저도 명색이 남잔데……."

"까불지 말고 얼른 가져가."

"알겠어요. 내일 봐요. 송 샘!"

머리를 긁적이던 학생이 돌아서다 말고 그녀를 불렀다.

"왜?"

"진성이가…… 왜 일진에서 나왔냐면요. 샘이 포기하지 않고 계속 쫓아다니면서 괴롭혀서, 정신 차리라고 때리고 못살게 굴어서 그래서 맞아 죽을 각오로 탈퇴했대요. 송 샘한테 존나 고맙다고 그랬어요. 자긴…… 샘 덕분에 다시 학교로 돌아갈 거라고."

꾸벅 고개를 숙이고 돌아서는 학생의 뒷모습을 서은은 물끄러미 바라보고 있었다.

문제의 학생이 완전히 사라지고 나서야 '털썩' 의자에 앉는 그녀의 어깨가 축 처져 있다. 조금 전, 황소라도 때려잡을 듯이 용맹하던 그녀의 약한 뒷모습을 물끄러미 바라보던 무하는 왠지 모를 먹먹함에 저도 모르게 손을 들어 가슴을 어루만졌다.

✳

냉장고 문을 열자 말라비틀어진 오이 반 개가 제일 먼저 눈에 들어왔다. 한때는 탱탱하다 못해 탐스럽기까지 했을 초록의 오이는 오랜 시간 방치된 나머지 수분을 죄다 잃어버린 채, 쪼그라진 모습으로 아무렇게나 드러누워 있었다.

'꼭 내 인생 같네.'

서은은 패잔병처럼 볼품없이 널브러진 오이를 가만히 들여다보다 냉장고 문을 닫았다.

"바로 집으로 오라니까 어딜 들렀다 오는 거야?"

돌아서는 서은을 보며 수희가 물었다.

"좀 걸었지."

"감기 걸렸다며? 날씨도 우중충한데 새벽 댓바람부터 걸었단 말이야?"

"응. 운동 삼아."

"전화 왜 안 받았어?"

"배터리 나간 거 몰랐어."

서은은 거짓말을 했다. 병원을 나서며 배터리를 빼놓았었다.

"연락 안 돼서 걱정했어."

"왜? 조폭보다 무섭다는 가출중딩들에게 맞아서 병원이라도 갔을까 봐?"

수희의 가게에서 한창 일을 돕던 중에 경찰서에서 연락을 받았다. 세 번째 가출을 해 연락이 두절되었던 제자 여진성과 고원을 찾았다는 전갈이었다.

"아니 네가 승질 부려서 애들 더 다쳤을까 봐."

칠칠치 못한 친구 걱정으로 노심초사하고 있었을 단짝을 보며 서은은 바보처럼 히죽거렸다.

"이번이 세 번짼가?"

"응."

"고놈들 상습범 되겠네."

"다신 못 그러게, 이번에 확실히 잡아야지."

"경찰에선 뭐라 그래?"

"원이네서 오토바이값이랑 정신적인 위자료까지 다 물어주기로 하고, 조용히 덮기로 했어. 그쪽도 돈이 급한 참에 잘됐다 싶었나 봐."

"그나마 다행이다. 애들은 괜찮았어?"

"오토바이 사고치고는 양호한 편이지."

"몇 주 나왔어?"

"원이는 타박상, 진성이는 6주라네."

"건방진 자식들. 그렇게 걱정을 시켰으면 몸이라도 건강해야지. 어디서 감히 침대에 누워서 샘을 만나. 버릇없이."

"그러게 말이야."

친구의 말에 서은이 맞장구를 쳤다. 3일 만에 만난 진성이 건강한 모습이었으면 더없이 좋았으련만, 불행히도 오토바이 사고로 병원 침대에 누워 발견이 된 것이다.

"또 바리바리 반찬 싸다 줄 거지?"

"내가 미쳤냐? 고약한 놈에게 반찬까지 갖다 바치게."

말은 그렇게 하면서도 커다란 솥을 꺼내 물을 받는 서은을 보며 수희가 혀를 찼다.

"안자? 밤새 간호해서 피곤할 텐데 지금 뭐하는 짓이야?"

"뼈 붙는 데는 사골만 한 게 없다며."

"가지가지 한다. 아주 가지가지 해!"

수희가 못 말린다는 듯 고개를 흔들었고 서은은 헤헤거리며 웃었다.

"가게는 괜찮았어? 알바생 없어서 무지 고생했지?"

서은의 단짝인 최수희는 자갈치 시장에서 채소가게를 운영하고 있다. 7년이라는 시간 동안 장사에만 매달려 살아온 그녀는 요즘 자신을 위로하기 위해 클래식 기타를 배우러 다니는 중이다. 그래서 그 시간 동안, 서은이 아르바이트를 하고 있었다.

"재희 불렀지 뭐."

"에고. 한참 툴툴거렸겠다."

"지가 툴툴거려 봤자지. 너 아침 아직 안 먹었지? 이모가 간장게장 담으셨어. 송서은이 굶고 앉아 있을 것 같아서 들고 왔지."

수희가 식탁 위에 놓인 분홍 보자기를 가리키며 말했다.

"역쉬. 우리 수희밖에 없네."

"근데, 너 병원에서 무슨 일 있었냐?"

예리한 친구의 물음에 서은은 낮게 한숨을 내쉬며 고개를 흔들었다.

"일은 무슨 일."

"차라리 귀신을 속여라. 간장게장이라면 자다가도 벌떡 일어나던 애가 오늘은 영 신통찮구만. 너 솔직히 말해봐. 무슨 일이야?"

20년 동안 자매처럼 지내왔던 단짝이었다. 눈빛만 봐도 지금 상태가 어떤지 알 수 있는 수희의 눈을 속이는 것은 불가능한 일이다.

"아니……. 별건 아니고, 병원을 나서다가 상수를 만났어."

헤어진 전 애인을 들먹이는 서은을 보며 수희는 눈살을 찌푸렸다.

"그놈은 왜?"

"여친님이 교통사고로 다치셨단다."

"열부 나셨네, 열부 나셨어. 미친놈."

"그러게. 나한테도 그렇게 좀 잘해보지."

"그래도 다행인 줄 알아. 결혼하기 전에 그 자식 인간성을 알았으니 망정이지, 결혼하고 그런 놈인지 알았으면 얼마나 억울해?"

"알아. 알긴 아는데……. 그래도 말이지……. 이상하게 마음이 헛헛해."

"마음이 헛헛해?"

"응. 그냥……. 내가 너무 쉽게 포기한 건 아닐까? 조금 더 노력해 봤어야 하는 건 아닐까. 자꾸만, 그런 생각이 들어."

"떽! 정신 차려. 그놈은 그럴 만한 가치도 없는 인간이야. 평소에 아무리 잘해도 결정적일 때 배신하는 놈은 절대 안 돼."

"그렇겠지?"

"그럼!"

수희는 자신 있게 말했고 서은은 깊은 한숨을 내쉬었다.

"그래서 상수 때문에 얼굴이 그 모양이야?"

"그냥……. 진성이 자는 거 보고 나오는데, 저 불쌍한 자식은 대체 왜 그런 아버지 밑에서 태어났을까? 아버지가 그렇다고 저까지 막살면 어떡하나. 시간이 얼마나 훅 지나가는데, 저 철딱

서니를 어쩌면 좋을까 싶고. 또 원이도 그래. 원이 엄마는 원이
만 믿고 사는데 정작 원이는 그런 엄마를 너무너무 지겨워하잖
아. 이것도 마음에 걸리고, 저것도 마음에 걸리고. 또 내 인생은
이게 뭔가, 제자 놈들은 하루가 멀다고 사고나 치고, 동생년은
연예인 한다고 깔짝거리고, 엄마는…… 엄마는 내내 승질만 내
고. 내 인생은 왜 이러나, 이렇게 평생 남 뒷바라지만 하다가 끝
나는 건가 싶기도 하고."

친구의 넋두리에 수희는 깊은 한숨을 내쉬었다. 오랜 시간,
묵혀놓았던 죄책감이 그녀를 괴롭혔기 때문이다. 괜히 자신의
욕심 때문에 서은이 이렇게 힘들어하는 건 아닐까? 큰 사고를
당하고, 상수와 파혼하고, 또 이렇게 나이를 먹어가는 친구를
보니 십 년도 전의 일이 자꾸만 생각났다.

"서은아! 그때 말이야. 내가 정말 잘못했어."

수희가 낮게 속삭이자, 서은이 놀라는 눈으로 그녀를 쳐다보
았다.

"무슨 소리야? 뭘 잘못해?"

"우리 고등학교 졸업하는 날, 네가 재희 좋아한다고 말했을
때, 내가 반대만 하지 않았더라면, 너랑 재희 지금쯤 행복하게
잘 지내고 있을지도 모르는데."

수희의 말에 서은이 피식, 미소를 지었다.

"뭐야. 옛날 옛적 일을. 그때가 언젠데……."

"그땐 내가 철이 없었어. 네가 싫어서가 아니었어. 고아로 자

란 우리 남매……. 번듯한 가족이 있는 그런 사람을 만났으면 하는 욕심 때문이었어. 그런데 너랑 우리 재희……. 이렇게 잘 안 풀리니까, 이 모든 게 꼭 내 욕심 때문인 것 같아."

수희가 눈물을 글썽이며 말했다.

수희가 자신에게 미안해하고 있다는 것, 그래서 더 잘한다는 건, 서은에게 더 아픈 일이었다. 서은은 서글픈 미소를 지으며 고개를 흔들었다.

"그러지 마. 네 마음 아는데, 더 이상 그런 생각하지 마. 나도 그런걸. 나라도 그랬을 거야. 이제 그 얘긴 그만하자. 너랑 재희 는 내게 이미 가족인걸."

"그래도……."

말을 잇지 못하는 친구를 보며 서은은 따뜻하게 웃어주었다. 그녀가 생각해도 자신의 인생은 참 고난이 많았다. 동네 어른들 의 '내가 살아온 날을 소설책으로 엮으면 열 권은 나올 것이야' 라는 말씀이 이제 겨우 서른 살을 살아온 서은에게도 해당하는 것이었다. 하지만 자신 때문에 이렇게 슬퍼하는 친구를 보며 더 는 낙심할 수만은 없는 노릇이다. 그녀는 일부러 더 밝은 목소 리로 말했다.

"어허. 하루 이틀 이렇게 산 것도 아니면서 왜 이러실까나. 너 괜히 나 힘내라고 더 이러는 거지? 고마워. 친구! 날 위해 오버 하는 너를 보니까 우리 아빠 말씀이 생각난다. 아빠 말씀이 나 쁜 뒤끝은 없어도, 착한 뒤끝은 반드시 있다 그러셨거든. 우리,

앞으로 진짜 좋은 일만 있을 거야. 기다려 봐!"

"정말 그랬으면 좋겠다."

애절한 눈빛으로 중얼거리는 수희를 보며 서은은 웃음을 터트렸다.

"그럼. 내 말이 맞다니까."

"그래. 그럴 거야. 그런데 말이지, 위로해 주러 왔다가 위로만 받고 가는 난 뭐니?"

수희가 분홍색 보자기를 풀며 말했다. 작고 야무진 손이 몇 번 움직이지 않아 매듭이 스르르 풀어졌다.

"뭐긴 뭐야. 사랑하는 내 친구지."

"후후. 배배 꼬인 우리 인생도 이렇게 쉽게 풀어지는 날이 올 거야. 그치? 그런 의미로다가 내가 간장게장에 밥 맛있게 비벼 줄 테니까 먹고 힘내시라. 참기름에 비빌까? 아님 들기름? 익은 김치는 있지?"

겉으로는 강한 척하지만, 제자들이 한 번씩 사고를 칠 때마다 몸살을 앓는 서은을 잘 아는 수희다. 지금 서은의 몸과 마음이 다 공허한 상태인 것도, 배 속 허기보다 마음의 허기가 더 큰 것도 잘 알고 있는 그녀였기에 일부러 밝고 명랑하게 말했다.

"으으응. 나 정말 배고팠어. 도대체 이놈의 허기는 뭘 먹어야 채워지나?"

"그놈의 허기는 밥으로 채워질 게 아닌 것 같은데……."

"그런가?"

"그럴걸."

서은은 턱을 괸 채로 식탁에 앉아, 게장항아리에 든 간장을 덜어 밥과 참기름을 양푼에 담고 있는 친구를 멍하니 바라보았다.

"맛있겠다."

"죽음이지. 먹어봐."

수희가 양푼을 들고 서은에게로 다가올 때였다. 신경질이 가득 묻어나는, 김영자 여사의 차가운 목소리가 들려온 것은.

"자알한다. 넌 그 꼴로 밥이 넘어가?"

김 여사의 등장으로 훈훈하던 식탁 공기가 순식간에 냉랭하게 변해 버렸다.

"어머니. 오셨어요?"

김 여사는 밥을 비비다 말고 벌떡 일어나는 수희를 보며 눈살을 찌푸렸다. 여성스럽게 작은 얼굴 위로 못마땅한 듯, 짜증이 한가득이다.

"가겐 어쩌고 여기서 노닥거려?"

"이모가 간장게장 담으셨거든요. 서은이 먹으라고 좀 가져왔어요."

"뭘 예쁘다고 이런 걸 챙겨."

"서은이 예쁘잖아요."

"끼리끼리 논다더니, 아주 꼴값들을 떨어요."

"식사 안 하셨죠? 이리 앉으세요."

서은은 가끔 생각한다. 친구 수희는 혹시 날개 잃은 천사가 아닐까 하고. 그녀는 콩나물 천 원어치를 사면서 오백 원어치를 덤으로 달라는 주책없는 아줌마에서부터 짜증 내는 얼굴로 신경을 팍팍 긁어대는 김 여사에게까지 한결같이 친절하다.

"안 먹는다."

"드셔보세요. 이모부가 직접 잡은 싱싱한 게로 담았거든요. 어머니 좋아하시는 성게 알도 챙겨 왔는데……."

"안 먹는다니까. 손님 많이 들더라. 넌 어서 가게 가봐라."

김 여사의 목소리가 조금 누그러졌다. 자신이 좋아하는 성게까지 잊지 않고 챙겨온 수희에게 내심 미안했던 모양이다.

"그래. 수희야. 너 어서 가봐. 재희 혼자 힘들겠다."

서은의 권유에도 한참을 머뭇거리던 수희가 돌아가고 주방에는 서은 모녀만이 남았다.

"밥 차려줘?"

김 여사의 눈치를 보며 묻자 차가운 냉소가 돌아온다.

"모자란 년. 그 꼴로 입맛이 돌아?"

"게장이나 드셔봐. 맛있네."

"아이고. 부처님. 내가 무슨 죄를 지어서, 저런 걸."

분을 이기지 못한 김 여사의 붉은색 입술이 파르르 떨렸다.

열일곱 살 무렵, 다시 만난 김 여사는 서은의 얼굴을 어루만지며 눈물을 흘렸었다. 하지만 그때 한 번뿐이었다. 서은에게 돌아와야 할 아빠의 위로금이 없어졌다는 사실을 들은 뒤로 김

여사는 다시는 눈물을 흘리지 않았다. 딱 그만큼이 김 여사의
사랑이었다.

"그놈, 온 거 봤어?"

"엄마도 봤어?"

"그래 봤다. 이년아. 지 애인 데리고 와서는 아주 자랑스럽게
시장통을 누비더라. 온 시장에 소문이란 소문은 다 내놓고, 내
가 얼굴 창피해서 고개를 못 들고 다녀. 하다하다 이제 그 모자
란 놈한테까지 차여?"

"아따. 사람이 살다 보면 사귀다 헤어질 수도 있고 그런 거
지."

"그런 거지? 이 모자란 것아. 넌 지금 그런 소리가 입 밖에 나
오니? 어이고. 내 팔자야! 서방 복 없는 년은 자식 복도 없다고
하더니만. 세상에 오죽 못났으면 그 팔푼이 같은 거에 차여? 그
러기에 내가 뭐랬어? 진즉 헤어지라 그랬지? 뭐? 사람이 성실하
고 착해? 세상에 착한 놈이 다 죽고 없어졌어?"

"그만해요. 3년 전 얘기를 왜 다시 꺼내고 그래?"

한숨처럼 터져 나온 서은의 대꾸에 김 여사의 눈초리가 더 사
나워졌다.

"뭐? 고만해? 뭘 고만해? 내가 뭘 어쨌다고? 사람 보는 눈이
라고는 쥐꼬리만큼도 없는 년이 뭐가 그리 잘났다고 엄마 말이
라면 거품부터 물고 들어?"

김 여사가 제대로 흥분을 한 모양이다.

합법적인 절차를 밟아 호적등본에 이름이 함께 올라간 부부들, 짧게는 며칠에서부터 길게는 몇십 년을 같이 살았던 부부들도 돌아서면 남이 되는 세상이다. 그들에 비하면 아무것도 아닌, 정말이지 새 발의 피 같은 서은과 상수의 시간은 그저 결혼을 약속했던 두 남녀가 파혼을 하고 갈라서게 된 흔해 빠져 버린 스토리일 뿐이었다. 하지만 아무리 흔한 이야기이고 찰나의 짧은 시간의 일이었다 해도 그게 자기 일이 되면 그 무게가 달라지는 것이 사람의 마음이다. 확률상 지극히 일어나기 어려운 퍼센티지의 일이라도 그 일이 나에게 일어나게 된다면 100%가 되는 것이다. 오늘같이 쓸쓸하고 외로운 날 아무 말 없이 그저 꼭 안아주기만 해도 그동안 김 여사에게 섭섭했던 감정들이 죄다 풀렸을 서은이었다.

"나쁜 놈의 새끼. 고시 공부한다고 겉멋만 들어서는."

용서와 화해, 격려와 애정 대신 분노의 퍼런 빛을 발하는 김 여사의 눈빛이 매섭다 못해 살벌하게 느껴졌다.

"흥분하지 마셔. 혈압 올라."

"혈압이 올라? 그래. 이년아. 너 말 한번 잘했다. 내가 네년만 아니면 혈압이 오를 일이 없어. 알아?"

"대신 두 딸이 잘하잖아. 예전에 아빠가 그러셨어. 산 좋고, 물 좋고 정자 좋은 곳이 어딨냐고. 산이 좋으면 물이 나쁘고 물이 좋으면 정자가 없고 그러는 게 세상 이치지. 그러니까 마음 비우고 그냥 편히 삽시다. 괜히 스트레스받지 말고."

"시끄러! 입 닥치고 조용히 있어."

서은의 입에서 저도 모르게 낮은 한숨이 터져 나왔다. 애인에게 버림받은 슬픔보다 엄마의 분노를 어떻게 잠재울까에 더 신경을 곤두세우고 있는 자신이 한심하다 못해 서글프게 느껴졌다.

"썩을 놈. 똥물에 튀겨 죽일 연놈들."

김 여사는 아무래도 1절에서 끝낼 생각이 없는 모양이다. 딸자식이 체해서 밤새 컥컥거리길 바라는 걸까? 서은은 컵의 물을 반이나 마신 뒤에야 입안의 음식을 겨우 넘길 수 있었다.

"그만 좀 처먹어."

서은을 향해 김 여사가 다시 소리를 질러댔다. 얼마나 화가 났으면 그녀의 트레이드마크인 곱게 빗어 넘긴 머리가 한 가닥 삐져나온 줄도 모른다.

"그럼 남겨?"

"그래. 그래. 저먹어라. 내가 미친년이시. 닐 낳고 내가 미역국을 먹었다. 이 쓸개 빠진 년."

자리를 뜨는 김 여사가 남긴 말에 서은은 커다란 깍두기를 통째로 삼킨 것처럼 가슴이 답답해졌다.

2. 단엄침중端嚴沈重한 그의 목소리

"오랜만이네요."

밤공기를 가르며 나른한 목소리가 들려왔다.

국어교사인 서은이 즐겨 쓰는 말 중에 단엄침중端嚴沈重이란 단어가 있다. 단정하고 엄숙하며 침착하고 무게가 있는 목소리. 방금 들려온 목소리는 단엄침중의 전형적인 표본이다.

"착한 목소리네."

서은은 혼잣말을 중얼거리며 고개를 끄덕였다.

서은은 아이들에게 말을 하기 전에 깊이 생각하고, 경우에 맞는 적절한 말을 사용하라고 가르친다. 또한, 대화를 할 때는 정확한 언어를 구사하되, 그 마음도 함께 담겨 있어야 한다고 했다. 그렇게 언어를 사용하면 말의 힘을 가진 사람이 될 수 있다고.

그녀의 말을 들은 아이들이 물어 왔다.

'선생님은요? 선생님은 욕 겁나 잘하시잖아요?'

물론, 서은은 그렇게 하지 않는다. 아니, 못하고 있다. 그래서 그녀는 자신을 스스로 날라리 교사라 부른다.

"이봐요!"

조금 전보다 더 선명하게 들리는 목소리. '참 듣기 좋은 음색이야.' 감탄을 하는 서은의 등 뒤가 스멀거리기 시작했다. 이건, 대체 무슨 증상이지? 곰곰이 생각해 보니 저녁에 먹은 라면이 떠올랐다. 분명 끼니를 허하게 때운 탓이다. 맞아. 재희가 끓여주는 라면이 영 부실했었어. 서은은 고개를 끄덕였다.

"사람이 부르면 좀 돌아보죠. 송서은 씨"

송서은?

어라? 난데!

깜짝 놀란 서은이 목소리의 주인공을 향해 몸을 돌리기도 전이었다. 아주 따뜻하고 강한 누군가에게 손목을 잡힌 것은.

"엄마야!"

멍해진 서은은 자신의 손을 감고 있는 긴 손가락과, 그 손가락의 주인을 번갈아 쳐다보았다. 마치 남자의 손을 처음 보는 사람처럼 입을 헤벌리고 서 있는 그녀와 시선이 마주친 남자가 환하게 웃음을 짓고 있다.

"이게 무슨 짓이에요? 이거 놓으세요."

아이들을 나무랄 때처럼 똑 부러지는 소리로 힐책했다. 근데, 이 남자의 반응은 아이들과 천지 차이다. 한껏 차갑게 노려봤음에도 여유롭게 웃고 있다. 그것도 함박웃음을.

"실례했습니다. 반가운 마음에 그만."

남자가 서은의 손을 놓으며 말했다. 그런데 남자의 목소리에는 조금도 미안해하는 마음이 실려 있지 않다.

나는 지금 꿈을 꾸고 있는 걸까?

서은은 눈을 깜빡거려 보았다. 스크린에서 막 빠져나온 듯한, 전혀 현실적이지 않는, 게다가 목소리마저 좋은, 이런 고마운 인간이 아는 체를 하다니. 더구나 남자의 눈빛이, 그의 깊은 눈빛이 예사롭지가 않다. 저 애절한 눈빛이라니……. 짧지 않은 서른 해를 살아오며 쌓아온 공덕이 이제야 빛을 발하는 걸까? 역시 사람은 착하게 살고 볼 일이다.

"저를 아세요?"

"무하. 강무하라고 합니다."

그가 말했다. 간결한 대답이지만 울림이 좋다. 담배를 피우지 않는 모양인지 깊이 있으면서도 탁하지 않다. 목소리는 딱 서은의 취향이다. 생김새는 더더욱. 스포츠형으로 짧게 자른 머리와 깨끗한 피부, 쌍꺼풀 없이 깊은 눈동자. 치명적인 블랙홀처럼 쑤욱 빨려 들어갈 것 같은 그의 시선에 껄렁거리던 서은의 심장이 미친 사람처럼 날뛰기 시작한다.

"무하?"

서은은 바보처럼 그의 이름을 따라 읊조려 보았다.

어디선가 들어본 이름이긴 한데 얼굴과 목소리는 낯설다. 아는 사람 중에 이렇게 근사하고 미끈하게 잘 빠진 남자분이 있으셨던가? 불행히도 서은은 사람을 잘 기억하지 못한다. 하지만 이런 꽃돌이를 알고 있었다면 기억하지 못할 리가 없다. 서은은 이곳이 김 여사의 홈그라운드라는 것과 단지 손목을 잡혔을 뿐인 그녀가 내일이면 임신 막달의 남세스러운 년이 되어 있을지도 모를 위험성을 까맣게 잊은 채, 표면상으로는 예쁜 미소를 짓고, 내면으로는 그를 기억하기 위한 발버둥을 치기 시작했다.

"네. 강무하."

"강무하 씨."

앵무새처럼 자신의 말을 따라 하는 서은을 보며 남자가 다시 웃었다. 햇살처럼 싱그러운, 사람 잡을 엄청난 위력의 미소였다. 어쩌면 미소 하나에 이렇게 심장이 두근거릴 수 있는 걸까?

"자, 이제 저를 기억해 보세요."

"모, 모르겠어요."

"기억 안 나요? 섭섭한데."

쑥스러운 듯, 그가 씨익 웃었다. 그가 장난스럽게 웃는 '그 순간'이었다. 서은의 심장이 덜컥 내려앉는 것 같은 기분이 든 것은.

"괜찮아요?"

그가 걱정스러운 표정으로 물었다.

"뭐, 뭐가요?"

"얼굴이 하얗게 질렸어요. 제가 놀라게 했나 봅니다."

그가 서은의 얼굴로 손을 뻗었다. 길고도 정갈한 손가락이 피부에 닿는 그 순간, 서은의 심장은 적정속도를 잊어버린 폭주기관차가 되어버렸다. 막무가내로 질주하는 심장이 갑자기 멈춰버리는 것은 아닐까, 겁이 난 서은은 본능에 따라 그에게서 한 발짝, 아니, 두 발짝쯤 물러나 섰다.

"아직도 기억 안 나요?"

강무하가 다시 물었다.

"네."

"그럼 스무고개 할래요?"

"스무고개?"

이 사람, 정상이 아닌 걸까? 서은은 남자의 눈동자를 바라보았다. 칠흑 같은 검은 동자가 반짝반짝 빛을 발하고 있다. 너무 넘치는 사람인가? 고개를 갸웃거려 보았지만, 비정상적인 기미는 느껴지지 않았다. 서은은 문득, 정직하리만치 순수한 눈빛의 주인공을 믿고 싶어졌다. 저런 눈빛이 정상이 아니라면 세상에 정상인 사람이 하나도 없을 것이라며, 자신을 설득했다.

혹시 저 사람 나름의 하이개그를 하는 것일 수도 있어.

그렇다면 뭔가 받아칠 말이 있어야 하는데…….

짧은 순간 수없이 많은 말이 머릿속을 오갔지만, 이럴 때 뭐라고 대답을 해야 하는지 알 수가 없었다. 뭔가 재치 있는, 남자의 뇌리에 확 꽂히는 대꾸를 하고 싶어도 떠오르지가 않는다.

어쩌면, 이럴 때 적절히 대응할 순발력도 없는 걸까? 하긴, 순발력도 경험이 있어야 나오는 거지. 박복한 송서은의 삶에 이런 상큼이를 언제 상대나 해봤던가? 복잡한 심경의 서은은 이질적인 호기심과 설렘에 천천히 고개를 끄덕였다.

"나는…… 남자입니다."

강무하가 느릿한 목소리로 첫 번째 고개를 넘었다. 머리를 비스듬히 기울여 서은을 바라보는, 다소 건방져 보이는 삐딱한 입술선과 장난기가 감춰진 짙은 눈동자……. 불현듯 기억이 떠오르려고 한다. 다른 건 몰라도 건방기가 가득한 저 시선이 이상하게 낯이 익다.

"……눈동자."

"눈동자?"

"어디선가 본 것 같아요."

"그렇죠? 잘 생각해 봐요."

"일본어 학원?"

고심한 대답에 남자가 선하게 웃었다.

"아쉽다. 정말 기억난 줄 알았는데."

그는 정말 아쉽다는 듯이 싱그럽게 웃었고 서은은 미친 듯 팔딱거리는 심장을 들키지 않기 위해 심호흡을 하며 안간힘을 썼다.

강무하.

서은은 자신의 앞에 있는 잘생긴, 아주 작은 얼굴과 서늘하리만치 깊은 눈동자를 가진 남자를 물끄러미 바라보았다. 그렇게 바라보면 생각이 날지도 모른다는 기대감으로.

"그럼 혹시 헬스클럽?"

"진짜 기억 못하는구나."

남자가 검지로 눈썹을 비비기 시작했다. 콧잔등을 살짝 찌푸린 채로, 겸연쩍게 웃는 그를 보며 서은은 당황하기 시작했다. 별 의미 없는…… 무의식적으로 눈썹을 긁는 그의 모습이 마치 영화 속의 한 장면같이 보였다.

'내가 너무 외로운 것일까?'

서은은 자신이 주책없는 이상한 여자로 보일까 신경이 쓰였고, 자신의 눈동자를 통해 그에 대한 호감이 고스란히 드러날까 봐 걱정되었다.

"건강은 어때요? 사고 후유증은요?"

무하의 물음에 서은은 두 눈을 동그랗게 떴다.

"사고? 내가 다친 걸 알아요?"

"응."

"그럼 그날 버스?"

남자가 서서히 웃는다. 이제야 의문이 풀리는 서은이다.

"아하. 그랬구나. 안면은 있는 것 같은데 기억이 안 나서 이상하다 생각했었어요. 어디 소속 봉사자였어요? 우리 시장 쪽은 아니었던 거 같은데. 경찰서? 복지관?"

"경찰서 쪽이요. 전경근무 중에 인원이 모자라서 차출됐었어
요."

"저런. 원하지도 않는 봉사활동 따라왔다가 사고가 난 거네
요? 에고, 억울해서 어째요."

"이만하길 다행이죠. 덕분에 의가사제대를 하긴 했지만."

"하긴, 그렇게 생각하면 또 그래요. 우리는 그나마 다행인 편
이죠. 그쵸? 사고 동지를 이렇게도 만나는군요."

"그렇죠? 정식으로 인사할게요. 저는 강무하라고 합니다."

"저는 송서은입니다."

두 사람은 씩씩하게 손을 흔들며 인사를 나누었다.

"그런데 날 어떻게 알아봤어요?"

서은이 흥미로운 듯 물었다.

"첫눈에 알아봤어요. 내가 기억력이 좋거든요."

무하의 말에 서은이 다시 감탄사를 내뱉었다.

"그런데 이 늦은 시간에 여긴 웬일이에요?"

무하가 쥐고 있던 빵봉지를 흔들어 보였다. 그제야 보이는 커
다란 바게트.

'빵 사러 나왔구나.'

마음이 짠해졌다. 허기진 꽃미남만큼 모성애를 자극하는 존
재가 있을까? 다 큰 남자가, 그것도 키도 훤칠하게 큰 남자가 저
녁을 빵으로 때워야 한다니. 줘도 안 먹을 나무막대기같이 딱딱

한 빵으로.

돌아가신 아버지는 항상 말씀하셨다. 자고로 한국사람은 따
신 밥과 국을 먹어야 하는 법이라고. 서은이 안타까운 듯, 물었
다.

"저녁 안 먹었어요?"

"네."

"그럼 김밥이라도 사 먹지. 그 막대기 같은 걸로 끼니가 돼
요?"

"막대기……. 꽤 먹을 만해요. 고소하고 담백하고. 좀 나누어
줄까요?"

서은은 해맑은 미소를 짓는 그를 보며 고개를 흔들었다. 잘생
기고, 기억력도 좋은 그의 일용할 양식을 뺏어먹을 수는 없다.

"됐어요."

"그러지 말고 나눠 먹어요. 자."

세상에, 먹을 것을 나누어주다니……. 잘생긴 사람이 심성까
지 곱구나, 서은은 말 잘 듣는 아이처럼 손을 내밀었다.

"커피랑 같이 먹으면 맛있어요."

"그래요. 고맙게 잘 먹을게요. 다……."

서은은 '다음에 만나면 갚아준다'는 말을 하려다 입을 다물
었다. 너무 노골적으로 다시 만나자고 말하는 것은 아닐까, 은
근 신경이 쓰였다.

"저기, 이번 일요일에 시간 좀 돼요?"

"네?"

무하의 물음에 서은은 두 눈을 동그랗게 떴다.

"같이 가고 싶은 곳이 있어요."

"어, 어딜?"

서은의 말에 무하가 살짝 미소를 짓는다.

"전화기 좀 줘볼래요?"

서은은 무엇인가에 홀린 사람처럼 전화기를 내밀었다.

삑삑삑. 그가 손가락을 놀리자 그의 주머니 속에서 진동이 울리기 시작했다.

"내 번호도 저장해 놨어요. 강무하!"

그가 주머니에 있는 자신의 휴대전화를 꺼내 서은의 번호를 저장하며 말했다.

"어? 네."

송서은이 얼떨떨한 표정으로 대답했다.

그녀는 이 상황이 다소 이해가 되지 않는 모양이다.

무하는, 눈에 띄게 난처해하는 서은을 보며 새어 나오려는 웃음을 꾹 눌렀다. 119에 실려가기 전까지 자신을 꼭 감싸 안고 있던, 끊임없이 희망을 북돋아주던 그녀는 여전히 밝고 씩씩했으며 다정해 보였다. 거기다 그의 가슴을 두근거리게 하는 예쁜 미소까지 짓고 있다.

"근데, 서은 씨는 키가 더 작아진 것 같아요. 전에 이렇게 작진 않았었는데."

"그럴 리가……."

서은의 얼굴에 난감한 표정이 또다시 스쳐 갔다.

기억도 나지 않는 남자가, 실례되는 말을 서슴없이 하니 얼마나 기가 막히겠는가? 그는 자신의 장난에 이러지도 저러지도 못하는 서은을 보며 웃음을 삼켰다. 시시각각 표정이 변하는 서은의 얼굴색이 당근처럼 변해가고 있었다.

"농담이었어요. 사고 후유증은 없어요?"

난처해하는 그녀를 위해 대화의 주제를 바꾸었더니 금세 다행이라는 듯 표정이 변해 버린다. 이 여자와 이야기를 나누다 보면 수만 가지 표정도 볼 수도 있겠군. 사람에 대한 관심이 많은 진후가 얘기를 듣는다면 당장 소개해 달라고 떼를 쓸 것이다. 비슷한 두 사람이 만나는 모습을 상상하는 것만으로도 입꼬리가 올라가는 무하였다.

"있어요. 사고 후유증. 전 비가 오거나 날이 흐리면 삭신이 쑤셔요. 무하 씨는요?"

"저도 그래요."

"그래도 우린 정말 다행인 편이에요. 이렇게 마주 보며 웃을 수 있어서."

전치 16주의 중상을 입었던 서은이 부드럽게 웃으며 말했다.

"그러게요."

무하는, 환하게 웃는 서은을 보며 따라 웃었다.

그녀를 만나면 물어보고 싶었다. 일면식도 없는 자신을 왜 그렇게 품고 있었는지, 왜 그렇게 따뜻하게 위로를 해주었는지.

그날 그 버스는 많은 사람의 인생을 변화시켰다. 장래가 촉망되던 젊은이들의 삶을 한순간에 앗아갔으며, 지워지지 않는 상처를 남겨놓았고, 많은 이들의 웃음을 사라지게 했다. 그래도 살아남은 사람은 운이 좋다고 했다. 서른 명 중 목숨을 잃은 사람이 여섯 명이나 됐으니까.

"그런데 혹시 모델 일 하세요?"

서은의 물음이 깊은 생각에 빠져 있던 무하의 생각을 끊어냈다.

"모델 같아요?"

"네. 모델 아니면 배우. 그쪽 무지하게 잘생겼어요. 키도 크고 목소리도 좋아요."

서은이 감탄한 듯 말했다.

서른이 다 된 여자가 남자에게 '잘생기고 키도 크고 목소리도 좋다'는 말을 하면서 사심이 전혀 느껴지지 않는다. 꼭 지나가는 강아지를 보고 '귀엽네!'라고 말하는 것처럼 담백하게 들린다. 무하는 자신을 올려다보는 서은에게 장난스럽게 웃어주었다.

"평범한 대학원생이에요."

"대학원생? 우와. 아깝다. 근데 뭘 먹으면 이렇게 키가 크는 거예요?"

"글쎄요."

"에이. 그러지 말고 비법을 좀 말해봐요. 나, 무지 궁금한데."

간혹, 그런 사람들이 있다. 아무것도 아닌 내용을 이야기하는데도 경청을 하고 맞장구를 잘 쳐주는 사람. 두 눈을 반짝이며 주의 깊게 듣고 상대에게 열중하는 사람. 그런 사람들과의 대화는 언제나 흥미롭다. 송서은이 딱 그런 사람이었다. 무하는 진지한 눈빛으로 대답을 기다리는 서은에게 그만을 비법을 전해주기 시작했다.

"중학교 때까지 키가 작았거든요. 줄넘기를 하면 성장판이 자극을 받아서 키가 큰다는 말을 들었어요. 그때부터 매일 이천 개씩 뛰었어요."

무하는 일부러 아버지와 어머니가 키가 크다는 말을 쏙 빼놓았다. 두 눈을 크게 뜨고 열심히 듣는 그녀에게 희망을 주고 싶었다.

"헉! 매일 이천 개를요? 그랬더니 키가 컸어요?"

"꼬박 1년을 했더니 키가 크더라고요. 그런데 서은 씨, 키 더 키우게요?"

얼핏 봐도 165는 되어 보이는 서은에게 말을 하면서도 우스운 무하다.

"아하, 제가 아는 꼬맹이 중에 키가 작아서 고민하는 애가 있거든요. 꼭 일러줘야겠어요."

"네. 꼭 시도해 보라고 하세요. 그런데 서은 씬 여기서 일하는 거예요?"

자갈치 채소라고 쓰인 간판을 보며 무하가 물었다.

"아니요. 여긴 친구네 가게예요. 대신 봐주고 있어요."

"착한 친구네요."

나도 당신과 친구가 되고 싶어요. 하마터면 입 밖으로 나올 뻔한 무하의 생각이었다.

"제가 의리는 좀 있죠."

"그럼 의리 있는 서은 씨는 무슨 일을 해요?"

"학교에서 근무하고 있어요."

"학교? 어디에 있는 학교에 있는지 물어도 될까요?"

"명륜동. K 중학교."

"아하. 저도 아는 학교네요."

"혹시 그 학교 출신?"

"아뇨. 저는 아쉽게도 남산동 쪽에서 다녔어요."

"음. 그럼 지금은요?"

"미국에서 공부하다 군 문제 때문에 잠시 들어왔었어요. 사고 난 뒤 다시 나가서 수술받고, 재활치료하고, 학교 졸업하고. 대학원 2학기 마치고 개인적인 집안일 때문에 잠시 귀국했어요"

그는, 지난 3년간을 간략하게 읊어주었다.

"그랬구나. 의가사제대에다 대학원 2학기면, 스물일곱? 여덟?"

"여섯. 7살에 학교 들어갔거든요."

"아하. 저보다 4살 동생이네요."

그녀가 빙그레 웃으며 고개를 끄덕였다. 그녀의 미소를 신호로 어디선가 시원한 바람이 불어왔다.

"서은 씨는 어떻게 지내셨어요?"

"전, 병원 퇴원하고 다시 일상으로 돌아왔었어요. 병실에서 읽고 싶었던 책, 실컷 보고 잠도 푹 자고……. 아, 그거 알아요? 요즘 K—POP이 미국까지 번졌다던데."

"제 친구들은 소녀시대를 좋아해요. 더러는 서정적인 한국 드라마를 좋아하고. 미국에도 한국 드라마 마니아들이 꽤 있어요."

"진짜요?"

서은이 두 눈을 동그랗게 뜨며 물어왔다.

무하는 채소가게 앞에서 나누는 소소한 이야기들이 이렇게 재미있는지 미처 알지 못했다. 호텔 커피숍에서 몇만 원짜리 커피를 마시며 나누는 시답잖은 대화들보다 훨씬 편안하고 재미있었다. 집안일을 도와주시는 이모님이 시장에만 가면 늦게 오는 이유를 알 수 있을 것 같았다.

"서은! 뭐해?"

십여 분이 넘는 수다는 가게 안에서 들려오는 목소리에 멈췄다.

"주인이 부르네요. 아무튼, 이렇게 다시 만나게 돼서 무지 반갑습니다. 건강해져서 더 고맙고요."

손을 내밀자, 서은도 고개를 끄덕이며 무하의 손을 마주 잡았다. 맞닿은 그녀의 손은 부드럽고 따뜻했다. 가볍게 손을 흔들자 상큼한 비누 향기가 주변으로 퍼져 나갔다. 은은한 냄새는 끼니를 걸러 허기진 무하의 배 속으로 파고들었다. 머리가 띵하더니, 급기야 온몸의 피가 들끓는 것처럼 초조해졌다.

"우린 사고 동긴가요?"

"그러네요."

"그럼…… 동기님. 잘 가요."

속삭임 같은 대화를 끝으로 주변이 조용해졌다.

조그만 잡음도 들리지 않는 완벽한 무음 세계에 빠져 버린 것 같았다. 생전 처음 경험해 보는 낯선 느낌에 무하는 눈을 깜빡였다. 눈이 시려왔다. 여행의 피곤이 갑자기 몰려오는 걸까? 꼭 다른 세계에 빠져든 것 같은 기분이 들었다.

"동기님? 괜찮아요?"

그녀가 걱정스럽게 쳐다보고 있었다.

"아! 네. 오늘 정말 반가웠어요."

인사를 건넨 무하가 돌아섰다.

"조심해서 가요."

서은은 긴 다리로 성큼성큼 걸어가는 그를 오랫동안 바라보았다. 점점 사라져 가는 그의 뒷모습이, 유난히 긴 그림자가 마음을 시리게 했다. 갑자기 잊고 살았던 사고의 기억이 떠올랐다. 끔찍하고 살벌했던 그 순간. 가슴속에서 울컥, 뜨거운 것이 치밀어 오르더니 체한 것처럼 속이 답답하고 머리가 아프기 시작했다.

"누구냐?"

온기가 사라진, 텅 빈 거리를 노려보는 서은에게 재희가 물었다.

"응?"

"누군데 그렇게 넋을 놓고 바라보느냐고."

"아, 아. 아는 사람."

"아아아는 사람 누구? 그새 새 남자 생겼냐?"

서은의 첫사랑이자, 수희의 쌍둥이 동생인 재희는 버스 사고 이후로 삐딱하고 날카로운 성격으로 변해 버렸다. 수희를 돕는 시간 외에는 재활치료에 힘썼지만, 결국 재기 불가능이란 판정을 받아서 더 그런 것 같았다.

"새 남잔 무슨……."

사고 동기라는 말을 하려다 생각을 바꾸었다. 재희는 아직 사고의 후유증에서 벗어나지 못한 상태이다. 그날, 그 버스 사고로 인생이 바뀐 사람 중에 가장 대표적인 케이스는 최재희였다. 체력 하나라면 자신이 있었던 재희의 무릎뼈와 어깨뼈는 산산조각이 났고, 갈비뼈가 8대나 부러지는 큰 부상을 당했다. 여섯 번의 수술을 마치고 팔과 다리에 쇠심을 박은 채, 병실로 돌아오는 재희는 아주 달콤한 잠에 빠진 사람처럼 평온해 보였다. 별명이 마징가였던 최재희는 사고 이후로 정말 무쇠 팔과 무쇠 다리가 되어버린 것이다.

"괜찮을까요?"

조바심을 내며 동생의 상태를 묻는 수희에게 의사는 정상적
으로 걷고 팔을 쓰는 것만도 큰 기적이라고 했다. 앞으로 운동
을 포기해야 한다는 말도 침통하게 덧붙였다.

서은은 사랑하는 친구의 불행에 아무 말도 하지 못하고 눈물
만 흘렸다. 오랜 시간, 무거운 침묵만이 흐르는 병실에 우두커
니 앉아 점점 어두워져 가는 밖을 바라보던 서은이 우연히 고개
를 돌렸을 때, 그녀는 재희의 눈가에서 흘러내린 눈물을 보았
다. 소리 없이 우는 남자의 눈물은 낯설고 서러웠다. 흐느낌을
삼켜가며 온몸으로 울고 있는 친구를 보며 서은도 따라 울었다.
그리고 그때 알게 되었다. 자신이 이 쌍둥이 친구들을 얼마나
사랑하는지. 얼마나 의지하고 있었는지.

재희는 오랜 시간 재활치료를 받았다. 재희가 야구를 포기하
고 완전히 마음을 접을 때까지 두 사람에게는 하루하루가 살얼
음판을 걷는 것 같은 나날들이었다.

"무슨 생각을 그렇게 하냐?"

긴 추억에 잠겨 있는 서은을 재희가 일깨웠다.

"아니. 그냥."

"배고프다. 우리 포장마차 가서 우동 먹고 갈래? 이 오라버님
이 쏠게."

재희의 유혹에 마음이 흔들린다. 하지만 열 시가 넘은 이 시간에 우동을 먹었다간, 그 국물들이 내일 아침 얼굴에 다 흡수되어 있을 것이다. 재희의 몫까지다.

"안 먹어."

"왜?"

"이제 나도 늙었나 봐. 밤에 먹으면 자꾸 부어."

"뭘 새삼스럽게. 넌 항상 부어 있었어."

"죽을래?"

"그러지 말고 가자. 응?"

"싫어."

"서은아아아!"

"안 먹어!"

"꼼장어도 사줄게. 고추장으로 빨갛게 양념한 고놈들을 석쇠에 넣어서 연탄불에 구워먹는 거야. 자글자글, 지글지글. 얼마나 맛나겠냐? 걸 구워서, 마늘이랑 청양고추랑 넣고 깻잎에 싸먹는 거야. 응? 다 먹고 나면 내가 팥빙수도 사줄게. 네가 젤로 좋아하는 팥빙수!"

빌어먹을 꼼장어와 팥빙수.

"안 돼. 꼼장어 먹으면 물 켤 거고 그래서 팥빙수 정신없이 퍼먹다 보면, 다음 날 아침 팥들의 저주가 시작될 거야."

"팥들의 저주? 너 전설의 고향 찍냐? 그러지 말고 가자."

서은은 재희의 유혹에 흔들리지 않기 위해 두 팔로 귀를 막았지만, 재희는 집요하게 서은을 유혹했다.

"아, 싫다니까."

"혼자 먹기 싫어서 그래."

"혼자……?"

"그래. 이 야심한 시각에 불러낼 사람이 어딨냐? 아저씨도 없고. 너 혼자 먹기 싫을 때마다 내가 억지로 먹어줬잖아."

거짓말. 재희는 한 번도 억지로 먹은 적이 없다. 그는 항상 서은의 밥까지 뺏어 먹었었다. 하지만 혼자 먹기 싫다는 말은 서은을 약하게 한다. 아버지가 돌아가시고 항상 혼자 밥을 먹어야 했던 서은은 혼자인 사람의 외로움과 쓸쓸함을 잘 알고 있었다. 혼자 먹기 싫다는 말은 그녀가 좋아하는 꼼장어나 팥빙수보다 몇천 배, 몇만 배 더 위력적이었다.

"알았어."

"고마워. 사랑해. 서은!"

"지랄."

"넌 국어 선생이 지랄이 뭐냐?"

"냅둬. 이렇게 살다 죽을 테니."

"그러시든가. 단 지금은 안 돼. 나랑 같이 우동이랑 꼼장어 먹고 죽어야지."

"눈물겨운 우정일세."

"그렇지. 가봅시다. 친구!"

"그러세. 친구!"

두 사람은 멍청이 형제, 아니, 남매처럼 헤헤거리며 포장마차로 향했다.

　서은은 재희가 참 좋았다. 그는 박복한 서은의 인생을 풍요롭게 하는 보석 같은 사람이었다.

3. 그 여자, 송서은

"그래서. 피를 한 바가지나 퍼준 그 여자분은 잘 있더냐?"

실바람처럼 흩어지는 연약한 안개 사이를 지나치며, 진후가 물었지만 무하는 그저 슬며시 미소만 지을 뿐이다.

"만나서 뭐라고 그랬어?"

계속되는 물음에도 무하는 묵묵부답이다.

어슴푸레한 새벽빛에 나풀거리는 머리카락, 허공을 가르는 긴 다리, 땅을 박차는 힘찬 발놀림에 지나가던 이들의 시선이 무하와 진후에게로 향했지만, 정작 그들은 그들만의 대화에 빠져 주변의 시선 따위는 신경조차 쓰지 않고 있었다.

"자식이. 웃지 말고 대답이나 해봐. 어때? 건강하디?"

"응. 건강해 보였어."

바람에 헝클어지는 머리칼을 손으로 쓸어 넘기며 무하가 대답했다.

"그렇겠지. 천하의 강무하가 피를 한 바가지나 나눠줬는데 안 건강하면 그게 더 이상하지. 그래서 그 여자랑 뭐했어?"

"그냥, 인사."

"인사만?"

"응."

야외무대에서 불어오는 바람을 맞으며 무하가 땀을 훔쳐 냈다.

진후는 팔의 움직임에 따라 움직이는 무하의 가슴근육과 팔근육을 바라보며 감탄사를 내뱉었다. 사고 후유증으로 뒤처진 수업을 따라잡느라 내내 고생했을 놈이 언제 저렇게 근육을 키웠는지, 분명 나태해진 자신의 모습이 싫어 이를 악물어가며 운동을 했겠지. 밤새 공부를 하고도 아침이면 멀쩡한 얼굴로 헬스장에 들렀을 강무하의 모습이 그려졌다. 무하는 충분히 그러고도 남을 놈이었다.

"궁금해하던 거 물어봤어?"

진후가 다시 물었다.

"아니."

"웃긴 자식. 너 그 여자가 왜 그렇게 너를 감싸 안고 있었는지 내내 궁금해했잖냐?"

"궁금했지."

"그런데?"

"그런데 이제 더 궁금해졌어."

진후는 해맑게 웃는 무하의 반듯한 얼굴을 바라보았다.

초등학교 단짝인 강무하를 알고 지낸 지 벌써 20년이 다 되어가지만, 그가 시원히 속내를 드러내는 것을 본 기억은 손으로 꼽을 정도로 적다. 소극적이거나 자신감이 결여된 성격은 절대 아니건만, 그는 지나칠 정도로 생각이 깊었다. 게다가 예의 바르고 정의로운 친구, 그래서 진후는 시간이 흐를수록 그를 더 좋아하게 되었다.

"너 수수께끼 하냐? 더 궁금하다니?"

"그 여자."

천천히 대답하는 무하를, 진후는 흥미진진한 눈으로 쳐다보았다.

"너…… 좀 이상하다."

"뭐가?"

"표정이며 말투며, 다 이상해. 혹시 그 여자한테 관심 있냐?"

"잘 모르겠다."

진지하게 대답하는 친구를 보며 진후는 낮게 웃었다. 그러다 문득, 떠오르는 얼굴에 이맛살을 찌푸린다.

"원경 씨. 원경 씨가 너 좋아하는 거 알지?"

"응."

"고모님이 원경 씨를 네 짝으로 생각하는 것도 알지?"

"그러시지."

"고모님 말씀이라면 자다가도 벌떡 일어나는 강무하가, 원경 씨 말고 다른 여자 얘기를 하면서 이런 표정을 짓는다는 건 뭔가 위험해 보이기는 하는데……. 그런데 강무하. 너, 왠지 좋아 보인다."

"한 번도 이런 감정 생긴 적이 없었으니까."

짧게 대답하는 무하를 보며 진후는 여자친구인, 진실의 말을 떠올렸다.

"무하 씨 같은 사람이 진짜 차가운 사람이야. 여자들에게 곁을 안 주잖아."

그는 인정하지 않았지만, 사람 보는 눈이 예리한 편인 진실은 무하를 다가가기 어려운 사람이라고 평했었다.

"왜 그런 집 있잖아. 분명 문이 열려 있는 집이긴 한데, 안으로 들어가면 다시 자물쇠가 채워져 있는 방이 나오는, 그런 집. 무하 씬 그런 느낌이 드는 사람이야."

문득, 진실의 말이 맞을지도 모른다는 생각이 드는 진후다.

무하는 모든 사람, 남자나 여자들에게 공평하게 친절하고 예의 바른 편이었지만, 그 반대로 특정한 누구에게 관심을 둔다거나, 더 많은 호기심을 드러낸 적은 없었다. 자신에게 호감을 표하는 여자들에게 따뜻하고 친절하게 대했지만, 허투루 선을 넘는다거나 정도에 지나치는 법이 없었다.

"원경 씨 이번 주에 들어온다며."

"응."

"어쩌려고 그러냐?"

"일단, 마음을 정리한 다음에 결정을 내야지."

무하가 정하는 마음이 무엇일지, 어떤 결정을 내릴지 모르지만, 외롭게 살아온 친구가 행복했으면 좋겠다고 생각하는 진후였다.

"그 여자 이름이 뭐였더라?"

"서…… 은. 송서은."

"맞다. 송서은. 사진으론 괜찮던데 실물도 예쁘냐?"

"응. 근데, 넌 이러고 있어도 돼? 오늘 네 애인이랑 화상 채팅하기로 했다면서."

"헉! 맞다! 나, 먼저 간다."

애인의 얼굴을 보기 위해 부리나케 달려가는 진후 대신, 시원한 강바람이 그에게로 다가왔다. 키가 큰 나무들을 지나쳐 오는 싱그러운 바람을 음미하며 무하는 그 여자 '송서은'을 생각했다. 화장품 냄새와 향수 냄새가 몸에 밴 주변 여자들과 달리 서은에게서는 싱그러운 풀 냄새가 났다. 3년 전처럼 베이비파우더 향은 나지 않았지만, 그래도 좋았다. 웃을 때면 하얀 치아가 8개만 보이도록 교육을 받은 여자들과 달리 서은은 주변의 시선 따위 신경 쓰지 않고 크게 웃음을 터트린다. 그리고 그 눈……. 당당하고 맑은 눈동자와 그 속에 숨겨진 작은 일렁임. 그 일렁임을 계속 보고 싶다는 그 순간의 욕심까지 세세하게 기억이 살아났다.

"젠장."

물속에서 흔들리는 불빛을 보며 무하는 그 여자, 송서은을 생각했다.

✻

"온천을 다녀와서 그런지 피부 죽인다."

서은은 수희의 매끄러운 얼굴을 검지로 쓰다듬으며 감탄했다.

"내 피부는 원래 좋았지. 딴소리하지 말고 그래서 어떻게 할 거야?"

"뭘 어떻게 해?"

"그 사고 동기님 전화 오면 만나볼 생각은 있는 거냐고."

"만나기는 뭘 만나. 뭘 그리 좋은 동기라고."

종이박스 안의 썩은 고구마를 골라내던 수희가 잠시 움직임을 멈추었다. 그리고 서은을 물끄러미 쳐다보았다.

"왜 그렇게 보는데?"

"그 사람 괜찮았나 보다? 너 지금 들떴어."

"들, 들뜨다니? 내가 언제……."

가끔 그럴 때가 있다. 말하지 않아도 속내가 훤히 들여다보이는 그런 느낌. 지금 서은이 그랬다.

"들떠 있는 거 맞아."

수희가 확고하게 말했다.

"음……. 목소리가 좀 근사하긴 했어."

"오호라. 그리고?"

"그리고 키가 컸고."

"키만?"

"얼굴도 겁나 잘생기긴 했더라. 하지만 그게 다야."

"너 지금 분위기가 흡사……."

"흡사?"

"대학 때 만났던, 그놈 있잖아. 너 없으면 죽는다고 설레발치던 그놈, 집안 반대로 울며불며 유학 갔던 놈. 꼭 그놈 만날 때 표정이야."

수희가 다시 고구마로 눈길을 돌리며 말했다.

사람이 한 가지 일을 오래 하다 보면 도인의 경지에 이른다는데, 수희는 채소장사 7년 만에 썩은 고구마와 실한 고구마를 골라내듯, 사람의 상태를 한눈에 파악하는 경지에 이른 것 같다. 대체, 마음이 들뜬 걸 어떻게 알아챘을까? 서은은 귀신 같은 직감을 가진 수희를 경이로운 눈으로 쳐다보았다.

"무슨 그런 소릴······. 그런 사람이 있었는지도 기억 안 나. 게다가 상수랑 헤어진 지가 얼마나 됐다고 벌써 다른 사람을 만나니."

"3년이면 충분해. 아니, 차고 넘쳐. 양다리도 모자라서 지가 불리해지니까 냅다 헤어지자 줄행랑친 놈이 무슨 상관이야. 그 놈은 애초에 상관도 하지 마. 근데 그 사고 동기님, 이름이 뭐야?"

"무하라던가?"

"무하? 이름이 근사하네."

"응."

"성은 뭐래?"

"강."

"강무하. 강무하. 느낌 있다. 무슨 일 하는데?"

"몰라. 대학에서는 수산 생명의학인가 뭔가 전공했다던데."

"오홀. 수산 쪽이라고? 그래서 부산에서 학교를 다녔구나. 근데, 대학생이면 몇 살 연하인 거야?"

수희가 신이 난 듯 소리쳤다.

"아니. 대학원생. 유학 중이래."

"유학 중인 대학원생? 괜안은데? 그래서 나이는?"

"우리보다 네 살이 적어."

"헉! 궁합도 안 본다는 4살 차이란 말이지? 그 무하 씨가 널 보러 여기까지 찾아왔다?"

수희의 목소리가 점점 흥미를 띠기 시작했다.

"아니. 내가 아니라 자갈치에 볼일 보러 왔다가 우연히 날 봤나 봐."

"으흠. 하늘이 맺어준 우연이네. 아무튼, 잘됐다. 잘해봐. 난 적극 응원!"

수희의 말에 서은은 쓴웃음을 지었다.

"걘 그냥 우연히 만났을 뿐이야. 그리고 너 우리 국문과 전통 몰라?"

"연하와 엮이면 불행해진다?"

"그렇지. 1학년 때 졸업반이던 지연 선배 기억나지? 미신 따원 안 믿는다며 신입생이랑 온 캠퍼스가 떠들썩하게 연애하다가, 결국 버림받고 정신과 치료받았던 언니."

"맞다. 그 언니."

"김 조교도 있어. 학교 앞 식당에서 일바하던 재수생이랑 눈맞아서는 죽네사네 난리치다가 결국 헤어졌었잖아. 그리고 학교도 그만두고 유학 갔지 아마?"

"그리고 보니 우리 과 사람 중에서 연하랑 엮여서 행복해진 사람은 하나도 없네."

"그러니까 애초에 관심을 가지면 안 돼."

"넌 딴 건 기억 못 하는 에가 그런 건 용케 기억한다."

"이상하게 그런 건 잘 안 잊혀. 남들…… 불행한 거 보면 꼭 옛날 생각이 나서 그런가?"

"그래도 그런 걸 기억하는 거 보면 송서은이 아주 중증 건망증은 아닌가 보다. 그치?"

"위로해 줘서 고맙다고 해야 하는 거니?"

"후훗. 대학 때까지만 해도 우리가 건망증으로 고민할 줄 누가 알았겠니. 우리 서은이만 해도 참 총명하고 그랬는데……. 아, 옛날 기억난다. 그때가 참 좋았었는데……."

"그러게. 그때가 참 좋았었지. 앞으로 무엇이 되든, 세상을 놀라게 할 큰 인물이 될 것임을 믿어 의심치 않았었는데."

대학 시절의 그녀들은 언제나 함께였었다. 함께여서 더 좋았던 그 시절, 화려한 세련미와 촌스러운 부조화를 구별하지 못했던 그때는 도전하는 모든 것이 신기하고 재미있게만 느껴졌다.

"용기만 충만해서는 세상의 모든 것이 우리 위주로 돌아가는 줄 알고 살았었지."

"맞아. 동아리방에서 남학생들과 눈만 마주쳐도 쟤가 나에게 관심 있어서 저러나 혼자 고민하고."

"엄청난 착각의 연속이었지."

"그때는…… 스쳐 지나가는 소소한 인연 따윈 연연해하지도 않았었잖아."

"그랬지. 앞으로도 얼마든지 더 좋은 상대가 나타날 거라고 믿었으니까."

하지만 서른이 코앞인 지금 서은은 당장 무하의 친절이 호감이 아니라는 것쯤은 알 만한 나이가 되어버렸다.

"송서은아. 딴생각하지 말고 연락 오면 가서 만나보고 와."

친구의 흔들림을 바라보던 수희가 스쳐 지나가듯 덤덤히 말했다.

"왜?"

"이젠 미련하게 한 사람에게 너무 얽매이지 말고 여러 사람 만나보란 말이야. 그래야 이런 사람도 있고, 저런 사람도 있다는 걸 알게 되지. 그러다 보면 진짜 좋은 사람이 어떤 사람인지도 알게 될 거고. 네게 딱 맞는 남자도 만날 수 있을 거야. 그동안 넌 너무 갇혀 있었어."

수희의 말에 서은은 작게 웃음을 터트렸다.

"파혼한 지 얼마나 지났다고. 조신하게 지내야지."

"너 충분히 조신해. 그니까 이제 고만 조신해도 될 듯."

"푸하하하. 내가 또 한 조신하긴 하지."

양손을 허리에 올리고 웃는 서은과 그런 서은을 보며 따라 웃는 수희를 스쳐 지나가던 재희가 콧방귀를 꼈다.

"지랄들을 해요!"

"꺼져!"

수희와 서은이 동시에 외쳤고, 둘은 마주 보며 '찌찌뽕!'을 다시 외쳤다.

"참, 저녁에 잊지 말고 오이지랑 밑반찬 가져가."

"지난번 거, 아직 남았는데."

"너 말고, 진성."

"우와! 우리 진성이 것도 챙겼어? 미안하게스리."

"미안한 거 아는 년이 반찬 해주면 그 집에 죄다 퍼다 날라?"

"헤헤헤. 사랑해. 수희."

"그 사랑 받고 두 배로 돌려주마. 그나저나 진성이네 아버지는 들어오셨대?"

"아직. 다음 주면 개학인데 걱정이야. 학교나 제대로 나올 수 있을지."

"그 집도 참 딱하네."

"그러게."

세상에는 아픈 사람, 슬픈 사람이 너무 많다. 현실 도피적인 서은은 자꾸 잊어버리고 싶어한다. 진성의 일도 자신의 일도.

"나 간다."

"어딜?"

"목욕 갈래. 가서 땀 푹 빼고 집에 가서 잘래. 목욕 바구니 있지? 빌려간다."

"잘 다녀와. 밥은 가게 와서 먹고."

가게를 나서던 서은은 수희의 말처럼 자신이 정말 나이를 먹어가고 있다는 것을 느꼈다. 불과 오 년 전만 해도, 혼자 목욕을 간다는 것은 상상도 못할 일이었다. 수희가 사정이 있어 목욕탕에 못 가게 될 때는 집에서 샤워를 했었다. 하지만 서른이 된 지금은 혼자 가는 것이 전혀 낯설지가 않다. 비단 목욕뿐만이 아니라 혼자 하는 쇼핑, 혼자 가는 영화관도 불편하거나 부끄럽지 않다. 나이를 먹어간다는 것은…… 원숙圓熟의 경지에 이르는 것이라는 공자님 말씀처럼 더욱 수양이 되고 세상의 이치를 깨닫게 되는 것과는 또 다른 연륜과 약간의 뻔뻔함과 조금의 비겁함이 생기는 것 같다.

"송서은! 혼자 가냐?"

들어서던 재희를 다시 만났다. 배달을 가까운 곳으로 갔었나 보다.

"응."

"깨끗하게 잘 닦고 와라."

"알았어."

"어이. 송서은!"

"응?"

"사랑한다!"

"그거 받고 두 배로 반사."

재희의 사랑을 두 배로 돌려주며 걸어가던 서은은 얼마 전 읽었던 사랑의 언어를 떠올렸다. 사람은 누구나 자신만의 사랑의 언어, 코드가 있다고 한다. 어느 부인은 남편에게 꽃과 케이크를 받을 때 '내가 사랑을 받고 있구나!' 라고 느끼고, 남편은 부인이 자신을 위해 저녁을 준비하고 청소를 하고 뽀송 뽀송한 셔츠를 세탁해 줄 때, '아내가 나를 사랑하고 있구나!'

라고 느낀다.

어떤 여자는 사랑한다고 끊임없이 속삭여 줄 때 '사랑을 받고 있다'고 느끼고, 어떤 남자는 낯간지러운 말 대신, 묵묵히 지켜봐 주는 것이 사랑이라고 생각한다. 상대방의 언어를 알고 있다면, 사랑의 코드를 이해한다면, 서로의 의사소통이 되는 것처럼 사랑은 더 깊어질 것이다.

반면, 꽃을 원하는 아내에게 꽃 대신 묵묵히 지켜보는 사랑을 한다면, 사랑의 속삭임을 원하는 남편에게 저녁 식탁만 차려준다면, 함께 시간을 보내고 싶어하는 아내에게 시간 대신 보석만 선물하는 자신만의 언어가 계속된다면 그 사랑은 아프고 불행해질 것이다. 서은과 상수의 언어가 달랐던 것처럼 말이다.

서은은 음성이 좋은 남자를 좋아했다. 누군가 자신을 만져 주는 것도 좋아한다. 이것이 서은의 사랑의 언어였다. 그녀는 아빠처럼 부드럽게 머리를 쓰다듬어 주고 손을 잡아주고 '서은아'라고 속삭여 주는 것에 대한 면역체계가 유독 약한 편이다.

상수는 부드러운 목소리를 가지고 있었고, 다정한 손길로 서은의 머리를 쓰다듬어 주거나 손을 잡는 것을 즐겼다. 그래서 서은은 그에게 깊이 사랑받고 있다고 느꼈었다. 하지만 상수의 사랑의 언어는 좀 더 어른스럽고 에로틱한 것이었다. 서은은 그의 언어를 모르는 체했고 부담스러워했었다. 하지만 두 사람이 헤어진 계기는 서은의 가정사를 알게 된 상수의 충격 때문이었다. 아버지의 병을 알고 난 뒤, 상수는 그녀와의 가벼운 접촉조

차 못 견뎌 했다. 서은의 사랑은 결국 그렇게 허무하게 끝이 나
버렸다.

"에이씨. 찜찜해. 오늘은 아주 껍질을 벗기고 와야지."

쓸데없는 상념을 떨치기 위해 머리를 흔든 서은은 바나나 우
유와 맥반석계란 두 개를 산 뒤 비장한 마음으로 목욕탕으로 들
어섰다.

✻

모처럼 아르바이트가 없는 목요일 오후다.

서은은 거실 소파에 누워 파란 하늘을 바라보았다. 주방에서
흘러나오는 진한 커피 향기와 잔잔히 흐르는 선율이 공기 중으
로 부드럽게 녹아드는 평화로운 시간, 오랜만에 맛보는 여유로
움이 그렇게 좋을 수가 없었다.

매일 이러면 얼마나 좋을까? 아니야. 날마다 이러면 정말 지
루하고 재미없을 거야. 혼자 생각하고 답도 내는 자신이 우스워
피식거리며 몸을 뒤척이는데, 정신 차리라는 듯 휴대전화기가
요란하게 몸을 떨어댄다.

"네에."

서은은 눈을 감은 채 전화를 받았다.

—선생님! 선생님! 저 원이에요!

전화기 너머로 들리는 다급한 외침에 커피 향 가득하던 나른

함이 날카롭게 흩어져 버렸다.

"어. 원아. 왜? 왜 그래?"

—저 지금 진성이 집에 와 있는데, 이상한 아저씨들이. 악! 왜 때려요? 아이씨. 왜들 이래요. 선생님. 진성이 집에, 이상한 아저씨들이……. 아이씨. 왜 이래요! 선생님! 선생님!

그걸로 끝이었다.

원이에게 무슨 일이 생긴 것일까? 머릿속으로 오만 가지 불길한 상상이 떠올랐다. 서은은 정신없이 가방을 챙겨 들고 집을 벗어났다.

"택시!"

조급한 마음에 택시를 잡으려 했지만, 퇴근 시간이 가까워져 그런지 빈 차가 보이지 않는다. 다급했던 원이의 목소리를 떠올리며 정신없이 주위를 둘러보는데, 택시 대신 검은색 레저 차량이 서은의 앞에 와 섰다.

"서은 씨."

검은 창이 내려가며 나타난 얼굴은 뜻밖에도 강무하였다.

"어디 가요?"

여전히 미소 가득한 얼굴로 그가 물었다.

"급한 일이 있어서요."

아쉽게도 지금은 그와 한가로이 근황을 나눌 처지가 아니었다.

"타세요. 태워다 드릴게요."

"괜찮아요. 택시 타고 가면 돼요."

"급하다면서요."

"폐 끼치고 싶지 않아요. 그냥 가세요."

찰칵, 문을 열고 내려선 무하가 서은의 앞에 섰다.

"폐인지 아닌지는 들어보고 결정할게요. 어디까지 가는데 요?"

"무지개 동네."

"잘됐네. 나도 그 동네에 볼일이 있어서 가는 길이에요! 그러 니까 타요."

더는 거절할 수 없도록 그가 딱 잘라 말했다.

"괜찮다니……."

"영화 한 번 찍고 싶어요? 나 들쳐 메고 태우는 거 한 번 해보 고 싶었는데."

부드럽지만 단호한 목소리였다. 낮은 파문을 일으킨 무하의 목소리 덕에 주변의 눈들이 흥미롭게 힐끔거리기 시작했다.

"알았어요."

서은이 마지못해 그의 차에 올라탔다.

"벨트."

"네?"

서은은 멍한 얼굴로 그를 바라보았다.

"무슨 급한 일이기에 그렇게 넋이 나가 있어요?"

무하가 직접 안전벨트를 매주는 동안 서은은 숨을 삼키고 얼어붙은 채로 앉아 있었다.

"고맙습니다."

"누가 다쳤어요?"

"아뇨. 별일 아니에요. 신경 안 쓰셔도 돼요."

"별일 아닌데 신발은 짝짝이에다 얼굴이 하얗게 질려서."

서은은 자신의 발을 내려다보았다. 무하의 말처럼 신발의 색이 다르다.

"몰랐어요."

"휴우, 일단 출발합시다."

부르릉, 거친 숨을 토해낸 차가 움직이기 시작한다. 빠르게 스쳐 가는 창밖 풍경 사이로 무하의 얼굴이 비친다. 지금 그의 눈에 내가 얼마나 우스워 보일까? 서은은 낮은 한숨을 토해내며 고개를 돌렸다.

"음악…… 들을까요?"

무하가 물었다.

"아뇨. 그냥 조용히 가요."

서은은 지금 이 순간이 불편했다. 어서 이 자리를 벗어나고 싶은 생각뿐이었다.

"서은 씨. 그거 알아요? 어린 시절부터 사랑받지 못하고 자란 사람의 특징."

"네?"

"그런 사람들의 특징은 자존감이 부족하다는 거예요. 사소한 실수 하나에도 인생 전체가 잘못된 것처럼 괴롭기도 하고, 다른 사람의 인정을 받지 못하면 불안하고 초조하고. 또 무슨 일이든 완벽하게 해내야 한다는 강박증도 있죠. 게다가 어디를 가든 다른 사람들의 시선에 신경 쓰느라 마음은 불편하죠."

"그런 얘기를 하는 의도가 뭐예요?"

서은이 물었다.

"내가 그랬거든요. 워낙 바쁘신 부모님 때문에 사랑을 받지 못하고 자랐어요. 아니, 정확히는 사랑받고 있지 않다고 혼자 착각을 한 거죠. 그래서 어린 시절을 그렇게 보냈어요. 하지만 세상일엔 반전이라는 게 있잖아요. 어느 순간, 생각이 바뀌었거든요."

"그래서 이젠 사랑 많이 받고 산다는 걸 깨달은 거예요?"

"내가 생각하는 것만큼, 부모님께서 나에게 무심하진 않았구나, 그분들 나름대로 나를 사랑하고 있었구나, 이렇게 깨달았죠. 후후. 사실, 변한 건 하나도 없는데, 내가 생각을 달리한 겁니다. 세상을 살아갈 때, 무덤덤하고 무신경한 사람이 상처를 덜 받는다는 것을 터득했다고나 할까? 매사에 좀 무덤덤해지기로 했어요. 누군가 저를 건드리지만 않는다면 크게 반응하지 않기로 하니까, 살기가 아주 편해지더라고요."

"그렇게 사는 게 세상 살아가는데 편하긴 하죠."

서은의 대꾸에 그가 피식 웃음을 터트렸다.

"맞아요. 잘 아는구나. 내 예감이 맞았네요."

"무슨 예감이요?"

"서은 씨라면 잘 알 거라는 생각이 들었어요. 솔직히 제 성격답지 않게 서은 씨가 자꾸 신경이 쓰였거든요. 사고 동지의식 때문인가? 오늘도 그래요. 평소 같으면 그냥 모르고 지나쳤을 텐데, 길가에 서 있는 서은 씨가 눈에 확 들어오던데요."

이번에는 서은이 피식거렸다.

"지금 저한테 수작 거시는 거예요?"

"아하하. 글쎄요. 지금 당장은 순수한 전우의식이라고 해두죠. 그러니까 너무 경계하고 그러지 말아요."

서은은 무하의 말에 동의할 수가 없었다. 무하가 동지의식으로 그녀에게 살갑게 대하는 것과 자신이 그를 의식하는 것은 전혀 다른 본질의 이야기니까. 솔직히 서은은 그가 신경 쓰여서 미칠 지경이었다. 왜 하필이면 이런 순간에, 이렇게 만나게 되는지 알 수가 없었다. 진성의 집이 보이는 순간, 저도 모르게 안도의 한숨이 터져 나올 정도였다.

송서은. 정신 차리자.

그녀는 혼자 중얼거렸다. 하긴, 이제부터는 딴생각을 할 틈도 없을 것이다. 정말 전쟁을 치러야 할지도 모르니까.

"저기 세워주세요."

"넵."

차가 서자 서은은 얼른 차에서 내렸다.

"고맙습니다."

무하는 꾸벅, 인사를 하고 미친 사람처럼 달려가는 서은을 멍하니 바라보았다. 시장에서도 느꼈지만, 달리기 하나는 끝내주는 여자다. 저 여자는 대체 무슨 일로 저렇게 뛰어다니는 걸까? 하얗게 질려 있던 그녀의 얼굴이 그의 발목을 붙잡고 놓아주질 않는다. 쉽사리 차를 움직이지 못하고 있던 무하의 휴대전화기가 요란하게 울려댔다. 그는 주머니 속에 있는 전화기를 꺼내 들었다.

"응."

—오빠. 어디예요? 왜 안 와? 아줌마랑 기다리고 있는데.

급박한 지금의 상황과 전혀 어울리지 않는 밝고 활기찬 목소리가 전화기를 통해 들려왔다.

"아. 원경아! 미안하다. 오늘 약속 못 지키겠어. 고모한테도 죄송하다고 전해주라."

—그런 게 어딨어? 나 미국서 오자마자 오빠 보러 달려왔는데. 짐도 아직 안 풀었다고.

"갑자기 일이 생겨서 그래."

평소 같으면 그냥 지나쳤을 아무런 의미 없는 도로 중 일부분이었을 뿐이다. 그런데 택시를 잡기 위해 서 있는 송서은을 본 순간, 거짓말처럼 그녀가 눈에 확 들어왔다. 그리고 그 순간부터 그저 그렇고 그렇던 동네의 의미가 완전히 달라져 버렸다.

—오빠! 별일 있는 건 아니지? 무슨 급한 일 생긴 거야?

전화기 너머에서 걱정 가득한 원경의 목소리가 들려왔다.

"그러게. 무슨 급한 일이 생겨서 저러는 걸까?"

무하는 서은이 사라진 거리를 바라보다 눈살을 찌푸렸다.

—뭐라는 거냐? 오빠? 오빠?

"어. 일단 끊어야겠다. 나중에 얘기하자. 미안하다."

원경이 뭐라고 소리치고 있었지만, 무하는 통화종료버튼을 눌렀다. 그리고 차에서 내려 서은이 사라졌던 방향으로 걸어가기 시작했다.

서은은 정신없이 진성의 집을 향해 달려갔다. 아이의 집은 산동네 중에서도 가장 높은 곳에 있다. 다닥다닥 붙어 빈틈없이 엉켜 있는 다세대주택 반지하 단칸방에서 병든 아빠와 단둘이 살고 있다. 진성이의 아버지는 정기적으로 관리를 받아야 하는 후천성 면역 결핍증 환자였다. 감기 같은 가벼운 질병만으로도 입원해야 했으므로, 제대로 집에 있지 못할 때가 대부분이었다. 열다섯 살 먹은 사춘기 남학생이 견디기에는 가혹한 현실이었다. 그래서 서은은 도망치고 싶어하는 아이의 마음을 그 누구보다 잘 이해하고 있는지도 모른다.

"원아. 고원!"

허겁지겁 달려간 진성의 안식처는 이미 난장판이 되어 있었다. 입구에서부터 고함과 비명이 들려왔다. 지나가던 몇몇 사람들이 흘끔거렸으나, 집 앞에 서 있는 험악한 덩치의 기세에 눌려 서둘러 발걸음을 옮겼고, 이웃집들은 모두 문이 닫혀 있었다.

"어이. 어디 가는데?"

팔뚝에 커다란 용 문신을 새긴, 불곰처럼 생긴 남자가 진성의 집으로 뛰어드는 서은의 팔목을 잡았다. 팔목이 끊어질 것처럼 아팠지만, 서은은 두 눈을 똑바로 뜨고 그를 노려보았다.

"이거 놔요! 안에 있는 아이, 보호자예요!"

"오호라. 보호자셨어?"

"비켜요."

서은은 비웃음을 터트리는 남자를 뿌리치고 집안으로 뛰어들 었다.

"원아!"

"선생님!"

문을 열고 들어서니, 구석에 있던 원이가 서은을 부른다. 하 얗게 질린 얼굴 한쪽이 빨갛게 부어 있다.

"괜찮아? 다치진 않았니?"

"네. 저, 전 괜찮아요."

서은은 원이의 입술 끝에 맺힌 핏방울과 부어오른 볼, 겁에 질린 눈동자를 보며 입술을 앙다물었다. 지금 한창 반항을 하며 속을 썩이고는 있지만, 원이가 얼마나 착하고 따뜻한 아이인지 잘 안다. 그런 원이가 부들부들 떨고 있는 모습을 보자 화가 치 밀어 침을 수가 없었다. 지금 이 순간의 서은은 아무것도 무섭 지 않았다. 조폭 따위는 개나 줘버리라지.

"진성이 집에는 웬일이니?"

그녀는 떨고 있는 제자를 안아주며 부드럽게 물었다.

"속, 속옷 챙겨오라고 해서."

"그래. 알았어. 원이는 일단 밖에 나가 있을래?"

"싫어요. 선생님 혼자……. 안 돼요."

서은은 고집스럽게 자리를 지키는 제자에게 미소를 지어 보였다.

"선생님은 이분들과 할 얘기가 있어서 그래. 어른들끼리. 그러니까 걱정하지 말고 나가 있어. 응?"

"가긴 어딜 가?"

그들의 대화를 듣고 있던 세 명의 남자들이 눈을 부라리며 그들의 앞을 막아섰다. 서은의 아래위를 힐끔거리는 그들의 시선이 불쾌하게 끈적거렸다.

"이것들 봐요. 지금 뭐하는 짓이에요? 얘는 미성년자예요. 당장 비키지 못해요?"

서은은 할 수 있는 한, 가장 차갑고 냉랭한 목소리로 쏘아붙였다. 불쾌한 그들의 시선을 피하지도 않았다.

"이거 미친년 아냐?"

가장 덩치가 큰 남자가 일어서더니 서은의 앞으로 다가왔다. 원이를 보호하기 위해 재빨리 앞을 가로막았지만, 남자는 비웃음을 흘리며 서은의 이마를 손가락으로 꾹꾹 눌러댔다.

"야! 너 인생 골로 가고 싶어?"

남자의 비웃음 끝이 살벌하다. 날카로운 눈초리는 금방이라
도 폭력을 행사할 것처럼 무자비해 보였다.

"이 손 치우지 못해요?"

서은은 떨리는 감정을 감춘 채, 그를 노려보았다. 가슴속 심
장이 터질 듯이 뛰고 얼굴 근육이 부들부들 떨렸지만, 남자의
시선을 피하지 않았다.

"이년 이거 아주 또라이네. 야! 네 눈엔 우리가 비키라면 '네'
하고 비킬 사람 같아 보여? 어이. 정신 차려!"

"당신들 자꾸 이러면 경찰 부를 거예요."

"불러. 우리도 애한테 받을 것이 있으니까. 이 새끼 아빠가 우
리 돈을 떼먹었거든. 그니까 경찰 불러서 해결해 보든지."

경찰을 부른단 소리에 자극을 받았는지, 남자의 목소리가 더
살벌해졌다.

"애는 친구라고요. 이 집과는 아무런 상관도 없는 아이예요."

"그레? 그럼 이 집 애새끼를 불러오는지."

"진성이는 지금 아파서 병원에 입원해 있어요. 도저히 이곳에
올 상황이 안 돼요. 그러니까, 애 아버지 만나서 해결하세요."

"그거야 우리가 알 바 아니고. 우린 돈만 받으면 되니까, 돈만
준비하라 그래. 그동안 저 애새낀 우리가 보고 있을 테니까."

"당신들. 이거 불법인 거 알죠?"

"진짜 죽으려고 환상을 했나?"

서은이 휴대전화기를 꺼내기 위해 가방으로 손을 넣는 순간,

남자가 손을 치켜들었고, 서은은 두 눈을 꼭 감았다. 하나, 둘, 셋! 무지막지한 손이 날아와 뺨에 꽂히기 전, 누군가가 그녀의 앞을 막아서는 것이 느껴졌다.

"이게 지금 무슨 짓입니까?"

무하다. 그냥 돌아가라고 버리고 온 무하가 검은 양복을 입은 남자의 팔을 잡고 서 있었다.

"이 새끼, 넌 또 뭐야?"

검은 양복이 무하를 위협했다. 조금 전, 서은을 협박할 때보다 더 살벌한 눈빛이다.

"공갈협박, 폭력까지 행사하는 불법 채권추심은 형사고소대상입니다. 거기다 사생활침해에 기물파손까지. 헌법 제366조 기물손괴죄는 3년 이하의 징역 또는 700만 원 이하의 벌금형에 처해집니다."

"이건 또 뭐야?"

옆에서 지켜보던 두 명 중, 키가 작은 쪽이 벽에 걸려 있던 액자를 바닥으로 집어던졌다. 깨진 액자 유리가 와장창 소리를 내며 사방으로 튄다. 상대적으로 키가 큰 남자는 야구방망이를 빙빙 돌리며 무하에게로 다가왔다. 얼굴에 길게 나 있는 상처 때문인지 입가에 띤 비웃음이 더 살벌해 보였다. 서은은 얼른 주방으로 달려가 프라이팬을 집어 들었다.

"서은 씨! 괜찮아요."

무하가 다정한 음성으로 말했다. 그는 믿어지지 않게 부드러운 미소까지 짓고 있었다. 그의 담대함은 불안으로 날뛰던 서은의 마음을 조금씩 진정시키기 시작했다. 하지만 험악한 시선으로 무하를 노려보는 남자들은 여전히 살기등등했다. 자신도 모르게 프라이팬을 잡은 손에 힘이 들어갔다.

"괜찮아요. 프라이팬 내려놔요."

"하지만……."

흔들림 없는 무하의 눈빛에 힘이 들어갔다. 여태 보아오던 다정한 무하가 아니었다. 파란빛을 뿜어대는 강렬한 그의 눈빛은 큰 산이 서 있는 것처럼 위엄이 있었고, 바위처럼 강해 보이기도 했다.

"내려놓고 저 친구 옆에 있어줘요."

꼭 돌아가신 아빠 같아. 강무하. 넌 대체…… 어느 별에서 온 거니? 서은은 고분고분 원이의 옆으로 다가갔다.

"겁대가리 없는 새끼. 너 누구야!"

우두머리로 보이는 남자가 소리쳤다. 그도 서은처럼 궁금했던 모양이다.

"저는…… 새끼가 아니고 강무하라고 합니다만."

남자가 무하의 멱살을 잡았지만, 무하는 어렵지 않게 남자의 손을 떼어냈다. 세 명의 남자들이 무하를 둘러쌌지만, 그는 눈썹 하나 까딱하지 않는다. 흔들림 없는 그 모습에 남자들이 당황하기 시작했다.

"알았어. 알았어. 강무하 씨. 돈을 갚아. 그러면 우리도 곱게 가줄 테니까."

우두머리가 사태를 수습하려는 듯 호기롭게 외쳤다.

"좋습니다."

주위를 두리번거리던 무하가 화분받침대로 사용하는 의자를 가져와 앉았다. 고개를 돌려가며 목을 푸는 그의 모습이 여유롭고 당당하다.

"돈을 받으러 오셨다는데 차용증서의 명의가 이 집 학생의 이름으로 되어 있습니까? 만 20세 미만인 미성년자가 법정대리인의 동의 없이 한 계약은 취소할 수 있으므로 빌려준 돈을 받을 수 없다는 사실은 알고 계시는 거죠?"

무하의 말에 검은 양복들의 얼굴빛이 흐려졌다.

"얘 아빠가 빌렸어. 아빠가 빌렸으면 자식이 책임을 져야지."

여태 기세등등하던 그들의 목소리가 한풀 꺾여 있었다.

"아버지가 빌렸다고요? 조금 전에도 말씀드렸지만, 부모님의 상속이 빚뿐이라 해도 미성년자인 진성 군이 상속권을 포기하면 법적으로 아무런 문제가 없습니다."

"웃기고 자빠졌네. 너희들 다 짜고 하는 거 내가 다 알아. 내 돈 떼먹으려고 그러는 거지? 내가 사기죄로 확 고소해 버릴 테니까!"

할 말이 없어진 우두머리가 소리를 질렀다.

"그러죠. 이번 기회에 여러분이 저지른 불법폭력에 대해서도 같이 따져 보고 말입니다, 아무런 상관도 없는 진성 군의 친구에게까지 폭력을 행사하신 것 같은데, 미성년자 폭행에, 무단가택 침입에, 협박에, 기물파손까지. 아무리 봐도 이 재판은 진성 학생 쪽에 100% 승산이 있는 것 같거든요."

"뭐, 뭐야?"

"못 믿겠으면 변호사를 선임하시든지요. 아, 그리고 앞으로 한 번만 더 이런 식으로 행패를 부린다면 그땐 각오하셔야 할 겁니다. 이쪽에서도 강경하게 대책을 세울 테니까요."

침착한 무하의 대응에 커켜이 쌓이던 서은의 불안감이 조금씩 걷히고 있었다.

"이 새끼. 네가 뭔데? 너 변호사야?"

"변호사도 아닌데 이렇게 나서서 설치겠습니까? 저뿐 아니라 아버님께서도 로펌을 운영하고 계시니까, 고소하시려면 마음 단단히 먹고 준비하십시오. 그리고 진성이에 관한 법적문제는 저희 로펌에서 대신 맡겠습니다. 마지막으로, 앞으로 이런 식의 폭력은 절대 용시힐 수 없습니다. 너 하실 말씀 있으십니까?"

잠시 정적이 흘렀다. 서로 얼굴만 쳐다보며 할 말을 찾던 남자들이 '두고 보자!' 으름장을 놓으며 사라졌다.

한바탕 폭풍우가 지나간 것 같았다. 난장판이 된 좁은 방 안으로 흐르는 침묵 속에서 서은은 원이에게 다가갔다.

"원아. 괜찮아? 어디 다쳤니?"

"전 괜찮아요. 선생님은요?"

"나도 괜찮아."

파랗게 질린 원이를 보니 서은의 가슴이 아팠다. 진성과 달리 유복한 집안에서 곱게 자란 원이에게는 이런 폭력적인 사태가 꽤 충격적이었을 것이다. 서은은 떨고 있는 원이를 꼭 껴안아주었다.

　서은이 원이를 안정시키는 사이, 무하는 말없이 집안 정리를 하기 시작했다. 천장에 닿을 듯이 키가 큰 무하가 고개를 숙여 물건을 치우는 모습을 멍하니 바라보던 서은은 그가 내미는 커피에 비로소 정신을 차렸다.

　"고마워요."

　"전 됐고, 이 친군, 집에 데려다 줘야 하지 않겠어요?"

　무하가 원이를 보며 말했다.

　"전 진성이 속옷 챙겨다 줘야죠."

　"선생님이 가져다줄게. 넌 집에 들어가."

　"내 차로 가요."

　서은은 일어서는 무하를 바라보았다. 그는 이런 일을 여러 번 겪어본 사람처럼 침착하고 덤덤해 보였다.

　"오늘 정말 고마웠어요."

　무하와 둘만 남게 된 서은이 작은 목소리로 중얼거렸다. 원이를 내려주고 병원까지 오는 내내 한마디도 하지 않은 무하가 무척이나 신경 쓰이는 서은이다.

　"저녁도 부실하게 먹었는데 어디 가서 우동이라도……."

"……."

좋다, 싫다는 대꾸 없이 무하가 서은을 빤히 바라본다. 움직임 없는 스냅 컷의 한 장면처럼 가만히 있는 무하의 모습이 꼭 석고상처럼 차갑게 느껴졌다.

"우동 싫으면 다른 거 먹을래요?"

이번에도 무하는 아무런 말이 없었다. 깊이를 알 수 없는 눈동자로 빤히 쳐다보고 있는 그의 눈길에 서은의 얼굴이 화끈거리기 시작했다. 서은은 뜨거움을 피하기 위해 손목시계를 들여다보았다.

"뭘 먹기에는 너무 늦었나? 그래요. 그럼 우리 밥은 다음에 먹어요. 내가 연락할게. 저기…… 난 이만 가야겠어요. 오늘 정말 고마웠습니다. 조심해서 잘 들어가요."

겸연쩍게 인사를 건네고 돌아서려는 순간이었다. 서은의 어깨가 휙, 돌려세워졌다. 심장이 떨어질 만큼 놀란 서은이 외마니 비냉을 실렀다.

"조용히 해요."

나직하게 속삭이는 무하의 눈빛을 본 순간, 서은의 머릿속이 고요해졌다. 입이 바짝바짝 마르기 시작했다. 뒤돌아서서 도망치고 싶다는 생각밖에 들지 않았다.

"……왜, 왜 이래요?"

뱃속 깊이 들어찬 긴장감에 서은의 목소리가 떨려 나왔다.

"당신. 뭐하는 사람이야?"

"무…… 무하 씨."

"제정신이야? 거기가 어디라고 여자 혼자 갈 생각을 하는 거야? 세상 무서운 거 그렇게도 몰라? 다치기라도 했으면 어쩔 뻔했어?"

화가 난 무하의 가슴이 크게 오르락내리락거렸다. 분을 참지 못하는 그의 화가, 자신을 위해 분노하고 있는 그의 모습이 왜 이렇게 벅차게 느껴지는 걸까? 이유를 알 수 없는 가슴 저림에 서은의 눈가는 저도 모르게 시큰거리기 시작했다.

"저, 저기요."

"입 닫고 타요."

무하의 눈빛은 깊고 어두웠다. 팽팽히 당겨진 활시위같이 위험한 눈빛. 방어본능이 작동한 서은은 고개를 가로저었다.

"괜찮아요. 버스 타고 갈게……."

"타!"

너무 놀란 서은은 그가 반말을 하고 있다는 것도, 자신의 팔을 잡아 차에 태우는 것도 자각하지 못한 채 차에 올랐다. 집까지 가는 동안 무하는 한마디도 하지 않았다. 무슨 생각을 하는지, 얼마나 화가 났는지 알 수는 없지만 무겁게 깔린 침묵이 서은을 숨 막히게 했다.

"저기…… 많이 힘들었겠지만, 이렇게까지 화를 낼 필요가 있어요? 거기다, 내가 나이도 많고 또……."

무슨 말이라도 해야 할 것 같았다. 서은은 차분한 목소리로 계속 말을 이어나갔다.

"물론, 고맙지 않다는 건 아니에요. 덕분에 일이 쉽게 풀려서 정말 다행이라고 생각해요. 무하 씨 아니었으면……."

말을 하다 보니 정말 큰 신세를 진 것 같았다. 아니, 큰 신세를 졌다.

"저기. 우리 한잔하러 갈래요? 우동국물에다가 꼼장어도 먹고, 기분 좋게 한잔해요? 네?"

무하가 아무 말 없이 갓길에 차를 세웠다.

서은은 시동을 끄고 밖으로 나서는 그에게 물었다.

"어디 가요?"

"한잔하자면서요?"

"아……."

차에서 내린 무하가 길가에 있는 포장마차로 앞장서서 걸어간다. 성큼성큼 걸어가는 그를 뒤따라 서은도 포장마차로 들어섰나.

"다른 거 먹고 싶으면 그래도 돼요."

"……."

무하는 대답 대신 서은을 빤히 쳐다보았다. 그의 깊은 눈동자 속에 무엇이 감춰져 있을지, 지금 무슨 생각을 하고 앉아 있는 건지, 도무지 알 수가 없다.

"고마워요. 그리고 미안해요."

먼저 나온 우동을 천천히 씹고 있던 무하의 턱관절이 돌연 움직임을 멈추었다. 앞에 놓인 물컵을 들어 꿀꺽, 꿀꺽 삼킨 무하가 젓가락을 내려놓았다.

"미안…… 해요?"

"네. 미안해요."

"뭐가…… 미안한데?"

"무하 씨 위험에 빠뜨릴 뻔한 것도 미안하고, 황당한 일 당하게 한 것도 미안해요."

"허."

어이가 없다는 듯, 비웃음을 터트리는 무하를 보며 서은은 눈살을 찌푸렸다.

"그런데 솔직히 말해서 도와준 건 고맙지만, 이렇게까지 화를 내는 건 이해가 안 돼요. 지금 무하 씨는 제가 무릎이라도 꿇고 사과를 해야 할 것같이 큰 잘못을 저지른 사람처럼 굴고 있다고요."

무하의 눈빛이 점점 짙어졌다. 분노마저 사라진, 무슨 생각을 하는지 도무지 알 수 없는 눈빛을 마주한 서은은 저도 모르게 입술을 깨물었다. 그냥 고맙고 미안하다고, 충분히 미안해하고 있으니 화 풀라고 말하고 싶었을 뿐인데 왜 이렇게 감정적이 되어버리는 걸까? 차라리 입을 다물고 있는 게 나을 뻔했다.

"집에 갑시다. 데려다 줄게요."

자리에서 일어나 밖으로 나가는 무하를 서은은 멍한 눈빛으로 쳐다보다 겨우 자리에서 일어났다.

"집이 서면 부근입니까?"

무하의 물음에 서은은 고개를 끄덕였다.

"갑시다."

"아뇨. 그냥 버스 타면 돼요."

"그래요. 그럼."

부르릉거리며 사라지는 무하의 차를 서은은 멍하니 바라보았다.

뺨에 와 닿는 밤기운이 눅진눅진하다. 기분은 짙은 바다처럼 어둡고 무겁게 가라앉고 있었다. 아무리 생각해도 대체…… 강무하에게 무슨 잘못을 했는지 알 수가 없다. 휴우, 서은은 낮은 한숨을 뱉어내며 천천히 걸음을 옮겼다.

"이제 돌아가."

"싫어."

한적한 버스정류소에서는 청춘남녀가 사랑싸움을 하고 있었다.

"그만 가라니까. 아는 사람들 보면 어쩌려고."

"보면 보라지 뭐."

여자의 긴 머리를 계속해서 쓰다듬고 있는 남자의 손길이 애틋하다 못해 절박하기까지 했다. 그리고 보니 남자의 머리가 짧다.

군인이구나. 서은은 그들에게서 시선을 돌렸다. 생긴 건 무하보다 한참 모자라지만, 성격은 백만 스무 배쯤 좋아 보이는 군인의 애틋한 애정행각을 보고 있자니 마음이 시려왔다. 남자 인물 보고 사는 거 아니라던 어른들 말씀이 하나도 틀린 게 없다는 생각도 들었다. 괴팍하게도 수틀린다고 인사도 없이 그냥 가버린 강무하의 행동은 생각하면 할수록 서운하다. 하긴, 사채업자들과 버라이어티한 시간을 보냈으니 화가 날 만도 하지. 서은의 처지에서 보면 입이 열 개라도 할 말이 없다.

부르릉거리는 소리와 함께 15분마다 한 대씩 도는 마을버스가 다가왔다. 서은은 텅텅 비어 있는 버스에 올랐다. 뒷사람이 타자 버스는 바로 출발을 했다. 혹시나 하는 마음에 창밖을 바라봤지만, 보이는 것이라고는 애틋한 군인 총각과 그의 여자친구뿐이다.

"야박한 자식."

어두운 시장 골목으로 사라지던 무하의 모습이 떠올랐다.

"못돼 처먹은 놈."

진성의 집에서 자신을 안정시키던 무하의 음성도 기억났다.

"쪼잔한……."

깊이를 알 수 없는 검은 눈동자가 생각나 말을 맺지 못하는 서은이다. 분노한 그를 보면서도 왜 그렇게 설레었는지, 왜 그렇게 가슴이 떨렸었는지, 아직도 그때의 설렘이 생생한데 그 모든 것이 한순간의 꿈이었을까?

"미쳤나 봐."

서은은 혼잣말을 중얼거렸다. 들뜬 심장을 진정시키기 위해 오른손을 가슴께에 올려놓았다. 빠르게 뛰고 있는 심장박동 소리가 손바닥을 타고 전해 온다.

"야박하고, 쪼잔하고 못돼 처먹은 놈은 난데, 미친 사람은 누구야?"

등 뒤에서 들리는 낯익은 목소리에 심장이 철렁 내려앉는다. 서은은 도깨비에게 홀린 사람처럼 뒤를 돌아보았다.

"미친 사람도 나야?"

"어, 언제?"

"버스 타자며? 주차하고 바로 뒤따라 탔지."

서은에게서 시선을 돌린 무하가 창밖을 바라보았다. 고개를 오른쪽으로 비스듬히 기울인 그의 옆모습을 서은은 홀린 듯 바라보았다.

"왜?"

"글쎄. 나도 지금 그 이유를 생각 중이야."

허탈하게 웃는 무하를 보며 서은은 불안해하던 상수의 눈빛을 떠올렸다. 아버지의, 정확히는 아버지의 병명을 알게 된 뒤로 그녀와의 모든 접촉을 꺼리던 그는, 자신의 소심함을 감추기 위해 무던히도 애를 썼었다. 결국, 실패하고 말았지만, 마지막까지 노력한 그의 마음을 서은은 잘 알고 있었다.

강무하는 어떨까?

홀연히 나타나 그녀의 마음을 뒤흔드는 강무하조차도 돌아가신 아버지의 병명을 알게 된다면 자신을 피하려고 갖가지 변명을 해가며 거리를 두려고 할지도 모른다. 아니, 틀림없이 그럴 것이다. 마른 웃음이 터져 나오려 한다.

입가에 쓴웃음을 지으며 서은은 어둠이 지배하기 시작한 창밖을 바라보았다. 검은 물이 든 아스팔트 위로 알록달록 색의 향연들이 펼쳐지고 있는 창밖은 침묵의 움직임으로 가득 차 있었다. 갑자기 쏟아지는 빗방울에 놀라 우산을 펼쳐 드는 사람들, 달리는 사람들, 가판대를 정리하는 장사꾼들이 비디오의 빨리 감기 기능처럼 스르륵 지나쳐 간다.

사람의 감정도 이렇게 빨리 사라져 버린다면?

버스 안에서 느끼는 이 설렘과 떨림이 스쳐 지나는 풍경들처럼 순식간에 사라져 버린다면…….

서은은 무하를 돌아보았다.

이렇게 가는 것도 나쁘지 않아. 욕심부리지 않고, 이렇게 적당한 거리를 두고, 정해진 만큼만 가는 것도 나쁘진 않을 거야. 비로소 마음이 편해지는 서은이다.

"비가 많이 오네."

뒷좌석에 앉은 무하가 중얼거렸다.

"우산…… 있어요?"

"없어."

처음부터 신기루 같았던 강무하가 무뚝뚝하게 대답했다.

"그런데 왜 자꾸 반말해요? 난 그쪽보다 4살이나 많은데."

"미국에서는 애나 어른이나 편하게 말해요."

"여긴 한국인데."

"우린 미국식으로 하죠."

거침없이 말하는 그를 보며 서은은 피식 웃음을 터트렸다. 허파에 바람 빠진 사람처럼 왜 자꾸 웃게 되는지 자신도 알 수가 없다.

"어쩌려고 버스에 탔어요?"

"모르지."

"나는 여기서 내려야 해요."

"내려요."

"오늘 정말 고마웠어요. 다음에 밥 살게요."

오늘은 여기까지. 서은은 자리에서 일어났다. 등 뒤가 따끔거렸지만 돌아보지 않았다.

"내가 정말 화가 나는 건…… 당신 스스로 자신을 돌보지 않기 때문이야."

나지막한 목소리가, 목소리에 남아 있는 여운이 서은의 발목을 잡는다.

"네?"

"못 들었으면 말고."

"왜 말을 하다 말아요?"

"못 들었으면 말라니까요."

"어찌나 맺고 끊음이 분명하신지."

내리려다 말고 다시 자리에 앉는 서은을 놀리기라도 하듯, 무하가 자리에서 일어났다.

"뭐예요? 무하 씨도 내리게요?"

하차 벨을 누르는 그를 보며 묻자, 그가 고개를 끄덕인다.

"그럼 장난으로 눌렀을까 봐?"

"사람이 배배 꼬인 거 알아요?"

"서은 씨도 만만치 않아요."

버스가 멈추었다.

"안 내려요?"

"진짜 내리게요?"

묻는 서은을 뒤로하고 무하가 먼저 내렸다.

이상한 사람이야. 중얼거리던 서은도 그의 뒤를 따랐다.

"뜁시다!"

서은이 내리자마자, 자신의 재킷으로 하늘을 가려준 무하가 소리쳤다. 서은은 얼떨결에 그를 따라 뛰기 시작했다.

"하나 둘! 하나 둘!"

그의 구령에 맞추어 서은은 비명을 지르며 달렸다.

한쪽 어깨가 다 젖어가도 달리기를 멈추지 않았다.

그의 운동화가 디디는 곳마다 물방울들이 튀어 올랐다. 작은 왕관처럼 튀어 오른 그것들은 춤을 추듯 사방으로 퍼져 나갔다. 비릿한 비 냄새가 서은의 코끝을 스치고 지나갔다. 희미한 바람 냄새도 나는 것 같았다. 아니, 비누 향기인가?

"지리로 가요."

무하가 버스정류소를 가리키며 말했다.

동그란 유리지붕이 있는 앙증맞은 버스정류소까지 뛰어온 무하는 양동이 물을 뒤집어쓴 것처럼 흠뻑 젖어 있었다. 서은은 가방에서 손수건을 꺼내 무하에게 건넸다.

"고마워요."

싱긋 웃으며 손수건을 받아든 그가 자신의 얼굴을 닦는 대신 서은의 머리를 닦아준다.

"전 괜찮아요."

"감기 걸리겠어요."

커다란 그의 손이 이끄는 대로 자신의 머리가 흔들리는 모습이 정류소 유리를 통해 비친다. 서은이 입가에 미소를 지으며 물었다.

"아까, 버스에서 한 말 무슨 뜻이에요?"

"못 들었으면 말라니까."

"치사하게."

"우와! 당신, 어깨도 다 젖었다. 생각보다 어깨가 넓은가 봐?"

놀란 서은은 머리를 닦은 뒤, 어깨까지 털어주는 그의 손을 쳐냈다.

"그래요. 어깨 넓어서 아주 좋습니다. 됐어요?"

"무지 까칠하시네. 난 은근 감동받을 줄 알았는데."

입꼬리를 올리며 웃는 무하의 하얀 얼굴 위로 빗물이 흘러내렸다. 가슴이 미친 듯이 두근거리기 시작했다. 서은은 고개를 돌려 버렸다.

"감동은 무슨……."

"솔직히 말해봐요. 나 가버린 줄 알고 섭섭했지?"

"아니라니까요."

"당신이 못 본 거야. 나는 처음부터, 계속 당신 등만 보고 따라오고 있었어."

장난기가 사라진 무하의 말을 듣는 순간, 서은의 뱃속이 다시 요동치기 시작했다. 귀에서 열이 나는 것 같더니 목이 타고 손끝은 파르르 떨리기 시작했다.

서은은 낮은 한숨을 뱉어냈다. 그리고 조심스레 말문을 열었다.

"뭐 좀 물어봐도 돼요?"

"얼마든지."

원래 이렇게 모든 사람에게 친절한 거예요? 아니면 나에게만 특별하게 굴고 있는 거예요? 그의 속마음이 궁금해졌다. 그렇다고 대놓고 물어볼 용기 같은 것은 없었다.

"지난번에 물고기 공부한다고 하지 않았어요?"

서은은 정말 궁금한 것 대신, 편한 질문을 선택했다.

"대학에서는."

"그럼 로스쿨?"

"응. UC Berkeley School of Law에 재학 중."

"아하. 그럼 학기 중에 변호사 시험에 합격한 거예요?"

이 사람 천잰가?

서은은 내심 놀라운 눈빛으로 그를 우러러보았다.

"아니. 지난번에 1년 과정을 마쳤다 그랬잖아."

"아까 변호사라는 건?"

"거짓말."

"거짓말한 거라고요?"

"응."

정말 천연덕스럽게 고개를 끄덕이는 강무다.

서은은 기막혀하며 그를 바라보았다. 단엄침중한 목소리를 가진 사람들은 대체로 정직하고 올곧다. 강무는 단엄침중한 목소리의 대표적인 예다. 그런데 눈 하나 깜짝하지 않고 거짓말을 한다. 그는 대체 어떤 성격의 소유자인 걸까?

"혹시 연기한 적 있어요?"

수려한 그의 외모를 보면 충분히 그럴 만한 가능성이 있었다.

"전혀."

"그런데 그렇게 감쪽같이?"

"능력이지. 공부를 잘하는 사람은 뭘 해도 다 잘하거든."

"들키면 어쩌려고."

"다 거짓말은 아니에요. 아버지께서 정말 변호사시거든. 그리고 진성이 문제는 전문가의 도움이 필요한 경우니까 당신은 이제 손 떼요. 내가 알아서 처리할게."

사람은 힘든 일이 닥쳤을 때 진가를 발휘하는 법이라고 배웠다. 오늘 무하는 당당하고 책임감 있는, 듬직한 남자의 모습을 보여주었고 서은의 육감은 그를 믿어도 된다고 말하고 있었다.

"당신 무지 감동받은 얼굴인데, 나한테 반했나?"

"헉. 고마움의 표정이겠죠."

"그런가?"

"그렇죠."

"그래. 그렇다고 치고. 그렇게 고마우면 보답을 하시든가."

"그래요. 당연히 해야죠. 날 잡아요. 거하게 한턱낼 테니."

"거한 한턱 말고, 나중에 내 부탁이나 들어줘."

"무슨 부탁?"

경계하며 물어보는 서은을 보며 무하가 다시 웃음을 터트렸다.

"난 지극히 상식적인 사람이니까 그렇게 경계하지 않아도 돼요. 이상한 거, 부탁하거나 하진 않을 테니까."

"좋아요. 근데 아까부터 계속 반말이네요. 내가 네 살이나 연상이라 그랬죠?"

"다 같이 늙어가는 처지에 뭘⋯⋯."

그가 능청스럽게 대꾸한다.

"그럼⋯⋯."

"그럼?"

"나도 반말한다."

"얼마든지. 아, 이럴 게 아니라 우리 그냥 친구 하자. 어때?

막 설레고 기분 좋지? 이렇게 나이 어리고 잘생긴 친구 생기니까."

서은은 얄밉게 말하는 무하를 노려보았다.

"웃기시네."

"그리고 말이지."

"또 뭐?"

손을 내밀어 점점 약해지는 빗줄기를 가늠해 보는 서은을 보며 무하가 말했다.

"친구로서 하는 말인데, 오늘같이 무모하게 구는 일, 두 번 다시 없었으면 좋겠어. 말로 해서 되는 업자들도 있지만 말 안 통하는 악질 사채업자들도 많아. 당신은 모르겠지만, 오늘 그 업자들, 내가 본 중에 제일 순진한 사람들이었어. 앞으로 친구 혼자 나서지 말고 웬만하면 공권력의 힘을 빌려. 그러려고 세금 내는 거니까."

"무슨 공권력씩이나."

"장난으로 하는 말 아니야. 그러다 정말 큰일 날 수도 있어. 약속해."

그가 눈썹을 찡그리며 말했다.

"알았어. 이제 조심할게."

"그리고 시간 나면 호신술 같은 거라도 좀 배워두던지."

지난번에도 느꼈지만, 그는 은근 끈질긴 스타일이다.

"생각해 볼게."

"좋아. 비 그쳤다. 가자."

그의 말처럼 앞이 안 보일 정도로 퍼붓던 비가 그쳤다. 그리고 거짓말처럼 말끔해진 하늘이 드러났다.

"응. 갈게."

"자기 전에 따뜻한 우유 마시고 자."

잠긴 무하의 목소리에 서은은 뒤를 돌아보았다. 습기를 머금은 아스팔트와 그의 목소리가 묘하게 조화를 이루고 있었다.

"응."

서은은 미소를 지으며 고개를 끄덕였다.

"머리 말리는 것도 잊지 말고."

"응. 너도 들어가. 감기 걸리겠다."

"먼저 가."

"응. 그럼. 갈게."

그를 향해 손을 흔들며 서은은 조심스레 돌아섰다.

"잠시만!"

그가 다시 서은을 불렀다.

"왜?"

"핸드폰 줘봐."

"핸드폰?"

의아해하며 휴대전화기를 내밀자, 그가 화면을 눌러 날짜를 입력한다.

"뭐야?"

"내 생일. 며칠 안 남았거든. 그러니까 꼭 기억해. 내가 잡채를 정말 좋아하거든. 아무리 화가 나도 맛있는 잡채 한 그릇이면 다 용서가 돼. 아! 참고로 나는 잡채를 잘 만드는 여자가 참 좋아."

"뭐어?"

기가 막혀 그를 노려보자 그가 하하, 웃으며 돌아선다.

한 발자국, 두 발자국 그와의 사이가 벌어질수록 복합적인 감정이 그녀를 뒤따랐다. 눈물이 날 것처럼 슬프기도 했다가, 뱃속 깊은 곳에서부터 뜨거운 것이 차고 올라오는 벅찬 포만감도 느꼈다. 왠지 서럽기도 했고 행복하기도 했다. 그 가운데서도 한 가지 분명한 것은 가슴 깊은 곳이 점점 따뜻해지고 있다는 것이었다.

4. 그 남자, 강무하

따가운 햇살이 커튼 틈새로 파고들며 시신경을 자극했다.

이불을 뒤집어썼으나 얇디얇은 홑이불은 무용지물이었다. 눈가를 아른거리는 빛의 방울들은 끈질기고 집요한 공격을 해댔고, 무하는 탄식 어린 신음을 내뱉었다.

커튼을 바꿔야 해……. 자각하는 순간, 자신을 괴롭히던 범인의 정체는 햇살이 아니라 날카로운 전화 소리라는 것을 깨달았다. 젠장, 무하는 침대 위를 더듬어 휴대전화기를 찾았다.

"네에에."

—나다.

마치 자신의 목소리를 듣는 듯, 너무나 익숙한 목소리에 잠이 확 달아나 버리는 무하다. 그는 자리에서 발딱 일어나 앉았다.

"아버지!"

—자는 걸 깨웠구나?

"아닙니다."

—너무 늦게까지 공부하지 마라. 몸 상한다.

"네."

한국에 도착하자마자 찾아뵌 아버지의 모습이 떠올랐다. 흰머리가 조금 더 많아졌다는 것 외에는 변한 것이 없는 아버지는 여전한 모습으로 그를 반겨주셨다.

—그래. 몸은 좀 어떠냐?

"좋습니다. 아버지는 별고 없으시죠?"

—허허. 나야 항상 잘 지내지.

사고 이후로 아버지는 '몸은 좀 어떠냐?'라는 안부를 잊지 않고 물으셨다. 무하는 아버지의 전화를 받을 때마다 예전에 미처 실감하지 못했던 '별고別故'라는 단어를 가슴속 깊이 새겨보게 된다.

—부산에서의 생활은 어떠냐? 불편한 건 없고?

"네. 진후도 옆에 있고, 고모님도 잘 챙겨주십니다."

—다행이구나. 고모, 자주 찾아뵈어라.

"네."

—밥도 잘 챙겨 먹고.

흰머리 가득한 아버지의 어색한 미소가 생각났다. 어릴 때는 아버지의 데면데면함이 쑥스러움 때문이라는 것을 알지 못했다. 아버지도 익숙하지 않은 것이 있었고, 표현하지 못하는 것이 있다는 것을 미처 알지 못했었다.

"그러겠습니다."

무하는 쑥스러워하는 아버지를 위해 살갑게 대답을 했다. 이번에는, 빙그레 소리 없이 웃고 계실 아버지의 모습이 떠오른다.

─원경이가 귀국하던 길에 들렸더구나. 잊지 않고 찾아줘서 고맙다 그랬다.

무하의 얼굴에 남아 있던 미소가 천천히 흩어지고 있었다.

"네."

─참 기특한 아이지. 언제 한 번 같이 올라오너라.

"네.

─그래. 이만 끊자. 쉬는데 미안하다.

"아닙니다."

─무하야!

아버지가 낮은 음성으로 그의 이름을 불렀다.

무하는 여운이 가득한, 그 한마디에 수백 개의 의미가 내포되었음을 잘 알고 있다.

"네."

무하도 수백 개의 의미를 담은 짧은 한마디를 돌려 드렸다.

─잠을 푹 자야 건강하다.

"아버지도 건강 유의하십시오."

전화를 끊은 무하는 자리에서 일어나 욕실로 향했다.

사고를 당한 날, 아버지는 전에 없이 약해진 모습으로 병원을 찾으셨다. 아들의 안전을 확인하자마자 돌아서야 했던 아버지의 뒷모습을 보며 무하는 가슴이 뭉클해지는 것을 느꼈다. 가난하고 소외된 이웃을 위해 평생을 바치겠노라, 다짐했던 스스로와의 약속을 저버릴 수가 없어 아내와 아들에게 소홀할 수밖에 없었던 아버지가 이해되진 않았지만, 용서할 수 있을 것 같았다.

죽다 살아나서 철이 든 탓일까? 공부를 마치고 귀국을 한 뒤로는 아버지와 좀 더 많은 시간을 보내야겠다는 생각을 했다. 하지만 그가 귀국할 즈음의 아버지는 점점 더 바쁜 일정을 감당해 내고 계셨다. 그는 아쉬움을 뒤로한 채 부산으로 내려왔다. 이곳은 아버지와 그의 고향이기도 했으며, 상대적으로 취약한 지역민심을 위해서도 이곳에 터를 잡고 있는 것이 나을 것이라는 생각이 들었다.

따르르릉! 따르르릉!

샤워를 하고 나서는 그의 귓가에 휴대전화의 벨 소리가 요란하게 들려온다.

—오빠!

통화버튼을 누르자 전화기 너머로 활기찬 고음이 들려왔다. 그가 아는 사람 중, 아침부터 이렇게 들떠 있는 사람은 고원경뿐일 것이다.

"원경이야?"

—그럼. 나지 누구겠어?

여름날의 햇살처럼 쨍쨍거리는 원경의 목소리가 가라앉아 있던 신경을 자극하기 시작했다. 어제 비를 맞은 때문일까? 머리가 지끈거린다. 그는 뻑뻑한 눈가를 손가락으로 눌러가며 낮은 신음을 토해냈다.

—오빠! 오빠아!

대답하지 않으면 당장에라도 달려올 기세로 야단을 떠는 원경이다.

"아침부터 웬일이야?"

—오빠아! 이러기야? 어젠 약속도 펑크 내고선. 그러지 말고 오늘 맛있는 거 사주세요오오오.

"혀 깨물었어? 왜 반 토막 소리가 나?"

—오호호호. 귀엽잖아. 오빠! 밥 사주세용~ 응? 오빠 원경이 만나러 오다가 옆길로 샜으니까, 오늘은 꼭 만나요오.

애교를 가장한 고주파 음성이 계속해서 들려왔다. 두통이 점점 더 심해졌다. 주방으로 향한 무하는 정수기에서 냉수를 받아 들이켰다. 시원하고 깨끗한 물이 식도를 타고 내려가자 두통이 조금씩 사라지기 시작했다.

"너 지금 어디야?"

—헤헤헤. 아줌마 집.

"고모 집? 아침부터 거긴 왜?"

─아침부터가 아니고 어제 여기서 잤어. 아줌마가 꼭 자고 가라 그러셨거든.

무하는 낮은 한숨을 뱉어냈다. 어려운 시절, 원경의 아버지에게 금전적인 도움을 받은 고모는 원경의 집안을 은인처럼 생각했다. 거기다 구김 없고 명랑한 원경을 딸처럼 예뻐하고 있다. 그가 난감해하는 이유는 고모가 원경을 그의 짝으로 생각하고 있다는 것이다.

"무하에게는 원경이처럼 그늘 없고 밝은 애가 딱 제격이야."

"원경인 편안하고 좋은 동생일 뿐이에요."

"쯧쯧. 인연이 뭐 별건 줄 아니? 편안하고 좋은 감정이 바로 인연이야. 신중한 것도 좋지만, 너무 뜸을 들이는 것도 안 좋아. 고모를 믿고 원경이랑 천천히 사귀어봐. 일이 년 예쁘게 교제하다가 이 사람이다 싶으면, 그때 결혼하면 되지."

어머니 대신인 고모의 바람을 빤히 아는 무하였기에 그저 웃어넘겨 버렸지만, 나이가 들수록 마음이 마냥 가벼울 수만은 없었다.

─참. 오빠! 우리 아빠가 아버님께 기부하시겠다고 약속하셨대. 잘됐지? 그치?

"고 회장님이?"

매사에 철두철미한 고 회장님이 기부하기로 결정을 했다는
것은, 아버지의 당선이 그만큼 유력시된다는 뜻이기도 했다. 심
경이 복잡해진 무하는 두 눈을 감고 지끈거리는 머리를 안정시
켰다.

"알았어. 나중에 전화하자."

—아항. 벌써? 조금만 더 통화하면 안 돼? 근데 오빠, 어디 아
파? 목소리가 왜 그래?

무하의 일이라면 작은 일도 그냥 넘어가는 법이 없는 원경이
다. 원경의 호들갑에 무하는 낮은 한숨을 토해냈다.

"아니."

—아닌 게 아닌데. 목소리가 쉬었단 말이야. 오빠 혹시 비 맞
았어? 그런 거야? 감기 걸리면 어쩌려고?

"비도 안 맞았고 아픈 데도 없어. 나중에 내가 전화할 테니까,
오늘은 이만 끊자."

—오빠. 나 없는 새 딴 여자 생긴 건 아니지?

"까분다. 어서 끊어!"

—정말 다른 여자 생겼으면 내가 가만 안 둔다. 오빠! 오빠아!
오빠아아아아!

다른 여자?

멀어지는 원경의 목소리를 들으며 무하는 서은을 생각했다.

*

―자고 있었어? 방학이라고 너무 풀어진 거 아냐?

나른한 목소리가 전화기를 통해 들려왔다.

"누…… 구?"

―스무고개 할까?

아직 제 기능을 발휘하지 못하는 머릿속으로, 부드럽게 웃고 있는 강무하의 모습이 떠올랐다. 서은은 감전이라도 된 듯 화들짝 눈을 떴다.

"아……. 응."

―감기 걸리진 않았는지 걱정돼서 전화했어.

"괘, 괜찮아."

발딱 일어나 앉으며 전화를 받는 서은의 모습을 보고 있기라도 한 것처럼, 낮은 웃음소리가 들려왔다. 서은은 동그랗게 말린 이불 속으로 드러난 맨다리를 감추며 조심스레 그의 웃음소리에 귀를 기울였다. 긴장으로 굳어 있던 서은을 방어 해제시키는 기분 좋은 웃음. 아침부터 이렇게 설레도 되는 걸까?

"왜 웃어?"

들뜬 마음을 감추려고 일부러 퉁명스럽게 물었다.

―자다 깬 목소리가 완전 허스키한데.

여전히 밝은, 기분 좋은 목소리가 들려왔다.

서은은, 입도 벙긋하지 못한 채 숨을 죽였다. 누군가와 이런 편안한 웃음을 공유하는 일에 익숙하지 않은 그녀에게는 낯선 감정이다.

—밥은 먹었어?

그가 다시 물었다.

"아니. 지금 몇 시야?"

—11시. 지금까지 잔 건 아니지?

왜 아니겠니. 난 새벽이 밝아오는 걸 보면서 잠이 들었단다. 서은은 그가 보고 있기라도 한 것처럼 도리질을 쳤다.

"무슨 일이야?"

—얘기했잖아. 어제 비 맞고 괜찮나 걱정돼서 했다고.

"……."

입술을 뗐지만, 꿀 먹은 벙어리처럼 아무런 말도 할 수가 없었다. 맥박이 미친 듯이 뛰고 있다. 숨이 막혀 와 물이라도 마시고 싶었지만, 조금이라도 움직이면 이 순간, 이 미묘한 감정이 흐트러질까 꼼짝도 할 수가 없었다.

—브런치 먹을 생각인데 같이 먹을래?

얘는 왜 이렇게 나를 흔드는 걸까?

서은은 그가 눈치채지 못하도록 낮은 한숨을 토해내며 거절의 말들을 생각했다.

"아니. 아니. 그냥 집에서 먹을게. 피곤하기도 하고……."

—그러지 말고 같이 먹어. 혼자 먹기 싫어서 그래.

"혼자 밥 먹으러 온 거야?"

—응. 혼자.

그의 목소리가 갑자기 우울해진 것은 그녀의 느낌 탓일까?

"왜 혼자야? 같이 밥 먹을 친구도 없어?"

―당신도 내 친구잖아.

"난……."

너의 친구가 아니야, 라고 말하고 싶었지만 서은은 용기를 내지 못했다.

―그러지 말고 같이 먹자. 혼자 밥 먹을 때 얼마나 처량한지 모르지?

무하의 말에 서은은 자조적인 웃음을 띠었다. 십 년을 넘게 '혼자'인 것처럼 살아왔는데, 어떻게 혼자라는 말을 모를 리가 있겠는가?

살면서 가장 두려운 것은 힘든 일과 맞닥뜨렸을 때보다, 문득 돌아봤을 때 내 옆에 아무도 없이 혼자 남겨졌다는 사실을 깨닫는 것임을 서은은 이미 체험했었다. 그래서 더더욱 무하의 부탁을 거절할 수가 없었다.

"그래. 그럼."

―정말이지?

금세 밝은 톤으로 돌아오는 무하의 목소리에 서은은 저도 모르게 미소를 지었다. 그리고 자신의 행동에 깜짝 놀라 입술을 깨물어 버렸다.

왜 자꾸 그에게 흔들리는 걸까? 이런 시기에, 이렇게 쓸쓸한 마음으로 누군가를, 그것도 치명적인 매력을 가진 강무하를 만난다는 것은 화약을 지고 불 속으로 뛰어드는 것처럼 멍청한 짓이다. 그걸 뻔히 알고 있으면서도 왜 허락을 했을까? 남는 것은 상처와 흉터뿐일 텐데. 지금이라도 취소를 해야 하나? 혼란에 빠진 서은의 고민을 깨끗이 정리해 주는 은혜로운 음성이, 전화기를 통해 다시 들려왔다.

―준비하는 데 얼마쯤 걸려? 1시간? 2시간?

"준비하는 데 30분, 가는 데 30분. 모두 1시간."

머릿속 의지와 달리 제멋대로 움직이는 입술. 평소의 그녀 같았으면, 감정을 추스르지 못하고 질척거리는 자신에 대해 질색을 했을 것이다.

―그럼 내가 데리러 갈게.

"뭘 데리러 오기씩이나. 그냥 식당 이름 말해. 바로 갈 테니."

장소를 말하며 무하가 다시 웃는다.

―끊을게. 좀 이따 봐.

서은은 보이지 않는 선을 통해 이어진 기분 좋은 여운을 그대로 간직한 채 전화를 끊었다. 아무리 생각해도 무모한 짓이었지만, 오늘은 날씨가 정말 좋았다. 하늘은 푸르렀으며 구름은 솜사탕처럼 달콤해 보였고 공기는 달게 느껴졌다. 이렇게 좋은 날씨에 집안에만 있다는 것은 정말 슬픈 일일 것이다.

"그래, 뭐 만나서 밥 한 끼 먹는다고 큰일 나겠어?"

서은은 자신을 설득하며 준비를 시작했다.

때마침 걸려온 수희의 전화는 그녀의 용기를 북돋아주었다.

─잘 생각했어. 오늘처럼 화창한 날 집안에 앉아 청승을 떠는 건, 정말이지 바보 같은 짓이야.

"그렇지? 밥 한 끼 먹는다고 큰일 나거나 그러지 않겠지?"

　─그럼. 그럼. 오늘 같은 날이면 무하가 아니라 그 누구라도 만나야지.

"맞아."

수희의 말에 비로소 안심이 되는 서은이다.

　─송서은. 오늘 완전 예쁘게 하고 나가.

"내가 원래 한 미모 하잖아."

비비 크림만 바르고 나가던 평소와 달리, 파우더도 두드리고, 마스카라와 립글로스도 칠했다. 거기다 제일 아끼는 하얀색 블라우스와 오래됐지만, 편안하고 맵시 있는 청치마를 입었다. 열에 아홉은 하자뿐인 인생이었지만, 김 여사에게 두고두고 감사할 일은 서은의 키에 비해 길고 늘씬한 다리를 물려주었다는 것이다. 그래서 서은은 미니스커트가 잘 어울리는 편이다. 특히나 굽 있는 구두를 신으면 '근사하다', '예쁘다'는 소리를 자주 듣는다.

마지막으로 가지고 있는 것 중 가장 비싸고 예쁜 끈으로 머리까지 묶어 올리자, 모든 준비가 끝이 났다. 생각했던 것보다 8분이 초과됐지만, 만족스러운 성과였다.

공동현관을 벗어나자 상쾌한 바람이 불어왔다. 서은은 깊게 숨을 들이마시며 청량한 공기를 폐 깊숙한 곳까지 느껴보았다.

살갗에 와 닿는 부드러운 바람이 고맙기까지 하다.

검붉은, 혹은 녹색의 보도블록을 걷다 한일 빌딩 모퉁이를 돌았다. 저 멀리 식당 앞에서 서은을 기다리고 있는 무하의 모습이 보인다. 원체 예쁘고 잘생긴 인간들이 난무하는 시대지만, 강무하는 더욱 도드라져 보이는 사람이다.

"왔어?"

서은을 발견한 무하가 빙그레 웃으며 그녀를 반겼다. 하얀 재킷을 손에 든 채, 옅은 하늘색 셔츠를 입고 있는 그의 모습은 근사하고 멋졌다. 게다가 풀어진 단추 사이로 살짝살짝 엿보이는 찰진 가슴근육은 그의 남자다움을 더해주는 것 같았다. CF 속 풍경 같은 그림에 서은은 또 한 번 감탄했다. 모험을 자처한 자신의 선택이 옳았다는 생각이 드는 순간이기도 했다.

무하를 훔쳐보던 주변 시선들이 그를 따라 서은에게로 향했다. 입을 비죽이며 시선을 돌려 버리는 여자들의 시샘 어린 표정들에 괜히 우쭐한 기분이 들었다. 서은은 지금 유치하게도 어떤 우월감 같은 것을 느끼는 중이다.

"많이 기다렸어?"

"아니. 그런데……."

무하가 서은의 얼굴을 뚫어지게 살피더니 말을 멈추었다.

"왜?"

"누가 화장하고 나오래?"

"뭐어?"

예상 밖의 반응에 서은의 얼굴 근육들이 그대로 굳어버렸다. 딱히 '예쁘다' 는 칭찬을 기대했던 것은 아니지만, 이렇게까지 퉁명스러울 줄은 몰랐었다.

서은은 미간을 찌푸리며 가방에서 거울을 꺼내봤다. 걸어오느라 두 뺨이 보기 좋게 달아올랐고 잡티도 없다. 아이섀도를 하지 않은 대신, 마스카라를 정성스럽게 발랐더니 두 눈이 유난스레 반짝거린다. 립글로스로 마무리한 입술도 나쁘지 않다. 아니, 썩 괜찮은 편이다.

"예쁘기만 하구만."

서은이 퉁명스럽게 중얼거렸다.

"날씨는 진짜 예쁘네."

무하의 목소리에서 짓궂은 장난기가 느껴졌다.

도대체 나를 왜 만나자고 한 거야?

'흥' 콧방귀를 뀌며 고개를 돌리려던 순간, 서은은 숨이 멎을 것 같은 기분에 그대로 얼어버렸다. 날씨를 말하는 무하의 눈빛이 왜 자신에게만 고정되어 있을까? 일렁이는 홍채 안에 있는 자신의 모습에 뱃속이 스멀거리기 시작했다.

"……왜?"

왜 쳐다보냐고 야무지게 물어보고 싶었지만, 입이 제대로 떨어지지 않는다. 떨리는 마음에 시선을 피하고 싶어도 놓아주지 않았다. 그의 시선에 잡혀 버린 서은의 심장이 두근, 두근, 두근, 미친 듯이 속력을 내기 시작했다.

무하가 손을 뻗어 왔다.

서은은 자신도 모르게 한 발 뒤로 물러서다 휘청거렸다. 그가 재빨리 어깨를 잡아주었다. 그리고 흘러내리는…… 그녀의 머리끈도 함께 잡아준다.

"머리끈이 빠졌어."

그가 낮게 속삭였다.

"고, 고마워."

급히 오느라 머리끈이 풀려 버린 것도 몰랐다. 서은은 삐져나오는 가쁜 숨을 소리 없이 삼켰다.

"치마가 너무 짧다."

이것도 장난일까? 그의 의도를 가늠해 보고 싶었지만, 농담이 섞여 있지 않은 진지한 눈빛이었다.

"요, 요즘 하의 실종이 유행인 거 몰라? 거기에 비하면 아주 롱치마구만."

"그건 다리 예쁜 여자들 얘기고. 당신은 앞으로 바지나 긴치마만 입고 다녀. 저기서 걸어오는데 쳐다보는 놈들이……."

"놈들이 뭐?"

"놈들이 눈이 아프겠다고. 그나저나 배가 많이 고프네. 당신은 뭐 좋아해?"

무하는 그녀의 애타는 심정을 즐기기라도 하듯 딴청을 피워 댔다.

"아무거나."

짓궂게 장난을 치는 그가 얄미워 퉁명스럽게 말했다.

"시원한 냉면 먹으러 갈까?"

"그러든지"

"친구가 소개해 준 식당이 있어. 거기로 가자."

그가 안내한 식당은 아주 큰 야외주차장이 있는 냉면전문점
이었다. 식당 한가운데 커다란 인공정원을 만들어 놓은 음식점
은 깔끔하고 정갈했다. 무하는 비빔 두 그릇을 시킨 뒤, 서은의
앞으로 숟가락을 놓아주었다.

서은은 얌전히 고개를 숙이며 그에게 인사를 했다. 적당히 편
안하고 적당히 안락한 식당이다. 첫 데이트치고는 너무 소박하
다고 생각하던 서은은, 지금 이 자리의 의미가 무엇인지, 어떤
목적의 만남인지도 모른 채, 무진장 앞서 달려가는 자신의 헛다
리에 작게 웃음을 터트렸다.

"왜 웃어?"

"그냥."

얼버무리며 대답을 피하는 그녀를 무하가 빤히 쳐다본다.

"집에 들어가서 바로 잤어?"

"응. 무하 씨는?"

"음. 나는 어제, 당신을 생각했어."

"나를? 왜?"

"그냥 자연스럽게 생각이 나더라. 송서은의 입술은 아기처럼

움찔움찔거리고, 코는 밤톨을 엎어놓은 것 같았고, 눈동자는……. 음……. 내가 가장 마음에 들어하는 당신의 눈동자는, 잔잔한 물결이 이는 것 같아. 아주 작은 일렁임이 보기 좋거든."

그가 부드럽게 말했다.

"너 혹시 선수 아냐? 어쩜, 사람을 앞에 놓고 그렇게 낯 뜨거운 말을 막 하니?"

서은은 열이 올라 얼굴이 빨개진 얼굴 위로 손부채를 만들어 바람을 일으켰다. 그의 진지함을 어떻게 받아들여야 할지 모르겠다. 냉면집에서 비빔냉면을 시켜놓고 말하기에는 너무 진지한 이야기가 아닌가? 게다가 창밖으로 보이는 쪽빛 하늘과 눈부신 햇살이 도무지 현실 같지 않은 순간이었다.

"큭큭. 그런가. 당신은 지금 무슨 생각하고 있었어?"

콧잔등에 잔뜩 주름을 잡은 무하가 서은에게 물었다.

"냉면. 냉면이 어서 왔으면 좋겠다."

그가 웃음을 터트리자, 하얀 블라인드 틈새로 들어온 햇살이 반짝거리며 그와 서은의 사이를 파고든다. 서은은 탁자 위에 장식된 꽃을 들어 냄새를 맡아보며 싱긋 미소를 지었다. 그런 그녀를 보며 무하가 다시 웃었다.

주문한 음식이 나왔다. 그들은 빨갛게 양념된 면발과 시원한 육수에 감탄하며 편안히 식사를 즐겼다. 유난히 잘 익은 달걀노른자를 맛있게 먹는 서은을 보며 무하가 물었다.

"이 집 괜찮지?"

"응. 맛있어."

창밖으로 노란 머리를 한 관광객들이 우르르 지나갔다. 햇빛을 받은 그들의 머리가 금실처럼 반짝이고 있었다. 서은은 또다시 웃음을 터트렸다.

후식으로 나온 배를 한 조각 문 채, 매운 기를 달래는 서은을 물끄러미 바라보던 무하의 얼굴 위로도 배시시, 소리 없는 미소가 떠오른다. 입꼬리가 살짝 올라가는 부드러운 모습이 참 예뻤다.

"참 잘 웃네."

"내가 잘 웃어?"

"응."

"그다지 잘 웃는 편은 아닌데. 미국에서는 내가 화난 사람 같다고들 했어. 잘 웃질 않으니까."

"그래? 자주 웃어. 웃는 모습 예쁜데."

"아마, 분위기 때문일 거야. 부산바다 좋잖아. 바닷바람 맞으니까 기분이 좋아져서 자꾸 웃게 되나 봐."

그가 창밖을 바라보며 말했다. 그의 시선이 닿는 바다만큼 청량한 모습이었다.

"타국생활하다 오랜만에 부산 오니까 정말 좋지? 시끄럽고 소란스러우면서도 정이 넘치는 동네잖아."

이곳에서 나고 자란 서은에게 있어 부산은, 부산의 바다는 영원한 고향 같은 곳이다. 먼 곳에 있어도 항상 그립고 생각나는 곳.

"음...... 미국에 있을 때, 캘리포니아 쪽에 있었는데 거기 바다도 참 예쁘거든, 근데 계속 여기가 그리운 거야. 정말 향수병 때문에 죽을 뻔했어. 아, 파도 소리도 다른 거 알아?"

"파도 소리가 어떻게 달라? 기분 탓이겠지."

"그럴지도 모르지만, 아무튼 여기만큼 화끈하거나 뭔가 가슴 속까지 시원하진 않았어. 그리웠어. 부산도, 바다도, 사람들도."

"맞아. 나도 그래. 잠시 떠나 있어도 여기가 그렇게 생각나. 이곳은 꼭 마약 같아."

무하와의 시간은 생각했던 것보다 편안하고 즐거웠다. 함께 바다 이야기를 나누며 예전의 추억을 되짚는 것이 어색하거나 불편하지 않았다.

"오늘은 내가 살게. 어제 고마운 것도 있고."

자리에서 일어서며 계산서를 집어 드는 서은을 보며 무하가 고개를 저어댔다.

"그럴 순 없지. 내가 만나자고 했는데. 그렇게 고마우면 내 부탁 하나만 들어줘."

"부탁?"

"응. 친구로서 하는 부탁. 서은 씨. 혹시 내일 시간 돼?"

그가 말했다. 조금 편안해졌던 서은의 맥박이 또다시 날뛰기 시작했다.

"내일?"

"응."

"별일이 없긴 한데……."

"다행이다. 그럼 우리 내일 같이 교회 가자. 잃어버린 양 찾기 주간인데 한 명도 못 찾아서 고민했었거든. 친구로서의 첫 번째 부탁이니까 거절하지 마."

무하가 활짝 웃으며 말했다.

갑자기 정신이 번쩍 든다. 서은은 어색한 표정을 감추기 위해 두 손으로 얼굴을 비비며 정신을 가다듬었다.

결국, 이거였나?

전도를 하기 위해 나에게 그렇게 잘해준 것일까?

갑자기 온몸의 힘이 빠지며 허탈감이 밀려왔다.

서은은 씁쓰레한 웃음이 터져 나오려고 하는 것을 억지로 참았다. 지금 웃으면 완전 미친년같이 보일 것이다.

"……교회?"

"응."

해맑게 웃는 그의 얼굴을 보며 서은은 울고 싶어졌다.

집 현관에 빼곡히 들어차 있는 신발들을 확인하는 순간, 오늘 하루 일진의 끝을 보는 것 같았다. 서은은 짧은 한숨을 내쉬며 어두운 표정을 지웠다.

"서은이 왔니? 가게 일 돕다 오는 거야?"

"쟤가 저런다. 동생 일은 나 몰라라 하면서 남 일은 아주 두

발 벗고 도와요."

언니의 부드러운 목소리와 김 여사의 퉁명스런 음성이 연타로 들려왔다.

"처제. 왔어?"

이번에는 형부인, 김수철이 아는 체를 했다.

그럼 그렇지. 김 여사의 말 중에 욕이 섞여 있지 않은 것은 순전히 형부인 김수철이 집에 와 있기 때문이다. 작년에 세무사 고시를 패스한 수철은 반쯤 벗겨진 이마를 손으로 닦아 올리고 있었다.

"형부 오셨어요?"

서은이 마지못해 인사를 하자 수철이 빙그레 웃는다. 그는 이 집안에서 서은에게 웃어주는 유일한 사람이다.

"와서 앉아."

서은은 군말 없이 가족들이 앉아 있는 식탁으로 향했다.

"웬일들이야?"

보통 가족이 만나는 자리라면 응당 안부인사와 살가운 농담이 오갔겠지만, 서은의 집은 여느 보통 집이 아니므로 언제나 본론이 먼저이다. 그것이 서로 편하기도 했다.

"경은이 처제 영화오디션 합격한 거, 얘기 들었지?"

휴우. 서은은 낮은 한숨을 뱉어냈다.

"형부마저 그러면 어떻게 해요? 제대로 된 오디션도 아니잖아. 여기 고치고 오고, 저기 고쳐서 오라는 게 말이 돼? 그놈의 소속사는 뽑아놓기만 하면 다야? 대체 뭐하는 곳이야?"

"저건 언니라는 게 꼭 말을 해도 꼭 저렇게 밉살스럽게 해요. 경은이 잘되면 저만 좋아? 너도 좋고 나도 좋고 다 좋자고 하는 일을."

"엄마. 그만해요. 서은이 말도 틀린 건 아니잖아."

"알았어. 내가 뭐라 그래?"

장녀의 만류에 김 여사가 입을 비죽이며 한 발 뒤로 물러섰지만, 노려보는 눈길은 여전한 기세다.

"서은아. 우리 경은이, 어제 영화제작사랑 계약했어."

장녀 영은이 들고 있던 커피잔을 내려놓으며 말했다. 세련되고 맵시 있게 머리를 다듬는 영은의 길고 하얀 손가락 중 Ring Finger에서 반짝이는 큰 다이아몬드가 서은의 눈에 들어왔다. 이젠 영락없는 세무사 사모님이 다 됐다.

"내가 볼 때 쟨 아니야. 무슨 놈의 배우가 연기 공부는 하나도 안 하고 외모 꾸밀 생각만 해?"

"흥. 웃기시네. 그런 건 회사에서 다 알아서 해준다고."

팔짱을 낀 채 지켜보고 있던 경은이 콧방귀를 뀌며 서은의 말에 반박했다.

"아예 밥도 떠먹여 달라고 하지 왜."

"송서은. 니가 아무리 말려도 난 할 거야."

막내 경은이 서은을 쏘아보며 말했다.

"그쪽에서는 우리 경은이가 꽤 마음에 든 모양이야."

영은이 부드러운 눈길로 막내를 바라본다. 김 여사의 세 딸 중 장녀인 영은은 이 집에서 가장 이성적이고 논리적인 인간이다. 그녀는 매사에 정확했으며 언제나 큰 소리를 내는 법이 없다.

"밥 먹었니?"
"학교 다녀오는 길이구나."
"힘들었겠다. 들어가 쉬어."

아버지가 다른, 서은에게도 그녀는 항상 친절했다. 그러나 딱 거기까지다. 자신이 허용한 선까지만 다가갈 수 있는 사람. 김 여사와 함께 살게 된 첫날부터 그랬다. 영은은 서은과 확실하게 선을 긋고 싶어했고 서은이 자신에게 다가오는 것을 용납하지 않았다. 그래서 서은은 속이 훤히 들여다보이는 동생보다 다정하고 친절하지만, 속내를 드러내지 않는 언니가 더 낯설고 어려웠다.

"그래서?"

서은이 퉁명스럽게 대꾸했더니 당장 김 여사의 날카로운 눈빛이 날아와 꽂힌다.

"나도 네 말에는 동감이야. 지금도 충분히 예쁜데 굳이 왜 해야 하는지 이해가 되진 않아. 그래도 경은이는 꼭 하고 싶다고 하고. 우리 경은이 어태 하고 싶은 거 나 못하고 컸잖아. 무용이며 피아노며. 욕심은 많은데 형편은 안 따라주고."

경은이 흑흑거리기 시작했다. 큰언니의 말에 설움이 복받친 모양이다.

"설상가상이라고 소속사 대표까지 사라졌어. 회사가 망하니 마니 하는 와중에 영화계약이라도 따낸 게 어디야. 그러니까 네가 한 번만 더 도와줘. 내가 할 수 있으면 좋은데, 너도 알다시피 이 사람, 사무실 개업하느라 있는 돈 다 쏟아 부었고, 아직 자리도 안 잡혔으니까. 이번 한 번만 더 고생해 줘. 그럼 나머지는 우리가 다 알아서 할게."

영은이 부드럽게 말했다.

"나 돈 없어."

"민자가 그러던데 지난달에 보험 만기됐다면서."

영은이 입가에 미소를 지으며 말했다. 친척 동생인 민자가 추천하는 보험을 처음부터 드는 게 아니었다.

"그 돈은……."

서은은 낮은 한숨을 뱉어냈다.

"야! 송서은. 좀 도와줘. 내가 돈 벌어서 다 갚을게!"

울고 있던 경은이 소리쳤다. 경은은 서은을 만난 순간부터 지금까지 대놓고 언니 서은을 무시하는 아주 일관성 있는 동생이다.

"경은이 넌 조용히 해. 그리고 너, 언니라고 안 불러?"

영은이 나무라자 금세 풀이 죽는 경은이다.

"하지만……."

"송경은!"

"아, 알았어."

서은이 귀에 못이 박이도록 훈계를 해도 못 들은 척하는 소갈 머리도 영은 앞에서는 고분고분하다. 이래서 한 다리 걸친 핏줄 은 서러운 법이다.

"그래서 서은 언니, 넌 어쩔 거야?"

"뭘 어째?"

"이 상황을 어쩔 거냐고."

"이 상황이 뭐?"

"돈 해줄 거야? 말 거야?"

경은이 버럭 소리를 질렀다. 하여간 하는 짓이 꼭 초등학생 같다. 저런 경은이 어떻게 연예인 생활을 한다는 건지, 서은은 철없는 동생을 보며 가슴이 답답해졌다.

"내가 볼 때 넌 아니야. 너 연기 못 해. 정 하고 싶으면, 뒤로 사바사바하는 오디션 말고 정식으로 도전해. 것도 아니면, 그냥 학교 다니면서 모델 일이나 해. 그리고 엄마나 언니도 그러는 거 아니야. 가능성도 없는 애한테 자꾸 바람 넣지 마."

"저, 저년, 저거 말하는 거……."

김 여사가 눈알을 부라리며 서은을 쏘아보았다.

"엄마!"

영은이 눈실을 찌푸리자, 김 여사가 냉큼 입을 다문다.

"너 박상수랑 헤어졌잖아. 결혼 자금 모아놓은 거라도 좀 줘. 아니, 빌려줘. 내가 갚을게!"

경은이 절박하게 소리쳤다. 이 모든 사태가 피곤한 서은이다.

"휴우. 나, 무지 피곤하니까 얼른 가라."

대답이 없자 경은의 고운 이마에 다시 주름이 잡혔다.

"봐. 언니. 저러는데 내가 어떻게 언니 대접을 해. 야! 송서은. 내가 너 땜에 미쳐. 미팅 날짜까지 다 잡아놨다고 했는데 이제 와서 못하겠다고 하면 그쪽에서 가만있겠어? 분명히 계약파기로 우리에게 위약금 청구할 거라고. 앞으로 나를 얼마나 우습게 볼 거야. 가뜩이나 아버지도 안 계시고, 내세울 거 없는 집안이라서 쪽팔려 죽겠는데."

'머리에 든 거라고는 명품이랑 성형밖에 없는 네가 더 쪽팔린다. 이년아' 라고 말하고 싶은 것을 꾹 눌러 참으며 서은은 입맛을 다셨다.

"그래서 나보고 어쩌라고."

"그니까 돈 빌려줘. 그냥 달라는 것도 아니고 빌려달라는데 그것도 못 해줘?"

"너 지금까지 나한테 빌려간 돈 한 번이라도 갚은 적 있어?"

"그거야……."

"못 줘. 못 주니까 네가 알아서 해."

"미쳤어? 황 이사님이 나오라는데 어떻게 그래? 그분이 얼마나 바쁜 분인 줄 알아?"

"내가 어떻게 알아? 네 이사지, 내 이사야?"

"송서은!"

분을 못 이긴 경은이 파닥거리며 소리를 질러댄다. 서은은 가끔 쭉쭉빵빵 잘빠진 경은의 몸매만큼이나 이기적이고 일차원적인 그녀의 정신연령이 부럽다. 뭐든지 자신이 원하는 대로 되어야 하고 자신이 하고 싶은 대로 해야 직성이 풀리는 어린아이 같은 유전자들.

"영화 포기하고 학교 등록해. 그럼 등록금은 대줄게."

"너도 참. 애가 그렇게 하고 싶다는데!"

이번엔 영은이 나무란다. 말없이 질책하는 눈길로 서은을 바라보는 영은과 잡아먹을 듯이 쏘아보는 경은. 서은은 허황된 꿈만 좇아가는 자신의 자매님들이 버겁고 피곤하다.

"이 야밤에 몰려와서 어쩌라고 이래?"

"아, 몰라. 정 안 되면 재희한테 빌릴 거야."

"재희가 네 친구야?"

서은은 경은을 쏘아보았다. 친구들까지 이 복잡한 집안에 엮이게 할 수는 없었다.

"몰라. 몰라. 내가 너 땜에 되는 일이 하나도 없어. 너 들어오고 내가 친구들에게 얼마나 손가락질을 당했는지 알아? 우리 집에 오겠다는 친구들, 너 땜에 한 번도 못 데려오고. 어어엉!"

급기야 경은이 울음을 터트린다. 불리하면 꼭 눈물부터 보이는 경은을 보며 서은은 한숨을 내쉬었다.

"아프다고 해. 몸이 안 좋아서 포기해야겠다고. 법적인 문제는 형부가 나서서 좀 도와주시면."

"그래. 그게 낫겠다. 아프다고 하는 게 낫겠어. 나도 느네 아빠처럼 재수 없게 에이즈 걸려서……."

"야!"

순간, 서은의 손이 올라갔다. 짝, 하는 소리가 작은 공간을 가르는 순간, 주방에 있던 모든 사람이 순식간에 얼어붙었다.

"악!"

뺨을 맞은 경은이 비명을 질렀다.

"송경은. 너 입 닥치지 못해?"

"처, 처제."

김수철이 서은을 저지함과 동시에 김 여사가 뒷목을 잡으며 비명을 질러댔다.

"아아악! 정말 구질구질해서 못 살겠어."

서은의 심장을 짓이겨 놓은 경은이 부어오른 뺨을 부여잡으며 밖으로 뛰쳐나갔다.

"철없는 것이 그럴 수도 있지, 애를 왜 때려?"

김 여사가 서은을 쏘아보며 말했고 서은은 김 여사를 마주 노려보았다.

"내 아버지야. 그런 식으로 말하는 걸 가만 내버려 둬?"

"저 미친년."

"당신, 장모님 모시고 좀 나가 있지."

그나마 이성을 잃지 않던 형부가 중재에 나섰다.

"알았어요. 엄마 나가요."

남편 앞에서 부끄러운 가족사가 떠벌려지는 것이 부끄러웠던 영은이 맞은 경은보다 더 빨개진 얼굴로 김 여사와 나가 버렸고 서은은 김 세무사와 둘만 남게 되었다.

휴우, 형부가 한숨을 내쉬는 가운데 서은은 끓어오르는 분을 참지 못하고 여전히 씩씩거렸다. 세상 그 누구도 아버지에게 함부로 말하는 것을 두고 볼 수 없다.

"커피 한잔하자. 아니다. 밖에 나가서 술 한잔할까?"

"싫어요."

"처제."

"왜요?"

"너무 그렇게 날카롭게 굴지 마. 내가 볼 때, 원인제공을 하는 건 막내 처제지만 불씨를 더 크게 일으키는 건 큰처제야. 그러지 말고 처제가 먼저 마음을 열라고."

진심이 깃든 형부의 말에 서은은 피식, 웃음을 터트렸다.

"형부. 어머님은 어떤 분이세요?"

"응?"

"얼핏 듣기로는 다정하고, 따뜻하고, 아직도 소녀 같은 분이라고 하시던데."

서은의 말에 그의 입가가 슬며시 벌어진다. 어머님을 생각만 해도 저렇게 포근한 미소가 나오는 걸까?

"형님은요? 시골에서 농사지으시는 형님이 아버지처럼 돌봐주셨다면서요?"

"그랬지. 어머니도 그렇고 형님도 그래. 형수님도 고마운 분이시고. 나를 위해 많은 걸 희생하셨어."

"그러니까. 그러니까 형부는 내가 이해가 안 되죠. 내가 살아온 십 년을 모르잖아요. 그죠?"

머리 좋은 김 세무사의 얼굴에 머쓱한 표정이 떠올랐다.

"그래. 모르지. 모르지만, 지금 현재는 알잖아. 과거는 다 잊고 지금만 보자. 과거에 연연해서 상처받고 속상해하면 뭐가 좋겠어. 내가 볼 때 어머님도 처제 때문에 걱정 많이 하셔. 당신 마음 몰라주는 처제 보면서 속상하실 거야."

"그럴 리가요."

"처제."

"피곤하니까 얼른 본론만 말하고 가세요. 나 쉬고 싶어요."

형부가 짧게 한숨을 내쉬었다.

"저기, 내 말 고깝게 듣지 말고 이해해 줬으면 좋겠어. 막내 처제, 꼭 잘못되라는 법은 없잖아. 나도 열심히 도울 거고. 이번 작품 감이 좋아. 그래서 말인데. 서은 처제가 한 번만 도와주라. 형부가 돼서 이런 말 하는 거 진짜 창피하다. 그리고 경은 처제 유명해지면, 여기저기서 말 나오고 할 테니까, 서은 처제도 신경 좀 써주고. 처제 아버님이 그렇게……. 그런 병에 걸려 돌아가신 것도 모르고. 그래서 우리 쪽에서도 괜히 긁어 부스럼 만들 필요 없으니까……."

"그러게요. 알면 좋은 가십거리가 되겠네요."

서은의 집에서 금기시되는 두 가지 주제 중 하나는 김 여사가
바람을 피워 서은을 낳았단 것과 서은의 친아버지가 수혈을 잘
못 받은 죄로 에이즈에 걸려 돌아가셨다는 것이다.

"처제."

마음 약한 형부가 안타까운 목소리로 서은을 불렀다.

"알았어요. 생각해 볼게요. 그러니까 이제 그만 나가주실래
요?"

"처제……."

"저 무지 피곤해요."

"알았어. 그럼 쉬어."

형부가 나가고 영은에게서 문자가 왔다.

—엄마 안정 찾으셨어. 푹 쉬어라.

서은은 영은에게서 온 문자 메시지를 확인했다.

모두가 사라진 거실은 침묵만이 감돌았다.

서은은 돌아가신 아빠를 떠올렸다. 두 눈에 눈물이 고인 채로
딸을 바라보던 모습. 자꾸만 가슴이 먹먹해지는 서은이다.

—잠 안 자고 뭐하나? 아동 보냐?

새벽 4시, 이 시간에 서은의 창에 불이 켜진 걸 확인하고 문자를 보낼 사람은 최씨 남매뿐이다. 문자를 보낸 주인공은 재희. 그럼 운전대를 잡고 있는 사람은 수희다. 서은은 걸려온 문자를 보며 통화버튼을 눌렀다.

"너도 같은 거 보냐?"

전화기 너머 낮은 키득거림이 들려온다.

―잘하는 짓이다. 너 오늘 교회 간다며.

"그래서 어쩌라고?"

―목욕재계하고 정결한 몸과 마음으로 가야지.

"냅 둬."

―쯧쯧. 오늘 신성한 교회에 음풍이 불것구나.

"웃기셔. 남의 취미생활 방해하지 말고 얼른 가서 잠이나 주무시지."

―너나 잘하삼. 옆에서 수희가 새벽부터 피 끓이지 말고 얼른 자래. 마음 비우고 푹 주무시라고.

"나야 항상 비어 있는 마음이지."

―마음은 비웠는데 머리가 복잡해서 탈이지.

"진짜 머리가 복잡해서 그런가? 오늘은 영 잠이 안 오네."

―수희가 글케 걱정되냐고 물어.

"걱정되지. 부산 시내에 있는 하고많은 교회 중에 하필이면 이모가 다니는 교횐까? 다른 교회도 많은데."

—그러게. 그런 우연도 쉽지 않은데. 못 간다고 하지 그랬어?

"간다고 말한 뒤였어. 이모가 다니는 교회인 줄은 미처 몰랐지. 그리고 계속 피할 수만은 없는 문제이기도 하고. 차라리 잘된 일인지도 몰라. 계속 만나다 보면 이모의 화가 풀어질 수도 있고."

—어휴. 송서은이 머리 뽀개지것다.

재희가 걱정스레 말했다. 재희의 걱정처럼 서은은 이모와의 사이가 좋지 않다. 찜질방 가십거리로는 최고의 소재감인 송서은 삼십 년 인생 중, 가장 잘못한 일은 이모의 가족들에게 준 상처였고 아직 아물지 않은 상처를 다시 들추게 될까 봐 겁이 난 서은은 지금 까만 밤을 하얗게 밝히는 중이었다.

"영화 다 보고 나면 소주 한 병 마시고 잘 거야."

—소주까지? 음주예배냐? 너 술 먹고 뻗어서 안 가려고 그러는 거지?

"가야지. 약속을 했는데."

—후유유. 아무튼, 잘해봐라.

"응."

—어째, 영화는 화끈하냐?

"아주 펄펄 끓어오른다."

아닌 게 아니라 TV 화면 가득 불길이 치솟고 있었다. 통나무집에 갇힌 한 무리의 대학생들이 공포에 가득한 표정으로 미친듯이 비명을 질러댄다. 야심한 새벽 딱 맞춤인 섬뜩한 영화. 일부러 보려고 한 것은 아니었다. 그냥 이리저리 채널을 돌리다 온종일 영화만 틀어주는 고마운 채널의 엽기적인 화면에 시선을 빼앗겼을 뿐이다.

─젊은 게 밝히기는.

"그럼, 젊은 것이 밝혀야지. 안 밝히면 비정상이지."

─골 때리지만, 그래도 사랑한다. 송서은.

"그거 받고 2배로 돌려준다."

─피부 삭으니까 얼른 TV 꺼라.

"응. 인제 그만 보고 자야지."

─어머님은 아직이시지?

"응."

─어째 하나같이 그 모양이냐. 휴우, 너 지금 안 잘 거면 잠시 내려와. 송이버섯 좋은 거 들어왔어. 어머님 챙겨드려. 화 좀 푸시게.

"싫어. 갖다 팔아. 그 비싼 걸 왜 줘?"

─아파트 입구다. 얼른 튀어내려 와라.

"그냥 가. 뭐 하러."

─바쁜 내가 직접 가져다주랴?

고집스러운 재희의 말에 서은은 포기를 했다.

"알았어. 지금 내려가."

서은은 엘리베이터를 탔다. 그녀의 인생에 최씨 남매가 없었다면 얼마나 삭막하고 외로웠을까? 생각만으로도 끔찍한 일이다. 아파트 입구에 내려가니 낯익은 트럭과 함께 활짝 웃는 반가운 친구의 모습이 보인다.

"어이. 송서은이. 새벽에 보니까 더 섹시한데."

"그걸 이제야 알았냐?"

재희의 장난에 맞춰 빙그레 한 바퀴 도는 서은을 보며 운전석에 앉아 있던 수희가 엄지를 치켜든다.

"이 비싼 걸, 막 줘도 돼?"

"먹고 힘내라고."

재희가 빙그레 웃으며 서은의 머리카락을 넘겨주었다.

"고마워."

"뭘 우리 사이에."

낮게 중얼거리는 재희에게 서은은 예쁜 미소를 지어 보였다. 옆에 있는 것만으로도 커다란 힘이 되는 고마운 친구들.

"최재희. 내가 무지 사랑하는 거 알지?"

"그거 받고 두 배로 돌려주마."

"알았어. 그 사랑, 감사히 받을게."

"큭큭. 어서 들어가서 자라."

"먼저 가."

서은은 사라져 가는 트럭을 오랫동안 지켜보았다. 그리고 그들을 만나게 해주신 하늘에 감사하고 또 감사했다.

빈 집으로 돌아오자, 화면을 가득 채웠던 내학생 무리가 모두

다 사라져 버렸다. 서은은 까만 화면만 남은 TV를 끄고 침대에 누웠다. 예배시간에 조는 모습은 보이지 말아야지. 베개를 고르며 눈을 감았다.

내일이 오지 않으면 얼마나 좋을까?

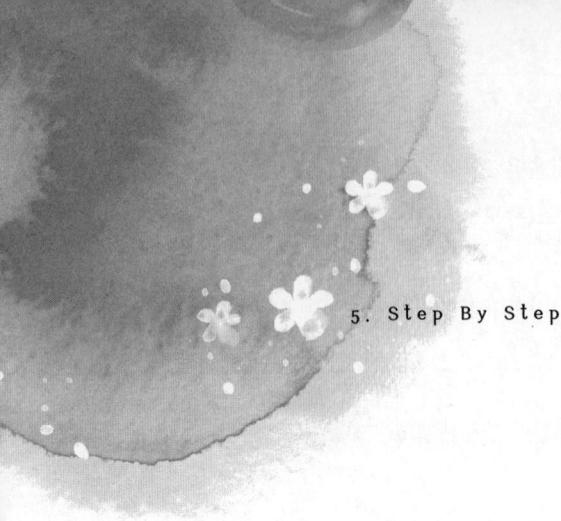

5. Step By Step

태양이 만들어낸 황금빛 생채기가 골 진 나무바닥 위로 가닥
가닥 그려질 즈음, 그에게서 문자가 왔다.

―도착했어.

서은은 한숨을 내쉬었다. 드디어 올 것이 왔구나. 가슴이 답
답해졌지만, 피할 수는 없었다. 도움을 준 그의 부탁대로 가서
예배도 드릴 것이고, 오랫동안 미뤄왔던…… 해묵은 숙제도 해
결하고 싶었다.

'땡!'

1층 도착을 알리는 벨 소리가 들려왔다. 서은은 결전을 앞둔 권투선수처럼 깊은 호흡을 내뱉으며 엘리베이터를 벗어났다.

—어디야?
—주차장.
—알았어. 금방 갈게.

코너를 돌며 대리석기둥 오른쪽 위에 붙어 있는 거울을 확인해 본다. 가지런히 빗어 단정하게 묶은 머리, 마스카라와 립글로스만 바른 가벼운 화장. 작은 리본이 달린 하얀색 블라우스에 무릎까지 오는 감색 주름치마……. 튀지 않는 차분한 느낌, 나쁘지 않다. 단정하고 깔끔하다.

"전투준비 완료."

그녀는 혼잣말을 중얼거리며 공동현관을 나섰다. 돌계단을 내려서며 주위를 둘러보자 햇빛을 받아 반짝이는 그의 자가 보인다. 서은은 두려움과 설렘이 공존하는 마음으로 그를 향해 걸음을 옮겼다.

"일찍 왔네."

"응."

들뜬 마음을 들키진 않을까, 가슴 졸이며 조심스럽게 인사를 건넸건만, 돌아오는 대답이 영 시원찮았다. 그는 마치 화가 난 사람처럼 보였다. 안 좋은 일이 있었나? 조심스레 무하의 표정을 살폈지만, 그는 딱딱한 얼굴로 전방만 주시하고 있다.

"벨트 매. 출발한다."

어제는 봄바람처럼 살갑더니 오늘은 완전 한랭전선이시다. 이랬다저랬다 사람 김빠지게 하는 성질의 소유자시군. 서은은 창밖으로 고개를 돌렸다. 우습게도 유리창에 그의 모습이 보인다. 투명한 유리에 비친 그는, 뽀얀 얼굴이 더 돋보이는 파란 셔츠와 짙은 회색 재킷, 와인색 넥타이로 포인트를 준 채 운전석에 앉아 있다. 부드러운, 혹은 장난스러운 얼굴만 봐오다 굳은 얼굴을 보니 왠지 생소했지만, 긴장한 턱선 탓에 더 남자다워 보이기도 했다.

불현듯 언젠가 읽었던, 청담동 도련님들에 대한 기사가 떠오른다. 그들의 패션과 소비, 유흥문화에 대해 자세히 다뤘던 기사 중, 가장 인상 깊었던 부분은 그들만의 경건한 의식에 관한 것이었다. 단정하고 말쑥하게 차려입고 일요일마다 교회나 성당을 찾아 예배, 혹은 미사를 드리는, 지난 엿새 동안 흥청망청 놀았던 자신의 모습을 돌아보기도 하고, 또 어떻게 될지 모르는 나중을 위해 좋은 이미지를 쌓기 위해서라는 그들의 인터뷰에, 서은은 실소를 금치 못했었다. 그런데 지금, 말쑥하게 차려입은 무하를 보니 기사 속의 그들을 보는 것 같았다.

"본가가 혹시 청담동이니?"

뜬금없는 질문에 무하가 어중간하게 고개를 흔들어댄다. 긍정? 부정? 모호한 그는, 그녀의 친구 강무하가 아닌 잡지에서 보던 낯선 사람처럼 굴고 있다.

"기분 나쁜 일 있었니?"

"아니."

무하가 앞을 보며 딱딱하게 말한다.

왜 이렇게 쌀쌀맞아졌을까? 내가 뭘 잘못했나? 서은이 그의 이름을 불렀다.

"강무하!"

"응."

"강무하"

"말해."

"우리 친구 하기로 했지? 내가 네 살이나 많은데도 눈 딱 감고, 친구 해준다고 넓은 아량을 베풀었지?"

"나이 많다고 유세 떠는 거야?"

"헐. 너 완전 날 섰다. 혹시 지난밤에 내가 잘못한 거 있어?"

"아니."

"근데 왜 이렇게 뾰족해? 나 불편한데."

"이상한 소리 하지 말고 우유나 마셔. 뒷좌석에 있다."

무하가 서면 로터리를 벗어나며 말했다.

숫제 입을 다물라는 말이군.

서은은 민숭민숭한 저지방 바나나 우유를 한 모금 마셨다. 그리고 기분이 저조해 보이는 그와 대화를 나누는 대신 창밖의 경치를 감상했다. 빠르게 스쳐 지나가는 가로수들의 변신이 조금

씩 눈에 띈다. 여름날의 긴 꼬리가 드디어 멀어지는 걸까? 날씨
도 좋고 공기도 청량한데 햇살이 서늘하게 느껴지는 건 기분 탓
일 것이다.

오소소 돋는 소름을 없애기 위해 팔을 문지르자, 무하가 에어
컨을 꺼버린다.

잔뜩 화가 나 있는 것 같은데도 말없이 배려하는 그를 보며
서은은 생각했다. 진짜, 이상한 사람이야.

조금은 어색한, 아니, 많이 어색한 그들의 주행은 이십 분이
못돼 끝이 났다.

무하가 버튼을 눌러 시동을 끄자, 부르르거리던 미세한 떨림
이 완전히 멈추었다. 차에서 내린 서은은 천천히 교회를 훑어보
았다. 끝이 뾰족하게 튀어 오른 교회의 삼각 지붕은 여전했지
만, 그 외의 모든 것, 주차장과 건물과 주변의 환경들은 모두 변
해 있었다. 게다가 교회를 둘러싸고 있는 나무담은 십 년 사이
훌쩍 자라 제 역할을 충실히 하고 있었다.

"나무가 이렇게 컸구나."

서은의 말에 무하의 눈썹이 휘어진다.

"여기 다녔었어?"

"응. 대학 들어가기 전까지."

서은이 씁쓸한 미소를 지으며 말했다. 이모와의 관계가 틀어
진 뒤로, 더는 교회를 다니기가 멋쩍었었다.

"가자!"

무하는 더 이상 아무것도 묻지 않은 채, 앞장서서 걷기 시작했고 감회에 젖은 서은은 천천히 그의 뒤를 따랐다.

육중한 나무문을 열고 내부로 들어서자, 거대한 공간이 그녀를 맞았다.

붉은 벽돌과 목조틀이 조화를 이룬 아름다운 실내는, 외부처럼 많이 달라져 있었다. 머리가 반쯤 벗겨졌던 목사님도, 아주 가끔 안부가 궁금하던 지인들의 모습도 보이지가 않았다. 아쉬운 마음이 들었지만, 서은은 그들을 찾는 대신 묵은 숙제를 해결하기로 마음을 먹었다.

"나 잠시 나갔다 올게."

"어딜?"

화장실에 다녀오겠다는 말을 하고 예배실을 벗어난 서은은 이모를 찾아 나섰다. 그리고 2층 복도 끝, 화장실 앞에서 그 바람을 이루었다.

"이모!"

이모인 영숙 여사가 놀란 눈으로 서은을 바라보았다.

"서…… 은이구나."

언니인 김영자 여사와 달리 부드럽고 온유한 그녀는, 예고 없이 나타난 조카를 보며 어찌할 바를 모른 채 당황하고 있었다.

"잘…… 지내셨어요?"

영숙 여사가 작게 웃음을 터트렸다. 허무하게 웃는 그녀의 웃음이 생활에 찌들고 지친 그녀의 삶을 고스란히 대변해 주는 것 같았다.

"저, 학교 옮겼어요. 지금은 명륜동에 있어요. 아, 그리고 독립도 했어요. 서면에⋯⋯. 왜 아시죠? 롯데 백화점 뒤쪽에 있는 아파트. 엄마가 가끔 오시기는 하는데, 예전보다 훨씬 편안해졌어요. 싸움도 덜 하고. 지금은 재희네 가게에서 아르바이트를 하고⋯⋯."

"서은아. 미안하지만, 이모가 많이 바빠."

영숙 여사가 아무런 감정이 섞이지 않은 목소리로 말했다.

"이모⋯⋯."

이모부가 운영하던 회사가 부도위기에 몰리자, 이모는 서은의 앞으로 남겨진 아빠의 합의금을 빌려달라 부탁했었다. 절박한 상황이었지만, 서은은 이모의 부탁을 들어줄 수가 없었다. 아빠의 목숨과 맞바꾼 돈은 이미 가정폭력 희생자들을 위한 재단에 전액 기부를 해버렸기 때문이다.

망연자실하던 이모부가 쓰러지시고, 병상에 누운 지 두 달 만에 돌아가셨을 때, 다정했던 이모는 서은을 힘들어하기 시작했다.

서은은, 자신의 선택으로 잃었던 이모를 다시 찾고 싶었다. 때 되면 전화해서 안부도 묻고, 가끔 생각났다며 김치도 싸다 주던 그때로. 무하를 따라 순순히 교회에 나온 이유 중의 하나는 이모와의 관계회복을 위해서이기도 했다.

"그만 가볼게. 밥⋯⋯ 잘 챙겨 먹고 건강해라."

"이모!"

돌아서는 이모를 안타까운 마음으로 불렀지만, 그녀는 멈추지 않고 사라져 갔다.

"언니. 너무 그러지 마. 서은이가 잘못한 것도 아니구만."

"서은아. 밥 먹었어? 이모가 차려줄게. 들어가자."

"서은이 내일 소풍 가지? 이모가 김밥 싸줄게."

이모는 차가운 외가에서 서은의 편이 되어주던 고마운 분이셨다. 엄마의 사랑을 받지 못하는 서은이 주눅이 들지 않도록 배려하고 돌봐주셨다. 그런데 서은은 그런 분의 마음을 아프게 했다.

"친구들이 너만 보면 수군거려. 느네 아빠 때문에 나까지 손가락질당한단 말이야. 나는 네가 없어졌으면 좋겠어!"

따돌림과 폭력에 지쳐, 힘들어하던 경은의 울부짖음도 생각이 났다.

나는 왜 태어났을까? 차라리 태어나지 않았다면 많은 사람이 행복할 수 있었을 텐데.

다리에 힘이 풀린 서은은 창가에 기대섰다.

화장실에 간 서은을 찾아 나섰던 무하는, 그만 뜻하지 않는 장면을 목격해 버렸다.

"그만 가볼게. 밥…… 잘 챙겨 먹고 건강해라."

"이모!"

그녀가 이모라고 부르는 중년 여성이 허겁지겁 뒤돌아섰다.

서은은 점점 멀어져 가는 이모의 뒷모습을 우두커니 바라보고 있었다. 금방이라도 꺼질 듯한 가녀린 어깨가 그의 가슴을 아리게 만들었다.

저 여자는…… 왜 이렇게 상처가 많은 걸까?

이상하게도 그녀의 뒷모습을 자꾸 보게 된다.

따뜻하고, 씩씩하고, 밝은 앞모습과 달리 약하고 아파 보이는 상처투성이의 뒷모습을……. 제 것을 내어주느라 뒷모습은 돌볼 겨를이 없는 바보 같은 여자를.

무하는 낮은 한숨을 내쉬었다.

송서은. 반칙하지 마.

당신이 이러면, 내가 계속 화를 낼 수가 없잖아.

새벽녘의 괘씸한 모습, 남자와 껴안고 있던 불쾌한 그 장면이 잊힐 만큼 그녀가 안쓰러웠다.

사실 그는, 아주 개운하고 가뿐한 아침을 맞았었다. 이른 새벽, 눈을 뜰 때까지만 해도. 콧노래를 흥얼거리며 새벽 드라이

브를 나설 때까지만 해도 더없이 좋은 기분이었다. 하지만 그 방향이 그녀가 사는 아파트인 것이 문제였다. 저도 모르게 들어선 그녀의 아파트, 자신의 행동이 겸연쩍어 재빨리 후진을 하려고 할 때였다. 주차장에서 다정하게 웃고 있는 서은과 낯선 남자를 발견한 것은.

남자는 다정한 손길로 서은의 얼굴을 어루만졌고, 서은은, 잠자리에서 막 일어난 것처럼 달콤해 보이던 그녀는, 키가 큰 남자를 보며 부드럽게 웃고 있었다. 해맑고 부드러운, 사랑스러운 미소를. 자신이 아닌 다른 남자에게 짓고 있었다.

방심하고 있다가 뒤통수를 얻어맞은 기분이 들었다. 그녀에게 남자가 있을지도 모른다는 생각을 왜 해보지 않았을까? 들떠 있던 그의 기분이 일시에 다운되어 버렸다.

무하는 손등의 힘줄이 튀어나올 정도로 운전대를 움켜잡은 채, 그들을 노려보았다. 그리고 한참 만에야 그들의 뒤를 지키고 있는 트럭을 발견했다. 그녀가 일을 돕고 있는 가게의 로고가 새겨진 트럭.

'친구가 남자였구나.'

교사인 그녀가 시장에서 아르바이트를 할 정도면, 그들의 관계를 짐작하고도 남을 것 같았다. 젠장, 마주 서 있는 그들의 모습은 무하를 불편하고 불쾌하게 만들었다. 생글생글 웃고 있는 그녀의 모습에, 우습게도 뼛속까지 배신감이 스며드는 것 같았다.

갑자기 남자가 서은을 껴안았다. 반항하지 않고 얌전히 안겨 있는, 아니, 함께 안고 등을 토닥여 주는 그녀의 모습에 심장이 덜컥 내려앉는 기분이 들었다.

그는 못 볼 걸 본 사람처럼 황급히 차를 돌렸다.

내내 기분이 좋지 않았다.

샤워를 할 때도, 집을 나서서 그녀를 만날 때도, 교회까지 오는 동안에도 새벽녘의 기억이 그를 괴롭혔다. 그 자신조차 이렇게까지 기분이 가라앉을 줄은 꿈에도 몰랐다.

"아빠하고 나아하고 만든 꽃밭에…… 채송화도 봉숭아도 한창입니다……."

창가에 기대선 그녀의 흥얼거림이 들려왔다. 끊어질 듯, 끊어질 듯 이어지는 구슬픈 노랫소리에 가슴이 욱신, 쑤시기 시작했다.

그녀가 슬퍼하는 모습이 싫다.

힘이 빠진, 멍한 모습을 보는 것이 싫었다.

왜 이렇게 화가 나는 걸까?

왜 이렇게 신경이 쓰일까?

새벽부터 느낀 불쾌한 감정들보다, 지금 이 순간의 애틋함이 훨씬 더 큰 부피를 차지하며 그를 짓누르기 시작했다. 서은을 품에 안고 다독이고 싶은 충동을 억누르며 무하는 그녀의 앞으로 다가갔다.

"나갈래?"

"아니."

그녀가 낮고 조용한 목소리로 대답했다.

"괜찮아?

"언제부터 보고 있었어?"

서은은 고개를 수그린 체 물었다.

"좀 전에."

"그랬구나."

그녀가 쓰게 웃었다.

"우리 나가자."

"……아니."

"그냥 가도 돼. 나도 머리 아파서 땡땡이칠까 생각 중이었
어."

"강무하."

그녀가 무하의 이름을 불렀다.

무하는 대답 대신, 서은의 검은 눈농자를 빤히 쳐다보았다.
흐트러짐 없이 깊고 아름다운 홍채와 그 속에 비친 자신의 모
습, 오직 그의 모습만이 담긴 순수한 홍채를 보며 무하는 가슴
속 깊은 곳에서 끓어오르는 격정과 희열을 느꼈다. 그리고 생각
했다.

이 여자의 눈동자 속에 오직 자신만을 담고 싶다고.

"서은!"

무하가 그녀의 이름을 불렀다.

"응?"

허무한 미소와 함께 그녀의 대답이 돌아왔다. 모든 것을 다 삭여 버린 서글픈 미소가 무하의 심장 깊은 곳에 박힌다.

"송서은!"

"왜?"

"당신…… 오늘 무지하게 예쁘다."

"뭐야? 이제 기분이 풀린 거야?"

"흠. 일시적인 거라 해두지."

그의 말에 서은의 입가가 부드럽게 휘어졌고 무하의 심장은 미친 듯이 펌프질을 해대기 시작했다.

"강무하. 너 무지 좋은 점 있는 거 알아?"

"좋은 점? 뭐? 조각 같은 외모? 훤칠한 키? 탁월한 매너? 너무 많은데……. 그중에 하나만 꼽아야 해?"

무하는 그녀의 눈가에 맺힌 눈물에 대해서 묻는 대신, 가벼운 농담으로 그녀의 기분을 풀어주려 애를 썼다.

"풋. 이 어색한 상황에 썰렁한 유머까지 구사해 주시는 센스도 좋긴 한데 내가 젤로 마음에 드는 건, 그대의 짝궁뎅이지."

"헉!"

"그리고 보너스로 덧붙이자면, 과묵해야 할 때 과묵한 그대의 센스, 적당히 모른 체해주는 탁월한 현실직시능력."

이모와 조카의 흔치 않은 대치상황을 보고도 무슨 일이냐고 묻지 않는 그를 보며 서은이 속 깊은 감사의 미소를 지어 보였다.

"아……. 이 나이 많은 친구, 수 쓰는구나. 내가 궁금해서 이제 막 물어보려고 했는데 당신이 그렇게 말하니까 못 물어보겠다."

"응. 계속 묻지 말라고 그 말 한 거야."

서은이…… 작게 웃었다.

그 웃음소리가 내내 묶여 있던 신경줄 어딘가를 툭 하고 건드려 놓은 것 같았다. 팽팽히 당겨진 신경이 서서히 느슨해지면서, 무하는 그제야 숨통이 트이는 것 같았다.

"들어가자."

무하가 손을 내밀자, 그녀의 손이 수줍게 다가왔다.

그들은 천천히 복도를 지나 거대한 안식처로 발걸음을 내디뎠다.

자리를 잡고 얼마 지나지 않아, 웅장한 준비 찬송과 함께 예배가 시작되었다.

서은은 더듬거리며 찬송가를 따라 불렀다. 아이처럼 두 눈을 꼭 감고 어설프게 기도를 드리기도 했다.

특별순서가 되자 성가대원들이 일제히 일어났다. 묵직한 오르간 반주에 맞춰 온 힘을 다해 부르는 노래를 감상하던 서은의 얼굴 위로 애절함이 드러났다. 마치 노래를 부르는 이들의 평안과 행복을 부러워하는 것처럼 보였고, 간절한 그녀의 모습을 지켜보는 무하의 콧날이 시큰거릴 정도였다.

문득, 어린 시절이 생각났다.

집으로 돌아오는 길, 녹슨 대문 앞에 처연히 앉아 무하를 기다리던, 앙상하게 마른 몸으로 힘겹게 손을 흔들어주던 어머니가 생각났다.

찬양이 절정으로 치닫기 시작하자, 물기를 머금은 작은 파동이 느껴졌다. 무하는 서은의 무릎 위로 체크무늬 손수건을 올려놓았다. 성가대를 향해 시선을 고정하고 있던 서은이 슬그머니 손수건을 가져가며 속삭인다.

"고마워!"

무하는 손을 뻗어 서은을 손을 가져왔다. 부드럽고 말랑한 그녀의 손바닥 위에 글씨를 썼다.

"천만에!"

서은도 그의 손바닥에 글을 썼다.

"그래도 고마워."

"집중!"

되돌려준 대답에 서은의 입가가 조금 벌어졌다.

"마음을 비우라는 말이 있죠. 하지만 마음은 절대 비워지지 않습니다. 마음은 비워지는 것이 아니기 때문이죠. 대신, 다른 무엇인가로 채워야만 합니다. 다른 것들로 어지럽게 꽉 차 있는 마음속에 주님이 계셔야 합니다. 그래야 진정한 평안함이 옵니다. 비로소 깊은 잠을 잘 수가 있습니다."

목사님의 말씀을 들으며 무하는 알게 되었다. 깊은 잠을 이루지 못하는 것은 마음이 비어 있어서가 아니라 너무 많이 들어차 있어서 그런 것이었음을. 그런데 신의 존재를 믿지 않는 많은 사람은 도대체 어떻게 마음을 채우고 비우는 걸까? 어떻게 채우기에 다들 그렇게 행복해 보이는 걸까? 아니면, 다들 행복한 척, 연기하고 있는 걸까?

서은은 언제 행복하다고 느끼는 걸까?

그는, 그녀의 행복한 모습이 보고 싶어졌다. 아니, 그 행복을 같이 나누고 싶어졌다.

✳

예배가 끝이 났다.

성가대의 장엄한 찬송을 신호로 부동자세로 앉아 있던 사람들이 웅성거리며 일어나기 시작했다. 누군가의 부름으로 무하가 자리를 뜬 사이, 안면이 있던 중년의 여성이 다가와 인사를 건넸다. 그리 반갑지 않은 이모의 친구다.

"어머나. 이게 누구야? 김 집사 조카 아니니? 잘 지내지?"

"예. 안녕하셨어요?"

"그래. 나야 잘 지내지. 너는⋯⋯."

그녀의 눈길이 서은의 머리부터 발끝까지 훑기 시작했다. 오지랖이 넓은 사람들은 지나친 친절과 호기심으로 다른 사람을 곤란하게 만든다.

"어머니는? 아직 시장에서 한복집 하시니?"

"네."

"참! 너 결혼한다고 들었는데? 언제 해?"

"⋯⋯조만간 해야죠."

서은은 잡은 손을 놓지 않는 이모의 친구에게서 어떻게 벗어나야 할지 몰라 난감하기만 했다.

"그래. 그렇구나. 잘 생각했어. 어서 결혼해서 가정을 차려야지. 아버지 일도 그렇고 어머니도 마음고생 많으셨을 텐데, 네가 잘해야지. 근데 아버지는 지병이 있으셨던 거야? 대체 무슨 병으로 그렇게 갑작스레 돌아가신 거니?"

서은은 멋쩍은 웃음을 지었다. 벌써 십수 년도 지난 아버지의 이야기를 아직도 잊지 않고 있는 사람들이 있다. 교회에 나오기로 하며 생겼던 불안감이 스멀스멀 피어오르기 시작했다. 언제나 그랬다. 낯선 곳을 갈 때마다 혹시 아버지의 일을 알고 있는 사람이 있지 않을까, 경계하며 불안했었다. 그때, 밖으로 나가 있던 무하가 돌아왔다.

"송서은!"

"어. 다녀왔어?"

서은은 자신에게로 성큼성큼 걸어오는 무하가 그렇게 반가울
수가 없었다.

"어머나. 무하 청년이랑 아는 사인가 보네?"

이모의 친구는 호기심 가득한 눈으로 서은과 무하를 번갈아
보았다. 반짝이는 그녀의 눈빛이 무엇을 궁금해하는지 알고 있
었지만, 서은은 그런 친절까지 베풀 생각이 없었다.

"저희 먼저 실례하겠습니다."

무하가 깍듯하게, 그러나 더는 물어볼 수 없도록 단호한 시선
으로 그녀의 호기심을 차단했다.

"오랜만에 교회 오니까 정신없지? 어서 나가자. 나가서 맛있
는 거 먹자. 뭐 먹을래?"

상처에 부드럽게 스며들어 아픈 곳을 낫게 해주는 연고 같은
목소리. 긴장하고 있던 서은에게 위로가 되는 부드러운 음성이
었다.

"아무거나 비싼 거. 아, 육즙이 좔좔 흐르는 두툼한 스테이크
는 어때?"

"탁월한 선택이네!"

의기투합한 두 사람이 함께 본관을 벗어나려고 할 때였다. 누
군가 그를 불렀다.

"오빠! 오빠아!"

그렇지. 이럴 때 누군가 나타나지 않으면 이상하지. 서은은
무하를 향해 뛰어오고 있는 여자를 바라보았다. 늘씬한 몸매.

쭉 뻗은 다리, 굳이 따져 보지 않아도 명품임이 분명한 주황색 원피스를 입고, 원피스보다 더 고운 피부 결을 가진 이십 대 초반의 미인.

"무하 오빠, 어딜 가는 거야?"

서은은 가까이 다가온 여자를 보며 놀라움을 금치 못했다. 커다란 눈, 우뚝 솟은 코, 시원한 입술 옆에 살짝 패는 매력적인 보조개까지. 게다가 검은 허리띠로 포인트를 준 허리 사이즈는 한 줌밖에 안 되어 보였다. 이런 몸매를 가진 사람이 정말 존재하는구나. 서은은 경이로운 눈으로 그녀를 바라보았다.

"여긴 어쩐 일이야?"

"어쩐 일이긴. 오빠 보려고 아줌마 따라왔지. 근데, 어디서 예배드린 거야? 이층에 있었어? 그것도 모르고 한참 찾았네. 감기 기운은? 목소리는 괜찮아? 이럴 게 아니라 밥 먹으면서 얘기하자. 오늘 오빠 좋아하는 잔치국수 나온대. 응? 어서 가자."

눈부신 미소를 지은 여자가 무하의 팔짱을 끼려 손을 뻗었지만, 그는 그녀의 손을 떼어냈다.

"고원경. 너 버릇없이 이러지 말고 손님께 인사나 드려."

'이런 바람직한……'

남자란 자고로 미인이나 추녀 앞에서의 행동이 변함이 없어야 한다. 그래야 제대로 된 남자다. 고로 서은은 오늘 아침 까칠하게 성질을 부린 무하를 시원하게 용서해 주기로 마음먹었다.

"아. 손님이시구나. 실례했어요."

무하의 충고를 받은 여자는, 그제야 서은의 존재를 인식한 사람처럼 인사를 해왔다. 입가에는 솜사탕처럼 달콤한 미소를 짓고 있었지만, 끝이 개운치 않은 미소다.

　"처음 뵙겠습니다. 저는 고원경이에요. 오빠 친구신가 봐요? 혹시 미래 씨? 아님 진실 씨?"

　원경이 손을 내밀며 물었다.

　무하와의 친분을 과시하기 위해 선수를 친 것인지, 그의 여자 관계를 알려주며 경고를 하는 것인지 알 수는 없었지만, 아무튼 서은의 기분을 가라앉히는 데는 효과가 있는 인사법이었다.

　"송서은입니다."

　"아. 서은 씨구나. 뵙게 돼서 반갑습니다."

　원경이 강한 눈빛으로 서은을 쏘아보았다. '이 남잔, 내 거야. 절대 꿈도 꾸지 말라고' 라는 메시지가 확실히 전달되는 강력한 시선이었다.

　"죄송하지만, 많이 바쁘세요? 오빠랑 잠시 할 얘기가 있는데……."

　원경의 말에 서은은 조용히 고개를 흔들었다. 그리고 한 걸음 뒤로 물러서서 그들의 대화가 끝나기를 기다렸다. 혹시, 자신 때문에 불편한 기색이 느껴지면 혼자 집으로 돌아가야겠다는 생각도 했다. 인사도 못하고 가는 것이 마음에 걸리기는 했지만, 그에게 방해되는 것보다 예의 없는 것이 더 나을 것이라 느껴졌다.

"어딜 가?"

채 한 걸음 물러서기도 전에 무하가 그녀의 손을 잡았다.

"뭐야? 당신 혹시, 미래랑 진실이 때문에 삐쳤어?"

짓궂은 그의 질문에 서은은 피식, 미소를 지었다.

"아니야. 얘기 나누는데 방해가 될 것 같아서."

"걔들 내 친구 애인들이야. 괜히 신경 쓰지 마. 원경이랑은 얘기 다 끝났으니까, 같이 가자."

서은의 목덜미를 당기며 무하가 말했다. 질투심 많은 여자친구에게 변명하는 듯한 무하의 행동에 원경이 입술을 질끈 깨물며 고개를 숙인다. 기가 죽은 그 모습에 도리어 서은이 미안해졌다.

"목사님이 찾으신다는데 가봐야지."

"나는 다른 사람들 말, 잘 안 들어."

"어른이 찾으시는데 그럼 안 되지. 어서 가서 뵙고 와."

"당신과의 약속이 먼저야."

부드러운 목소리였지만, 단호한 입매는 고집을 꺾을 생각이 없어 보였다. 할 수 없이 서은이 뜻을 접었다.

"알았어. 어디 안 가. 여기서 기다리고 있을 테니까 목사님 뵙고 와."

"안 간다니까.

"너, 무지 고집 센 거 알아?"

"그것도 매력적이지!"

이 와중에 빙그레 웃는 무하를 보며 서은도 피식, 웃음을 터트렸다. 옆에서 노려보고 있는 원경을 까맣게 잊은 채.

"알았어. 그럼 여기서 국수 먹고, 목사님 뵙고 그러고 가자."

"오빠. 그러자. 언니 말씀대로 하고, 그러고 가. 응?"

원경이 재빨리 서은의 팔짱을 끼며 말했다.

"넌 서울 안 가봐도 되냐?"

"전화했는데 뭐."

무하가 자신을 봐주자 그제야 미소를 되찾는 원경이다.

원경은 슬그머니 서은의 팔을 풀더니 그의 옆으로 다가섰다.

"진짜 예쁜 언니네. 오늘 전도한 거야?"

자연스럽게 서은에 대해 이야기를 꺼내며 그의 옆자리를 차지하는 원경의 여우 짓을 보며 서은은 슬며시 미소를 지었다.

"참 잘 어울리는 한 쌍이네."

그들을 지나쳐 가던 중년 부부가 무하와 원경을 보며 소곤거렸다.

서은은 한 걸음 뒤로 물러서서 앞서 가는 그들을 바라보았다. 그리고 보니 아주 잘 어울리는, 그림 같은 한 쌍이다.

혹시, 내가 눈치 없이 끼어든 거야?

그들을 보며 생각하던 순간이었다. 갑자기 멈춰선 무하가 뒤를 돌아보았다.

"거기서 뭐 해?"

"어?"

"당신은 틈만 나면 뒤로 빠지더라. 얼른 이리 와!"

자신의 옆으로 다가오는 서은을 보며 만족스럽게 고개를 끄덕이던 무하가 원경에게 말했다.

"넌, 얼른 올라가서, 고모님 뵈면 저녁에 찾아뵙겠다고 좀 전해주라. 고모님 핸드폰이 꺼져 있어서."

"오빠!"

"원경아. 나는 저 여자가 너 때문에 쓸데없는 오해하는 거 싫다. 그러니까 동생답게 선을 좀 지켜주면 좋겠어."

하얗게 질려가던, 원경이 마지못해 돌아섰다.

화가 난 원경의 뒷모습을 보고 있자니, 조금 통쾌한 것 같으면서도 미안한 마음이 들었다. 그런데 저 여자가 오해하는 것이 싫다니? 그럼, 나를 신경 쓰고 있다는 말인가? 서은은 예배시간에 그와 나눈 교감을 떠올리며 배시시 미소를 지었다.

"송서은. 무슨 생각하는데 그렇게 웃어?"

서은의 얼굴을 빤히 쳐다보던 무하가 물었다.

"아니. 아무 생각도 안 했어. 그냥 하늘 보고 있었어. 날씨가 좋아서."

"언제부터 땅이 하늘로 바뀌었어?"

무하가 짓궂게 물었다.

그냥 좀 넘어가 주면 좋으련만. 눈치도 빠르고, 생각도 깊고, 얄밉다가도 감동적이고, 배려하다가도 짓궂게 구는, 도무지 종잡을 수 없는 그를 물끄러미 바라보던 서은이 소리쳤다.

"아하! 이제 알겠다."

"뭘 알겠다는 거야?"

"강무하가 여잘 어떻게 꼬드기는지."

"풉! 내가 여잘 어떻게 꼬드기는데?"

기가 막힌 듯, 그가 묻는다.

"별로 관심 없는 척, 무심한 척, 자연스럽게 여자들 자존심에 흠집 내놓고는 여자들이 알아서 덤비게 만드는 전략! 또 있어. 이랬다저랬다, 그날그날 성격 버전을 달리해서 자꾸 호기심 가게 하는 작전. 둘 다 맞지?"

"생각하는 거 하고는."

대꾸할 가치도 없다는 듯, 돌아선 무하의 어깨가 작게 흔들리고 있다. 지금 웃고 있는 걸까?

"맞지? 내 말 맞지?"

"쓸데없는 소리 하지 말고 어서 들어가기나 하시지."

무하가 커다란 문을 열며 유쾌하게 말했다.

씩씩하게 뒤를 따르던 서은은, 약속이라도 한 것처럼 모여드는 사람들의 시선에 들떠 있던 기분이 일시에 가라앉는 것을 느꼈다.

"긴장 풀어. 송서은 보는 거 아니니까."

"응?"

"나 보는 거야. 내가 무지 잘생겨서."

엄청난 위압감에 그의 말이 제대로 들리지 않았다. 서은이 무슨 뜻이냐는 눈빛으로 그를 쳐다봤다.

"나 보는 거라고. 여기 있는 여자들, 다들 날 짝사랑하거든."

"헐……."

어이없어 웃음을 터트리는 서은을 보며 무하가 작게 속삭였다.

"차라리 이게 낫다. 얼어 있는 모습보다 '이게 웬 미친놈인가?' 쳐다봐 주는 생기 있는 눈빛이 훨씬 나아."

"뭐?"

"최소한 내 마음이 아프진 않으니까."

"뭐라는 거니?"

소란스러운 식당 한가운데서 무하가 말하는 의미가 잘 전달되지 않아 되묻자 무하가 서은의 귓가에 대고 속삭인다.

"못 들었으면 말고!"

"무슨 말이야? 내가 뭘 못 들었는데?"

"못 들었으면 말라니까."

무하는 그녀를 자리에 앉힌 뒤, 배식코너로 향했고 서은은 얼떨떨한 기분으로 그의 움직임을 좇았다. 그가 다가가자 똑같은 앞치마를 두른 중년의 여성들은 약속이라도 한 듯, 무하를 반긴다. 무하는 교회 안에서 특별대접을 받는 존재가 분명했다. 하긴, 저런 인물이 흔한 건 아니지. 서은은 국수 그릇을 들고 오는 그를 바라보며 결론을 내렸다.

"반응들이 확실하네."

"내가 그랬잖아. 나 인기 많다고."

"아, 네. 좋으시겠어요."

그의 장난에 맞장구를 쳤다. 그러다 문득, 서은의 머릿속으로 한 가지 생각이 떠올랐다.

"너, 나한테 또 장난쳤지? 너네 아버님 변호사 아니지?"

서은의 말에 무하의 표정이 뻣뻣하게 굳어졌고, 서은은 자신의 예상이 틀림없다는 확신을 굳혔다.

"변호사가 아니라……. 여기 교회, 목사님이지?"

잠시 침묵이 흘렀다.

젓가락을 들고 있던 무하가 고개를 내리더니 피식거린다.

"상상력하고는."

"아닌가? 그럼, 너네 집안 무지 부자야? 아버님께서 수임료를 많이 받으시나?"

"부자긴 한데, 내 돈은 아니야. 아, 그리고 우리 아버지, 무료변호 전문이야. 엄마는 일곱 살 때, 돌아가셔서 고모님이 거의 키워주셨고. 이제 됐지? 쓸데없는 소리 하지 말고 어서 먹어!"

"그럼, 진짜 잘생겨서 인기가 많은 건가?"

"그렇다니까.

서은은 가벼워진 마음으로 농담을 했다. 솔직히 강무하가 어떤 배경에, 어떤 부모님을 가졌는지는 중요하지 않았다. 지금 가장 중요한 것은 이렇게 그와 함께 있다는 것이니까.

"강무하."

서은은 하얀 냅킨 위에 젓가락을 놓고 있는 그의 이름을 작게
불렀다.

"왜?

"너 말야. 무지 잘 컸어. 참말 훌륭해."

"알아줘서 고마워. 송서은도 꽤 바람직하게 잘 컸어."

무하가 서은의 국수 그릇 위로 단무지를 올려주며 말했다.

서은은 무하의 이런 면이 좋았다. 속이 깊고 배려심도 남다르
며, 부담스럽게 진지하지도 않다. 게다가 함께 있는 사람을 편
안하게 해주는 탁월한 센스까지 지녔다.

"근데 말이야. 사람들이 강무하에게 완전 속고 있는 것 같
아."

서은은 그가 올려준 단무지와 함께 국수 가락을 후루룩 삼켰
다. 달큼한 면이 입안 가득 느껴진다. 탱탱한 면발은 물론이고
고명으로 얹어진 계란지단, 오이, 볶은 김치와 당근까지 죄다
맛있었다.

"속고 있는 것 같다니?"

"다들 강무하의 본 모습을 모르는 것 같아. 거짓말도 진짜 잘
하고, 화도 잘 내고, 변덕도 심한데. 강무하, 너 사람들 앞에서
연기하면서 살지? 그치?"

"연기는 무슨. 난, 원래 예의 바르고 반듯해. 아니 땐 굴뚝에
연기 나겠어?"

그가 능청스럽게 말했다.

"헉. 완전 어이 상실이다."

"사실…… 나는 굉장히 영악한 놈이야."

그가 물을 한 모금 삼키며 천천히 말을 이어갔다.

"일을 할 때마다 머릿속으로 계산을 해. 이 일을 할 때, 나에게 얼마만큼 득이 되고, 얼마만큼 실이 될까? 이렇게 하면 사람들에게 인정을 받을 수 있겠다, 이렇게 하면 칭찬받을 수 있겠다, 계산기를 두드려. 그래서 손해 볼 짓은 아예 하질 않으려고 노력하는 편이지. 다행히 지금까지 생각대로 됐고."

서은은 긴 손가락을 움직여 국수를 젓고 있는 무하를 가만히 바라보았다.

손해 볼 짓을 하지 않는 강무하는, 송서은을 알게 되면 될수록, 이렇게 엮이게 되면 될수록 얼마나 큰 손해를 보게 될지 알고 있을까? 서은은 사실을 알게 된 후 그가 보일 반응이 두려워졌다.

"워워! 뭘 그렇게 긴장을 하고 그래."

굳어지는 서은의 얼굴을 보며 그가 장난스럽게 손을 저었다.

"큰일이네."

"뭐가?"

"나랑 다니면 엄청 손해 볼지도 모르는데."

"앗! 정말 그러네. 당장 닥쳐올 손해가 보인다."

서은의 뒤를 보며 무하가 말했고, 그가 무슨 말을 하는지 이해하지 못한 서은이 그의 시선을 따라 고개를 돌리자, 이마가 반쯤 벗겨진 중년 남자가 그들에게로 다가오고 있는 것이 보였다.

"무하 군! 식사 중에 미안한데…… 목사님께서 잠시 보자고 하시네."

"알겠습니다."

자리에서 일어난 무하가 서은의 옆을 지나치며 낮은 목소리로 속삭였다.

"송서은을 위해서라면 이 정도 손해쯤은 감수할 수 있어."

그러게. 이 정도 손해라면 내가 먼저 매달릴 텐데 말이야.

멀어지는 무하를 보며 서은은 깊은 한숨을 내쉬었다. 돌아가신 아버지의 사망 이유를 알게 된다면, 엄마가 자신을 낳은 배경을 알게 된다면, 그래서 그 자신마저 사람들의 입방아에 오르게 된다면 강무하는 뭐라고 할까?

입맛이 떨어졌다.

서은은 젓가락을 내려놓고 자리에서 일어났다. 음식 찌꺼기를 모으는 빈 통에 남은 국수를 쏟아 붓고 자판기에서 커피를 뽑아 자리로 돌아왔다. 비어 있는 테이블에 그의 국수 그릇이 덩그렇게 남아 있었다. 서은은 커피를 한 모금 삼켰다. 커피는 지나치게 달고 진했다.

"기도하는 거야?"

커피를 다 마실 즈음, 무하가 나타났다.

"치사하게 다 먹었네?"

비어 있는 테이블을 보며 그가 물었다.

"언제 올지 알고 기다려. 국수 다 붇는데."

"네. 네. 그러시겠죠."

장난스럽게 고개를 끄덕인 무하가 그릇을 들었다.

"버리게?"

"생각 없어. 그만 나가자."

"음식 버리면 큰일 나. 아프리카에 굶고 있는 애들이 얼마나 많은데. 걔들 이거 보면 엉엉 울걸."

장난스럽게 던진 서은의 말에 돌아서던 무하가 갑자기 움직임을 멈추었다. 그리고 뚫어지게 서은을 바라본다.

'혹시, 음식 버리는 걸 본 건 아닐까?'

뜨끔해진 서은은 그의 시선을 피하며 딴청을 피웠다.

"그러니까……. 내, 내 말은……."

"우리 어머니 말이야. 내가 7살 때 돌아가셨거든. 그런데 우리 엄마가 그런 말을 했어."

"응?"

"북한에는 굶고 있는 애들이 많다고. 그거 버리면 그 애들이 울 거라고. 밥 먹을 때마다 그런 소리를 했어."

천천히 말하는 무하를 보며 서은은 가슴이 싸해지는 기분이 들었다. 그의 어머니는 분명, 무하가 남긴 음식을 안타깝게 바라보며, 좀 더 먹으라고 권해주던 정 많은 분이셨을 것이다.

"그랬구나. 강무하의 어머니는 그런 말씀을 하셨구나."

"응. 그랬었어."

"훌륭하신 '엄마' 랑 나를 비교해 주다니 영광스런 일이야."

다소 과장된, 감격스러운 어조로 말하자 무하가 웃음을 터트렸다. 입꼬리가 살짝 올라가는 그의 미소에 서은의 심장은 주책 없이 뛰기 시작했다.

"지난번에도 말했지만, 강무하는 웃는 얼굴이 정말 예뻐. 그니까 앞으로 심통 부리지 말고 자주 웃어."

"이 여자가 정말. 남자한테 대놓고 예쁘다 그러면 욕인 거 알지? 다 먹었으면 어서 나와요."

벌떡 일어나 자리를 뜨는 무하의 얼굴이 조금씩 빨개지고 있었다.

"같이 가. 어디 가는데?"

"커피 마실 거야."

서은은 새로운 놀이를 발견한 악동처럼 씨익 미소를 지으며 그를 따랐다. 걸을 때마다 등 뒤가 따끔거렸지만, 개의치 않았다. 이상하게도 무하와 함께 있으면 사람들의 시선이 신경 쓰이지 않는다.

교회 밖으로 나서자 마음이 한결 가벼워졌다. 서은은 서너 걸음쯤, 앞서 자신을 기다리고 있는 무하의 옆으로 다가가 능청스럽게 중얼거렸다.

"아하. 날씨 죽인다."

"날씨가 죽이는 게 아니라 내가 죽이지?"

"착각이 아주 해저 2만 리 수준이야."

그들은 아이들처럼 토닥거리며 십여 분을 걸었다. 내리쬐는 태양 빛을 피해 그늘로만 걸어다녔지만, 이마에, 콧등에 송골송골 맺히는 땀을 어쩔 수가 없었다. 숨이 막히도록 늦더위가 기승을 부리는 날씨였지만, 그래도 기분은 좋았다. 이상하게 지치지 않았다.

"다 왔어. 저기. 팥빙수가 끝내주게 맛있는 집."

그가 안내한 창이 큰 카페는, 이 층으로 되어 있는 널찍한 공간에 오래된 나무테이블과 의자가 듬성듬성 놓여 있는 여유로운 곳이었다. 계절과 상관없이 홀로 존재하는 독특한 공간은 창밖의 공기를 잊게 하는 쾌적하고 평화로운 곳이기도 했다.

"무지 근사한 카페네."

"지난번에 한 번 왔었는데 괜찮더라고."

"물도 맛있어."

투명한 유리잔에 가득 든 냉수를 삼키며 만족스럽게 고개를 끄덕이자, 무하도 자신의 앞에 놓인 컵을 들어 한 모금 마셨다.

"물맛도 알아?"

"정수기 물이랑, 생수랑 약수랑 똑같은 물인데 맛이 다 달라. 여긴 꼭 공기 좋은 곳에서 나는 생수 같아. 물이 달아."

"하여간……."

"이상한 여자라고?"

"알면 됐고."

서은은 그와 마주 보며 환하게 웃었다.

"지난번 신세 진 것도 있고 하니 디저트는 내가 쏠게. 맛있는 거 먹어. 팥빙수도 맛있고 아이스크림도 맛있는데."

아메리카노를 시킨 무하에게 선심 쓰듯 말했지만, 그는 고개를 저었다.

"단 거 별로야."

"사람이 말이지, 가끔은 단것도 먹어주고 해야 사는 낙도 생기고 여유도 생기고 그러는 거지. 초콜릿이 사람 기분 좋게 해주는 건 알지?"

"인공감미료로 일시적인 기쁨 누리고 싶지 않아. 그렇게 기분 좋아져서 뭐 좋은 게 있다고."

"헉! 인간미 없게스리."

"당신, 팥빙수 좋아하는구나. 아주 맛있게 먹네."

주문한 팥빙수를 신이 나게 먹고 있는 서은을 보며 그가 물었다.

"응. 난 세상에서 제일 맛있는 음식이 팥빙수야."

"설마?"

"진짜!"

"진짜?"

"어허. 이 사람이. 팥빙수는 애들만 좋아할 거라는 편견은 버려."

서은의 능청에 무하가 웃음을 터트렸다.

"이상한 여자 맞아!"

"아까…… 국수 먹을 때, 무하 씨 어머니 얘기했잖아. 난 뭐, 별다른 건 아니고 아버지에 대한 추억이 깃들어 있거든. 울 아버지 돌아가셨을 때가 지금처럼 무지 더운 여름이었는데, 보충 수업 마치고 땀을 뻘뻘 흘리면서 집에 들어왔더니 울 아버지가, 나를 물끄러미 바라보시면서 이러시는 거야. '우리 서은이 덥지? 아빠랑 데이트할까?' 난 아직도 그날을 잊을 수가 없어. 울 아버지가 내 손을 꼭 잡고 동네 빵집으로 데리고 가셨거든. 그리고 그곳에서 팥빙수를 사주시는 거야. 시원하고 달콤하고, 그렇게 맛있을 수가 없었어. 팥빙수가 이렇게 맛있는 거구나, 그날……. 그랬어."

"아버지를 사랑했었구나?"

무하가 부드러운 목소리로 물었다. 혼란스러운 그녀의 기분을 죄다 알고 있는 것처럼 따뜻하게 바라보는 그의 눈길에, 서은의 가슴 저 깊은 곳에서부터 뭉클한 것이 올라오기 시작했다.

"응."

"나도 한입."

서은의 팥빙수를 떠 넣은 무하가 고개를 끄덕였다.

"맛있다."

"그렇다니까. 팥빙수는 정말 굉장한 음식이야."

"알았어. 인정!"

그가 탁자를 가볍게 치며 말했다.

"저기······ 오늘 고마웠어. 덕분에 오랜만에 기도도 하고. 마음이 많이 편해졌거든."

"난 조금 후회했는데."

뜻밖의 말이었다.

"후횔 했어?"

"많이 불편해하는 것 같아서. 내가 괜히 불편하게 만들었구나, 반성도 하고."

"아니야. 전혀 그렇지 않았어."

"그럼 다행이고. 그런데 송서은은 내가 그렇게 좋나?"

순간, 서은은 사레에 들릴 뻔했다.

"뭐, 뭐? 뭐라는 거야?"

"안 그럼 왜 그렇게 사랑스런 눈빛으로 쳐다보는 거야? 사랑이 없으면 그런 눈으로 보기 힘든 거 아냐?"

서은은 자신도 갈피를 잡지 못하는 감정을 명확하게 짚어낸 그를 놀랜 눈으로 쳐다보았다.

6. 그들의 마음

    표정훈련이라는 것이 있다.

    선생님의 지시에 따라 눈과 눈썹을 올리고, 미간에 주름을 잡기도 하고 풀기도 하고, 놀란 표정을 지었다가, 곧 부드러운 미소로 바꾸어보기도 한다.

    미스 춘천 출신인 원경의 어머니는 원경이 초등학교에 들어가기 전부터 표정훈련을 시키셨다. 우아하고 기품 있는 숙녀가 되어 훌륭한 남편을 만나야 했기 때문이다. 왜 그래야 하는지 이해는 되지 않았지만, 원경은 열심히 엄마의 지시를 따랐다. 엄마처럼 아름다운 숙녀가 되어 좋은 남편감을 만나는 것이 사랑하는 엄마를 기쁘게 하는 것임을 알고 있었기 때문이다.

중학교 입학식 날, 엄마의 손에 이끌려 찾아간 한 호텔 레스토랑에서 무하를 처음 만났다. 원경은 만화책을 찢고 나온 듯한 그의 모습에서 눈을 뗄 수가 없었다. 그는 또래와 다르게 가볍게 행동하지 않았고 진중하고 어른스러웠다. 그 나이의 남학생들이 흔히 부려대는 허세가 없었고 여학생의 앞에서 잘난 체를 일삼는 멍청한 짓을 하지도 않았다.

중학교 3학년 겨울방학쯤이었을 것이다.

보충수업을 마치고 나오는 무하를 끌고 시장 안, 떡볶이집으로 향했다.

억지로 끌려왔음에도, 그는 주문한 떡볶이를 맛있게 먹는 원경의 모습을 묵묵히 지켜보았다. 마치 친오빠처럼.

"학생들, 나 요 앞 방앗간에 잠시만 다녀와도 될까?"
"네. 제가 봐드릴게요. 다녀오세요."

무하에게 잘 보이고 싶었던 원경이 싹싹하게 말했다.

"오빠, 우리 이거 막 먹어도 되겠는데?"

주인에게 가게를 일임받은 원경이 행복해하며 웃었다. 그러는 사이 손님이 왔다. 주인이 없는 것을 알아챈 영악한 손님은 원경에게 떡볶이 삼천 원어치를 주문했고, 가격을 몰랐던 원경을 대신해 '내가 알아서 퍼갈게'라며 직접 떡볶이를 담기 시작했다. 시세를 잘 모르는 원경이 보기에도 과한 양이었다.

욕심껏 담은 손님이 사라지고 난감한 원경이 어쩔 줄을 몰라 하고 있는데 주인이 나타났다. 눈물이 그렁그렁한 채로 주인을 바라보는 원경과 반쯤 비어버린 떡볶이 통을 번갈아 보던 주인의 황당한 표정이 아직도 생생하게 기억난다.

그때 무하가 나섰다.

"조금 전에 손님이 왔었는데, 아주머니 떡볶이가 맛있다고 많이 사가셨네요. 얼마를 받아야 할지 몰라서…… 이렇게 받는 것이 맞습니까?"

"아이고, 그렇게나 많이 받았어? 학생이 장사를 잘하네."

무하가 내민 이만 원을 받아 든 주인의 얼굴에 미소가 떠올랐다.

원경과 시선이 마주친 무하가 안심하라는 듯, 고개를 끄덕였고 그제야 원경도 따라 웃을 수가 있었다. 든든한 그의 미소를 보며 원경은 비로소 엄마의 말을 이해할 수 있었다. 무하와 함께라면 평생 보호받고 사랑받으며 행복하게 살 수 있을 것 같았다. 원경에게는 무하뿐이었다. 무하면 충분했다.

무하가 자신을 여자로 봐주지 않는 것을 알았지만 그래도 좋았다. 그는 원경뿐만 아니라 모든 여자에게 관심이 없었으니까. 언젠가는 남자의 눈으로 자신을 봐줄 것이라 생각했다. 그의 아버지가 그랬듯이, 무하 역시 사랑에 빠지게 되면, 평생 자신만을 사랑할 것이라고 생각했다.

그런데 예상치 못한 변수가 생겨 버렸다. 송서은이라는 낯선 여자 때문에 그녀의 행복한 미래가 흔들리려 한다. 서은을 향해 다정하게 웃어주던, 무하의 미소가 생각났다. 그녀가 알고 있는 강무하는 여자 앞에서 저렇게 편안한 미소를 지을 줄 모르는 사람이었다. 견딜 수 없을 정도로 불안하고 초조했다. 원경은 입술을 질끈 깨물었다.

*

강무하는 말쑥해 보였다.

큰 키와 단정한 모양새는 흠잡을 곳이 없을 정도였고, 가지런한 속눈썹과 손으로 만져 보고 싶을 정도로 매력적인 입술선은 정말이지 탁월하기 짝이 없었다.

'송서은. 박복한 인생을 단박에 위로해 줄 귀인이 나타나셨구나.'

벅차오르는 희열에 씨익, 미소를 짓던 수희는 자신의 외모를 생각하며 살짝 근심이 되기 시작했다. 해풍으로 헝클어진 머리와 단내가 나는 거친 숨결, 번들거리는 얼굴이 신경이 쓰인다.

자신이야 장사치니 그러려니 해도 친구인 서은까지 피해가 갈
까 걱정스러웠다.

"죄송해서 어쩌죠? 서은이 오늘 못 온다, 그랬는데."

마른 수건에 얼굴을 비비며 수희가 미안한 듯 말하자, 입술
끝이 부드럽게 말려 올라가는 미소가 돌아왔다.

"아닙니다. 연락하지 않고 온 제 탓이 크죠."

"이리 좀 앉으세요. 가게가 너무 정신없죠? 죄송해요. 평소에
는 이 정도까진 아닌데, 오늘따라 단체주문이 많이 들어와서."

"걱정하지 마십시오. 아주 멋지십니다. 이 박스, 차에 옮겨 실
으면 되는 겁니까?"

재킷을 벗어 던진 무하가 바닥에 있는 박스를 들어 올렸다.
얇은 셔츠 사이로 드러나는 잔 근육에 수희는 저도 모르게 벌어
지는 입술을 의식하며 수건에 얼굴을 묻었다.

"옷 버려요. 내려놓으세요."

땀을 닦는 척 수건 속에서 웅얼거리자, 경쾌한 대답이 돌아온
다.

"옷에 애착 둘 나이는 이미 지났습니다."

트럭을 향해 성큼성큼 걸어가는 그를 보며 수희는 혀를 내둘
렀다.

대박! 송서은이 전생에 세계대전을 막았구나! 그것도 여러 번
씩.

서은이 없음에도, 강무하는 꼬박 세 시간 동안이나 가게 일을

도왔다. 익숙지 않은 노동일 텐데도 힘들다는 내색도, 군소리 한마디도 없이 성실하게 일을 한 그는, 배달시간이 끝난 후에야 비로소 자리에 앉아 땀을 닦았다.

"아휴, 이러시면 안 되는데. 서은이 보러 오셨다가 일만 진탕 하고 가시네요."

진실한 표정에 담백한 음성. 입에 발린 말 같지 않고, 또 힘든 일을 해냈다는 잘난 체도 느껴지지 않는다. 시장장사 7년이면, 정말 별의별 사람을 다 만나 보게 된다. 착한 사람, 못된 사람, 욕심 많은 사람, 욕심 없는 사람, 세상 물정에 밝은 사람과 어두운 사람. 지금 수희의 눈앞에 있는 강무하는, 그녀가 만났던 다양한 사람 중에 가장 인상적이었다.

"서은이 정말 예쁘죠?"

"네."

서은의 이야기에 눈가가 부드러워지는 무하를 보며 수희는 서은이 부러워지기 시작했다.

"우리 서은이 잘 부탁드려요."

"그래서 말인데, 몇 가지 의논할 게 있습니다."

부드러움 대신 단호함이 들어찬 눈빛을 보며 수희는 왠지, 등 허리가 서늘해지는 긴장감을 맛보았다.

*

─샘!

─저 아버지한테 맞아서 갇혀 있어요.

─핸드폰이랑 카드랑 다 압수됐어요.

─지금 누나 폰으로 문자 날리는 거예요.

─우리 누나 미국에서 왔거든요. 엄마 닮아서 졸라 재수 없어요ㅜㅜ

─그리고 샘!

─진성이가 말하지 말라 그랬는데요, 샘은 아셔야 될 것 같아서요.

─진성이 오늘 퇴원했어요.

─제가 안 된다고 그렇게 말렸는데 그 고집불통이 말을 안 들어요.

─형들한테 억지로 끌려간 건 아닌지 걱정돼요.

─샘이 한 번 가서 살펴주세요.

버스에서 내린 서은은 고원에게서 온 문자메시지를 확인하며 진성의 집으로 향했다. 대체, 어디로 간 걸까? 걱정이 돼서 몇 번이나 전화를 했지만, 연결이 되지 않았다. 아무 일도 없어야 할 텐데. 아직 완전히 회복하지 못한 몸이라 더 걱정이 되었다.

도로에서 이어진 긴 계단의 마지막을 딛자 어둡고 침침한 또 다른 세상이 펼쳐진다. 여기저기에 짙게 배어 있는 가난의 냄새.

'가난은 불편할 뿐이다.'

누군가 지어낸 듣기 좋은 거짓말을 서은은 믿지 않는다. 지금 껏 살아오면서 보고 들은 '궁극의 가난은 고통'이었다. 가족이라는 울타리를 파괴하고, 사랑하는 이들을 해치기도 하며, 목숨을 앗아가는, 처절한 파탄과 끔찍한 파괴의 원인제공이 되는 것이 바로 궁극의 가난이었다.

불안한 예감대로 진성이는 집에 없었다.

대체 어디에 있을까? 가슴이 먹먹해진 서은은 깊은 한숨을 내쉬며, 진성이 갈 만한 행선지를 찾아다녔다.

"저기, 밑에, 시장에 가봐요. 거기 오토바이 수리점에서 일했었는데, 혹시 거기 있을지도 모르지."

이웃집 아주머니가 가르쳐 준 시장은 이미 그 역할을 상실한 폐장이었다. 주황색 천막이 늘어져 있는 낡은 골목 입구로 들어서자 음습하고 퀴퀴한 냄새가 코를 찔렀다. 오늘은 그냥 되돌아가고 내일 날이 밝으면 다시 찾아올까, 고민하는데 재희에게서 전화가 왔다.

—너네 집 근처에 배달 나왔다. 어디냐?

"산동네 시장."

—이 시간에 거긴 왜?

"진성이 잡으러."

—그놈 병원에 있잖아?

"도망쳤어."

—그놈 참. 선생님 속 어지간히도 썩인다.

"그러게."

—혼자 괜찮아?

"어. 그렇잖아도 여기 좀 그러네."

―알았어. 위치 불러봐.

재희에게 위치와 상호를 알려주자 그가 걱정스럽게 덧붙인다.

―혼자 가지 말고 기다려. 금방 날아갈게.

"응."

한 곳 걸러 한 곳이 비어 있는 시장은 음산하고 우울해 보였다. 침묵 속에 빠져 있는 그곳은, 그 분위기만으로도 왠지 찜찜한 기분을 불러일으켰다. 서은은 조심스레 심호흡을 하며 재희를 기다렸다.

"송 샘?"

두런두런 말소리가 들리더니, 누군가가 서은을 불렀다. 깜짝 놀라 뒤돌아보니, 예전에 학교를 중퇴했던, 박영식과 오주영이 그녀를 보며 웃고 있었다. 학교에서 몇 번 마주친 적은 없었지만, 그들이 진성이 속해 있는 클럽의 일원이라는 소문을 들은 적이 있었다.

"어. 영식아. 주영아"

"샘이 여긴 웬일이에요?"

"진성이 찾으러. 여기 어디쯤 있다 그래서 왔어."

"진성이…… 우리랑 같이 있어요."

"미안하지만, 좀 불러줄래?"

"걔 많이 아파서…… 못 나올 텐데. 그러지 말고 샘이 따라오세요."

피식, 웃음을 터트리는 그들의 미소가 달갑진 않았지만, 그래
도 제자인데 싶어 조심스레 그를 뒤따르기 시작했다.

"여기서 잠시만 기다리세요."

그들이 서은을 안내한 곳은 서은이 찾아 헤매던 오토바이 수
리센터였다. 서은은 가게 한가운데 있는 소파에 기대어 진성이
나오길 기다렸다.

"진성일 찾아오셨다고?"

국방색 티셔츠와 작업복 바지를 입은 사십 대 중반의 남자가
인상을 찌푸리며 나타났다. 여기저기 기름때가 묻어 있는 남자
의 티셔츠에서는 코를 찌르는 땀 냄새가 났다.

"네. 여진성이 이곳에 있다는 말을 들었습니다."

눈살을 찌푸리며 생각에 잠긴 듯한, 남자가 서은의 아래위를
훑어본다.

"누나요?"

"아뇨. 학교 선생입니다."

"선생이 이런 데까지 찾아다니나?"

천천히 입가를 일그러트리며 웃는 남자의 눈빛이 기분 나빴
다.

"진성이가 있긴 한가요?"

"저기, 안에 있어요. 따라와요."

남자가 가리키는 가게 안은 짙은 어둠에 싸여 있었다. 바닥에

널브러진 쓰레기들이 금방이라도 공격해 올 괴물처럼 보이기도 했다. 예감이 좋지 않았다.

"죄송한데, 진성이에게 나오라고 하면 안 될까요?"

"왜? 내가 잡아먹을까 봐? 보기 싫으면 때려치우쇼."

남자가 얼굴 근육을 일그러트리며 비릿한 웃음을 지었다. 번득이는 눈빛으로 서은을 훑는 시선에 소름이 돋았다. 불쾌한 느낌이 서은을 초조하게 만든다.

"아무래도 그러는 게 좋을 것 같네요. 날 밝으면 다시 찾아뵙겠습니다."

서은은 뒤돌아서서 재빨리 가게를 벗어났다.

기분이 좋지 않았다. 불길한 두려움으로 심장이 뛰기 시작했다. 서은은 침착하게 주머니 안으로 손을 넣어 통화버튼을 눌렀다. 마지막 기록이 재희였으니, 그와 바로 연결이 될 것이다.

—너 어디냐?

새희의 목소리가 늘리는 순간, 우악스러운 팔이 서은의 머리채를 잡아당겼다. 서은은 외마디 비명을 지르며 전화기를 향해 소리쳤다.

"**오토바이 수리점!"

"어딜 가실라고?"

갑자기 나타난 남자가 전화기를 뺏어 땅에 패대기를 쳤다. 머리카락이 쭈뼛 서는 서늘한 공포가 그녀를 휘감았다.

"왜, 왜 이래요?"

서은이 구두굽으로 남자의 발을 있는 힘껏 내리찍자, 남자가 '윽' 소리를 내며 힘을 뺐다. 그사이 몸을 비틀어 빠져나오려던 서은에게 남자의 욕설과 주먹이 날아들었다. 망치 같은 손이 옆구리와 얼굴을 친 순간, 눈앞이 아득해지며 숨이 막혀 왔다.

"흡!"

서은이 바닥으로 쓰러졌다.

분이 풀리지 않는지 남자는 바닥에 쓰러진 서은에게 다시 발길질을 가했고, 윙윙거리는 이명과 신경이 마비될 정도의 고통이 그녀를 짓눌렀다. 입안 가득 차오르는 피를 토해내며 비명조차 제대로 지르지 못하던 서은의 정신이 가물가물해지던 순간이었다.

"서은아! 송서은!"

멀리서 뛰어오는 재희의 모습이 흐릿하게 보였다. 그 순간, 서은은 더 이상의 고통을 느끼지 못하고 까무룩 의식을 놓아버렸다.

"괜찮아. 괜찮아. 아빤 괜찮아. 우리 서은이…… 만 괜찮으면, 아빠도 괜찮아."

"아빠……."

"우리 서은이 아빨 위해서…… 씩씩하게…… 잘살아줄 거지? 아무도 원망하지 않고 씩씩하게 잘살아줄 거지? 아빠 걱정하지 않도록 잘할 거지?"

돌아가시기 전, 아빠의 모습이 보였다. 눈물이 그렁그렁한 채 서은을 향해 미소 짓던 마지막 모습에 가슴이 미어지듯 아파 왔다. 서은은 억눌린 울음을 토해냈다.

부드러운 손길이 조심스럽게 얼굴을 쓰다듬더니 갑자기 사정을 두지 않고 꼬집어대기 시작했다. 저항하고 싶었지만, 손끝 하나 들어 올릴 힘도 없었다. 상처를 헤집듯 꼬집던 손이 이번에는 뜨거운 바람을 불어넣기 시작했다. 타는 듯한 고통에 신음을 내질렀지만, 열기는 멈추지 않고 그녀를 괴롭혔다.

"괜찮아?"

간신히 눈을 뜨자 수건을 들고 있는 수희와 걱정스럽게 지켜보고 있는 재희의 모습이 보인다.

"물."

마른 입술을 축이자 물수건이 다가왔다. 물기가 닿자 살 것 같았다. 서은은 수희가 소심스레 넣어주는 물을 마시며 목을 축여 나갔다.

"내가 너 때문에 정말 제명에 못 살 것 같아. 왜 그렇게 겁이 없어? 내가 금방 간다 그랬잖아. 거기가 어디라고 혼자 가?"

재희가 버럭 소리를 질렀다.

"최재희. 너 조용히 못 해? 나가서 전복죽이라도 사와. 서은이 먹이게."

낮은 숨을 거칠게 토해내던 재희가 밖으로 나가 버리자, 수희는 다정하게 서은의 머리를 쓸어 올려주었다.

"이해해. 재희가 네 걱정 정말 많이 했거든."

"어떻게 된 거야?"

"진성이가 잠깐 슈퍼 간 사이에 네가 다녀갔었대. 네가 싸간,
밑반찬 보고는 이웃집에 가서 너 왔었느냐고 물었고. 이웃집 아
줌마가 시장에 갔을 거라고 해서, 바로 뒤쫓아갔다가 너 찾아다
니던 재희랑 만났었나 봐. 빨리 발견했기에 망정이지……. 안
그럼 정말 큰일 날 뻔했어."

서은은 고통스러운 아픔에 얼굴을 찌푸리며 수희의 설명을
들었다.

"그랬구나. 다들 걱정했겠다."

"말도 마. 얼굴이 하얗게 질려서는 저 때문이라며 자책하는
진성이, 달래느라고 힘들었어. 너 괜찮은 거 보고 돌아가려는
걸, 재희가 잡아서 입원까지 시켰다. 바로 아래층에 있어."

"잘했어."

"어머니께도 연락드렸어. 가게 닫고 오실 거라더라. 옆구리에
멍이 많이 들었다는데, 아프진 않아?"

"으응. 그냥 견딜 만해."

눈물을 훔쳐 내는 수희의 손을 잡아주며 서은이 천천히 말했
다.

"송서은! 너 자꾸 아프지 마. 너, 이러면 내가 마음이 안 좋
아."

"알아."

"참! 그 사람……."

"응?"

"가게…… 왔었어. 재희 전화받고, 나랑 같이 왔어."

수희의 말에 서은을 낮은 한숨을 토해내며 눈을 감았다. 그에게 보여주기 싫은 모습만 자꾸 들키게 된다. 구질구질한 자신의 삶. 할 수만 있다면 꼭꼭 덮어두고 다시는 보고 싶지 않은 자신의 삶을. 예민해진 신경이 두통을 유발했다. 서은은 낮은 신음을 토해냈다.

"지금 어딨어?"

"경찰서에. 금방 다녀온댔어."

하얗게 질려가는 서은을 보며 수희가 걱정스레 머리를 쓰다듬어 주었다.

"진짜 괜찮은 사람이더라. 너랑 잘됐으면 좋겠어."

"머리 아파."

"약 먹고 더 잘래?"

서은은 수희가 건네준 약을 먹고 다시 눈을 감았다. 문이 열리고 닫히는 소리가 났다. 수희가 가는구나, 인사를 할까 하다 약기운 때문에 또다시 잠에 빠져들었다.

병실을 나서던 수희는 병실 앞에, 우두커니 서 있는 동생을 발견했다.

"죽은?"

누나의 말에 손에 든 봉투를 들어 올리는 재희를 보며 수희는
고개를 끄덕였다.

서은을 향한 동생의 마음을 알고 있다. 자신의 부탁에 단호히
마음을 접은 서은과 달리, 재희는 오랫동안 그러지 못했다. 겁
이나 묻지 않았지만, 어쩌면 지금까지 계속되고 있는지도 모를
일이다. 아니, 외골수인 재희라면 충분히 가능한 일이었다.

"신경 많이 쓰이지?"

"많이 다쳤으니까."

"미안하다."

"누나가 뭐가 미안하냐?"

"난…… 네가 좀 더 밝고 화목한 집안의 여자와 만났으면 했
어."

"나도 그랬어. 그래서 시도도 해봤잖아. 잘되진 않았지만."

누나의 마음을 잘 아는 재희가 쓰게 웃었다.

"지금이라도 말할래? 그때 그 사고…… 서은이가 알게 되면
마음을 돌리지 않을까?"

수희의 말에 재희가 고개를 저었다.

"그러지 말자. 가뜩이나 골치 아픈 애한테 나까지 짐이 될 순
없지. 그냥 자연스럽게, 다시 기회가 생기면 그땐 진짜 잘해볼
게."

아프게 웃으며 병실로 들어서는 동생을 보며 수희는 눈물을
삼켰다. 모든 것이 다 자신의 욕심 때문에 생긴 비극 같았다.

얼마나 잤을까?

서은은 부드러운 손길에 눈을 떴다.

"깼냐?"

수희 대신 재희가 그녀를 지키고 앉아 있었다.

"응."

"죽 먹을래?"

"나중에. 수희는?"

"이모가 부르셔서 나갔어. 밤에 다시 올 거래. 오늘은 여기서 잔단다. 아, 그리고 어머니 오셨다 가셨어."

"응. 너도 수희 데리고 들어가. 장사하고 피곤할 텐데, 병원에서 자면 불편해."

"네 걱정이나 해라. 송서은. 넌…… 왜 그렇게 무모하냐?"

재희가 낮은 음성으로 말했다.

"응."

"대답은 그렇게 해놓고 말은 죽어라 안 들어. 너 다음에 또 그럴 거지?"

"운이 나빴어."

"그 새끼, 내가 잡아서 아주 죽여놓을 거야."

"진짜?"

"그럼. 내가 사랑하는 송서은이를 이렇게 아프게 했는데……"

잠긴 재희가 목소리가 점점 낮아져 거의 들리지 않을 정도였다.

"후후. 역시 친구밖에 없네."

"송서은."

"응?"

"나…… 아파트 분양받으려고 준비한다."

진지하게 말하는 재희를 보며 서은은 웃음을 터트리다 얼굴을 찌푸렸다. 상처가 땅겼기 때문이다.

"아파트 분양받으면 장가갈 거야."

"희망찬 친구의 미래를 들으니 가슴이 벅차오르는구려."

서은이 웅변조로 읊조렸지만, 재희는 여전히 진지한 모습이었다.

"그렇게 알고 있으라고."

"누나들보다 먼저 장가가겠다고 미리 선전포고하는 거야? 귀찮게 안 할 테니까 걱정하지 말고 장가가!"

서은은 장가가겠다는 재희의 선포에 고개를 끄덕였다. 연두를 만나 행복해하던 그의 모습이 떠오른다. 예전처럼 여자가 생기면 사이가 조금 멀어지기는 하겠지만, 그도 그의 행복을 찾을 권리가 있었다. 그리고 서은은 친구의 행복을 기꺼이 빌어줄 준비가 되어 있었다.

"그게 아니라……."

재희의 대답과 함께 노크 소리가 들렸다. '네', 대답하고, 돌아보기도 전에 문이 열렸다. 그리고 낯익은 얼굴이 병실로 들어섰다.

갑자기 나타난 무하를 보는 순간, 하얗게 질려 있는 그의 얼굴을 확인한 순간, 잠잠하던 상처 부위가 다시 쑤시기 시작했다.

"그냥 가지, 뭐하러 왔어?"

멍든 얼굴을 감추며 겸연쩍은 듯 말하자, 잔뜩 억눌린 그의 대답이 돌아왔다.

"내가 뭐라 그랬어? 자신을 아끼라고 그랬지? 위험한 곳에 혼자 다니지 말라 그랬지?"

그가 뿜어내는 분노가 폭포수 같았다. 그의 마음이, 자신을 걱정하는 그의 분노가 두려움과 함께 안도감을 가져다주었다. 서은은 자꾸만 흐려지는 눈을 문지르며 고개를 흔들었다.

"많이 다친 거 아니야. 그냥……."

"지금 이 꼴로 그런 말이 나와? 이렇게……."

무하가 다가와 서은의 어깨를 잡았다. 옆에 있던 재희가 제지하지 않았다면 그녀를 흔들어댔을지도 몰랐다.

"이봐요! 이게 무슨 짓입니까?"

"당신은 뭐하는 사람입니까? 자기 여자 하나 못 지키는 사람이 왜 여기 있습니까?"

무하가 분노에 찬 눈길로 재희를 노려보았고, 그의 오해를 받은 서은은 난처한 표정으로 재희에게 부탁을 했다.

"재희야. 미안한데, 나, 이 사람이랑 잠시 얘기 좀 할게."

"괜찮겠어?"

재희가 인상을 찌푸리며 물었고 서은은 친구를 안심시키기 위해 고개를 끄덕여 보였다.

"강무하."

재희가 마지못해 나가고 난 뒤, 서은은 그를 향해 손을 뻗었다. 하지만 무하는 서은의 손을 잡아주지 않았다.

"어떻게 된 거야?"

그가 낮은 음성으로 물었다.

"진성이가…… 없어졌어. 그래서 찾으러 갔었어."

"혼자 간 거야?"

질책하는 그의 눈빛이 무서웠다. 서은은 입을 다문 채 그를 바라보았다. 그럴 수밖에 없었다.

"알았어. 괜찮은 거 봤으니까 됐어. 간다."

무하가 차갑게 내뱉은 뒤, 병실을 나가 버렸다.

서은은 그가 나가 버린 병실 문을 물끄러미 바라보았다. 어떻게 된 일인지, 폭행을 당했을 때보다 지금 이 순간이 더 막막하고 아팠다. 아니, 슬펐다. 숨을 쉬기조차 버거운 먹먹함이 그녀를 짓눌렀다. 서은은 그제야 여태 참아왔던 눈물을 흘리기 시작했다.

"송서은……."

언제 들어왔는지 재희가 그녀의 이름을 불렀다. 상실의 힘이 너무 큰 까닭일까? 재희의 존재조차 느끼지 못했다.

"미안한데 나 좀 자고 싶어."

서은은 눈을 감고 속삭였다.

"알았어. 푹 쉬어라."

재희가 나가는 소리가 들리고 아른거리던 불빛마저 사라져 버렸다. 익숙한 침묵이 어둠을 감싸기 시작했다. 빛 한 점 없는 완벽한 어둠 속에서 서은은 아빠를 생각했다. 막막한 어둠 속의 아빠는 얼마나 무서웠을까?

✻

버스 사고 이후, 3년 만에 다시 입원하게 되었다. 지난번과는 비교할 수 없을 정도로 짧은 시간이었지만, 얼마를 있건, 병원은 싫었다. 다행히 매일같이 찾아오는 진성이와 재희 남매 덕에 심심하지는 않았다.

서은이 입원해 있는 나흘 동안, 강무하는 아무런 연락도 하지 않았다. 사건담당 경찰관도 보낸 '쾌유를 빕니다'라는 형식적인 문자 한 통도 오지 않았다. 퇴원하는 날, 혹시나 하는 마음에 전화기를 수없이 확인했지만 마찬가지였다. 가눌 길 없던 설렘이 이렇게 끝나는 걸까? 씁쓸한 마음이 서은을 서글프게 만들었다.

퇴원 절차를 밟고, 데리러 온 재희의 차에 올라 집으로 돌아왔다. 텅 빈 집은 침묵으로 그녀를 맞아주었다. 그녀는 천천히 짐을 정리한 뒤, 수희가 써준 죽을 먹었다. 재희와 '몸은 어때?', '좋아', '다행이다' 라고 나눈 대화가 오늘 한 말의 전부였다. 그렇게 싫어했던 병실이 차라리 나았을까? 씁쓸하게 웃은 그녀는 약을 먹고 소파에 몸을 뉘었다.

천장을 바라보며 멍하니 있는 동안 약기운이 온몸으로 천천히 퍼져 나가는 것이 느껴졌다. 까무룩해지는 이 순간이 정말 싫었지만, 잠을 잘 수 있어서 좋았다.

따르르릉.

얼마를 잤을까? 요란한 알람 소리에 선잠에서 깨어났다. 밝아오는 밖을 보며 서은은 휴대전화기를 확인했다. 광복절을 하루 앞둔 8월 14일, 무하가 절대 잊지 말라며 그녀의 핸드폰에 알람 설정을 해놓은 날이다.

"내가 잡채를 정말 좋아하거든. 아무리 화가 나도 맛있는 잡채한 그릇이면 다 용서가 돼. 아! 참고로 나는 잡채를 잘 만드는 여자가 참 좋아."

비 오던 그날, 장난스러운 그의 말이 기억났다. 어쩌면 잡채로 그의 화를 풀 수 있을지도 모를 일이다. 서은은 가방을 챙겨들고 시장으로 향했다. 미역국을 끓이기 위해 조개와 미역을 샀다. 그리고 잡채거리를 준비하기 위해 재희네로 향했다.

"야! 송서은! 너, 퇴원한 지 얼마나 됐다고 뽈뽈거리고 쏘다
녀? 또 입원하고 싶냐?"

들어서는 서은을 보며 재희가 눈살을 찌푸린다.

"온종일 잤더니, 몸이 아주 날아갈 것 같아. 이러다 철인 3종
경기에 나갈지도 모른다."

"저 봐라. 또 설치지."

"갑갑하단 말이야. 근데 수희는?"

"창고. 불러줘?"

"아니. 잡채거리 사러 왔어. 시금치랑 당근, 양파. 이렇게 있
으면 되나?"

"그렇지. 잡채에는 응당 그렇게 들어가야지. 그런데 갑자기
웬 잡채? 잡채 먹고 싶어? 이모에게 해달라 그럴까?"

재희의 말에 서은은 고개를 흔들었다.

"아니. 내가 먹을 거 아니야. 오늘…… 무하 생일이거든."

서은은 시금치를 들여다보느라, 어둡게 변하는 재희의 얼굴
을 보지 못했다.

"……화해했냐?"

"응?"

"그 사람, 너 퇴원할 때도 안 와봤잖아. 그새 화해한 거야?"

"아니. 아직. 그래서 잡채 해주고 풀어보려고."

"송서은!"

씁쓸하게 웃는 서은을 재희가 불렀다.

"응?"

"너, 그 사람, 사랑하냐?"

친구의 물음에 서은의 가슴이 뜨끔거렸다.

"사…… 랑?"

"응. 너 그 사람 사랑하냐?"

서은은 곰곰이 생각에 잠겼다. 정말 무하를 사랑하고 있는 걸까? 그래서 이렇게 보고 싶고, 생각이 나고, 슬픈 걸까?

"잘, 모르겠어."

"몰라?"

"응. 그 사람, 나랑은 다른데, 정말 많이 다른데, 이상하게 꼭 나랑 닮은 사람을 보는 것 같아. 서글프고…… 불안하고…… 가슴이 아려."

짧지 않은 시간, 침묵이 흘렀다.

말없이 서은을 바라보던 재희가 천천히 고개를 끄덕였다.

"……시금치 잘 골랐다. 잡채는 시금치가 맛있어야 해."

다정하게 말하는 재희의 목소리가 부드러워서, 그 눈길이 정말 따뜻해서 서은은 잠시 멍해졌다.

"너…… 정체가 뭐야? 최재희 아니지?"

"뭐라는 거야?"

"너희 세 쌍둥이였냐?"

"하늘이 흐리다. 얼른 가라."

"왜 그래? 진짜, 무슨 일 있는 건 아니지?"

"무슨 일은……. 비 오기 전에 얼른 들어가라니까."

서은은 딴청을 피워대는 재희를 가만히 바라보았다. 오랫동안 봐왔던 친구가 오늘따라 낯설게 느껴진다.

"너, 오늘 무지 이상해."

친구를 유심히 바라보던 서은은, 평소와 달리 시선을 회피하는 그를 보며, 커다란 산이 앞을 가로막고 있는 것처럼 막막함을 느꼈다. 이유 없는 서글픔이 몰려왔다. 누군가 다가와 툭 건드리기만 해도 눈물이 쏟아져 나올 것 같았다. 어색해진 서은은 애꿎은 땅을 툭툭 차며 투덜댔다.

"비 온대? 에이……. 비 오면 안 되는데. 나, 간다."

서은은 쫓기는 사람처럼 시장을 벗어났다. 친구의 서글픔이 무슨 때문인지, 왜 그렇게 처연한 미소를 짓고 있었던 것인지, 차마 물어볼 수가 없었다. 저런 눈빛으로 자신을 바라보는 재희를 볼 때마다 수희의 근심 어린 눈빛이 떠올랐다. 가족같이 소중한 친구를 다시 아프게 하고 싶지 않았다. 서은은 서둘러 택시에 올랐다.

혼란스러운 마음으로 도착한 무하의 오피스텔은 해운대가 한눈에 내려다보이는 누리마루 부근에 있었다. 무지하게 높은 건물을 올려다보며 서은은 낮은 한숨을 내쉬었다.

2468호.

그의 집 앞에 선 서은은 고급스러운 현관문을 한참 동안 바라보다 조심스레 벨을 눌렀다. 벨 소리를 채, 인지하기도 전에 문이 열린다. 반가운 마음에 활짝 미소를 짓던 서은은, 눈앞에 나타난 하얀색 원피스를 보며 그대로 얼어버렸다.

"배달시킨 지가 언젠데 이제 오시면…….."

놀라 말을 멈춘 원경을 보며 서은의 얼굴이 후끈 달아올랐다. 그가 다른 여자와 즐겁게 지내고 있을 것이란 생각을 왜 못했을까?

"실례했어요. 지난번에 뵀었는데……. 서은 언니 맞죠?"

입가에 야릇한 미소를 지은 원경이 의미심장한 미소를 지으며 인사를 했다.

"안녕…… 하세요."

"오빠 지금 샤워 중인데, 잠깐 들어오시겠어요?"

서은은, 입가에 미소를 머금고 천천히 말을 하는 원경의 눈빛 속에서, 설마 진짜로 들어올 건 아니죠? 라는 메시지를 전달받았다.

"들어오세요. 오빠가 깜짝 놀라긴 하겠네요. 후후."

들어오라는 말과는 달리 문에서 조금도 비키지 않는 원경을 보며 서은은 생각했다. 전에도 느꼈지만, 정말 사람 염장을 지르는 기술이 국가공인 4단쯤 되는 실력이라고.

"아니에요. 오늘이 무하 씨 생일이라고 들었거든요. 지나가다 생각이 나서."

"아하. 그러셨구나."

원경이 해맑은 미소를 지으며 괴장되게 고개를 끄덕였다.

"저기, 이것 좀 전해주시겠어요?"

서은은 들고 있던 케이크를 원경에게 내밀었다. 그녀의 눈이 시장바구니로 향하는 것이 느껴졌다. 참을 수 없을 정도로 얼굴이 화끈거렸다.

"어머! 일부러 사 오신 거예요? 괜한 고생 하셨구나. 우리 이미 촛불 다 불었거든요. 지금은 나가서 저녁 먹기로 했어요."

"아, 그러네요."

서은은 애써 미소를 지어 보였고, 원경은 승리의 여신처럼 여유로운 미소를 지었다.

"그럼 전 이만 가볼게요."

"네. 그럼. 조심해서 가세요."

서은은 가슴속에 무거운 돌을 하나 얹은 것처럼 참담한 마음으로 돌아섰다. '문이 닫혔습니다' 라는 차가운 기계음이 아프게 들려왔다.

동래에서 해운대까지는 제법 먼 거리처럼 느껴지지만, 해운대에서 동래까지 오는 길은 금방이다. 차가 막히고, 신호에 걸리는 것을 참작한다고 해도, 언제나 같은 느낌이다. 같은 거리, 같은 버스를 타고 있음에도 왜 그렇게 느껴지는 걸까?

어쩌면 사람과의 관계도 이런 것이 아닐까? 나는 가깝다고 느꼈지만, 상대는 전혀 그렇지 않을 수도 있을 것이다.

중학교 시절, 은숙이라는 짝이 있었다. 착하고 다정하고, 공부도 잘하는 예쁜 친구였다. 서은은 밝고 명랑한 은숙이 참 좋았다. 은숙도 서은에게 살갑게 굴어, 자신과 같은 마음이리라, 그렇게 생각했었다. 시장에서 만난 은숙이 자신의 엄마에게, '같은 반 친구야' 라고 소개하고 지나치기 전까지, 돌아선 은숙이 '있잖아. 쟤 아빠가……' 라고 자신이 말해준 비밀을 아무렇지도 않게 속삭이기 전까지, 은숙은 그녀의 가장 친한 친구였다.

해운대에서 집으로 돌아오는 내내, 서은은 은숙을 생각했다. 어쩌면 이번에도 혼자만의 착각이었는지 모를 일이다. 휑한 기분으로 버스에서 내린 서은은 장바구니를 든 채, 터덜터덜 아파트로 돌아왔다.

"하루 이틀 일도 아닌 데 뭐. 괜히 심각해질 필요 없어."

자신을 스스로 다독이며 걸음을 옮겼다.

엘리베이터에서 내려서던 서은은 자신의 집 앞에 서 있는 키 큰 남자를 보며, 반갑게 탄성을 질렀다.

"여긴 웬일이야?"

"늦게 올 줄 알았는데 빨리 왔네. 잘됐다. 우리 한잔하자."

재희가 들고 있던 막걸리병을 흔들다 서은이 들고 있던 장바구니를 보며 눈살을 찌푸렸다.

"뭐야. 그 자식, 못 만난 거야? 잡채 해준다더니 왜 다시 들고 왔어?"

"말도 마! 여자친구랑 좋은 시간 보내는데, 하미티면 눈치 없이 끼어들 뻔했어."

"여자친구? 하다하다 삼각관계까지?"

"그러게. 잘못하다가 삼류드라마 찍을 뻔했다."

아무렇지도 않은 척, 말을 하려 했지만, 이상하게 눈가가 시려왔다. 이대로 울어버리면 정말 큰일인데……. 재희가 놀려댈 것이 뻔하다. 강무하를 알게 된 후로 이상하게 눈물샘이 풍부해져 버린 모양이다. 서은은 눈물을 흘리지 않기 위해 눈가에 잔뜩 힘을 주었고, 그런 서은을 재희가 심드렁하게 바라보며 물었다.

"너 지금 우냐?"

"아니. 안 울어."

"울 것 같은데."

"환절기라서 그런가. 요즘 눈물이 잦아져서 그래."

"환절기가 아니라 늙어서 그래."

"안 늙었어. 이제 겨우 서른이야."

문을 열고 들어서며 쏘아붙이자, 재희가 비웃는 소리가 들린다.

"옛날 같았으면 벌써 환갑잔치할 때지."

"그러게. 다행스럽게도 지금은 옛날이 아니올시다."

"그런가? 아아아! 배고프다. 송서은."

서은을 따라 집안으로 들어선 재희가 소파에 주저앉으며 말했다.

"밥 안 먹었어? 라면 끓여 먹을래?"

"누군 잡채 해주고 누군 라면 끓여주냐?"

"왜? 잡채 먹고 싶어?"

"싫어! 라면 먹을래."

아이처럼 심통을 부리는 재희의 모습에 서은은 피식 웃음을 터트렸다.

냉장고에서 김치를 꺼내고 그릇을 꺼내는 사이, 가스레인지 위에 올려놓은 물이 팔팔 끓기 시작했다. 라면, 청양고추 두 개, 대파를 썰어 넣었다. 적당히 끓고 있던 라면국물에서 금세 붉은 거품이 일어났다. 서은은 끓고 있는 냄비를 가만히 들여다보았다. 부풀어 올랐다가 사라지고, 부풀어 올랐다 사라져 버리는 거품들이 제각각이다.

"라면 끓이다 고사 지내냐?"

미동도 없이 가만히 서 있는 서은의 뒤로 재희가 다가왔다.

"아니."

"그럼 뭐해?"

"생각했어. 달걀을 넣을까, 말까."

"분위기는 흡사 조국통일을 걱정하는 분위긴데 말이지."

"그러게."

재희는 힘없이 대답하는 서은의 손에서 젓가락을 뺏어 들었다. 그리고 가스레인지의 불을 끄더니 서은을 식탁의자로 이끌었다.

"물어봤어?"

"응? 뭘?"

"함께 있던 여자, 애인이냐고. 사랑하는 사람이냐고. 물어봤어?"

"똥인지 된장인지 먹어봐야 알아?"

"멍청한 놈. 사랑이 똥이냐? 된장이야? 사랑을 어떻게 알아? 당사자들밖에 모르는 게 사랑이야. 그니까 그렇게 넋 놓고 있지 말고 전화해서 물어봐."

재희가 서은의 손에 휴대전화기를 건네주며 재촉했다.

"싫어."

"송서은! 평생 후회하지 말고 용기 내서 전화해 봐. 생일 축하한다고 말해. 그쪽이 방해받기 싫은 시간이면 전화 안 받을 거야. 그럼 끊으면 되잖아."

재희의 말이 맞을지도 몰랐다. 전화해서 생일 축하한다는 말만이라도 해주고 싶었다. 서은은 놀아서서 휴대전화기의 통화버튼을 눌렀다.

따르르릉, 따르르릉.

한참이나 신호가 갔지만, 무하는 전화를 받지 않았다. 신호음이 울리는 만큼 서은의 심장도 아프게 울어대고 있었다.

'이제 됐어. 할 만큼 했잖아.'

굳은 마음과 함께 서은은 종료버튼을 누르며 돌아섰다.

"안 받아?"

"응."

"됐어. 그럼, 이제 라면이나 먹자. 먹고 속풀이해야지."

재희가 아빠처럼 자상한 미소를 지으며 젓가락을 내밀었다.

"그러자."

서은은 재희와 나란히 앉아 라면을 먹었다. 따뜻한 국물을 한
모금 삼키자 기분 좋은 얼큰함이 속 안으로 퍼져 나갔다.

"으……. 좋다!"

"좋지? 나밖에 없지?"

"그러게."

자신을 위로하기 위해 미소 짓는 친구를 보며, 서은도 마주
웃어주었다. 그때였다. 한쪽으로 치워놓았던 휴대전화기가 명
랑하게 울어댄 것은.

"전화…… 왔다."

재희가 작게 말했고, 서은은 전화기를 향해 황급히 뛰어갔다.

현재 시각 오후 10시 12분 10초. 병원에서 본 뒤로 정확히 일
주일 만에 강무하에게서 연락이 왔다. 서은은 떨리는 마음으로
전화를 받았다.

"여보세요."

그는 아무런 말도 하지 않았다.

말없이 10초가 흘렀다.

그리고 10초.

또, 10초의 침묵이 흐르는 사이, 전화기 너머로 희미한 선율

이 들려왔다. 어디선가 들어본 곡. 〈Once〉의 OST였나?

드럼 소리처럼 요란하게 울어대는 심장박동수를 느끼며 서은은 낮은 한숨을 토해냈다.

—전화했어?

드디어 그가 말을 해주었다. 서은은 가슴을 쓸어내리며 열심히 고개를 끄덕였다.

"응."

—왜?

"……그냥. 잘 지내는지 궁금해서."

—그거 물어보려고 전화한 거야?

그의 목소리가 전에 없이 차가웠다. 원경 때문일까? 원경의 빛나던 웃음을 생각하자 괜히 속이 쓰려왔다.

서은은 아랫배에 힘을 주었다.

"응."

—잘 지내.

"잘 지낸다니 됐어. 남은 시간, 근사하게 보내길 바라. 아! 그리고 여름이라 생각 없이 아이스크림 케이크를 샀네. 너 단 거 싫어하니까, 나중에 다른 걸로 바꿔 먹든지."

전화기 너머로 숨을 들이켜는 소리가 들려왔다.

—오늘이 무슨 날인지 알고 있었단 말이야?

"바보. 네가 그때 핸드폰 알람 맞춰놨잖아."

—기억하고 있었다고?

그의 음성이 낮아졌다.

"당최 무슨 소리를 하는지. 원경 씨가 나 왔다 갔다는 말 안 해?"

—집에…… 왔었어?

"몰랐어?"

젠장, 이라는 억눌린 신음이 들려왔다.

—당신 집, 몇 호야?

"704호."

—지금 갈게. 끊는다.

"아니. 지금 친구 와 있어."

—알았어. 그럼 집 앞 카페로 나와.

갑자기 끊어진 전화기를 들여다보며 서은은 어리둥절했다.

"뭐래?"

마치 옆에 없는 사람처럼 숨죽이고 있던 재희가 낮은 음성으로 물었다.

"집 앞 카페라는데."

"순간이동 능력자이거나, 벌써부터 집 근처에 있었거나 둘 중의 하나네. 너, 가봐야 하는 거 아냐?"

재희가 장난스럽게 말했다.

"이거 먹고. 먹자!"

젓가락을 내밀었지만 재희는 받지 않았다. 대신 빙그레 미소만 짓고 있을 뿐이었다. 친구의 사려 깊은 미소가 서은에게 뭉클하게 와 닿았다.

"배고프다며, 안 먹어?

"나가자."

"먹고 가도 돼. 먹어. 먹자!"

울컥 치밀어 오르는 감정을 참지 못하고 고집을 피우자, 재희가 빤히 쳐다본다. 그리고 낮게 말했다.

"너 지금 먹으면 체해, 인마. 나가자."

재희가 먼저 집을 나섰다.

언제나 듬직하게만 보였던 재희의 등이 이렇게 생겼구나…….

가슴이 간질거리며 눈물이 차오를 것 같았다. 서은은 차마 친구의 진실을 들여다볼 엄두를 낼 수가 없었다.

"간다."

언제나처럼 아무 말도 하지 않은 재희가 트럭에 오르며 손을 흔들었다.

서은은 멀어지는 친구를 바라보며 눈물을 삼켰다.

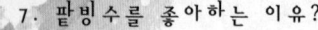

무하는 창가에 앉아 서은을 기다리고 있었다. 굳이 두리번거리지 않아도 한눈에 들어오는 그의 존재. 오늘은 짙은 회색 티셔츠와 잘 빠진 다리를 더욱 돋보이게 하는 검은색 팬츠를 입고 있다. 자신이 얼마나 사람들의 시선을 끄는지 모른 채, 앉아 있는 모습이 흑백영화 속의 한 장면처럼 근사했다.

"잘생겼네. 강무하."

서은은 혼잣말을 중얼거렸다. 그리고 그 순간, 거짓말처럼 그와 시선이 마주쳤다. 아프던 심장이, 재희로 인해 먹먹하던 심장이, 다시 뛰기 시작했다. 이러면 안 돼. 서은은 그의 집에서 자연스럽게 그녀를 맞이하던 원경을 떠올리며 크게 심호흡을 했다.

"많이 기다렸어?"

"아니. 앉아."

무하는 여전히 거만한 자세로 서은이 앉는 모습을 지켜보았다.

"몸은 좀 어때?"

"괜찮아."

"약은?"

무하가 일상적인 대화를 나누는 사람처럼 덤덤하게 물었다.

"약간의 타박상이었는데 뭘."

"밥은 제대로 먹고 다니는 거야?"

그의 물음에 서은은 고개를 끄덕였다.

사실, 그가 화를 내며 병실을 나가 버린 뒤로, 아무런 연락이 없는 일주일 동안, 불면증이 다시 시작되어 버렸다. 어제는 새벽녘에 간신히 잠이 들었는데, 꿈에 그가 나오는 바람에 다시 깨어났다. 꿈속의 그는 서은과 엮이는 것이 버겁다며 등을 돌리고 가버렸다. 서은은 그에게 버림받는 것이 너무 무섭고 싫어서 통곡했었다.

"그럼. 너무 잘 먹어서 탈이지."

그녀의 말이 끝나고 침묵이 흘렀다.

무하가 다시 입을 연 것은, 카페 안을 흐르던 클래식 곡의 4번 트랙이 끝날 때쯤이었다.

"왔다가, 왜 그냥 갔어?"

"원경 씨와 좋은 시간…… 보내는 것 같아서."

"내가 좋은 시간 보냈는지, 나쁜 시간을 보냈는지 당신이 어떻게 알아?"

눈살을 찌푸리는 그를 보며 서은은 할 말이 없어졌다. 그의 말이 맞았다. 그가 좋은 시간을 보내고 있는지, 나쁜 시간을 보내고 있는지, 자신이 어떻게 알 수 있단 말인가? 그와 자신은 아무런 사이도 아닌데.

"생일날 집에 둘만 있는 남녀. 좋은 시간 보내고 있는 중이라는 건 일반적인 생각 아닌가?"

"둘이 아니라 혼자라는 게 문제지. 보시다시피 나는 그 시간에 내 집이 아니라 당신 집 앞에 있었잖아."

그는 계속 맞는 말만 하고 있다. 그의 말처럼 그는 지금, 서은과 함께 그녀의 집 앞에 있는 카페에 앉아 있었다. 서은은 뭐라고 대답을 할 수가 잠자코 침묵만 지키고 있었다.

"사랑하는 사람이 생겼어."

"스페셜빙수 나왔습니다."

무하의 고백과 팥빙수가 함께 나왔다.

예쁜 얼음알갱이 위에 펼쳐진 팥과 과일의 조화. 아이스크림도 듬뿍 담긴, 보기만 해도 맛깔스러운 팥빙수다. 군침이 돌아야 하는데…… 서은의 입맛은 이미 떨어져 버렸다.

"……사랑하는 사람이 생겼다고?"

"응."

그럴 수도 있지. 덤덤히 대답하는 그를 보며 서은은 천천히 고개를 끄덕였다.

강무하의 뜨거운 눈빛이, 달콤한 손길이 혼자만의 착각이었음을 그의 집에 있는 원경을 보면서 확실히 알았다. 그에게는 미국에 남겨놓은 애인이 있을 수도, 아니면 또 다른 원경이 있을 수도 있었다. 그는 충분히 그럴 만큼 매력적인 사람이었다.

"팥빙수 섞어줄까?"

무하의 말에 돌아가신 아버지가 떠올랐다. 팥빙수를 섞어주시며 딸이 먹는 모습을 흐뭇하게 바라보시던 아빠를 생각하자 둔탁한 마음에 조금씩 아픔이 느껴지기 시작했다. 아빠에 대한 그리움으로 이 먹먹함을 덮을 수 있을 것 같았다. 그나마 다행이라고 해야 할까?

"어떤 사람이야?"

"글쎄. 나도 잘 모르겠어. 지금은 내 처지가 좀 그래서…… 좀 안정이 되면 고백하려고 했는데, 더는 시간 낭비하기가 싫어졌어."

유리그릇에 담긴 얼음이 녹으며 촉촉이 물기가 생기기 시작했다. 숟가락 가득 팥과 얼음을 떠, 한입 삼켜보았다. 얼음조각 끝에 묻어 있는 달콤함이 입안으로 번져 가더니 곧바로 쓰게 변해 버린다.

"네 처지가 어떤데?"

"아버지 일도 그렇고. 좀 복잡해."

"아버지가 복잡한 일을 하셔?"

"아니. 그런 건 아니야."

무하가 자신 있게 대답했다.

"그래서, 사랑하는 사람이 생겼는데……?"

서은의 말에, 무하가 오른쪽 눈썹을 치켜세웠다.

"그 사람 품에 안겨 있을 때, 맡았던 베이비파우더 향기를 잊을 수가 없어."

베이비파우더라니……. 고개를 갸우뚱거리던 서은의 시야에 옆자리에 앉아 있는 여학생들이 잡혔다.

"너 설마……?"

"으응?"

"너 혹시, 롤리타……."

"어허! 이 사람이 정말. 거기까지! 대체 무슨 불쾌한 상상을 하는 거야?"

당황해하는 무하를 보며 서은은 안도의 한숨을 내쉬었다. 좋아하는 마음을 접고 담담하게 그를 대하려 해도, 변태적인 성향을 받아들일 만큼 융통성이 있지는 않다.

"그러니까 네가 좋아하는 그 여자분이 미성년자는 아닌 거지?"

"무려 연상이십니다."

"듣던 중 반가운 소리네."

서은은 고개를 끄덕이며 다시 팥빙수로 시선을 돌렸다. 그새 물기가 가득해진 팥빙수. 맛없게 보인다. 숟가락을 내려놓은 서은과 달리 무하는 커피 한 모금을 삼켰다. 긴 손바닥으로 감싼 머그잔을 탁자 위에 내려놓는 모습이 초조한 서은과 달리 여유롭게 보인다.

　"커피를 아주 우아하게 마시는 재주가 있네. 여기 커피, 공정무역상품인가?"

　"아마 그럴걸."

　"그래야지. 불쌍한 애들 착취해서 만드는 커피 마시면 안 돼. 그건 간접적인 노동력 착취이자 학대라고."

　"그쪽 아이들만 챙기지 말고 내게도 측은지심을 좀 발휘해 보지."

　"미안! 생각을 좀 정리하고 싶었어. 그래, 베이비파우더를 뿌리는 연상의 여인이라. 좀 특이한 여자 같네."

　"독특한 매력을 지닌 여자야."

　그 여자를 생각하는지, 무하의 입가가 느슨해졌다.

　"많이 사랑해?"

　"응."

　한 치의 망설임도 없이 무하가 대답했다.

　처음부터 자신과는 먼 사람일 것이라 생각했었다. 하지만 다른 여자와 사랑에 빠진 그의 모습을 보는 것은 힘이 들었다. 상처 입은 서은의 가슴이 죄어오기 시작했다.

"그 사람······ 생각하면, 심장이 죄어오는 것 같기도 하고, 벅차오르기도 해. 가만히 바라보고 있으면 웃음이 나기도 하고, 지독하게 화가 나기도 해. 아침에 눈을 뜨면 제일 먼저 그 사람 생각을 하고, 저녁에 눈을 감을 때면 그 여자 꿈을 꾸고 싶어. 그 여자가 다른 남자랑 있는 거 보면 지독하게 화가 나고 외로 워지지기도 했었고. 이런 감정······ 사랑이라고 부르는 거 맞지?"

서은은 팥빙수를 휘젓던 숟가락을 테이블 위에 내려놓았다. 구구절절한 그의 감정에 휩쓸리고 싶지 않았다.

"다른 남자가 있는 여자야? 아무리 괜찮은 여자라도 양다리 는 안 돼. 죄질이 나빠."

눈살을 찌푸리는 서은을 보며 무하가 작게 웃는다.

"바보같이 왜 웃어?"

"나도 그걸 묻고 싶었거든."

"뭘?"

"정말 애인인지, 정말 애인이라면, 애인 있는 여자에게 대시 해도 되는 건가?"

"네가 그 여자를 얼마나 좋아하느냐에 따라 다르겠지. '이 여 자 없인 안 되겠다' 싶으면 일단 고백은 해보는 거고. 그 정도까 지가 아니면 도의상 포기하는 게 맞고. 일단 그 여자가 애인을 얼마나 사랑하고 있는지를 알아보는 게 순서겠네."

'이 바보야! 포기해. 그냥 포기해'라고 말해주고 싶은 것을 참으며 서은이 말했다.

"그렇지? 내가 생각해도 그래. 정리 내려줘서 고마워. 송서은."

"뭘. 그런 걸 가지고."

"그럼, 지금부터는 궁금한 걸 물을게. 일요일 새벽, 당신 집 앞에 서 있던 그 남자, 병실에서 당신을 간호하던 그 남자, 오늘 당신 집에 와 있던, 그 남자와는 대체 어떤 사이야?"

"그야……."

대답을 하려던 서은은, 눈살을 찌푸린 채, 깊고 서늘한 눈매에 우뚝 선 콧날, 그 아래 단호한 곡선을 그리고 있는 아름다운 입술을 차례로 노려보았다.

"너 지금 무슨 소리 하는 거야?"

"당신…… 애인이야?"

진지한 그의 물음에 서은의 심장이 미친 듯이 뛰기 시작했다.

"무슨 소리냐니까?"

"당신의 옆에 항상 붙어 있는 그 남자가 당신의 사랑이냐고 묻는 거야."

"그걸 네가 왜 물어?"

"그 사람……. 키스 잘해?"

"미친……."

헛웃음을 터트리는 서은을 보며 굳어 있던 무하의 표정이 서서히 풀어져 갔다.

"흠……. 어이없어하는 걸 보니 그런 사이는 아니라는 건데.

아니, 애인이라도 상관없어. 당신에게 애인이 있어도 이젠 포기 못 하니까."

기가 막혀 입만 벌리고 있는 서은을 보며 무하가 말했다.

"여태…… 좋아한다는……. 가슴 시리게 좋아한다는 그 여자……. 그럼 내가 그 여자란 말이야?"

"송서은은 눈치가 없는 거야? 아님, 모르는 척하고 싶은 거야?"

머리까지 산소가 닿지 않는 걸까? 웃음기 한 점 없이 진지한 그의 시선에 숨이 막혀 왔다. 지금 당장 산소가 필요했다. 유리창으로 막힌 이곳을 벗어나 밖으로 나가야 했다. 바람이 실어다 주는 신선한 공기를 마시며 혼란스러운 머릿속을 진정시켜야 했다. 하지만 다리가 움직여 주지 않는다. 서은은 앞에 놓인 물컵을 들어 냉수를 마셨다. 그리고 그에게도 건넸다.

"마셔. 너 더위 먹었나 보다. 이거 마시고 정신 차려."

그녀의 반응을 살피던 무하가 피식, 웃음을 터트린다.

"송서은. 난 이래서 당신이 좋아."

"나도 내가 좋아. 그런데 난 베이비파우더 안 써."

"몰랐구나? 당신한테서 아기 냄새가 나. 예전부터 그랬어. 당신에게서 베이비파우더 향이 났었어."

너무 놀라 말문이 막힐 때면, 상대와 장소를 불문하고 뛰어난 언변술을 발휘하시는 김영자 여사님이 한없이 부러워지는 서은이다.

"너, 나에 대해서 얼마나 알아?"

얼굴에 있던 웃음기를 싹 뺀 담백한 음성으로 서은이 물었다.

"이제부터 차근차근 알아가겠지만, 지금 당장, 내가 아는 송서은은…… 자주 웃어. 웃는 모습이 참 예쁜 여자야. 그런데 난 이상하게 그 웃음이 참 슬프게 느껴져."

서은을 쳐다보는 무하의 눈빛이 점점 더 짙어지고 있었다.

"송서은은 가끔 지루한 눈빛으로 먼 곳을 응시해. 금방이라도 떠나 버릴 작정을 한 사람처럼. 그럴 때면 난 불안해져서 이렇게 중얼거리지. '대체 어딜 보고 있는 거야. 눈을 돌려. 나를 봐. 나를 보라고.' 이렇게."

서은은 그의 말처럼 웃음을 터트렸다. 그 웃음이 서글프게 보이든 말든 신경 쓰지 않았다.

"아주 소설을 쓰는구나."

"내가 보고 느낀 송서은은 그래. 당신은 상처받은 걸 들키지 않으려고, 상처 난 걸 들키지 않으려고 속으로만 아파하는 사람이야. 난 당신이…… 신경 쓰여."

확신에 찬 그의 목소리가 계속 이어지자, 옆 테이블에 있던 사람들이 힐끔거리며 그들을 바라보기 시작했다.

"알았어. 알았으니까 이제 그만해. 사람들이 쳐다봐."

"저 사람들은 이렇게 생각할 거야. 젊은 남녀가 사랑싸움하는구나. 저 여자 바람폈나, 그래서 겁나 잘생긴 저 남자가 승질났나 보다. 저 못생긴 여자는 뭘 믿고 저러나. 이러고 말겠지."

그가 넉살 좋게 말한다.

이 상황에서, 저렇게 빤히 쳐다보는 그의 눈빛 앞에서 더 생각하는 것은 무리였다. 서은은 자리에서 일어났다. 다리가 후들거려 당장에라도 주저앉고 싶었지만, 젖 먹던 힘까지 끌어내 억지로 몸을 일으켰다.

"오늘은 너무 피곤해. 나중에 다시 얘기하자. 그리고 너 앞으로 '송서은', '당신' 이런 말 쓰지 마. 선배님이라고 불러."

그가 손을 뻗어 서은의 손목을 잡았다. 그리고 서은을 빤히 쳐다본다.

"나한테 선배 대접 받고 싶어?"

그렇지 않아도 깊고 그윽한 그의 목소리가 더 짙어졌다. 힐끔거리던 옆 테이블의 여학생들이 이제는 아예 대놓고 쳐다보기 시작했다. 서은은, 서은의 심장은 머리를 풀어헤치고 날뛰는 망나니처럼 정신이 없어졌다.

"아, 아니……. 그게 아니라."

"잘 생각했어. 그렇잖아도 선배 대접해 주고 싶은 마음 없었거든."

"너 정말……."

"일단 앉아. 앉아서 내 말부터 들어."

서은은 다시 자리에 앉았다.

"당신이 무슨 생각을 하고 무슨 걱정을 하든 간에 나를 믿어 줬으면 좋겠어. 전에 내가 말했지? 나는 영악한 놈이라고. 나를 아는 사람들은 내가 하는 일에 '아, 그럴 만한 일이 있을 거야'라고 생각해. 지금까지 그렇게 살아왔고 앞으로도 그렇게 살 거야. 앞으로 사람들은 강무하가 좋아하는 여자니까, 강무하의 마음을 뺏은 여자니까, 그러니까 송서은은 특별할 거라고 생각들을 할 거야. 그러니까, 그렇게 다른 사람들 시선 의식하면서 겁먹지 마. 당신은 어깨를 쫙 펴고 거만하게, 내 사랑을 받는 여자답게 행동하라고."

잠시 말을 멈춘 그를 보며 서은은 천천히 냉수를 들이켰다.

"나는 지금, 내 감정의 깊이에 대해서, 당신을 사랑하는 나의 다짐에 대해서 말을 하는 거야. 나는 당신을 사랑해."

흔들림 없는 눈빛으로 서은을 바라보며 그가 말했다.

서은의 심장이 떨려왔다. 입안이 바짝바짝 말라 버렸다. 머릿속이 하얗게 변해 버려 아무것도 생각할 수가 없었다. 이 설렘과 두려움을 뭐라고 정의해야 할까. 그의 사랑을 원하고 바랐으면서도 막상 그 바람이 현실로 닥치사 그녀는 견딜 수 없을 정도로 두려워졌다. 그에게 아버지의 이야기를 어떻게 꺼내야 하지? 또다시 상처받고 버림받게 된다면 아마 견디지 못할지도 모른다. 무서울 정도로 겁이 났다.

"난 서른이야. 촌스럽게 들릴지도 모르지만, 내 가정을 얼른 만들고 싶어. 그래서 사람을 만나도 결혼을 전제로 만날 거야."

그가 작게 웃음을 터트렸다.

"지금 프러포즈하는 거야?"

"너는 이제 스물여섯이야. 미국으로 돌아가서 공부도 마쳐야 하고 시험도 봐야 하잖아. 게다가 우린 만난 지도 얼마 되지 않아. 그리고 내가 볼 때, 너는 내게 너무 먼 사람이야. 나는 우리가 앞으로도 계속 편한 친구 사이로 지냈으면 좋겠어. 더도 말고 덜도 말고 지금처럼 말이지."

자리에서 일어난 그가 서은의 옆으로 다가왔다. 그리고 그녀의 손을 잡았다.

"왜 이러는 거야? 이거 놔!"

서은은 꽉 잡힌 손을 빼내려 애를 썼지만 허사였다.

"가만히 있어봐. 가르쳐 주는 거야. 당신 감정."

무하의 팔이 움직이는 대로, 서은은 자신의 가슴 위로, 자신의 손바닥을 갖다 댔다. 정말 그의 말처럼 뇌리까지 파고드는 심장박동 소리가 둥둥거리며 들려왔다.

"느껴봐. 당신의 심장 소리. 어때? 이성적으로 행동하려고 애쓰는 당신 머릿속과는 달리 심장은 정직하게 좋아하는 거 같지?"

그가 그녀의 손을 놓아주며 말했고 서은은 당황스러워하며 고개를 흔들었다.

"아니야. 아니야. 이건 놀라서 그런 거야."

"정말 그렇게 생각하는 건 아니지?"

무하는 다정하게 웃고 있었지만, 그 눈빛만은 결의에 차 있었다.

"당신 말대로 난 이제 겨우 스물여섯이야. 해야 할 일도 많고 하고 싶은 일도 많아. 그런데 그것들과 당신과의 사랑이 무슨 상관이야? 미국에서 공부하는 대학원생은 여자 사귀면 안 돼? 남녀가 사귀다 사랑하고, 이 사람이다 싶어, 결혼을 생각하는 건, 무슨 일을 하는 사람이건, 어디에 있는 사람이건 상관없이 모두가 하는 일이야. 난 여자 장난으로 사귀거나 그런 사람 아니야. 내가 당신을 사랑한다고 말한 것은, 당신과의 미래를 충분히 생각했다는 거야. 그러니까, 난 당신 포기 안 해. 당신 파닥거리는 반항에 포기할 거면 처음부터 시작하지도 않았어."

흔들림 없는 눈길과 낮은 목소리에 서은은 숨이 막혀 왔다. 이러다가 정말 그의 말에 고개를 끄덕여 버릴지도 몰랐다. 서은은 그에게 잡힌 시선을 돌리며 말했다.

"오늘 얘긴 못 들은 걸로 할게. 난 그냥 너랑 좋은 선후배로 남고 싶어. 나 먼저 갈게."

카페를 나와 걸음을 재촉했다. 하지만 서너 걸음도 걷기 전에 뒤따라온 강무하에게 잡혀 버렸다.

"이거 놔!"

서은은 자신의 손목을 움켜쥐고 앞을 막고 있는 그를 노려보았다.

"난, 너 아니야."

"거짓말!"

"거짓말 아니야. 난 더 이상 할 말 없어."

"그럼 듣기만 해."

"그것도 싫어."

"그래? 그럼……."

삐딱한 웃음을 지은 무하가 서은의 손을 잡고 성큼성큼 걸어 갔다.

"이거 놔! 놓으라니까. 대체 어디로 가는 거야?"

"사람 없는 곳. 난 여기서도 상관없는데 혹시라도 당신 제자 들이 볼까 봐, 당신 이미지 때문에 참는 거야."

서은은 그에게서 벗어나기 위해 안간힘을 썼지만, 무하를 이 길 순 없었다. 그리고 정말 인적이 드문 건물 뒤편으로 끌려간 서은은 눈 깜짝할 사이에 무하와 벽 사이에 갇히고 말았다.

"너…… 너……."

긴장으로 말이 제대로 나오지 않았다. 심장이 터져 버릴 것 같은 긴장감 속에 무하의 입술이 다가왔다. 그나마 남아 있는 그녀의 이성은 어서 이 자리를 피하라고, 있는 힘껏 그를 밀치 고 도망치라고 끊임없이 신호를 보내고 있었지만, 서은은 손가 락 하나 움직일 수가 없었다. 공기 중에 마취약이라도 섞여 있 는지, 숨을 쉴 때마다 점점 더 힘이 빠져 갔다.

"송서은……."

부드럽고 다정하게, 조심스럽게 다가오던 그의 입술이 잠시 움직임을 멈추었다. 그리고 방향을 선회한 달콤한 숨결은 미세 하게 떨고 있는 서은의 눈가에 와 닿았다. 서은은 처음으로 입맞춤하는 사춘기 소녀처럼 어쩔 줄을 몰라 했다.

"이…… 이러지 마. 자꾸 이러면 내가 거절 못 하는 거 알잖아."

"싫어."

그가 억눌린 목소리로 대답했다.

숨 막히는 긴장감이 서은을 사로잡았다. 정말로 숨이 멎어버릴 것만 같았다. 터질 듯한 심장은 방향을 잃은 나침반처럼 두서없이 뛰고 있었다.

오른쪽, 왼쪽 눈가로 그의 숨결이 느껴졌다. 부드럽고 달콤한 긴장에 눈꺼풀이 스르르 내려갔다. 모든 것이 암흑으로 바뀌었다. 최면제 같은 그의 눈길을 피할 수 있어서 다행스러울 정도였다. 휴우, 서은은 안도의 한숨을 내쉈다.

"사랑해."

입술 위에 부서지는 그의 숨결.

서서히 와 닿는 따뜻한 향기.

부드럽게 흐르다 바람처럼 흩어지는 오로라의 향연이 서은의 머릿속에서 펼쳐지고 있었다. 때로는 강하게, 때로는 약하게, 입술을 탐하는 집요함에 정신이 멍해졌다. 휘청, 무릎이 꺾일 것 같았다.

서은을 잡고 있던 무하의 손에 힘이 들어가더니, 잠시 입술이 멀어졌다. 그리고 들려오는 꺼질 듯 낮은 음성.

"당신은……"

"으응……?"

서은에게서도 신음같이 잠긴 목소리가 흘러나왔다.

"……."

잠시 아무런 미동도 느껴지지 않았다. 서은은 감았던 눈을 떴다. 그리고 그의 뜨거운 눈빛과 마주했다.

"절대…… 도망 못 가."

그의 입술이 다시 다가왔다. 조금 전보다 더 강렬해진 입맞춤. 파도처럼 밀려오는 벅찬 감정, 형언할 수 없는 설렘에 휩싸이기가 겁이 난 서은은 그에게서 억지로 떨어지며 숨을 내쉬었지만, 또다시 그에게 갇혀 버리고 말았다.

며칠을 굶은 사람처럼 정신없이 그녀의 입술을 탐하는 무하의 품 안에서, 서은은 수희의 충고를 떠올렸다.

"평범한 남자 만나서 평범하게 살아."

점점 희미해져 가는 이성 사이로 수희의 말이 계속 떠올랐지만, 지금 서은은 아무런 생각을 할 수가 없었다.

8. 바람이 분다

개학날 아침, 서은은 일찌감치 집 밖으로 나섰다.

새벽녘 잠시 흩뿌린 비로 거리는 온통 젖어 있었다.

줄줄이 늘어선 싱짐들과 여러 가지 모양의 자동차들, 버스징류장에 서 있는 많은 사람, 끼리끼리 모여 키득거리는 교복 입은 여고생들, 이어폰을 꽂고 스마트폰에 시선을 고정한 대학생, 미소를 짓는 중년 여성과 무표정한 얼굴을 한 중년 남자까지, 시야에 들어오는 모든 것이 조화롭고 아름다웠다. 모든 사물이 영롱한 빛을 뿜어내고 있었다.

―잘했어. 정말 잘 생각했어. 신삭 그랬어야 했어. 박상수 그 새끼, 엿 먹으라 그래! 그리고는? 고백 듣고 진성이 병원 가서

같이 밥 먹고, 그리고 헤어진 거야?

"응."

아침 일찍 걸려온 수희의 전화에, 서은은 들뜬 마음을 들켜 버렸다. 눈치 빠른 수희의 추궁에 서은은 어쩔 수 없이 어제의 일을 털어놓았고 그녀의 오랜 단짝은 두 사람의 시작을 축복해 주었다.

─송서은! 완전 경축이다. 앞으로 진짜 잘해라.

"근데…… 내 사정 뻔히 알잖아. 마냥 좋아할 수만도 없고……. 복잡한 우리 가정사, 무하가 알게 되면 혹시라도 어제 했던 말, 당장 취소하고 싶어질 수도 있을 거야."

─부모님 얘기, 아직 말 안 한 거야?

"나는 사실…… 겁이 나."

서은은 낮은 한숨을 토해냈다.

─네 입장에서는 그럴 수 있지. 여태 만난 놈들이 죄다 그 모양이니. 그래도 서은아, 세상에는 그런 일, 문제 삼지 않는 남자들도 많을 거야. 그리고 아버지 땜에 마음 변할 남자라면 애당초 안 만나는 게 낫지 않을까?

"나로서는 만나는 사람에게 미안하고 죄스러운 일이야."

─그래. 충분히 그럴 수 있어. 그래도 내 느낌이 맞을 거야. 무하 씨, 그런 일로 마음 변할 사람 같진 않아.

"사람 맘은 모르는 거야."

─걱정 말라니까. 세상에는 박상수 같은 인간만 있는 건 아냐.

서은의 바람도 마찬가지였다. 무하만은, 제발 강무하만은, 상수처럼 변해 버리지 않기를 바랐다. 그녀의 선택이, 그에 대한 사랑이 연기처럼 허무하게 날아가 버리지 않기를 빌었다. 하지만 그녀가 겪어온 현실은, 지금까지의 경험들은 그녀의 바람보다 훨씬 더 가혹하고 냉정했다.

　　지금은 많이 나아졌지만, 13년 전의 에이즈란 감히 입에 담기도 무서운 질병이었다. 접촉만 해도 전염이 되는 끔찍한 질병으로 오해한 사람들이 많았다. 덕분에 병에 걸린 아버지는 물론 함께 살고 있는 서은조차 기피대상이었다.

　　사람들은 그랬다. 남의 일일 때는 관대하게 바라보다가도 막상 자신의 주변에서 일어나거나, 직접 관계되는 일에는 신경을 곤두세우고 날카롭게 따지고 들었다.

　　고등학교 시절, 그녀 없으면 못산다며 죽기 살기로 따라다니던 이웃 남고 학생은 아버지의 소식을 알게 된 뒤로 눈도 마주치지 않았고, 대학 시절 그녀의 앞에 무릎을 꿇고 사랑을 고백하던 체대생 역시, 한 달을 채 넘기지 못했었다.

　　박상수 역시 처음은 그녀를 이해하고 위로하는 처지였다. 조금씩 시간이 지나고 감정이 희미해질 때야 비로소 숨겨왔던 마음을 드러냈으니까. 사랑이 식어도, 싫증이 나도, 헤어지는 이유는 아버지 때문이었다.

　　─송서은. 너무 심각하게 고민하지 마. 무하 씨 그럴 사람 아니야. 아니, 이럴 게 아니라 어디 여행이라도 다녀오는 건 어때?

경치 좋은 곳에 가서 푹 쉬면서, 부모님 얘기도 하고. 응? 그러는 게 낫겠지?

서은의 가슴이 따끔거리기 시작했다. 평소보다 도를 넘는 미안함과 다행스러운 감정이 복합적으로 섞여 있을 수희의 마음이 그대로 전해져 왔기 때문이다.

"생각해 볼게."

―잘한다. 그래. 그렇게 시작해. 너무 걱정하지 말고.

"버스 와. 이만 끊자. 조만간 가게로 갈게."

―알았어. 무하 씨 데려와라!

전화를 끊고 서은은 버스에 올랐다. 조금 이른 시간이라 버스 안은 한산했다. 자리에 앉은 서은은 창가를 바라보았다. 신기하게도 변함없는 거리, 변함없는 풍경, 변함없는 모든 것이 새로워 보였다. 그녀의 시선이, 마음이 여유로워진 까닭일까? 서은은 저도 모르게 미소를 지었다.

"안녕하세요!"

"반갑습니다!"

학교가 가까워질수록 아이들의 인사 소리가 잦아졌다. 여기저기서 와자지껄 떠드는 웃음소리가 늦더위에 흐느적거리는 거리 사이사이로 울려 퍼진다. '어린것들은 더위도 타지 않는 모양'이라며 부풀어 오른 배를 쓰다듬던 음악 선생님이 생각났다.

서은은 교무실에 들러 책상을 정리하고 간단한 주의사항을 전달받은 뒤, 오늘 시간표를 확인해 보았다. 3시간 수업, 나쁘지 않다.

"자, 시간 됐습니다. 다들 나갑시다. 오늘 음악 선생님 출산휴
가 인사도 해야 하니까 한 분도 빠지지 마시고요."

주임 선생님의 독촉에 교무실 곳곳에서 소리 없는 탄식이 들
려온다. 2학기 시작을 위한 전체조회. 개학이라고는 하지만 아
직 늦더위가 한창이다. 야외는 아니길 빌었건만, 한결같으신 교
장 선생님의 스타일은 변함이 없는 모양이다.

"해가 쨍쨍하구만. 기미 생기면 어쩌려고. 그냥 방송으로 하
시지."

오늘의 주인공인 음악 선생이 투덜거리면서도 힘겹게 몸을
일으키자, 옆에 있던 서은이 재빨리 그녀를 부축했다.

"그럼 내일부터 출산휴가 들어가시는 거예요?"

"그러게. 그렇게 됐네."

"섭섭해서 어째요?"

그동안 정이 늘었던 서은이 아쉬워하자, 음악 선생이 서은의
어깨를 두드리며 말했다.

"누가 알아? 늙은 아줌마, 가고 나면 젊고 멋진 총각 선생이
올지. 그니까, 송 샘, 꽃단장하고 기다려 봐."

"정말. 그럴까 봐요?"

"그래. 그니까 앞으로 이런 조회도 하지 말자고 해. 피부 다
버린다. 나 봐라. 교사생활 5년 만에 백옥 같던 얼굴들이 완전
기미로 뒤덮였잖아. 그니까 나 없는 동안 자기가 총대 메고 조

회 좀 없애라? 응?"

"헉. 제가 무슨 힘이 있다고. 전 그냥 자외선차단제나 꼭꼭 챙겨 바르고 다닐래요."

"자외선차단제……. 그거 발라도 임신하니까 말짱 꽝이야. 대체 애 생기는데 왜 기미가 따라 생긴다니?"

"내일부터는 늦잠 실컷 주무실 수 있잖아요. 그럼 기미도 없어질 거예요. 제가 완전 부러워하는 거 아시죠?"

서은은 음악 선생의 수다에 장단을 맞춰가며 운동장으로 향했다.

개학은 학생들만 싫어하는 것이 아니다. 서은에게도, 배가 불러 헉헉거리는 음악 선생님에게도 최대한 늦게 찾아오면 좋은 것 중의 하나이다. 더불어 근엄하고도 섬세하시고, 예민하시면서 세밀하신 교장 선생님의 훈시에 집중해야 하는 일 또한, 아이들과 별반 다르지 않게 곤혹스러운 일이다.

모두의 바람이 통했던 것일까? 다른 날과 비교해 현저히 일찍 끝이 난 교장 선생님의 훈시 덕에 전교생과 전 교사들이 조금 덜 지친 상태로 교실로 들어설 수 있었다.

드르륵, 문을 열고 들어서자, 웅성거리던 소음이 일시에 사라져 버렸다. 얌전히 앉아 그녀를 반기는 아이들을 보며 서은은 씨익, 웃음을 지었다.

"너네 완전 착한 척한다."

"저희 원래 착해요."

"흥. 웃기고들 계셔."

서은은 과장되게 코웃음을 치며 교실 구석구석을 훑어보았다. 창가에 시선이 다다른 그녀는 안도의 한숨을 내쉬었다. 창문 바로 옆에 여진성과 고원이 나란히 앉아 있다. 한쪽 벽에 얌전히 세워진 목발을 눈여겨보는 서은에게 진성이 가볍게 고개를 숙였다.

싱긋 웃으며 답례를 한 서은은, 오른쪽에서부터 왼쪽으로 시선을 옮겨가며 반 아이들 한 명 한 명과 시선을 교환했다. 하나같이 검게 탄 얼굴들이 미소 띤 채, 앉아 있다. 감사하게도 전원 출석이다. 특별히 아파 보이는 얼굴도, 어두워 보이는 얼굴도 없다.

"방학 동안 잘 지냈지?"

"아뇨!"

이구동성으로 대답하는 아이들을 보며 서은은 짓궂은 웃음을 흘렸다.

"어휴, 겸손들은. 소문이 자자하던데."

"무슨 소문이요?"

"너희, 방학 동안 밖에도 안 나가고 집에서 공부만 열나게 했다면서. 왜 그랬어? 부모님 걱정하시게스리."

아이들이 듣기에도 어이가 없는지 키득거리며 웃어댄다.

"우! 우!"

"난 설마설마했는데, 오늘 니들 얼굴 보니까 소문이 진짜였

네. 두 눈은 초롱초롱하고, 얼굴은 생기가 넘치는 게, 딱 봐도 공부 열나 한 표가 난다. 결정적으로 얼굴이 완전 커졌어. 너나 할 것 없이 배로 부은 거 보니까 집에 틀어박혀서 공부만 한 거 맞네."

서은의 농담에 남학생들은 야유를 보내며 손뼉을 쳤고 여학생들은 비명을 지르며 얼굴을 감싸 쥐었다. 개 중에 몇몇은 손거울을 꺼내 얼굴을 들여다보기도 했다. 다소 소란스럽지만, 생동감 넘치는 2학기의 시작에 서은은 기분 좋게 웃음을 터트렸고, 그렇게 첫 수업이 시작되었다.

"자, 수업 시작하자. 다들 책 펴시고. 흠흠. 꽃잎이 이리 오라며 손짓을 한다……."

나직한 서은의 목소리가 교실 구석구석으로 울려 퍼지기 시작했다.

칠판 앞에 섰을 때, 서은은 소박한 행복을 느낀다. '날려 보내기 위해 새를 키운다'는 어느 시인의 말처럼, 떠나보내기 위해 아이들을 가르치는 교사라는 직업은 '내가 무엇을 할 수 있을까?'라는, 좌절과 패배로 얼룩진 사춘기의 서은에게 구원과도 같은 꿈이었다.

50분 후, 지금까지 그녀를 지탱해 온 교실과 칠판과 아이들과 함께한 새 학기의 첫 수업이 무사히 끝이 났다. 연달아 몰려 있던 3시간 수업도 순조롭게 마무리가 되었다. 잡다한 서류정리와 말끔하게 처리되어야 하는 형식적인 보고서들이 남아 있긴 하지만, 별문제 되지 않았다.

—송서은. 출근하니까 좋아? 땡땡이치지 말고 공부 열심히 해라.

무하에게서 온 메시지가 그녀에게 비타민 같은 역할을 하고 있었기 때문이다.

—점심 먹었어? 퇴근하고 밥 먹자. 학교 옆 공원에서 봐.

점심시간에 날아온 메시지를 확인하며 서은은 슬며시 미소를 지었다. 누군가 나를 기다리고 있다는 기대감, 설렘으로 가득한 마음이 그렇게 기분 좋을 수가 없었다. 별다를 것 없던 십분이 한 시간처럼 느껴지더니, 겨우 마지막 수업이 끝나는 종이 울렸다. 서은은 시장통처럼 소란스러운 학교를 벗어나 무하가 만나자고 한, 시민공원으로 향했다. 한낮의 열기가 고스란히 남아 있는 공원은 미세한 바람에 의해 조금씩 식혀지고 있었다.

이렇게 더울 땐 시원한 계곡물에 발 담그고 수박이나 깨 먹어야 하는데. 그러고 보니 올 여름방학은 휴가 한 번 다녀오지 못했다. 추석 연휴 때는 꼭 다녀와야지. 해인사 소리길을 걸을까? 지리산 둘레길을 걸어볼까? 제주 올레길도 좋은데……. 무하는 우리나라에 이렇게 많은 산책길이 생긴 걸 알고 있을까? 같이 가보면 재밌을라나? 김밥 싸들고 같이 가자고 해볼까? 연이어 떠오르는 생각에 슬그머니 미소를 짓는데 바로 앞에서 사람의 기척이 느껴진다.

"누가 잡아가기라도 하면 어떻게 하려고 이렇게 멍 때리고 있는 거야?"

갑자기 나타난 무하가 다정한 미소로 그녀를 바라보고 있다.

서은은 자신의 옆에 앉는 무하를 물끄러미 바라보았다. 모든 것이 거짓말 같았다. 지금 이 순간도, 그녀의 옆에 강무하가 앉아 있는 것도, 자신을 향해 부드럽게 미소 짓고 있는 것도, 지금이 여름의 막바지라는 것도 다 거짓말 같았다. 분명, 어디선가 꽃 냄새가 나고 있었다. 향긋한 봄꽃 냄새가 후각을 마비시킬 정도였다. 마법 같은 시간이 그녀를 현혹하고 있는 것이 분명했다.

"송서은! 어서 현실로 돌아오라!"

무하가 그녀의 이마에 가볍게 꿀밤을 먹였다.

"멍 때리고 있던 거 아냐. 생각하고 있었어. 올여름엔 휴가를 못 떠났구나. 추석 때 가까운 곳이라도 다녀올까, 이런 생각."

"오호. 지금 같이 여행 떠나자고 유혹하는 거야?"

수희에 이어 무하까지, 서면 어디쯤에 독심술을 가르치는 학원이라도 생긴 모양이야. 서은은 천천히 고개를 흔들었다.

"그냥…… 떠나볼까…… 생각만 했어."

무하는 오늘, 최상급의 상태였다. 네이비 체크패턴에 심플한

싱글 투 버튼으로 된 정장을 입고 있는 그는 지금까지보다 훨씬 진화된, 업그레이드된 모습이었다. 캐주얼도 잘 어울리지만, 오늘은…… 아주 치명적이기까지 하다. 심장에 통증이 느껴지리만치. 서은은 무하의 옷차림을 훑어보며 미소를 지었다.

"오늘 의상…… 좀 되는데. 어디 면접이라도 보고 오는 거야?"

"어허. 당연히 당신한테 멋지게 보이려고 입고 왔지."

무하가 손을 뻗어 삐져나온 서은의 머리칼을 귀 뒤로 넘겨주었다. 그 다정한 손길에 서은은 저도 모르게 그의 손에 얼굴을 비빌 뻔했다.

'위험해. 얘는 너무 위험해.'

서은이 혼자 중얼거렸다.

"송서은."

"응?"

"서은아."

"……"

무하가 서은을 빤히 쳐다본다. 그에게서 풍기는 희미한 로션 냄새가 풀빛바람과 함께 서은의 심장으로 파고들었다.

"서은아."

"왜에에. 무하야."

그를 따라 이름을 부르는 서은을 보며 무하가 다시 웃었다. 서은은 그의 웃음이 참 좋았다. 나지막한 웃음소리를 듣고 있으면 저도 모르게 같이 웃어버리게 된다. 그 웃음 끝에 밀려오는 설렘이 그녀를 행복하게 만들었다.

"당신, 종일 내 생각했지? 내가 보고 싶어서 밥도 못 먹었지?"

"헐!"

"지금 무하는 뭐 하고 있을까? 뭘 먹고 있지? 이런 생각 했지?"

쉬크하게 웃으며 닭살 돋으니, 그만하라고 말하려 했다. 하지만 그가 서은의 머리를 쥐고 자신의 품으로 끌어당기자 그 모든 말이 쏙 들어가 버렸다. 서은은 쿵쾅거리는 그의 심장 소리를 들으며 가만히 눈을 감았다. 얼굴이 발갛게 달아오르기 시작했지만, 다행히 서서히 퍼지기 시작한 어둠이 그녀의 부끄러움을 재빨리 가려주었다.

"내 생각 때문에 애들이고 뭐고 하나도 눈에 안 들어왔지?"

"병원 가봐. 과대망상이 심각해."

그의 품에 안겨 행복하게 중얼거렸다.

"후후. 아닌가? 나만 그런가?"

그녀의 머리 위로 턱을 올린 무하가 씨익, 웃는 것이 느껴졌다. 대기가 흔들리더니, 향긋한 산바람이 불어온다.

"바람…… 분다."

"그러네. 아……. 좋다."

서은이 그의 품을 벗어나며 작은 소리로 속삭이자, 그가 서은의 손을 잡은 채, 스탠드에 드러누웠다.

"옷 버려."

"괜찮아. 당신도 누워봐. 여기 시원하고 좋으네."

"안 돼. 내가 사회적 지위와 인품이 있는 사람이라……."

"픕!"

낮은 웃음소리가 그의 목울대에서 울려 퍼졌다.

함께 있으면 좋은 사람…….

스탠드 그늘에 누운 그와 옆에 앉은 서은은 아주 오래된 친구처럼 두런두런 이야기를 나누었다. 사회적으로 이슈가 되고 있는 H그룹의 노사분규와 한참 시즌 중인 스포츠, 좋아하는 음악과 요즘 인기가 많은 영화까지…….

편안하고 즐거웠다. 서은은 이 시간이 더 오래갔으면 좋겠다는 생각을 했다.

"배고프다. 나 냉면 사줘."

해가 완전히 넘어갈 무렵, 긴 팔을 쑥 뻗어 기지개를 켜던 무하가 서은을 바라보며 말했다.

"야! 강무하! 너 완전 어이 상실이다. 명색이 데이트인데, 사주지는 못할망정 사달라고?"

"내가 다 당신을 생각해서 그러는 거야."

"날 생각해서?"

"첫 데이트에 밥 사달라는 남자 있었어? 없었지? 첫 데이트에 밥 사줘봐라. 그거 평생 기억에 남는다. 영원히 못 잊을걸?"

천연덕스럽게 말하는 무하를 보다, 서은은 결국 웃음을 터트리고야 말았다.

"풋. 그래. 가자. 오늘 내가 곱빼기로 쏜다."

"팥빙수도 사줄 거야?"

"사람이 양심이 좀 있어라. 내가 밥을 사면 디저트는 응당 네가 사야지."

"가난한 학생이 무슨 돈이 있냐?"

"너! 너 이러려고 나랑 사귀자 그런 거지? 응?"

서은이 과장되게 눈살을 찌푸리자, 무하가 어깨를 들썩이며 웃는다.

"눈치챘어?"

"당근이지!"

"에이. 할 수 없다. 그럼 내가 살 테니까, 맘 변하기 전에 후딱 가자."

씨익, 미소를 짓던 무하가 서은의 손을 잡았다.

"더워. 땀나잖아."

"흘려."

"찜찜하잖아."

"원래 사는 게 다 그런 거지. 우리가 뭐 영화 찍을 것도 아니고, 그냥 편하게 살자. 땀도 흘리고, 침도 흘리면서."

"아주 도사님이셔."

서은은 나직한 웃음을 흘렸다. 엉뚱하면서도 솔직한 그가 점점 더 좋아진다. 이렇게 행복해도 되나 싶을 정도로.

"사실, 나는 손잡고 걷는 거, 참 좋아해."

천진스러운 서은의 말에 무하는 작게 웃음을 흘렸다.

"손잡는 게 좋아?"

"응."

"왜?"

쥐고 있던 서은의 손을 힘주어 잡으며, 무하가 말했다.

"이렇게 손을 잡고 있으면, 지금 이 순간을 강무하와 함께 나누는 느낌이 들거든. 이 시간을, 이 장소를, 그리고 지금 이 마음을, 맞잡은 손을 통해 당신과 고스란히 함께하는 거야."

"송서은과 함께 시간을, 장소를, 마음을 나눈다고? 손을 잡는다는 것이 이렇게 기분 좋은 일이었구나."

입가가 부드럽게 이완되던 강무하가 갑자기 걸음을 멈추었다. 그리고 잘생긴 눈가에 잔뜩 힘을 주며 서은을 바라본다.

"왜?"

"솔직히 말해봐. 지금까지 몇 놈이랑 손잡고 다녔어?"

"헐……."

고개를 돌리며 잡힌 손을 빼려 했지만, 뜻대로 되지 않았다.

"이것 봐라. 시선을 외면하는 거 보니까, 뭔가 찔리는 게 있는데?"

"무슨 소리야? 그럼, 내가 이 나이에 너랑 처음으로 손삽겠니?"

"당신이 손을 잡는 건, 다른 사람이랑 다른 의미잖아. 이건,
마치⋯⋯."

"내가 해줄 수 있는 말은, 난 매 순간 내 옆에 있는 사람에게
최선을 다한다는 것뿐이야."

"뭐야? 선생님 같은 그 눈빛은, 내가 당신 학생인 줄 알아?"

눈을 부라리며 노려보는 무하를 보며, 서은은 실소를 터트렸
다.

"자꾸 까불면 냉면이고 뭐고 없는 줄 알아."

"치사하게 먹는 것 갖고."

"내가 원래 치사해."

그가 서은의 목에 팔을 두르며 듣기 좋은 웃음을 터트렸다.
서은은 그의 어깨에 기댄 몸을 떼어내지 않았다. 바로 옆에서
들리는 부드러운 웃음소리와 다정한 눈빛에 세상의 모든 것을
다 가진 듯, 부자가 된 것 같았다.

냉면집에 들어서기 전까지는 모든 것이 완벽했다. 하지만 언
제나 그렇듯 서은의 행복은 아주 짧은 시간에 바닥이 드러나 버
린다. 생각 없이 그를 동네 냉면집으로 데려간 것이 화근이었
다. 이곳이 김 여사도 좋아하는 곳이라는 것을 잊어버렸다.

이런 젠장.

잔뜩 얼어버린 서은은, 마주 서 있는 무하와 김영자 여사를
번갈아 보며 제발 별일 없이, 이 순간이 지나가기를 빌었다.

"누구야?"

식당을 나서던 김 여사가 무하를 쏘아보며 물었다.

서은은 조심스레 무하를 살폈다. 다행스럽게도 무하는 자연스럽고 편안해 보였다. 무시무시한 사채업자들 앞에서처럼, 담담하고 당당한 모습이다. 김 여사를 처음 만난 상수가 몸을 움찔거리며 고개를 가누지 못하던 모습과는 딴판이었다.

"안녕하십니까? 강무하라고 합니다."

침착하게 대답한 무하가 서은을 보며 눈짓을 했다. 누구냐고 묻고 있는 그를 보며, 서은은 마지못해 입술을 달싹였다.

"……엄마."

아, 짧은 감탄사를 뱉어낸 그가 옷매무시를 가다듬으며 정중하게 고개를 숙였다.

"실례했습니다. 어머님. 다시 인사드리겠습니다. 저는 강무하라고 합니다."

자연스럽고 편안한 표정, 긴장하지 않는 저음, 여유로운 미소까지. 김 여사 앞에서 주눅이 늘지 않는 것은 바람직하시만, 이렇게 자연스러워도 되는 걸까? 서은은 문득, 그가 무서워하는 것이 무엇인지 궁금해졌다.

"우리 애랑 친하게 지내나 봐요."

김 여사가 무하의 아래위를 훑으며 물었다.

"네. 그렇습니다. 저희는……."

"학교 후배예요."

무하가 사실을 털어놓기 전에 서은이 나섰다. 무하가 자신을 쳐다보는 것이 느껴졌지만, 지금은 시간을 벌고 싶어졌다.

"후배?"

김 여사가 처음 보는 사람처럼 서은을 바라봤다. 서은은 무슨 생각을 하는지 알 수 없는 엄마의 눈빛을 받으며 시선을 돌렸다.

"네. 후배예요. 우연히 만났거든요. 식사 다하셨으면 먼저 들어가세요. 우리 밥 먹고 갈게요."

서은이 사무적으로 말했다.

"그래. 그럼. 나중에 보자꾸나. 무하 씨라고 했나? 밥 먹고 가요."

"살펴 가십시오. 저희도 맛있게 먹고 가겠습니다."

사채업자보다 더 무서운 김 여사에게 무하가 싱긋 미소를 보낸다. 굳어 있는 김 여사의 입가에 아주 희미하게나마 반응이 일어났다.

"남자친구라고 말하면 안 되는 거야? 어머님께서 싫어하시나?"

멀어지는 김 여사를 가만히 바라보는 서은에게 무하가 물었다.

"아니. 그럼 네가 피곤해질까 봐."

"으흠. 난 괜찮은데."

"소개 안 해줘서 기분 나빴어?"

"아니. 그런 건 아닌데, 당신 어머니께 인사드리고 떳떳이 사귀고 싶었거든."

"그래. 다음에…… 다음에 인사드리자."

무하가 의자에 앉으며 고개를 끄덕였다.

*

젖은 머리카락을 수건으로 문지르며 샤워실을 벗어났다. 후
끈, 달아오른 열기에 벗은 발가락을 꼼지락거리며 조심스레 그
에게로 다가갔다.

"다 씻었어?"

자신의 옆자리를 두드리며 다정하게 말하는 그를 향해 서은
은, 쑥스럽게 미소를 지어 보였다.

"바다도 환히 보이네. 난, 이런 곳 처음이야. 당신은?"

그가 신기한 듯, 찜질방 내부를 둘러보며 말했다.

"난 가끔."

"여기 오면, 저렇게 양머리 하고 있어야 하는 거 아닌가?"

수건으로 양머리 모양을 만든 채 앉아 있는 연인들을 보며 그
가 물었다.

"왜, 하고 싶어?"

"아니. 텔레비전에서 보던 거, 눈으로 직접 보니까 신기하
네."

"여기, 테라스 야경 진짜 멋져. 거기서 맥주랑 순대랑 떡볶이

먹으면 죽음이야. 재희는 여기 치맥이 젤로…….”

눈살을 찌푸리는 무하를 보며 서은은 조심스레 말을 삼켰다.

“대체, 그 친구랑 안 가본 곳이 어디야?”

“음……. 대학 때 수희랑 재희랑 전국 일주를 했거든. 안 가본
곳 없을걸?”

“젠장.”

“같이 가!”

토라져 가버리는 무하를 보며 서은은 웃음을 토해냈다.

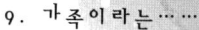

9. 가족이라는……

늦은 밤, 몰큰몰큰 소주 냄새를 풍기며 달갑지 않은 손님이 찾아왔다.

"약수하셨어?"

"너 이리 와봐."

"……."

단조롭던 김 여사의 음성에서 음률이 느껴진다. 술만 마시면 변해 버리는 엄마. 미치게 밉다가도 술에 취해 진심을 토해내는 엄마를, 서은은 모른 체할 수가 없다.

"무슨 일 있었어요?"

"일은 무슨 일."

비틀거리는 걸음, 눈길을 피하는 시선, 젖어 있는 눈가, 코맹맹이 목소리. 서은은, 걸음을 옮기다 휘청거리는 김 여사를 부축했다.

"어디 아파?"

"이년아. 넌 내가 아프면 좋겠지?"

서은은 철퍼덕, 소파에 주저앉는 김 여사의 뒷모습을 멍하니 바라보았다. 살이 더 빠졌나? 언제 저렇게 약해진 거지? 꼿꼿하고, 강하던 그녀의 어깨 위로 언제 찾아왔는지 미처 깨닫지 못한 세월의 무게가 보였다. 그래서 서은은 조금…… 아주 조금 서글퍼지려 한다.

"기분이 좋아서 마셨다. 됐냐?"

"잘했네."

혼잣말을 중얼거리며 주방으로 향했다.

"어디가?"

"꿀물 타 올게."

딸이 타 온, 꿀물을 말없이 들이켜는 김 여사의 모습에는 세월의 무게를 고스란히 담은 숙연함이 느껴졌다. 지금 기분이라면 그녀가 무슨 말을 하건, 십 년 전에 그랬던 것처럼 '언니 등록금이 모자라니까 네가 휴학을 하라'는 말도, 경은이 성형수술을 위해 3년 동안 모아둔 적금을 깨라고 해도 들어줄 수 있을 것 같았다.

"뭘 봐?"

김 여사가 그릇을 건네며 힘 빠진 목소리로 물었다.

"암 것도 안 봤어. 할 말 있으면 어서 말해."

"넌 내가 싫지?"

김 여사의 물음에 서은은 부정하지 않았다.

대학 시절, 드라마작법을 강의하던 선생님께서 말씀하셨다. '현실은, 세상 그 어느 영화나 드라마보다 훨씬 더 비극적이며 잔인한 법이라고.' 교수님의 말에 서은은 절대 공감할 수 있었다. 멀리 가지 않아도, 바로 자신과 김 여사가 그 증거니까. 모녀간의 극렬한 대립을 다룬 드라마나 연극, 영화보다도 더 차가운 엄마와 자신의 사이는 틀림없는 현실이었으니까.

"엄마도 나를 싫어하잖아. 아빠가 그렇게 돌아가신 거, 나 때문이라고."

"내 평생 처음 가져 보는 행복이었어."

소파에 쓰러지듯 누운 김 여사가, 한쪽 팔을 이마에 올리며 중얼거렸다.

김 여사는 남편의 지독한 폭력을 피해 도망친 쉼터에서, 상담 치료를 위해 온 봉사자와 사랑에 빠져 버렸다. 지속적인 폭력 탓에 몸과 마음이 다 망가졌던 김 여사는 남자의 사랑으로 치유되었고, 회복되어 갔다. 숨어 살았지만, 그녀 평생에 다시없을 행복한 시간이라 말했었다. 김 여사는 남편에게 이혼소송을 요구했고, 모는 것이 완벽한 듯 보였다.

남편의 반대로 법정까지 간 이혼소송이 조금 길어질 무렵 김 여사는 서은을 가진 것을 알게 되었고, 두 사람은 빨리 이혼소송이 마무리되어 새 가족을 꾸릴 생각에 들떠 있었다. 하지만 전 남편과의 사이에서 태어난 딸이 문제였다. 법정에 나타난 딸의 울부짖음으로 김 여사는 뜻을 이루지 못한 채, 그렇게 죄인으로 살 수밖에 없었다.

불안한 행복은 오래가지 못했다.

서은이 일곱 살이 되던 해, 서은을 향해 달려오는 트럭에 뛰어들어 서은을 보호한 아버지는 응급수술을 받다 에이즈에 감염되었고, 그 일로 김 여사의 모든 행복은 물거품이 되어버렸다. 아버지는 그 뒤로 십 년을 더 사셨지만, 김 여사의 접근을 허용하지 않았다.

김 여사는 친척들에 의해 다시 남편에게로 끌려갔고, 동생 경은이 태어났다. 그 뒤로 그녀가 어떤 삶을 살았는지는, 완전히 변해 버린 엄마를 보며 서은은 감히 짐작만 할 뿐이었다.

"나는 너를 볼 때마다 네 아빠가 떠올라. 그렇게 말간 눈으로 나를 바라보던 네 아빠가."

김 여사가 한숨처럼 토해내는 말에 서은은 잠자코 미소를 지었다.

"영은이, 경은이 원망하지 마. 넌 최소한 맞고 자라진 않았잖아. 내가…… 네 아빠 때문에…… 그 어린것들을 버리려 했어. 악마 같은 지 아빠에게 버려두고……. 너랑 네 아빠랑 살려고……. 내가…… 이 미친년이……."

김 여사가 자신의 가슴을 탕탕 치며 울기 시작했다.

"엄마 탓 아니야."

"아직도, 그때만 생각하면…… 내가 가슴이…… 무너져 내려. 서은아! 서은아! 이 불쌍한 것. 엄마가 미안해. 엄마가 잘못했어."

김 여사의 주정이 또다시 시작되었다. 이렇게 밤새 울다 아침이 되면 아무 일도 없었다는 듯, 다시 평소처럼 돌아올 것이다. 차갑고 쌀쌀맞은 엄마로. 그것이 자신이 버린 두 딸에 대한 속죄에서 나온 것임을 잘 알고 있는 서은이다.

"우리 같은 모녀들도 있어야지. 서로 아파하면서도 차마 벗어나지 못하는 애증의 모녀관계."

잠이 든 김 여사에게 담요를 덮어주던 서은이 혼자 중얼거렸다.

"그 사람…… 무하라고 했지?"

잠이 든 줄 알았던 김 여사의 말에, 서은은 멈칫거렸다.

"안 잤어?"

"너랑 무슨 사이야?"

"무슨 사이라니?"

딴청을 피워대자 김 여사가 번쩍 눈을 떴다. 술에 취해도 여전히 날카로운 눈빛이다.

"아무 사이도 아니란 말이야?"

"후배야. 그냥 후배."

"웃기고 자빠졌네. 무슨 사인지 모르겠지만 잘해. 모처럼 마음에 드는 인물이더라. 이번에도 까이지 말고 거짓말이라도 해서 잡아."

김 여사와 서은의 대화법은 다르다. 많이 다르다는 것을 알고 있다. 하지만 그 차이점을 좁히려 노력하지 않는 모녀지간이다. 여태 그렇게 살아왔으니 새삼스러울 것도 없었다. 내일이면 또다시 못 잡아먹어 안달일 모녀지간이었지만, 이렇게, 이런 형태로 사는 가족들도 있게 마련이다. 서은은 코를 골기 시작한 엄마를 보며 나지막이 한숨을 내쉬었다.

어슴푸레한 새벽녘, 눈을 떠보니 소파는 이미 비어 있었다.

샤워하고 옷을 갈아입은 서은은 일찍 집을 나섰다. 개교기념일을 맞아, 가까운 곳에 놀러가자고 한 무하와의 약속 대신 경주를 방문할 예정이었다.

—송경은 씨요? 지금 촬영 나갔을 텐데. 시민공원으로 가보세요.

기획사에서 알려준 촬영장은 경주 시민공원이었다. 강가는 휭휭거리는 바람 소리로 가득했다. 서은은 옷깃을 여민 채, 사람들이 모여 있는 곳으로 걸어갔다. 촬영장은 시장통 같았다. 곳곳에서 고성과 욕설이 오가고 있었다. 그러다가도 '큐' 소리만 나면 숨소리조차 통제된다. 이곳은 마치 감독의 절대 성역 같은 곳이었다.

"조감독! 조감독! 이 새끼, 어디 갔어?"

"야! 너 똑바로 못해?"

"야! 이 *팔!"

감독은 쉬지 않고 욕설을 퍼부어댔다.

몇 날 며칠의 밤을, 어떻게 새웠는지 알 수는 없지만, 정상을 한참이나 벗어나 보이는 그는 모자 속으로 손을 넣어 머리를 벅벅 긁어가며 스태프와 배우들에게 소리를 질러대고 있었고 신인배우인 경은도 그의 욕설을 피해갈 수는 없었다.

"너 뭐야? 어디서 굴러먹다 왔어? 너 중학교는 제대로 다녔냐? 중학교만 나오면 다 아는 영어를 그렇게 버벅거리면서 치냐? 이런 것도 배우라고. 야! 몸매가 아깝다. 몸매가 아까워. 야! 조감독, 쟤 어디서 데려왔어?"

"죄송합니다. 감독님. 다시 한 번만 더 가면 안 될까요?"

김영자 여사의 보석 같은 딸인 송경은은 '죄송합니다!'를 연발하며 눈물을 삼기고 있었다.

"이게 뭘 잘했다고 재수 없게 눈물을 짜고 있어? 야! 너 그렇게밖에 못할 거면 아예 때려치워."

감독은 독설을 그치지 않았고, 경은은 두 손에 얼굴을 묻었다.

"조감독! 지나가는 여자 중에 가슴 크고 다리 예쁜 언니들 있으면 쟤랑 바꿔. 아무나 데려다 써도 저보다는 낫겠다. 에이 *팔."

"에이. 감독님. 진정하시고, 좀 쉬었다 가시죠? 자자. 삼십 분 휴식! 잠시 쉬었다 다시 들어갑니다."

옆에 있던 조감독이 감독의 눈치를 보며 지시를 내렸다.

"삼십 분 휴식!"

조감독의 지시에 스태프들은 동작해제가 되었다. 들고 있던 무거운 기기를 내려놓고 자리에 앉는 기술진들, 오가는 엑스트라들, 매니저를 부르며 커피를 찾는 배우들, 화장실이 급한지 뛰어가는 사람들이 제각각 움직이기 시작했다.

욕설을 잔뜩 퍼붓고는 돌아서 담배를 피우던 감독이 다른 사람들보다 뒤처져서 화장실로 향했다. 연신 투덜거리던 그가 맞은편에 서 있던 서은의 어깨를 치고 그대로 지나쳐 갔다.

서은은 무하에게서 온 문자메시지를 확인한 후, 감독을 불렀다.

"이봐요!"

서은이 부르자 거만하게 걸어가던 감독이 돌아서 쳐다본다. 짜증이 가득 묻어나는 그의 얼굴에는 귀찮다는 표정이 역력했다.

"이것 보세요. 부딪쳤으면 사과를 하고 가셔야죠."

"뭐요?"

감독이 얼굴을 잔뜩 찡그리며 서은을 쳐다보았다. 피곤함에 찌들어 있는 그의 얼굴을 보니 잠시 안됐다는 생각이 들긴 했지만, 인격형성이 대단히 잘못돼 있는 그를 그냥 보내고 싶진 않았다.

"사람과 부딪치면 사과부터 하는 게 순서 아닌가요? 그런 건 유치원에서 배우는데. 그런 것도 모르셨어요?"

서은의 야무진 음성에, 주변 시선이 모여들기 시작했다.

"당신 뭐요? 왜 시비야?"

"전, 구경하던 시민인데요."

"야! 조감독! 조감독! 여기 통제 안 하고 뭐 했어? 재수 없게 별 시답잖은 것들이……."

얼굴이 벌겋게 달아오른 감독이 소리를 질러대자 사람들이 시선이 모여들었다. 그중에는 놀라 튀어 오를 듯한 표정의 경은도 있었다. 서은은 그 모든 시선을 다 무시하고 계속 말을 이어갔다.

"이것 보세요. 방금 뭐라고 하셨어요? '재수 없게 별 시답잖은 거?' 방금 하신 말 모욕죄에 해당하는 거 아시죠?"

"뭐, 뭐야?"

"사람을 모욕함으로써 성립되는 모욕죄는 1년 이하의 징역이나 금고형, 또는 60만 원 이하의 벌금형에 처해집니다. 잘됐네요. 이렇게 증인까지 많으니."

"이, 이 여자가 지금 뭐라는 거야? 조감독! 조감독!

"이것 보세요. 감독님. 카메라만 들면 무슨 무소불위의 권력이라도 생기는 줄 아세요? 여긴, 공공장소예요. 정확하게 말하면 시민의 세금으로 유지되는 시민공원이라고요. 시민들의 휴식공간에서 촬영하시면 이곳을 이용하는 분들에게 피해 주지 않도록 양해 구해가면서 조심조심 해야지 이게 무슨 횡포예요. 영화감독이 무슨 벼슬이에요?"

조목조목 따지고 드는 서은을 보며 감독의 눈이 점점 더 커졌다.

"영화나 드라마는 삶을 찍는 예술이라면서요. 사람을 깊이 이해하고 관찰해서, 겉모습에 가려진 내면의 감정과 아픔까지 다 담을 수 있어야 비로소 좋은 작품이 나온다면서요? 그런데 감독님이라는 분이 지나가는 여자에게 행패나 부리고 도리어 큰소리나 질러대는데 무슨 좋은 영화가 나오겠어요. 이러니 한국 드라마, 영화가 막장이라는 소릴 듣지 않겠어요? 제작사와 언론중재위원회에 감독님의 횡포에 대해 정식으로 항의하겠어요. 어디 두고 봅시다."

서은은 야무지게 퍼부었다. 별로 살갑지 않은 동생이지만, 그렇게 당하는 모습은 그녀의 심기를 불편하게 만들었다.

얼굴이 벌게진 채, 씩씩거리는 감독을 뒤로하고 서은은 촬영장을 빠져나왔다. 버스가 다니는 큰길까지 이르자 가방 안의 휴대전화기가 울리기 시작했다.

—……나야.

"알아."

—여기까지 웬일이야?

잔뜩 기가 죽은 경은의 음성에 서은은 낮은 한숨을 뱉어냈다.

"돈 부쳤어. 성형을 하든 말든 알아서 해. 그리고 다시 한 번 더 말하는데 이번이 진짜 마지막이야."

풀죽은 소리로 고맙다고 말하는 동생의 인사말을 뒤로하고 서은은 버스에 올랐다.

*

누군가 말했다.

'세상은 읽히거나 설명되는 곳이 아니라 다만 살아낼 수밖에 없는 곳'이라고.

삼 개월 전의 무하 역시, 지극히 공감하던 말이었다. 하지만 지금, 누군가가 '아직도 같은 생각이냐?'고 묻는다면 단연코 그렇지 않다고 말할 것이다. '송서은'이라는 여자를 사랑하게 되면서부터 그의 삶의 모든 것이 바뀌어 버렸으니까. 이제 그에게 세상은 그냥 그렇게 살아가야 하는 곳이 아니라, 꼭 살아가야 하는 곳이 되어버렸다. 그래야만 서은을 계속 볼 수 있고, 만질 수 있고, 안을 수 있으니까.

언제부터인지, 어디서부터인지 모르지만, 그녀의 뒷모습이 마음에 걸리기 시작했다. 그녀의 처진 어깨를 안고 다독여 주고 싶어졌다. 그녀의 웃음소리를 듣고 싶어졌고, 그녀의 눈물을 닦아주고 싶었다. 어쩌면 사고 후, 그녀의 품에서 정신을 차린 그 순간부터 그녀를 마음에 품고 있었던 건지도 모른다. 그 순간 느꼈던 평온함과 안도감을 다시 느끼고 싶은 무의식이 그를 그녀에게로 이끈 것일지도 몰랐다.

그녀를 다시 만나 사랑하게 되면서 무하는 평안해졌다. 파란 하늘을 바라보며 감탄을 할 수 있게 되었고, 천천히 공원을 걷는 여유도 누릴 수 있게 되었다. 그녀와 함께 있는 것만으로 뼛속까지 편안했으며, 깊은 잠을 잘 수 있게 되었다. 뿐만 아니라, 작은 것에 감사하는 바람직한 습관도 생기게 되었다. 송서은이라는 여자는, 그에게 있어 사랑하는 사람 이상의 특별한 존재가 되어버렸다.

─겁나 맛난 곱창집 발견! 가난한 대학원생을 위해 본인이 직접 쏘겠음.

다소 뜬금없는 문자로 그를 들뜨게 한 적도 있었고, 종일 연락이 되지 않아 그를 애타게 만들기도 했다. 그래도 좋았다. 그녀가 데리고 간 집이 짜고 맵고 자극적인, 그가 엄청나게 기피하는 진한 양념을 아낌없이 쓰는 곳이었지만, 그녀가 맛있게 먹는 모습에, 그 역시 맛있게 느껴지기도 했으며, 연락이 되지 않아 온종일 화가 나 있다가도 그녀의 문자 한 통에 쉽게 풀어지는 자신이 신기하고 재밌기도 했다.

국어 선생님답게 아는 고사성어가 많은 서은이 때에 맞는 적절한 고사성어를 구사할 때는 무척 근사해 보였으며 진성이 때문에 병원에 입원해 있을 때는 정말이지 가슴이 아파서 미어지는 것 같았다. 그녀를 저렇게 만든 놈을 찾아 응징하고 싶었지만, 불행히도 그는 이미 구속이 된 뒤였다.

무하는 서은이 관심을 가지는 모든 것들, 모든 사람에게 신경이 쓰였다. 특히 그 친구, 최재희는 더더욱 신경이 쓰였다.

'재희가 그러는데…….'

'재희가 말이야…….'

습관처럼 재희를 달고 사는 그녀의 머릿속에 온전히 자신만이 들어차기를 바랐다. 자신만 바라보고 자신만 생각해 주기를 바랐다.

진후는 사랑에 빠진 그를 보며 '사랑에 빠진 미련한 놈이 바로 너였구나!' 라고 놀렸지만, 무하는 그 말조차 듣기 좋았다. 그는 그녀를 진심으로 사랑했으며 그녀와 함께 있는 것이 좋았으니까.

매일 저녁 그녀와 헤어질 시간이 되면 섭섭한 정도기 점점 더 심해져 갔다. 그녀와 함께 있다 헤어지면 공간이 텅텅 비어버린 것 같았고 모든 것이 시들하게 느껴져 마음이 공허해졌다. 외롭고 쓸쓸했다.

집안일이 있다며, 온종일 감감무소식이던 서은에게서 7시가 넘어갈 무렵 연락이 왔다.

―오피스텔 앞 공원에 있어.

메시지를 확인한 무하는 미친놈처럼 공원으로 달려갔다. 해질 무렵의 공원에는 많은 사람이 있었지만, 벤치에 앉아 있는 서은을 한눈에 발견할 수 있었다. 어스름함 속에서 유난히 반짝이는 머릿결, 작은 진주가 달린 흰색 블라우스, 지중해 바다를 떠올리게 할 만큼 진한 청색 치마, 그 밑으로 드러난 하얀 발목과, 같은 색 단화를 신고 있는 그녀는 차분함과 섹시함이 절묘하게 어우러진 모습으로 사람들의 시선을 끌고 있었다.

"휴우."

이 순간, 가슴 저 밑바닥에서부터 차오르는 이 포만감을 어떻게 표현해야 할까? 조금이라도 더 빨리 그녀의 곁으로 가고 싶은데, 마음처럼 다리가 움직여 주지 않았다.

덩치 큰 개와 함께 산책을 나온 남자가 그녀에게 어필하기 위해 벤치 옆에서 얼쩡거리고 있는 것이 보였다.

'어딜!'

무하는 속력을 더 냈다. 그녀의 앞에 다다랐을 즈음에는 폐가 터질 지경이었지만, 그녀의 얼굴을 본 순간, 모든 고통은 사라져 버렸다. 그는 차오르는 숨을 고르며 그녀의 앞에 섰다.

"뛰어 왔어? 천천히 오지."

서은이 말했다.

"볼 일은 다 본 거야?"

"응. 잘 끝났어. 손에 든 거, 나 줄 거야?"

서은이 공원 입구에서 사 온 커피를 가리키며 물었다.

"응. 당신 주려고 샀지. 마셔!"

"고마워."

커피를 받아든 그녀가 작게 미소를 짓는다. 전속력으로 달려올 때보다 더 숨이 가빠지는 무하다.

서은이 커피를 한 모금 마시며 '이제야 좀 살 것 같다'고 혼잣말을 중얼거렸다.

"어딜 다녀왔기에 이렇게 지쳐 보여?"

"경주."

그녀의 말에 무하는 인상을 찌푸렸다.

"경주까지? 그곳을 혼자 다녀왔단 말이야? 같이 가면 좋았잖아."

"혼자 가야 할 일이었거든."

"무슨 일인데, 굳이 혼자서 간 거야?"

"별일 아니야."

탐스러운 머리카락을 한쪽으로 모아 어깨 위로 늘어뜨린 서은이 대답했다. 윤기가 나는 머릿결이 하얀 블라우스와 대조를 이루며 찰랑거리고 있었다.

"약속 있다고 새벽부터 사라졌던 사람이, 점심때쯤 전화해서 모욕죄에 대해서 묻고, 저녁때쯤 나타나서는 별일이 아니다?"

"걱정했어?"

"말이라고."

"미안. 난 그냥……. 너 걱정할까 봐."

"당신이 이렇게 혼자 생각하고, 결정하고, 혼자 처리하는 게 더 걱정돼. 꼭 좋은 일만 함께해야 하는 거야? 안 좋은 일, 속상한 일도 함께하면 좋잖아."

"알았어. 다음부턴 무슨 일이건 꼭 말할게. 오늘은…… 별로 말하고 싶지 않은 가족사였어."

저물어가는 하늘을 바라보던 서은이 넋두리하듯 중얼거렸다.

그녀에게 무슨 일이 있었던 걸까? 왜 말하지 않는 걸까? 혼자서 해결하고 혼자서 다치고, 혼자 아파하는 그녀. 무하는 서은이 자신의 짐을 나누려는 생각조차 않는 것이 마음에 들지 않았다. 하지만 피곤함에 젖어 있는 그녀의 눈빛이 흔들리는 것을 보며 더는 캐묻지 않기로 했다. 말하지 못하는 그녀의 마음은 더 복잡하고 심란할 테니까.

"말하고 싶지 않은 가족사라. 내 거랑 퉁 치면 되겠다."

"퉁 쳐?"

"응. 내 거랑 퉁 쳐."

그녀가 다시 미소를 짓는다.

"퉁 칠 거리가 있어서 다행이네."

흘러내린 그녀의 머리카락을 쓸어주며 무하는 생각했다. 할 수만 있다면 그녀의 근심을 다 가져가 버리고 싶다고.

"그렇지. 다행이지. 저녁은 먹고 다니는 거야?"

"대충 먹었어. 무하 씬?"

"으흠. 애인을 두고 혼자 먹었단 말이야?"

"애인은 애인이고, 밥은 밥이지."

무하는 진지한 표정으로 서은의 어깨를 잡았다. 다소 긴장한 그녀의 눈빛이 살짝 흔들리고 있었다.

"당신. 솔직히 말해봐."

"뭐…… 뭘?"

"내가 좋아? 밥이 좋아?"

"당근 애인이 좋지."

무하가 잡은 두 손에 힘을 주며, 과장되게 묻자 바람인형처럼 앞뒤로 흔들리던 서은이 키득거리며 대답했다. 장난스럽게 웃는 서은을 보며 무하도 따라 웃었다.

"우리, 심야영화 보러 갈까?"

그녀의 손을 꼭 쥐며 그가 물었다.

"내일 오전 회의가 잡혀 있어. 일찍 출근해야 해."

"알았어. 그럼 여기 조금만 더 있자. 내일 출근시켜 줄게."

자신의 어깨에서 머리를 떼어내려는 서은을 제지하며 무하가 말했다.

"강무하. 네가 좋아."

그의 어깨에 머리를 기댄 채, 서은이 작은 목소리로 말했다.

자신도 모르게 터져 나온 고백이었는지, 얼굴을 붉힌 서은이 고개를 숙였다.

"당연히 그렇겠지. 나처럼 멋있고 똑똑한 남자가 이렇게 잘해

주는데. 게다가 젊기까지 한데 안 좋아한다면 그게 더 이상한 거 아니겠어."

능청스러운 그의 말에, 서은이 다시 웃음을 터트렸다.

"후후. 나도 그래."

"응? 뭐가?"

"나도 송서은을 좋아한다고. 내가 더 많이 좋아한다고. 아니, 사랑한다고."

부드럽게 말하며 무하는 그녀에게로 다가갔다. 사람들이 많긴 했지만, 그녀의 입술이 주는 유혹을 참기가 어려웠다.

"잠시만!"

서은이 한 뼘쯤 옆으로 물러나며 그를 막았고 그는 의아한 시선으로 그녀를 바라보았다.

"네가 좋아서……. 그래서……."

잠시 말을 멈춘 서은의 크게 숨을 들이마셨다.

"……그래서 할 말 있어."

"말해."

그의 말에 서은이 살짝 웃어 보였다. 웃고 있는 눈꼬리에 숨겨져 있는 두려움을 읽으며 무하는 다정하게 웃어주었다.

"걱정하지 말고 말해. 무슨 말인지 모르지만, 헤어지자는 말 빼고는 다 들어줄게."

"어떻게 말을 꺼내야 할지 모르겠어."

뜸을 들이던 서은이 조심스럽게 말을 이어갔다.

"두서없이, 되는 대로 말해도 돼. 자체적으로 정리해서 들을 테니까."

"휴우. 좋아. 이제 말할게. 우리 엄마…… 지난번 냉면집에서 봤지?"

"응."

"난 엄마와 사이가 그리 좋지 않아. 그리고 내게는 엄마보다 더 데면데면한 언니와 동생이 있어."

세무사 남편을 둔 송영은과 영화배우 지망생 송경은. 엄마를 닮아서 수려한 미모를 지닌 딸들. 무하는 고개를 끄덕였다.

"우린 아버지가 달라."

서은의 목소리가 조금씩 안정을 찾아가고 있었고, 그는 아무런 반응 없이 그녀의 말을 경청했다.

"영은 언니와 경은이는 같은 아빠지만, 나는 아니야. 우리 아빠는 돌아가셨어. 나는, 나는 혼외정사로 태어난 딸이야. 엄마는 나를 볼 때마다 돌아가신 아빠를 떠올려. 죄책감 어린 기억들과 사랑을 잃은 서글픔, 기타 등등."

무하는 냉면집에서 차가운 눈초리로 그녀를 훑던 그녀의 어머니를 떠올렸다.

그녀가 계속 말을 이어갔다.

"그리고 내 친아빠는…… 후천성 면역결핍증으로 돌아가셨어."

보기 좋게 휘어진 무하의 눈썹이 각을 이루며 찡그려졌다.

"놀랐지? 그럴 거야. 나라도 놀랐을 테니까. 하지만 아빠 잘못이……."

성격 급한 사람처럼 말을 쏟아내던 그녀가, 갑자기 말을 멈추었다. 그리고 자조적인 미소를 지으며 고개를 흔든다.

"후후. 아니다. 지금 누구의 잘못이 무슨 소용이겠니. 아무튼, 우리 아빠는 그렇게 돌아가셨어. 그리고 내 말은 절대 장난이 아니야."

작은 그녀의 목소리가 담담하게 흘러나왔다. 하지만 가늘게 떨리는 그녀의 손끝이 무하의 시야에 잡혔다.

무하는 입술을 굳게 다문 채, 공원 건너편 벤치를 바라보았다. 지금 이 순간, 그가 어떤 말이나 위로를 한다고 해도 그녀가 받아왔던 오랜 아픔을 어루만져 줄 수 없다는 것을 알 수 있었다. 그녀의 아버지가 에이즈에 걸려 돌아가셨다는 것보다, 그런 말을 고해성사처럼 해야 하는 그녀가 안쓰러워 견딜 수가 없었다. 살아오면서 받았을 오해와 날 선 시선들이 얼마나 아프고 힘들었을지, 혼자서 헤쳐 왔을 그 험난한 시간을 떠올리는 것만으로도 가슴이 터져 버릴 것같이 아파 왔다.

"그래서……."

그는 울컥, 치밀어 오르는 불덩이를 삼키며 가까스로 입을 열었다.

"……그래서 헤어지잔 말은 아니지?"

잘못 들은 것은 아닐까? 서은이 두 눈을 동그랗게 뜨고 무하를 바라보았다.

"……괜찮아?"

"뭐가?"

"우리 아빠…… 에이즈로 돌아가셨다니까."

"알아들었어."

"그런데 아무렇지도 않아?"

아무렇지 않을 수가 없었다. 그녀가 얼마나 아팠을지 뻔히 아는데, 저렇게 처연하기까지 얼마나 많은 상처로 단련되어 있을지 가히 짐작이 가는데, 어떻게 아무렇지도 않을 수가 있겠는가? 하지만 조금이라도 동정하는 티를 냈다간 서은이 더 아플 것이 분명했다. 그는 금방이라도 폭발할 것 같은 아픔을 삭이며 덤덤한 얼굴을 만들어냈다.

"그럼 어떻게 해야 하는데? 당신도 보균자야? 앞으로 키스도 못하는 건가?"

무하는 소용돌이치는 마음을 감춘 채, 낼 수 있는 한, 최내의 덤덤한 목소리로 말했다.

"그렇지 않은 거, 알잖아."

그녀가 대답했다.

"그럼 됐네. 당신만 괜찮으면 난 패스야! 또 다른 건, 다른 비밀도 있는 거야?"

"아니……."

"아버님은…… 수혈을 잘못 받으신 건가?"

"나를 구하려다, 대신 교통사고를 당하셨어. 수술 중에······."

서은의 맑은 눈 속에 눈물이 차오르기 시작했다.

"아버지, 많이 힘들었겠다. 당신처럼 예쁜 딸을 놔두고 가셔야 했으니까."

서은의 볼을 타고 눈물이 떨어졌다. 누군가 심장을 쥐어짜고 있는 것처럼 격한 고통이, 무하를 괴롭혔다. 자신의 눈물이 그의 심장을 쥐락펴락하고 있는 것을 그녀는 알고 있을까?

"엄마는······ 아빠가 그렇게 되시고, 영은 언니 아버지에게로 다시 돌아갔어. 아니, 끌려가셨어. 엉엉 울면서, 맨발로······. 참, 이상해. 다른 기억은 다 잊어버렸는데도, 그 기억은 생생해. 집 대문을 붙잡고 안 끌려가려고 울부짖던 엄마의 모습이. 엄마가 원망스러울 때마다, 그때 기억이 되살아나."

서은의 목소리는 차분하고 덤덤했다.

"응."

"내가 오고, 우리 가족, 많이 힘들었었어. 사람들은 아빠가 피해자라는 사실을 기억하지 않아. 에이즈 환자였다는 것만 기억해."

"그럴 수도 있겠다."

또르르. 서은의 얼굴 위로 또다시 눈물이 흘러내렸다. 소리 없이 눈물만 흘리는 그녀의 마음이, 아픔이, 무하에게 고스란히 전해졌다. 그래서 무하도 아팠다. 더는 참을 수 없어진 그는 서은을 꼭 껴안았다.

"우리 애인…… 참 장하다."

그는 소리 없이 흐느끼는 그녀의 머리를 쉬지 않고 쓰다듬어 주었다.

"결혼까지 약속했던 남자가 있었어. 그 사람에게도 아빠에 대해서 말했었어. 그 사람, 괜찮다고 했지만, 많이 힘들어했어. 그 말 들은 뒤로는 나와 손잡는 것조차 거북해하는 눈치였고. 어느 날 밤은 술에 잔뜩 취한 그 사람이 찾아왔었어. 휘청거리는 그 사람을 부축하려는데 그 사람이 막 소리를 지르는 거야. '오지 마. 다가오지 마.' 그러면서 내게 빌었어. 제발 헤어져 달라고. 내가 다가올 때마다 소름이 끼친대. 무섭고 찜찜해서 견딜 수가 없대. 어쩌면…… 너도 그렇게 될지 몰라. 나랑 함께 있다 보면 우리 아빠 생각이 날지도 몰라. 어느 순간 내가 부담스럽고 싫어질지도 몰라."

"그럴 거면 아예 시작도 하지 않았어."

무하는 고개를 숙였다. 그리고 그녀의 입술을 찾았다. 부드럽고 다정하게, 그녀의 상처를 어루만져 주듯, 조심스럽게 입맞춤을 했다. 그녀의 아픔까지 모조리 가질 수 있기를 바라며. 그녀를 사랑하는 마음이 너무 커져, 무하의 가슴은 터져 버릴 것만 같았다.

10. 색다른 무엇

찌르는 햇살에 눈을 깜박이다, 배시시 웃어 보았다. 피부를 간질이는 부드러운 바람에 콧잔등을 찡그려 보기도 했고, 솜사탕처럼 달콤한 구름을 바보처럼 헤아려보기도 했다. 길게 늘어서 있는 나무들의 짙은 향기를 폐 깊숙이 들이마시며, 과장되게 감탄사를 연발하기도 했다.

"나무 냄새가 이렇게 좋았나?"

어쩌면 알고 있었는지도 모른다. 비 온 뒤 나무 냄새가 이렇게 좋다는 것을. 단지, 나무 냄새를 감상하며 느끼는 작지만 소중한 행복을 말하기까지의 여유가 없었던 것인지도 모른다.

이 모든 것이 무하로 인해 변해 버린 것일까? 일어났나? 문자

라도 해볼까, 생각하던 서은의 머릿속에 아침 출근을 시켜주겠
다던 무하의 말이 떠올랐다.

"아, 맞다!"

—학교 도착했으니까 데리러 올 필요 없음!

메시지를 보내고 전화기를 가방에 넣으려는 찰나 무하에게서
전화가 왔다.

—벌써 학교 도착한 거야?

"응. 혹시 출발한 건 아니지? 지금 어디야?"

—집.

다행히 집을 나서진 않았구나, 서은은 안심이 되면서도 괜히
투정을 부리고 싶었다.

"뭐야? 데려다 준다며."

—그러게. 늦잠을 사버렸네.

"그렇지? 잠이 나보다 더 좋지?"

—그럴 리가.

"암튼 오늘 일은 기억해 두겠어."

전화기 너머로 그의 낮은 웃음소리가 들려왔다. 그리고 뒤이
어 들리는 자동차 경적 소리.

"어라? 집이라며."

—응.

"근데 이건 무슨 소리야? 빵빵거리는데?"

─몰라. 어디서 장난감 경적 울리는가 보지.

그가 장난스럽게 말했다.

"장난감 경적 소리가 이렇게 커?"

─초대형 장난감인가 보지.

어이없게도 서은의 가슴이 따뜻해지고 있었다.

"……어디쯤이야?"

─이제 막 나선 참이야.

"그니까, 어디쯤?"

─당신 집 주차장.

"헉! 이제 막 나섰는데 해운대서 서면까지? 날아온 거야?"

─그러게.

"어제 말했잖아. 일찍 나가야 하니까 오지 말라고."

─하루 시작하기 전에 당신 얼굴 보고 싶어서.

낮게 깔리는 그의 목소리에 서은은 다시 웃음을 터트렸다.

"퇴근하고 보면 되지. 그땐 아주 지겨울 정도로 보여줄 테니 각오하셔."

─알았어. 어서 일해. 좋은 하루 보내고!

"응. 나중에 봐!"

서은은 전화를 끊으며 두 눈을 감았다.

못 견디게 그가 보고 싶다. 어젯밤 그가 보여준 깊은 사랑이 그녀를 따뜻하게 만들었다. 무하를 만나게 해준, 그 시간, 그 사고에 감사하고 싶은 마음이 생길 정도였다.

마냥 행복한 기억을 안고 교무실로 들어서던 서은의 얼굴빛이 어둡게 흐려졌다. 비어 있던 음악 선생님의 자리에 천연덕스럽게 앉아 있는 낯익은 얼굴 때문이었다.

"……연두?"

"잊지 않고 기억해 주셔서 감사하네요. 송서은 선배님!"

연두가 매서운 눈으로 서은을 노려보았다. 냉기가 흐르는 시선에 서은은 눈살을 찌푸렸다.

"네가 여긴 웬일이니?"

"웬일이겠어요? 볼일이 있으니까 왔겠죠. 선배는…… 여전하시네요. 아직도 주변 일엔 별다른 관심이 없으시죠?"

연두의 입가에 떠올라 있는 차가운 미소는 마치 서은을 비웃는 듯했다.

"뭐야?"

"어머나! 칭찬인데. 좋은 뜻으로 한 말이에요. 앞만 보고 가는 한결같은 성격. 옆에서 무슨 일이 있는지, 어떤 일이 일어나는지 알려고도, 알아보려고도 하지 않고 앞만 보고 가는 뚝심."

"그래서 불만이니? 이랬다, 저랬다 변덕이 죽 끓는 것 같은 성격보다는, 내 성격이 훨씬 더 마음에 드는데."

서은도 차갑게 대꾸를 했다. 삶의 전부였던 야구를 다시는 할 수 없다는 선고를 받은 재희를 냉정하게 버린 연두가 곱게 보일 리가 없다.

"그러네요. 보기에도 아주 잘 지내시는 것 같아요. 참…… 언니처럼, 한결같은 재희 오빠도 여전히 잘 있죠?"

서은은 천연덕스럽게 물어보는 연두에게 차갑게 미소를 지어 보였다.

"아주 잘 있지."

"그렇겠죠. 아주 잘 있겠죠. 언니가 옆에 있으니까. 두 분의 눈물겨운 우…… 정 영원하시길 빌어요."

남자친구가 가장 힘들 때 떠난 주제에 뭘 잘했다고 저렇게 당당한 걸까? 서은은 불쾌한 감정을 고스란히 드러낸 채, 연두를 쏘아보았다.

"그래. 아무쪼록 그래야지. 아! 그러고 보니까, 네게 고마운 것도 있다. 너 덕분에 우리의 우정이 더욱 돈독해진 것 같거든."

"후후. 그게 어디 저 때문이겠어요. 누군가의 가슴 아픈 희생 때문이겠죠. 그때의…… 사고처럼요."

연두가 의미심장하게 웃으며 말했다.

"누군가의 희생이라니? 그게 무슨 소리야?"

"어머나! 아직 모르시는구나. 이거 진짜 재밌는데요!"

"장난치지 말고 똑바로 말해!"

"후후. 제가 할 얘긴 아닌 것 같고, 궁금하면 오빠에게 직접 물어보세요."

껄끄러운 대화를 나누는 중, '한글날 기념 백일장'을 준비하기 위해 국어 선생님들은 회의실로 모이라는 방송이 들려왔다.

"가보셔야겠네요. 오랜만에 만나서 반갑다고 해야 하는데 제가 거짓말을 못하는 성격이거든요."

뭔가 개운치 않았지만, 회의에 빠질 수는 없었다. 서은은 교무실을 나서며 낮은 한숨을 내쉬었다. 하필이면 연두가 우리 학교로 오다니. 수희가 이 사실을 알면 얼마나 기가 막혀할까? 회의하는 내내 서은의 마음은 편치 않았다. 앞으로 연두와 자주 부딪칠 것만 같은 불편한 현실에 서은은 낮은 한숨을 내쉬었다.

*

통유리로 된 유리창은 길가 풍경을 고스란히 볼 수 있어 좋았다. 게다가 지금처럼 현재진행형으로 펼쳐지는 흐뭇한 광경은 자주 볼 수 있는 것이 아니다.

"화보야. 화보!"

옆자리 여자들의 감탄사가 들려왔다. 성발이지 과장이 아니다. 지금 미영이 앉아 있는 카페를 향해 성큼성큼 걸어오고 있는 강무하의 모습은 마치 CF 속 한 장면 같았다.

'독특해.'

미영은 혼잣말을 중얼거렸다.

그녀가 아는, 소위 '있는 집안' 혹은 '잘나가는 집안'의 자제들은 자외선이 쩅쩅한 거리를 저렇게 걸어다니지 않는다. 미영의 한 달 월급과 맞먹는 그들의 구두는 클럽이나 VIP 전용 백화점에서만 빛을 발했고, 네일숍처럼 드나드는 피부과에서는 자외선을 맞으며 돌아다니는 일은 '미친 짓'이라 가르치고 있었다. 그들은 두 다리로 걷는 대신 엔초 페라리나 카레라 GT, 은색 SLR McLaren을 타고 다녔다.

미영이 지금까지 만나본, 수없이 많은 '자제분들'은 대부분 그랬다. 그런데 지금 걸어오고 있는 저 자제분은 확실히 다른 콘셉트다. 그는 '돌체앤가바나'나 '구찌', 혹은 '폴 스미스' 대신 국산 메이커 셔츠를 입고 있었고, 에르메스가 아닌 운동화를 신고 있었다. 게다가 '억' 소리가 나는 고가의 시계 대신 무난한 나무색 가죽시계를 차고 있다. 물론 그 시계가 촌스럽다거나 멋스럽지 않다는 이야기는 아니다. 얼핏 보기에도 그는 상당한 미적 감각이 있는 사람이었다.

그는 마치…… 색다른 '무엇' 같았다.

유심히 그를 관찰하던 미영의 머릿속으로 아주 오래전에 본 다큐멘터리가 떠올랐다. 히말라야 산천을 누비고 다니던, 감히 범접할 수 없는 상서로운 기운을 뿜어내던 한 마리의 하얀 호랑이…….

맞다. 그는 분명 백호 같았다.

빛을 뿜어내듯, 윤기가 흐르는 은빛 털을 가진 커다란 영물. 보통 호랑이들보다 온순해서 먼저 공격을 가하지는 않지만, 용맹함은 훨씬 더 뛰어나다고 알려진 신비로운 존재.

풍경이 딸랑거리는 맑은 소리와 함께 카페로 들어서는 강무하의 뒤로 험준한 산이 엄호하는 착각이 들 정도였다.

"우미영 씨?"

다가온 무하가 그녀를 확인했다.

"네!"

벌떡 일어서며 대답하던 미영은 찰나의 순간, 송서은에게 부러움을 느꼈다. 대체 얼마나 매력적인 여자이기에 이런 피부를 가진 남자를 사로잡았을까? 그가 쓰는 기초화장품 세트가 어떻게 되는지, 피부관리는 어디서 받고 있는지, 찬찬히 물어보고 싶을 정도였다. 하지만 백호는 야속하게도 사무적인 태도를 고사하고 있다. 그의 얼굴에는 미영에 관한 호의나 호기심은 전혀 없어 보인다. 아쉽지만 이제부터는 정말 공무를 처리해야 할 시간인가 보다. 그녀는 아쉬움을 감추고 예의 바르게 고개를 숙였다.

"처음 뵙겠습니다. 비서실에 근무하는 우미영이라고 합니다."

"반갑습니다. 강무합니다."

외모에 못지않은 매력적인 음성과 반듯한 자세. 게다가 사람들의 시선을 한눈에 끄는 분위기까지 지닌 남자가 자신을 소개했다.

부드러운 표정을 짓고 있는 무하를 보며 미영의 손이 저도 모르게 머리로 향했다. 빗어 묶는 대신, 자연스럽게 풀어놓으면 더 여성스러웠을 텐데. 게다가 칙칙한 검은색 정장이라니. 평소에는 단정하고 깔끔해 보였던 유니폼 같은 의상이 오늘따라 마음에 걸린다.

"차 드시겠습니까?"

"마시고 왔습니다."

그가 간결하게 말했다. 어서 본론부터 말하라는 무언의 뉘앙스를 풍기며.

그의 눈빛은 맑고 깨끗했다. 태도는 겸손하고 온화하다. 겉으로는 한없이 부드럽고 다감해 보이지만, 자신을 쳐다보는 그의 눈동자는 내면의 깊이를 감히 가늠할 수 없을 정도였다. 찬찬히 자신을 쳐다보는 그의 눈빛에 미영은 자신이 간파당하고 있음을 느꼈고, 그 순간 자신이 알고 있는 그의 모습이 빙산의 일각에 지나지 않는다는 것을 직감했다.

"저……."

한두 번 해본 것도 아니건만, 할 때마다 회의가 느껴지는 일이다. 미영은 사법고시를 포기한 자신을 원망했지만 이미 엎질러진 물이었다. 공부를 계속했더라면 이렇게 있는 집안 자제분들 뒤치다꺼리나 하고 다니진 않았을 텐데.

"먼저 사과부터 할게요. 갑자기 연락드려 죄송합니다."

미영이 깍듯이 고개를 숙였다.

"아닙니다."

"다름이 아니라, 이 문제 때문에……."

미영은 품고 있던 사진을 꺼내 테이블 위에 조심스레 올려놓았다.

"지금 만나고 계시는 송서은 씨에 관한 일입니다."

야당홍보실에서 근무하는 미영의 주된 임무는 야당 소속의원들의 홍보자료를 꾸미는 일이었지만, 실제로 하는 업무는 야당 실세들의 집안에서 벌어지는 크고 작은 잡음을 정리하고 케어하는 일이었다.

내년 대선은 치열한 박빙의 승부가 될 거라는 정치연구소의 분석결과가 아니더라도 현재 강 후보에 대한 지지도는 꾸준한 증가추세였다. 상대편 진영은 물론, 여러 언론사에서도 강 후보 측의 일거수일투족을 놓치지 않기 위해 혈안이 되어 있었다. 행여 일을 그르치기라도 할까, 모두가 숨을 죽인 이때에 강 후보의 아들인 강무하는 적들의 표적이 되기 쉬운 먹잇감이었다. 고교 학생회장 출신에 비록 지방대이긴 하지만, 서울 명문대와 맞먹는 국립대 4년 장학생에다 현역으로 입대한 착한 과거, 조금 불명예스러운 의가사제대이기는 하지만, 목숨이 좌지우지하는 근 사고에서 살아남았다. 게다가 감사하게도 '봉사활동'을 가던 차량이라니.

더 대박인 것은 그의 외모였다. 착한 스펙보다 더 뛰어난 외모를 가진 정치가의 아들이 어디 흔한 일인가? 요즘 아이들 말로 완전 킹카에다 훤칠한 이목구비에 사진발도 잘 받겠다, 분위기도 끝내주겠다, 언론에 노출되기만 하면 젊은 층의 설대석 호감을 얻을 인물이었다. 잘 관리만 하면 막강한 팬덤이 형성될지도 몰랐다. 이만하면 백 점 만점에 백십 점을 줘도 아깝지 않다.

그런데…… 완전 무결점인 줄 알았던 강무하에게 있는 단 하나의 흠이 바로 그의 여자였다. 좋은 가문에 모두가 고개를 끄덕일 만한 집안이라 해도 될까 말까 한 이 시점에 여기저기 입 댈 데가 천 가지도 넘는 집안사를 가진 여자라니.

그녀와의 연애는 그와 강 후보를 흠집 내기에 아주 좋은 소재 거리였다. 가뜩이나 드러내놓고 여당을 지원하는 보수언론사들이나 틈만 나면 시빗거리가 없나, 혈안이 되어 있는 하이에나 같은 적진에서 절대 그냥 넘어가지 않을 일이었다.

당에서는 긴급회의에 들어갔다. 결론은 하나, 일이 더 커지기 전에 확실히 막아야 한다는 것이었다. 그것이 지금 이 자리에 미영이 나와 있는 이유이기도 했다.

미영은 그의 눈치를 살피며 조심스레 운을 뗐다.

"서은 씨 가족관계가 좀 복잡합니다."

"실물이 훨씬 나은데, 사진이 잘 안 나왔네요."

강무하가 덤덤한 목소리로 말했다.

역시……. 미영은 터져 나오는 감탄사를 삼키며 후보님의 막역지우이신 최 대표님의 말씀을 떠올렸다.

"강 후보와는 많이 달라. 무모해 보일 정도로 솔직하고, 혀를 내두를 만큼 영리하기도 하지. 여태 사고 한 번 안 치고 잘 자라 주더니, 고놈이 결정적인 순간에 큰 건을 터트리네. 그래도 합리적이고 이성적인 아이니까, 말귀는 잘 알아들을 걸세. 젊은 사람끼리 뭔가 통하는 것이 있을 테니, 재밌기도 할 거야. 어디 한번 설득해 봐."

사랑하는 여자의 사진이 테이블에 올라와 있는 이 순간, 사생활 침해를 들먹이며 화를 내는 것이 보통의 반응이다. 하지만 총리님의 하나밖에 없는 아들인 강무하는 천연덕스러운 얼굴로 사진을 감상하고 있다. 그것도 아주 여유로운 미소까지 지으며.

'만만치 않아.'

미영은 끼고 있던 안경테를 만지작거리며 말을 이어갔다.

"이번 일이 밖으로 드러나지 않은 것은, 지금까지 무하 씨의 사회활동이 없었던 덕분입니다. 자제분들 모임에도, 사교모임에도 전혀 참석하지 않았으니까요. 하지만 이 상태가 언제까지 갈 수 있을지는 아무도 모릅니다. 본격적인 선거운동이 시작되면, 무하 씨는 당연히 노출될 것이고, 서은 씨도 수면으로 드러나게 될 겁니다. 그렇게 되면 서은 씨의 가정사가 이슈화될 건 불을 보듯 뻔한 일입니다. 저희 당 입장에서는 여간 곤란한 문제가 아니고요."

"그래서요?"

흥미롭게 되묻는 강무하를 보며 미영은 마른침을 삼켰다. 이 여유로운 남자를 어떻게 상대해야 할까? 도무지 수를 가늠할 수 없는 상대를 앞에 둔 탓에 뒷골이 당기기 시작했다.

"지금은 비상사태입니다. 그러니……."

'헤어져 주시면 더 좋고요.'

차마 입 밖으로 내지 못하는 말을 미영은 조심스레 삼켰다.

"만남을 좀 자제해 주셨으면……."

강무하의 얼굴에 드리워져 있던 미소가 사라졌다. 그 작은 변화만으로도 미영은 손끝이 서늘해지는 기분을 느껴야 했다. 그는 정말 히말라야의 기운을 품고 다니는 걸까?

"만남을 자제한다고 해서 날 소문이 안 나겠습니까?"

"그렇긴 하지만, 그래도 조심은 해야 하니까요."

"대표님께 전해주십시오. 둘 중의 하나만 선택하라고요."

송서은의 사진을 품 안에 넣으며 그가 말했다.

"선택을 하라니요?"

"1안, 강 후보의 아들이 남자를 좋아한다는 소문이 난다. 2안, 강 후보의 아들이 여자를 좋아한다는 소문이 난다."

"하…… 하지만 송서은 씨는……."

"그 여자 아버지가 에이즈로 돌아가셨다. 거기다 그 여자는 모친의 혼외정사로 태어난 딸이다. 이게 문제인 거죠?"

"그렇습니다."

"저에게는 아무런 걸림돌이 되지 않는 문제입니다만, 당에 걸림돌이 된다면 그건 당에서 해결하셔야 할 부분인 거죠."

그의 말이 맞았다. 하지만 대권 주자는 당의 아버지가 아닌, 그의 아버지다.

"아버님을 생각하시면 이러시면 안 되죠."

"우미영 씨!"

그가 나지막한 목소리로 그녀의 이름을 불렀다.

다소 뜬금없지만, 미영은 자신의 이름을 불러주는 그의 목소리에 가슴이 떨리는 것을 느꼈다. 하지만 이쪽 밥을 먹은 지도 벌써 7년째다. 미영은 자신의 감정을 숨기는 일에 베테랑이 되어가고 있었다. 그녀는 차분히 마음을 가다듬었다.

"네. 말씀하세요."

"아버지 모르게 저를 찾아오셨죠?"

무하의 물음에 심한 갈증을 느낀 미영은 물컵으로 손을 뻗었다. 그의 말이 맞았다. 정직하고 올곧은 강 후보가 이 사실을 알게 된다면 분명 정공법을 선택할 것이다. 그것이 얼마나 치명적인 독이 될 수 있는지 잘 알기에 당차원에서 미리 봉쇄하려고 하는 것이었다.

"이번 선거는 정말 중요합니다. 지금 나라 꼴이 어떤지 잘 아시지 않습니까? 보수언론이 시민의 눈과 귀를 장악한 이때에 조그만 꼬투리라도 잡힐 순 없습니다."

"우 비서님."

이번에는 이름을 부르지 않는다. 미영은 왠지 허전한 기분이 들었다.

"관점을 조금만 바꿔보십시오."

"관점을 바꾸라니요?"

"'우리당'의 슬로건은 '서민을 위한 당' 아닙니까? 서은 씨는 억울하게 돌아가신 피해자의 따님입니다. 그런 만큼 서민을 위한 당에서 넉넉히 품어줘야 할 처지기도 하지요. 저로서는 내키지 않는 일이긴 하지만, 당차원에서 잘 이용만 한다면 큰 이득을 불러올 수도 있을 것이라 생각합니다."

그는 확신에 찬 표정으로 계속 말을 이어갔다.

"물론 제가 유망한 정치인의 따님이나, 막강한 재력과의 따님과 사귈 수도 있겠죠. 하지만 정치인과 정치인이, 정치인과 경제인이 사돈을 맺는 현실이 '서민과 함께하는 당'이라는 우리당의 정신과 얼마나 모순이 되는지 잘 알고 계시죠? 제가 사귀고 있는 여자는 서민과 함께하는 우리당의 이미지와도 꼭 맞습니다."

미영의 등 뒤로 주르륵 땀방울이 흘러내렸다.

"물론 우리당의 슬로건은 서민을 위한 당입니다. 지금까지 그래 왔고 앞으로도 그럴 예정이고요. 저희도 사회적 피해자인 서은 씨를 품어줄 수 있으면 좋겠습니다. 하지만 사람들은 서은 씨를 동정하거나 호의적인 눈으로 보지 않을 겁니다. 모니터 뒤에 숨은 그들은 잔인하고 가학적이거든요. 그들은 자신들의 만족을 위해 서은 씨를 파헤치고 난도질할 겁니다. 보수언론에서는 이게 웬 떡이냐, 있는 얘기 없는 얘기 덧붙여 가며 소설을 쓸거고요. 떳떳하지 못한 가정사와 아버지의 죽음이 언론에 의해 제멋대로 세상에 까발려진다면 서은 씨가 얼마나 많은 상처를 받겠어요. 자신들이 보고 싶은 것만 보고, 듣고 싶은 것만 듣는 사람들은 서은 씨와 무하 씨를, 그리고 후보님을 만신창이로 만들어놓을 겁니다."

미영은 아무 말 없이 듣고 있는 무하의 눈빛을 보며 한숨을 삼켰다. 조금의 흔들림도 느껴지지 않았기 때문이다. 그녀는 계속해서 말을 이어갔다.

"당이 백번 양보를 해서 아버님 문제는 그렇게 넘어간다고 쳐도 말입니다, 서은 양의 어머니 문제는 더 골치가 아픕니다. 도덕성을 강조하시는 후보님 쪽에서는 아주 치명적인 독이 될 수도 있고요."

"가정폭력의 희생양이십니다. 기댈 곳이라고는 서은 씨 아버님밖에 없었고요."

이 집안 남자들은 왜 이렇게 고집이 센 거야……. 미영은 안타까운 심정으로 그의 이름을 불렀다.

"무하 씨……."

"한국으로 건너오기 전에 말입니다."

그가 흔들림 없는 목소리로 말을 이어갔다. 도무지 어디로 뚫고 들어가야 할지 틈을 보이지 않는 상대를 보며 미영은 절망감을 느꼈다.

"한동안 미국언론을 떠들썩하게 만든 사건이 있었습니다. 백인 남편으로부터 학대를 받던 히스패닉계 여사가 난동을 피우다 총격사를 당한 사건이었는데, 경찰의 과잉방어가 사건의 불을 지핀 격이 되었죠. 그리고 때마침, 그 일이 터질 즈음에 백악관에서 히스패닉계 여성을 미 대법원 판사로 인준하는 문제로 여야가 대치상황 중이었습니다. 결과가 어떻게 됐을 것 같습니까?"

그가 하려는 말의 의미를 어렴풋이나마 알 것 같았다. 미영이 천천히 대답했다.

"소토 마욜…… 말씀하시는 거죠?"

"맞습니다. 그 일을 계기로 빈민촌에서 어렵게 성장한 소토 마욜은 히스패닉계 중, 첫 번째 미 대법원 판사가 되었죠. 그런데 그 이면에 재밌는 일화가 있는 것도 아십니까?"

"일화?"

"아주 소수의 히스패닉계, 정확하지는 않습니다만, 네다섯 명의 지역신문 기자들이 끊임없이 모임을 했다고 합니다. 그들은 아무도 관심 주지 않는 히스패닉 약자들을 위해 쉬지 않고 문제를 제기하고 이슈화했다고 하더군요. 지역신문에 실린 그들의 기사는 1년 동안 약 200회였습니다. 그들의 끈질긴 시도는 1년 만에 대중의 관심을 이끌어내는 계기가 되었고 결국 백악관도 움직이게 한 결과를 낳았습니다."

"지금 그 말씀은……?"

"억울하게 희생당하고 피해 보는 서민의 편에 서서 싸우는 당, 약자의 편에 서는 당 이미지를 만들어 나가는 것도 홍보실이 필요한 이유 중의 하나겠죠. 지금 가장 중요한 문제는 어떤 포인트로 접근해서 어떻게 터트리나가 관건일 것 같습니다만."

그는 마치 미영과의 만남을 미리 알고 있었던 사람처럼 막힘 없이 말을 이어갔다.

"물론 저는 홍보실의 능력을 믿습니다. 여러분이 기가 막히는 좋은 해결책을 제시해 내시리라는 것에 한 치의 의심도 없습니다. 어떤 안을 제시하시든지……. 사실 저는 지금처럼 이렇게 조용히 살아가는 것이 제일 좋지만, 말입니다, 그쪽에서 가져오신 안이 저와 그 사람이 대중에게 알려지는 방법이라고 해도 피하지 않겠습니다. 도움이 되기만 하다면 그 사람을 설득해 적극 협조할 생각입니다. 제 사랑을 지킬 수만 있다면 말이죠."

그가 정확한 발음과 듣기 좋은 음성으로 말을 맺었을 때, 그의 휴대전화기가 짧은 울음을 터트렸다.

'실례합니다'라는 말과 함께 액정을 확인한 그가 슬며시 미소를 짓는다. 미영에게 보여주던 예의 바름과는 차원이 다른 진심에서 우러나오는 미소였다. 얼굴에 지리 행복한 미소를 만들어내는 것을 보니 메시지의 주인공이 누구인지 빤히 알 것 같았다.

"죄송한 말씀이지만, 하실 말씀이 더 남아 있습니까?"

두 눈을 반짝이며 그가 물었다.

"아닙니다. 제가 드려야 할 말씀은 다 드렸습니다. 급한 일이 생기신 것 같은데 어서 가보세요. 오늘 하신 말씀은 대표님에게 그대로 전해 드리겠습니다.

"감사합니다. 그럼 전 이만 일어나야 할 것 같습니다. 아주 중요한 약속이 생겼거든요. 아, 그리고 이건, 혹시 필요하실지 몰라 준비해 둔 자료입니다."

"그분…… 이신가 봐요?"

무하가 내민 서류봉투를 받아 들며 미영이 물었다. 나중에 생각해도 왜 그렇게 물었는지 알 수는 없었지만, 본능적으로 튀어나온 말이었다.

"뵙게 돼서 반가웠습니다."

무하는 대답 대신, 정중히 고개를 숙이고 돌아섰다.

"휴우."

점점 멀어지는 그를 보며 미영은 참아왔던 숨을 내쉬었다. 그리고 조심스레 그가 건넨 봉투를 확인해 보았다.

"허…….'

서은과 함께 교회 예배에 참석한 사진, 친구를 도와 시장에서 장사하고 있는 서은의 모습, 제자를 찾아다니다 병원에 입원까지 한 서은의 입원증명서, 아버지가 남긴 재산을 기부한 쉼터 등, 송서은에 대한 자료가 체계적으로 정리되어 있었다.

"착실하고 선한 이미지를 심어주는 종교활동과 봉사활동 사진, 시장에서의 친근한 서민 이미지, 좋은 선생님에 재산 기부까지……. 강무하, 정말…… 할 말이 없게 만드는 사람이네."

자료를 살펴보던 미영은 테이블 위의 냉수를 들이켰다. 정치는, 강 총리님이 아니라, 그 아들이 해야 할 것 같았다.

＊

카페 창가에 앉아 있는 무하의 모습이 보였다. 어쩜, 저렇게 근사하냐. 그를 보는 순간, 학교에서의 찜찜한 기분이 일시에 날아가 버리는 것 같았다. 서은은 힘차게 카페 문을 열었다.

"미안! 많이 기다렸지? 퇴근하려는데 교감 선생님이 딱 잡잖아. 하여간 눈치 없는 건 알아줘야 해."

"무사히 잘 왔음 됐어. 덥지? 차 마시자."

"응. 일단 차 마시자. 마시고 나랑 갈 데가 있어."

주문한 매실차를 서둘러 마신 서은이 무하를 데리고 간 곳은 작은 보석상이었다.

"갑자기 보석상은 왜?"

"커플링 고르자고."

"커플링? 커플링 사게?"

무하가 겸연쩍은 듯, 머리를 긁었다.

"아니. 나 돈 없어. 네가 사야지."

"뭐? 돈도 없으면서 데리고 온 거야?"

어이가 없는지 '푸하하' 웃음을 터트리는 무하다.

"응. 이런 건 보통 변호사 아버지를 둔 아들이 사는 거야."

"어허. 당신 기억력이 그렇게 없어? 우리 아버지가 부자인 기지, 난 돈 없어."

"역시. 연하에다 잘생기기까지 한 남친에게 재력까지 기대한 것은 너무 무리였을까?"

서은이 혼잣말을 중얼거리는 것을 들으며 무하가 다시 웃음을 터트렸다.

"뭐야? 그 웃음의 의미는?"

"우리 아버지가 그러셨어. 산 좋고 물 좋고 정자 좋은 곳은 없다고. 산이 좋으면 물이 별로고, 물이 좋으면 산이 별로고. 둘 다 좋으면 정자가 별로라고. 그러니까 과한 욕심은 버리셔."

순간, 서은의 표정이 환하게 밝아졌다.

"아버님께서 정말 그러셨어? 우리 아빠도 그랬는데."

"진짜?"

"응."

통하는 점이 있다는 것은 반가운 일이다. 서은은 환하게 웃으며 그의 손을 잡았다.

"좋아. 그럼 무려 백만 원도 넘게 버는 내가 살 테니까, 무하 씨 마음에 드는 걸로 골라봐. 대신, 요즘 금값도 비싸니까 제일 싼 걸로 골라."

"풉! 내가 비록 가난한 아버지를 두긴 했지만, 사랑하는 여자 반지 하나 못 사주겠냐? 내가 살 테니 당신 마음에 드는 걸로 골라."

"오호. 정말 그래도 돼?"

"응."

서은은 흔쾌히 고개를 끄덕이는 무하에게 눈부신 미소를 보이며 진열장으로 눈길을 돌렸다. 오랜 고심 끝에 그녀가 고른 커플링은 민무늬로 된 단순한 디자인이었다. 화려하지 않고 깔끔한 그녀처럼, 무하의 마음에도 쏙 드는 디자인이었다.

"당신 닮았다. 깔끔하고 간결해. 오래 보고 있어도 질리지 않고."

돌아오는 버스 안, 손을 들어 반지를 맞춰보는 서은은 정말 행복해 보였다. 비록 가장 싸고 작은 것을 나눠 가지긴 했지만, 더없이 행복한 순간이었다. 무하는 서은이 가져다주는 감정의 기쁨을, 이 모든 것을 잃고 싶지 않았다.

"송서은."

"응?"

"사랑한다."

무하가 서은의 귓가에 나지막하게 속삭였다. 살짝 얼굴을 붉히는 그녀의 손을 잡으며 그는 계속 말을 이어갔다.

"그리고 이건 부탁인데…… 나를 좀 믿어줬으면 좋겠어."

"널 믿으라고?"

"응. 아버지가 하시는 일 때문에 변화가 찾아올지도 몰라. 앞으로 혹시…… 힘들고 어려운 일이 생길지도 모르고. 그래도 당신은 날 믿어주면 좋겠어."

그녀의 손을 잡은 채, 그가 말했다.

"강무하!"

"응."

"지금 나더러 힘들고 어려워도 네 곁에 있어달라고 한 거 맞지? 너 나중에…… 아주 나중에, 지금 이 감정이 변하고 사라진다고 해도, 딴말하면 안 된다."

"응?"

"너야말로. 우리 아버지 들먹이면서 헤어지자고 하면 죽는다고. 나랑 헤어지고 싶으면 그냥 사랑이 식었다고 말해. 알았지?"

물론 지금껏 봐왔던 무하는 그런 짓을 할 사람은 아니다. 하지만 대답 없이 난감한 표정을 짓는 무하를 보며 서은은 내심, 불안함을 느꼈다.

11. 신비한 자석

　가로등 불빛이 물먹은 아스팔트 위로 번져 가듯, 어둡던 가슴을 단숨에 밝혀주는 마법 같은 문자를 확인하며, 서은은 배시시 미소를 지었다.

　─보고 싶다.
　─난 아무래도 당신에게 미쳐 버린 듯…….

　아이들 말처럼 손발이 오그라드는 문자였지만, 그의 장난 어린 고백을 받을 때마다 서은은 꿈속에서 헤매는 듯한 느낌을 받는다. 아니, 현실은 꿈속보다 더 달콤했다.

─나도 보고 싶어. 저녁 같이 먹자.

두근거리는 마음으로 답장을 보내고 퇴근 준비를 서둘렀다. 다리에 날개라도 단 듯, 교무실을 나서려는 그녀의 앞을 반장 아이가 가로막았다.

"선생님. 손님이 기다리신대요."

"손님?"

"네. 키도 엄청나게 크고요, 진짜 예뻐요. 슈퍼모델 같아요."

두 손을 높이 쳐들고 신기해하는 반장을 보며 서은은 자신이 아는 키가 크고 모델처럼 예쁜 사람을 떠올려 보았다. 정말 다행스럽게도 그녀가 아는 모델 같은 사람은 정말 모델인 '송경은' 밖에 없었다. 하지만 경은은 지금 한창 촬영 중일 것이다.

서은은 학교 앞 카페로 향했다. 그리고 그곳에서 자신을 기다리고 있는 원경을 발견했다. 주위의 시선을 단박에 사로잡을 만큼 패셔너블한 모습으로 앉아 있던 원경은 다가오는 서은을 날카롭게 노려보았다.

"오랜만이네요. 앉으세요."

원경이 눈빛만큼이나 서먹한 인사를 건넸다.

"잘 지내셨죠?"

서은이 조심스레 물었다. 사실, 형식적인 안부를 묻는 것이 우스울 정도로 원경은 많이 여위어 있었다. 일부러 한 다이어트가 아니라면 그동안 한 마음고생 때문일 것이다. 그녀가 야윈 것이 꼭 자신의 탓인 것 같아 서은의 마음도 편치 않았다.

"풋. 내가 잘 지낸 것처럼 보여요?"

도도하고 날 선 말투가 돌아왔다. 다행이다. 적어도 사랑 때문에 다 죽어가는 것은 아닌 모양이야. 까칠한 원경의 대답이 왠지 반갑기만 한 서은이다.

"사실 잘 못 지내신 것 같아서 마음이 좀 무거웠어요."

정직한 대답이 뜻밖이었는지, 원경이 눈썹을 일그러뜨리며 서은을 바라보았다.

"그쪽 무지하게 재수 없는 거 알아요?"

원망 가득한 원경의 말에 서은은 피식, 미소를 지었다.

"저 재수 없는 거, 알려주시려 여기까지 오신 거예요?"

"오빠에 대해 얼마큼 알아요?"

단도직입적인 질문을 받은 서은은 원경을 빤히 쳐다보았다. 그녀의 자신 있는 말투와 눈빛에 왠지 가슴이 서늘해졌다.

"뭘 알아야 하는데요?"

"오빠의 모든 것이요. 오빠의 배경, 오빠를 둘러싼 환경, 오빠가 몸담은 모든 것이요."

"약속 있어요. 핵심만 짧게 말해주세요."

원경은 다소 과장되게 한숨을 내쉬며 말을 이어갔다.

"내 이럴 줄 알았어. 아무것도 모르죠? 오빠 아버님, 어떤 분인지 아세요?"

"무료 사건을 주로 맡으시는 인권변호사라고 들었어요."

서은의 말에 원경의 입가가 살며시 벌어졌다. 우월감이 녹아 있는 그녀의 미소가 서은을 초조하게 만들었다. 그럼 그렇지, 비웃듯 웃고 있는 원경에게 서은이 다시 물었다.

"제가 잘못 알고 있는 건가요?"

"오빠 아버님 성함이 강, 재 자, 필 자예요. 들어보셨죠?"

강재필…….

서은에게도 낯익은 이름이었다.

"강재필…… 강재필……."

몇 번이나 그 이름을 되뇌던 서은이 감전이라도 된 듯, 고개를 들었다. 설마, 그럴 리는 없을 거야. 그녀는 자신의 짐작이 믿기지 않아 원경에게 되물어야 했다.

"서, 설마 그분은 아닌 거죠?"

빙그레 웃는 원경을 보며, 서은은 심장이 덜컥 내려앉는 기분을 맛보았다. 사고가 정지된 사람처럼 머릿속이 하얗게 변해가기 시작했다.

"후후. 왜 아니겠어요. 그분 맞아요. 강재필 총리. 게다가 아주 강력한 차기 대권 주자시죠."

승리감에 젖은 원경의 말에 서은은 호흡을 가다듬으며 상황을 정리하려 애썼다. 대한민국 사람 중에 강재필 총리를 모르는 사람이 몇 사람이나 되겠는가? 그는 오랫동안 인권변호사로 지내다 지난 정권 때부터 총리직을 연임하고 있는 인물이었다. 청렴하고, 결백하며, 강직하기로 소문이 난 정치가. 게다가 그는 아내가 없는 홀아비 총리로도 유명하다. 모든 것이 잘 짜인 퍼즐처럼 아귀가 들어맞아 가고 있었다.

"어제 다큐 보셨어요? 국민 60%가 넘는 지지를 받고 계신 분이신데."

원경의 말에 테이블 밑으로, 꼭 쥐고 있던 서은의 손이 부르르 떨려 왔다. 몸속의 피는 미친 듯이, 빠르게 돌고 있었다. 내년 대선에 유력한 대통령 후보라고 연일 이름이 오르내리는 총리가 무하의 아버지라니……. 믿어지지 않는 사실이 그녀의 숨통을 쥐어오기 시작했다. 숨이 막혀왔다. 날카로운 손톱이 심장을 틀어쥐고 쥐어짜는 것처럼 고통이 밀려왔다. 타는 갈증에 서은은 물컵으로 손을 뻗었다. 어릴 때부터 엄청난 일을 많이 당해서인지, 웬만한 일에 놀라거나 하는 반응을 보이지 않는 서은이다. 하지만 지금의 충격은 가늠할 수조차 없을 정도였다.

"……몰랐어요."

"당연해요. 오빠가 말 안 하면 모르는 거죠. 알고 접근하지만 않았다면 말이에요."

부드럽게 말하는 원경은 승리감에 도취한 모습이었지만, 원경의 반응 따위 신경 쓸 여력이 없었다. 지금 서은에게는 자신이 사랑하는 남자가 어쩌면 차기 대통령이 될지도 모르는 현 총리의 아들이라는 것이 중요할 뿐이었다.

"인생은 항상 불공평한 거죠."

원경의 미소가 점점 거슬리기 시작했다,

"그러게요. 인생이 원래 그런 거죠."

서은이 쓴웃음을 지으며 대꾸했다.

"아버님, 내년이면 대선을 치르셔야 해요. 잘 아시겠지만, 지금 오빠에게는 오빠를 서포트해 줄 여자가 필요한 때고요. 제 말 무슨 뜻인지 아시겠죠?"

바보가 아닌 이상, 원경의 의미심장한 말을 모를 리가 없다. 하지만 원경의 앞에서 작아진 모습을 보이고 싶지는 않았던 서은은 차분하게 말했다.

"제 일은 제가 알아서 결정해요. 그러니까 이제 그만 돌아가 주셨으면 좋겠어요."

흔들릴 줄 알았던 서은이 의외의 모습을 보이자 당황한 쪽은 원경이었다. 한참이나 서은을 노려보던 그녀가 분을 못 이긴 듯 소리쳤다.

"지금, 오빠가 망하는 꼴을 보고 싶어서 이러는 거예요? 오빠, 어떻게 유혹했는지 모르지만, 앞으로 서은 씨 뜻대로 되진 않을 거예요."

벌떡 일어나 나가려던 그녀가 쐐기를 박듯 말했다.

"중요한 걸, 깜박했네요. 오빠 고모님께서 서은 씰 뵙고 싶어 하세요. 아실지 모르겠지만, 고모님은 오빠에겐 어머니와 같은 분이에요. 조만간 전화가 갈 거예요."

울분을 쏟아내는 거만한 앞모습과 달리, 돌아서는 원경의 뒷모습은 초조하고 불안해 보였다. 하늘거리는 그녀의 스카프는, 바람이 만들어내는 눈물자락 같아 보이기도 했다.

서은은 원경의 뒷모습을 놓치지 않고 계속 좇았다. 걸어가던 그녀가 갑자기 사라져 버리면 이 모든 것이, 믿기지 않는 이 상황이, 다 꿈이 되어버릴 것만 같았기 때문이다. 그러면, 가슴 서늘한 꿈을 꾸었구나, 안도의 한숨을 내쉬면 그만이었다.

서은의 간절한 바람에도 원경은 갑자기 사라져 버리는 마법을 부리지 않았다. 손을 들어 지나가는 택시를 잡아 타는 지극히 현실적인 방법을 선택할 뿐이었다.

"이건, 너무하잖아. 말이 안 돼."

영화에서나 일어날 법한 일이었다. 삼류 아침드라마에서나 나올 법한 이야기였다. 하긴, 지금까지 그녀의 삶은 '평범'이라는 단어와는 거리가 먼 것이긴 했다. 에이즈 걸린 아버지를 둔 딸이 현실에서는 몇 명이나 되겠는가?

지독히도 불운하고, 비정상적인 삶이긴 했지만, 하늘에 계신 아빠를 생각해서라도 정말 열심히 살아왔었다. 이상형에 가까운 무하를 만난 것은 지금까지의 불운한 삶의 보상이라고 생각했다. 많이 아프고 힘든 자신을 위한 하늘의 치유약이라고 생각했다. 그런데 이번에도 혼자만의 착각이었나 보다.

그래, 인생이 그런 거지.

허탈한 미소를 지으며, 서은은 무하와의 저녁 약속을 위해 주섬주섬 자리에서 일어났다.

＊

탁자 위에 놓아둔 휴대전화기가 요란스럽게 몸을 떨어댔다. 깊은 상념에 빠져 있던 서은은 낯선 번호로 날아온 문자메시지를 확인했다. '송서은 씨…….' 자신의 이름으로 시작되는 메시지에 가슴이 철렁, 내려앉는다.

날 선 신경을 가라앉히기 위해 심호흡을 하며 고개를 돌리자, 시간을 짜 맞춘 것처럼, 그가 걸어오고 있었다. 서은은 들고 있던 전화기를 천천히 가방 안으로 집어넣었다. 그리고 아무 일도 없었던 사람처럼 자연스레 미소를 지어 보였다.

"왜 이렇게 예쁘게 웃어?"

그녀의 앞으로 다가온 무하가 모카 향처럼 부드러운 미소를 지으며 말했다.

"방금, 겁나 멋진 남자가 지나갔거든."

능청스러운 서은의 대답에 그는 한쪽 눈을 활처럼 휘며 눈썹을 일그러뜨렸다.

"이런. 이 늙은 친구, 못쓰겠네."

서은은 화가 난 사람처럼 툴툴거리던 무하를 향해 두 팔을 벌렸다.

"뭐야? 지금 딴 놈에게 한눈판 주제에 안아달라고?"

"응."

"이 여자가 지금 상황 파악이 안 되지?"

콧잔등에 주름을 잡고 자신을 노려보는 무하에게 서은은 입꼬리를 올리며 예쁘게 웃어 보였다. 제일 예쁜 미소를 지어 보여도 그의 주름이 펴질 생각을 하지 않는다. 어라, 이것 봐라? 하는 심정으로 그를 흘겨보고는 픽, 돌아섰다.

"싫음 말고."

새침한 말이 끝나기도 전에 무하가 손을 뻗어 서은을 잡아당겼다.

"어딜, 자꾸 도망가려고 그래."

그가 나지막이 속삭이며 서은을 꼭 끌어안는다. 숨이 막힐 정도로 강한 포옹에 서은은 그의 가슴에 푹 파묻혀 버렸다. 그만의 향기, 그가 내뿜는 따뜻한 열기가 심장께로 전달되더니, 여태 멀쩡하던 눈시울이 자꾸만 뜨거워졌다.

함께 있는 것만으로도 눈물이 날 만큼 행복한데…….

벅차오르는 가슴을 다스릴 길 없이, 이렇게 설레는데…….

서은은 울컥, 치밀어 오르는 감정을 삭이며 천천히 숫자를 세었다. 잠시만, 아주 잠시 동안 이 마음을 지속한다고 해도 아무도 뭐라 하지 않을 거야. 자신을 설득하며 그의 품에 얼굴을 묻었다.

"우리 애인. 얼굴 좀 보여주라."

장난스럽게 말한 그가, 자신의 가슴에 파묻힌 그녀의 얼굴을 떼어냈다. 그리고 붉게 상기된 그녀의 얼굴을 가만히 들여다본다.

"어디 아파? 얼굴이 안 좋아 보인다."

흔들리는 서은의 심정을 읽기라도 한 것인지, 장난기 가득하던 무하의 눈빛이 이내 진지하게 바뀌었다.

"그냥 피곤해서 그래. 머리도 좀 아픈 것 같고."

서은은 최대한 자연스레 미소를 지어 보였다.

"약 먹었어?"

무하가 낮은 목소리로 물었다.

"아니. 금방 괜찮아질 거야."

"약 먹자. 잠시만 있어. 약국 다녀올게."

서은을 물끄러미 바라보는 무하의 눈빛은 깊고 어두웠다. 무슨 생각을 하고 있는지 알 수 없는 심연과도 같은 눈을 가까스로 마주 보며, 서은은 고개를 저었다.

"약은 됐고. 미안하지만, 오늘은 좀 일찍 들어갈게. 들어가서 쉬고 싶어."

"그러자. 데려다 줄게."

거짓말을 들키지 않으려 애쓰는 서은에게 무하가 싱긋 미소를 돌려보냈다. 그는 지금 무슨 마음으로 이렇게 웃고 있는 걸까? 그가 야속하게 느껴지다가도, 미치도록 사랑스럽기도 했다.

정말, 미쳐 가는 건지도 몰라.

극심한 혼란스러움에 서은은 현기증을 느꼈다.

"아니. 나 혼자 갈게. 가다가 잠시 들릴 데가 있거든. 오늘은 그냥 여기서 헤어지자."

뜻밖에도 그가 순순히 고개를 끄덕였다.

"그래? 그럼 먼저 갈게."

돌아서는 무하에게서 낮은 휘파람 소리가 들려왔다.

서은은 돌아선 그의 눈빛이 차갑게 변한 것도, 웃음 가득하던 얼굴에서 웃음기가 완전히 사라진 것도 알지 못했다. 지금 그가 무슨 생각을 하고 있는지, 그의 날카로운 눈이 흔들리는 그녀의 얼굴에서 무엇을 읽었는지도 알지 못했다. 서은은 그저, 그와의 거리만큼 점점 멀어지는 휘파람 소리에 마음이 아려, 그가 보이지 않을 때까지 고개를 돌리지 못할 뿐이었다.

점점 작아지던 무하의 모습이 완전히 보이지 않게 되었다. 넋나간 사람처럼 한참을 그렇게 앉아 있던 서은은 어둠이 완전히 내려앉은 무렵에야 몸을 일으켰다.

"황령산이요."

택시기사님께 휴대전화에 남겨진 주소를 알려 드린 후, 눈을 감아본다. 불과 삼십 분 남짓한 시간이 조금이라도 늦어지길 바라며. 하지만 시간은 찰나와 같이 지나가 버렸다.

"손님. 목적지까지 도착했습니다."

차가 정차하는 소리와 함께 구성진 목소리가 들려왔다. 치비를 건넨 후, 서은은 천천히 택시에서 내렸다.

길 잃은 아이처럼 주위를 두리번거리다 높은 담으로 둘러싸인 거대한 저택 앞에 섰다. 그리고 문자메시지의 번지를 다시 확인해 보았다.

웅장한 대문 앞에 서자, 어린 시절, 동네에서 가장 큰 부잣집 대문에 붙어 있던 사자 손잡이가 기억났다. 쉽사리 초인종을 누르지 못하던 그녀는 여러 번의 심호흡을 한 뒤, 조심스레 손을 뻗었다. '누구냐'를 묻는 말에 '송서은'이라고 대답하자, '어서 오세요'라는 형식적인 인사와 함께 굳게 닫힌 대문이 열렸다.

서은은 육중한 대문 안으로 들어섰다. 계단식으로 길게 이어진 정원을 지나 현관 앞에 다다르자, 기다리고 있던 중년 여성이 서은을 거실까지 안내했다.

"여기서 잠시만 기다려 주세요. 여사님 곧 나오실 겁니다."

한 면 전체가 커다란 통유리로 된 거실 벽은 아늑하고 쾌적했다. 천장의 팬쿨러 덕분인지, 거실 안은 적당히 시원했고 습하지도 않았다. 서은은 천천히 거실을 둘러보았다. 세월의 때가 적당히 묻어 있는 유럽풍 인테리어 소품과 가구들이 오래되었지만 고급스러워 보였다. 집주인의 취향이 그대로 드러나는 것 같았다.

차를 내오겠다는 말과 함께 주방으로 사라지는 여자의 뒷모습을 보며 서은은 앞으로 닥칠 일들을 그려보았다. 두툼한 돈 봉투가 나올지, 아니면 물이라도 뒤집어써야 할지, 드라마에서

봤던 여러 가지 경우의 수를 생각하자 불쑥 웃음이 터져 나오려고 한다.

"어서 오세요."

등 뒤에서 은은한 허브 향기가 나더니 낮고 부드러운 목소리가 함께 들려왔다.

서은은 긴장한 채로 몸을 돌렸다. 검정 롱치마와 녹색 카디건을 입은 중년 여성이 서은을 보며 미소 짓고 있다.

"강무하 고모 되는, 강지영이라고 합니다."

지영이 먼저 손을 내밀었다. 의외의 따뜻한 환대였다.

"처음 뵙겠습니다. 송서은입니다."

서은이 두 손으로 지영의 손을 맞잡았다. 우아한 외모와 달리 거친 손마디였다.

"반가워요. 서은 씨. 편히 앉으세요."

"고맙습니다."

서은은 지영의 맞은편에 앉았다. 마침 그녀를 인내했던 여인이 테이블 위에 차를 내려놓았다.

"국화차 괜찮아요?"

"네. 좋아합니다."

"다행이네요. 차 들어요."

"네."

반듯한 자세로 앉아 있던 서은이 조심스레 손을 뻗어 차를 나셨다.

지영은 조카의 마음을 사로잡은 아가씨 앞으로 유과 접시를 밀어주었다. 생각했던 것보다 훨씬 미인에다 전체적 분위기도 나쁘지 않은 아가씨다.

"내가 갑자기 문자를 보내서 놀랐죠?"

"아닙니다."

"무하가 제 얘길 하던가요?"

"아닙니다. 그런 건 아니지만, 조만간 뵙게 될 거라 짐작하고 있었습니다."

"짐작을 했어요?"

"실은, 원경 씨에게 무하 씨에 관한 이야기를 전해 들었습니다."

대답하는 목소리가 야무지고 강단 있다. 차분하며 깊이 있는 목소리도 지영의 마음에 들었다.

'나쁘지 않아.'

지영은 잘 우러난 차를 한 모금 마셨다.

대학 시절 학생운동을 시작으로 변호사 사무실을 거쳐 정치판에 뛰어든 오빠를 따라다니며 수없이 많은 사람을 만나왔던 그녀였다. 지영의 눈에도 서은의 깊은 눈매와 반듯한 자세, 당당한 말씨와 그녀만의 독특한 분위기가 매력적으로 다가왔다. 무하가 정신없이 빠져드는 이유를 어렴풋이 알 수 있을 것 같았다. 하지만 올케언니의 빈자리를 메워야 하는 지영의 입장으로서는 조카며느릿감을 아무렇게나 고를 수 없는 노릇이다. 더욱

이 내년 대선을 앞둔 오빠로서는 일하는 사람 하나 들이는 문제
도 심사숙고해야 할 때에 며느릿감은 두말할 필요가 없었다.

"무하가 교회에 낯선 아가씨를 데려왔다기에 내내 기대했었
어요. 그런데 그날 마침 권사모임이 있어서 거기 참석하느라 식
당을 못 갔지 뭐예요. 그래서 서은 씨를 볼 기회를 놓쳤어요. 바
쁠 텐데 이렇게 불러서 미안해요. 그리고 와줘서 고맙기도 하고
요."

"아닙니다."

차분하고 깊이가 있는 아가씨였다. 배경만 아니었다면 좋았
을 텐데. 지영은 안타까운 마음으로 서은을 바라보았다. 찻잔을
잡은 길고 가는 손가락. 딸아이를 비롯해 요즘 젊은 아가씨들
대부분이 하고 다니는 네일아트 없이, 단정하고 정갈한 손톱이
곱고 예뻐 보였다. 점점 더 마음에 드는 이 아가씨를 어쩌면 좋
을까, 고민이 될 정도였다. 하지만 백번 양보한다 해도 복잡한
집안이 마음에 걸렸다. 돈이 있고 없고를 떠나 반듯한 이미지와
도덕적으로 청렴한 집안의 아가씨가 필요할 때였다. 큰 것을 얻
기 위해서는 작은 아픔쯤은 감수해야 하는 것이 세상의 이치다.
지영은 약해지려는 마음을 다잡고 서은을 바라보았다.

"우리 무하…… 좋은 아이죠?"

"네."

질문과 힘께 대답이 돌아왔다.

"이런 말 하는 거, 저도 썩 내키지는 않아요. 하지만 세상일이

하고 싶은 일만 하면서 살 수는 없는 노릇이잖아요. 그러니 너무 야속하게 생각하지 말고 내 부탁 좀 들어줘요."

"편하게 말씀하세요."

잠시 뜸을 들이던 서은이 차분히 대답했다.

"서은 씨도 잘 알겠지만, 무하 부친 되시는 분이 다음 대권에 나갈 예정이에요. 결과도 꽤 낙관적인 모양이고. 그러니 매번 패하기만 했던 야권에서는 이번 기회를 놓치지 않으려 노심초사 중이고 집권여당에서는 우리 쪽 약점 찾기에 혈안이 되어 있고요."

"네."

"지금까진 다 괜찮았어요. 알다시피, 그분이 워낙 깨끗하고 청렴하시잖아요. 젊었을 때 고초도 많이 겪었지만, 끝까지 소신을 굽히지 않았고요."

"네."

"문제는 현 정권 편을 들고 있는 보수언론들이에요. 우리 쪽 꼬투리 잡을 게 없을까, 사돈에 팔촌에 이십사촌까지 다 캐고 다니고 있는 판이에요. 우리 쪽은 뭐 떳떳하지만, 솔직히 먼 친척들의 형편까지 알 수 없는 형편이라 다들 신경이 곤두서 있어요. 그런데 다른 사람도 아니고 우리 무하가 이렇게 중요한 때에……."

지영이 낮은 한숨을 내쉬었다. 이런 일은 정말 사람으로서 못할 짓인 것 같았다. 하지만 자신이 하지 않으면 모두가 엄청난 소란 속에 빠질 것이고 그중에 가장 큰 상처를 받는 사람은 바로 서은일 것이다. 지영은 약해지려는 마음을 다잡고 침착하게 말을 이어갔다.

"미안해요. 기분 나쁘시겠지만, 무하와 사귀는 이상 서은 씨를 알아보지 않을 수가 없었어요."

"괜찮습니다."

이미 모든 것을 각오한 사람처럼 서은이 작게 미소를 지었다.

"서은 씨 아버지 그렇게 돌아가신 거, 참 안된 일이에요. 남인 내가 듣기에도 속상하고 가슴이 많이 아팠어요. 하지만 흠집 잡기에 혈안이 되어 있는 언론에게 과정은 그리 중요하지 않아요. 언제나 자극적인 결과만을 말하거든요. 서은 씨도 대충 아시죠?"

기득권을 보장해 주는 특정 당의 편을 드는 보수언론사들의 횡포는 서은 역시 이미 알고 있을 터였다.

"게다가 아버님 문제야 어쩔 수 없었다고 해도 어머니 문제는 그리 쉽지가 않아요. 거기다 부동산투기도 좀 하셨고……."

난처해하며 말을 흐리는 지영을 위로하듯 서은이 부드러운 미소를 지었다. 자신의 처지를 너무나 잘 알고 있는 듯, 서글프게 웃는 엷은 미소가, 그 처연한 모양새가 지영의 마음을 아프게 한다. 이러니 무하가 정신없이 빠져들었지. 지영은 착잡한 마음으로 계속 말을 이어갔다.

"참 우스워요. 정치하는 사람들 몰래 바람피우는 거, 투기하는 거에 비하면 새 발의 피도 아닌데, 이것도 우리에게는 큰 약점이 될 거예요."

"네."

겨우겨우 어려운 고비를 넘어왔다. 이렇게 중요한 때에 큰 허점을 보고 있을 수만은 없었다. 지영은 차마 하기 어려운 마지막 말을 어렵게 뱉어냈다.

"서로 상처받지 않게 조심스럽게 헤어져 주세요. 부탁합니다."

간절히 부탁하는 지영을 보며 서은이 눈을 내리깔았다.

"고모님."

"정말 염치가 없는 부탁을 하고 있다는 거, 저도 알아요. 그래서 정말 미안해요."

"아닙니다. 고모님 말씀…… 충분히 이해되는 걸요. 당장은 어렵지만, 조만간 그렇게 하도록 하겠습니다. 저도 무하 씨에게 피해가 가는 건 싫거든요."

흔들리는 눈빛 속에서도 차분히 대답하는 서은이 기특하면서도 애처로웠다. 지영은 서은의 손을 잡았다.

"고마워요. 대신, 내가 힘닿는 데까지 서은 씨 돕도록 할게요. 유학도 원하면……."

"고모님."

물끄러미 자신을 바라보는 서은의 말간 눈동자를 보며 지영은 말을 멈추었다.

"말씀은 감사합니다만, 무하 씨를 두고 거래를 하고 싶진 않아요."

지영은 문득, 자신이 드라마 속에 나오는 속물이 된 것 같았다. 마음에 들지 않는 아들의 여자친구를 떼어놓으려고 하는 욕심 많은 사모님들.

'내가 지금 무슨 짓을 하는 거지?'

젊은 시절, 그렇게도 혐오하던 기성세대가 되어 있는 자신의 모습에 부끄럽기만 한 지영이다.

"이런, 내가 실수를 한 것 같네요. 기분 상했다면 정말 미안해요. 나는 나이 먹어도 절대 속물이 되지 말자, 그렇게 살지 말자 다짐했는데 내가 이런 말을 하게 되네요. 정말 미안합니다."

거듭 사과를 하는 지영을 뒤로하고 서은은 저택을 벗어났다. 커다란 대문이 철커덕 잠기는 소리를 신호로 간신히 버티고 있던 두 다리의 힘이 일시에 빠져나가는 것 같았다. 이대로 주저앉고 싶었지만, 어딘가에서 보고 있을 그의 고모님을 생각해야 했다. 서은은 남아 있는 모든 힘을 끌어모아 한 걸음, 한 걸음씩 걸어나갔다.

주택가를 겨우겨우 벗어난 서은은 제일 먼저 눈에 띄는 나무 벤치에 털썩 주저앉았다. 어깨에 걸쳐져 있던 가방이 바닥으로 떨어졌지만 상관하지 않았다. 그녀는 멍한 눈으로 길게 이어지는 불빛들을 건성건성 흘려보냈다. 가슴속에 똬리를 튼 응어리는 심장을 터질 듯 눌러대기 시작했다.

"사람은 가끔 감당하지 못할 난관에 부딪힐 때가 있어."

병실에 누워 있던 아빠가 하신 말씀이 생각났다. 사방이 벽으로 막혀서 도저히 빠져나갈 구멍이 보이지 않을 때, 절망이 사방을 막고 있어 숨조차 쉬기 어려울 때는 하늘을 바라보라고, 넓은 하늘을 보면서 희망을 잃지 말라고 하신 아빠의 말씀을 떠올렸다. 서은은 하늘을 올려다보았다. 어둑해진 하늘은 아무것도 보여주지 않았다. 여전히 막막하고, 아득하고, 어둡고 슬펐다.

"거짓말."

서은은 혼잣말을 중얼거렸다. 가슴이 저려 숨이 쉬어지지 않았다. 서은은 가슴팍을 움켜쥐었다. 탕탕 가슴을 치며 그의 이름을 불러보았다. 그의 목소리가 듣고 싶었다. 그가 보고 싶어 죽을 것만 같았다.

불현듯 가방 안에 있던 휴대전화기를 확인했다.

부재 중 전화 6통. 강무하.

"나 좀 데려가 줘."

재희에게 전화를 걸고 휴대전화를 꺼버렸다.

울컥, 억지로 삼키고 있던 눈물이 차올랐다.

＊

아빠……. 나는 참 궁금한 게 있어.

우리 공주님. 궁금한 게 뭘까?

백설공주를 구해준 그 멋진 왕자님 말이야.

그 왕자님이 왜?

왕자님은 사과를 먹고 죽어 있는 백설공주가 자기 신붓감인지 어떻게 알았어? 난쟁이들이 가르쳐 준 거야?

후후. 우리 공주님. 그게 궁금한 거야?

응. 난 그게 너무 궁금해. 신데렐라처럼 춤을 춘 것도 아니고, 라푼 젤처럼 머리를 늘어뜨려 왕자님을 만난 적도 없는데 왕자님은 어떻게 인사도 하지 않고 공주님을 사랑하게 된 거야?

그건 말이지, 마음속에 있는 자석 때문이야.

자석? 자석……. 아, 말발굽처럼 생긴 그거 말이지?

응. 그 자석. 어떤 사람들의 마음속에는, 아주 특별한 사람들 말이야. 그 특별한 사람들의 마음속에는 평생 한 사람만 당길 수 있는 신비한 자석이 있어. 세상 그 누구도 아닌 단 한 사람에게만 힘을 발휘하는 마술 같은 자석.

우와! 정말 그런 요술자석이 있어? 그럼 백설공주의 마음속에 그런 자석이 있어서 왕자님이 당겨진 거야? 자석의 힘으로?

응. 그런 거야. 그래서 왕자님은 첫눈에 알 수가 있었어.

아. 그런 거구나. 헤헤. 그럼 내 마음속에도 자석이 있는 거야?

그럼. 우리 서은이 마음속에도 예쁜 요술자석이 있어서 왕자님을 만나게 되면 마음속의 자석이 부르르 떨리면서 왕자님을 당겨 올 거야.

우와! 멋지다.

우리 공주님. 세상 어디에 있든지, 왕자님은 너를 찾아올 거야.

꿈을 꾸었다.

아빠와 함께 백설공주를 읽던 꿈을. 아빠는 서은의 머리를 쓰다듬으며 다정한 목소리로 말씀하셨다. 서은만을 사랑해 줄 왕자님이 찾아올 거라고. 하지만 현실에서 상처투성이 백설공주에게 사랑을 속삭여 줄 왕자님은 없었다.

지난밤, 집으로 찾아온 무하는 계속해서 벨을 눌러댔다. 옆집 사람이 나와, 서은 씨는 아직 들어오지 않은 모양이라고 말을 하고, 그녀를 기다리다 지친 무하가 돌아갈 때까지 서은은 집안에 없는 사람처럼 꼼짝도 하지 않았다.

화가 많이 났을 거야…….

딱딱하게 굳은 얼굴로 입을 다물고 있을 그를 떠올리자, 마음이 아려 왔다. 당장에라도 그에게 전화를 걸고, 달려가고 싶었지만, 서은은 입술을 깨물며 참아냈다.

밤을 하얗게 새워도 길이 보이지 않는다. 몇 번을 고쳐 생각해도 그와의 거리는 너무 멀었다. 고집을 피우면 피울수록 더 힘들어질 것이 뻔하다. 무하는 절대 먼저 떠나지 않을 테니 그녀가 결정해야 했다. 빠르면 빠를수록 덜 상처받고 덜 아플 것이다. 서은은 주섬주섬 가방 안에서 휴대전화기를 꺼냈다. 떨리는 손으로 전원버튼을 누르자, 봉인이 풀린 문자메시지들이 쏟아진다. 그에게서 온 문자를 외면해 가며 재희의 메시지를 열어보았다.

—좀 잤나?
—수희가 죽 써놨단다.
—1시간쯤 뒤에 갈 테니까 문 열어라.

한숨을 내쉬는 순간, 무하에게서 전화가 왔다. 이 바보는 잠도 자지 않은 모양이야, 가슴이 더 아팠다. 서은은 재빨리 전원을 꺼버렸다. 조만간 그를 만나야 했지만, 지금 당장은 아니었다. 지금 그를 만난다고 해도 아무 말도 할 수 없을 것 같았다.

허탈감이 밀려왔다. 많을 것을 바라진 않았다. 총리의 아들, 대통령의 아들. 감히 꿈꿔본 적도 없었다. 그냥 평범한 남자 만나서 남들처럼 사랑하고 싶었을 뿐이다. 단지 그것뿐이었다. 뼛속까지 파고들어, 그녀를 괴롭히는 이 못돼먹은 쓸쓸함을 함께 벗어나 줄 동지를 원했을 뿐이다.

혼란스러웠다. 모든 것이 다 혼란스러웠다.

말할 수 없는 상실감이 서은을 무력하게 만든다. 머리가 아팠다. 참을 수 없는 두통에 야상자를 뒤졌지만, 남아 있는 약이 하나도 없었다. 힘이 들어가지 않는 다리를 억지로 움직여 집을 나섰다. 1층 출입문을 벗어나자, 입구에 있던 낡은 액센트 차량에 서 있던 남자가 다가와 그녀의 앞을 가로막는다.

"송서은 씨?"

서은은 자신의 이름을 부르는 남자를 물끄러미 바라보았다. 눈을 번뜩이며 서은의 아래위를 훑는 남자의 기세가 대단하다. 서은은 남자의 주머니에 삐져나온 수첩을 유심히 바라보다, 그가 기대고 있던 차량으로 시선을 돌렸다. 신문사 마크가 붙어 있진 않지만, 조수석에 머리가 반쯤 벗겨진 남자가 전문가용 카메라를 만지작거리고 있었다.

"송서은 씨 맞으세요?"

주머니에 있던 수첩을 꺼내 들며 남자가 물었다.

"사람 잘못 보신 것 같은데요."

퉁퉁 부은 눈을 가리기 위해 모자를 쓰고, 안경을 끼고 나온 것을 다행스럽게 느끼며 서은은 걸음을 옮겼다.

"저기요! 잠시만요. 이것 봐요!"

남자가 거칠게 서은의 어깨를 잡았다.

"왜 이러세요?"

"진짜 송서은 씨가 아니에요?"

"아니에요."

"그럼 송중희 씨도 모르시겠네요?"

서은은 남자를 노려보았다. 남자가 입가에 의미심장한 웃음을 띠고 있는 것을 보니 무엇인가 알고 온 것 같았다.

"모르세요? 송중희 씨?"

남자가 다시 물었다.

"몰라요. 그런 사람."

"에이, 그러지 말고 우리 친하게 지내요! 내가 진짜 잘 써줄게."

서은은 능청스럽게 웃는 남자를 무표정하게 바라보았다. 그가 겸연쩍어하며 웃음을 멈출 때까지 시선을 돌리지 않았다. 남자의 얼굴에서 웃음기가 완전히 사라져 갈 즈음, 그녀는 다시 걸음을 옮겼다.

"어! 어! 송서은 씨!"

등 뒤로 다급한 외침이 들렸지만, 서은은 걸음을 멈추지 않았다. 아빠의 일이 다시 까발려질지도 모른다는 약간의 가능성만으로도 온몸에 소름이 돋았다. 약을 사서 돌아올 때, 저 사람과 다시 마주쳐야 한다는 생각에 끔찍할 뿐이었다. 차도로 내려온 그녀는 택시에 올랐다. 빨리 이곳을 벗어나고 싶었다.

"자갈치요."

"어서 오세요."

택시에 올라탄 서은에게 고개를 끄덕인 운전기사가, 시동을 걸며 말했다.

"요즘은 왜 이렇게 삭막한지 모르겠어요. 뉴스도 완전 살벌한 것밖에 없이."

라디오를 들으며 혀를 끌끌 차던 기사님이 차를 출발시키자

서은은 눈을 감았다. 그녀는 지금, 어서 빨리 이 소란에서 벗어나고 싶은 마음밖에 없었다.

"……가정폭력의 피해자에게 '목을 비틀겠다. 소가 웃을 일이다. 공무방해다' 라는 막말과 함께 인권을 외면한 경찰이 문제가 되고 있습니다. **년 *월 *일 오후 4시경, **경찰서 앞 사거리에서는……."

라디오를 켜놓은 채, 박스를 쌓던 재희는 하얗게 질린 얼굴로 들어서는 서은을 보며 눈살을 찌푸렸다.

"죽 가지러 왔어? 가져다준다니까."

"커피나 한잔 줘."

재희가 돌아서며 내뱉는 작은 한숨 소리가 서은에게까지 전해 왔다. 많은 것이 궁금할 텐데도 재희는 아무것도 묻지 않았다. 대신, 정성스럽게 탄 커피를 서은에게 내민다. 그녀는 향이 좋은 커피를 한 모금 삼켰다.

"고마워. 근데 수희는?"

"단체주문이 들어왔어. 정리하고 금방 올 거야."

"응."

그녀는 기운 빠진 목소리로 고개를 끄덕였다.

"얼굴이 왜 그래?"

"아파."

"어디가?"

"머리."

"병원 안 가도 돼? 약은?"

"방금 타이레놀 사 먹고 오는 길."

멀뚱멀뚱한 눈길로 서은을 바라보던 재희가 천천히 대답했다.

"너…… 강무하랑…… 뭐가 잘 안 되냐?"

재희는 핵심을 담백하게 물어보는 경향이 있다. 그래서 대답하는 사람도 부담 없이 담백한 대꾸를 하게 만든다. 그러고 보니 서은 역시 그에게 물어볼 것이 있었다. 연두가 했던 말. 대체 걔가 왜 그렇게 당당한 거냐고, 두 사람 사이에 자신이 모르는 무엇인가가 있는 것이냐고 묻고 싶었지만 지금은 머리가 너무 복잡했다.

"인제 그만 헤어질까 하고."

"왜?"

재희는 별로 놀란 기색도 보이지 않는다.

"음……. 그 사람. 알고 보니 도련님이시더라고."

"도련님?"

"응."

"그래서 쫄았냐?"

"아니. 그냥…… 갑자기 재미가 없어졌어. 이쯤에서 그만두는 게 모두를 위해 좋을 깃 같기도 하고."

"모두를 위해 좋을 것 같아? 넌? 네 맘도 그래?"

차마 대답을 할 수가 없어, 서은은 천천히 고개를 끄덕였다.

"잘됐네. 직접 말해라. 그 사람 와 있다."

서은에게 무뚝뚝하게 말한 재희가 가게 안에 대고 소리쳤다.

"서은이 왔네요.

깜짝 놀란 서은이 상황을 파악하기도 전에, 무하가 그녀의 앞에 모습을 드러냈다.

"송서은!"

그가 서은의 이름을 불렀다. 헤어질까 한다는 이야기를 들은 것일까? 서은은 놀란 얼굴로 그를 바라보았지만, 그의 얼굴 어디에도 그녀의 말을 들은 기색은 보이지 않았다. 한 가지 확실한 것은, 지금 이 자리에 강무하가 서 있다는 것이었다. 그것도 잔뜩 화가 난 채로.

"무하야!"

"나 좀 봐!"

무하가 서은의 손목을 잡아끌었다.

"할 말 없어. 나중에 얘기하자."

"난 지금 얘기해야겠어."

무하가 거칠게 서은을 잡아끌었다.

"이것 봐요. 강무하 씨. 당신 이렇게 제멋대로인 사람이었어요? 그럴 거면 애초에 여기 들이지도 않았어요. 이거 놓고 말해요."

재희가 무하의 어깨를 잡았다. 두 남자는 한참이나 바라보고 있었다. 마치 눈빛으로 대화를 나누는 것처럼 보였다. 수백 마디 말보다 더 심각하게 눈빛을 교환하던 무하가 겨우 고개를 끄덕이며 힘을 풀었다.

"피한다고 해결될 문제는 아니잖아. 얘기 좀 하자."

"송서은! 내 생각도 그래. 대화로 풀어. 대화로."

무하가 낮은 목소리로 말했고, 재희는 무하의 편을 들었다.

"사악한 배신자!"

재희를 노려보자, 두 손을 든 채 '항복!'을 외치며 나가 버린다.

"우리도 나가서 얘기하자!"

무하가 단호한 목소리로 말했고, 서은은 고개를 흔들었다. 팽팽한 기 싸움에서 지고 싶지 않았다. 싸움이란 모름지기 홈그라운드가 유리한 법이니까.

"싫어! 여기서 말해."

"남의 영업장수야. 장사에 피해 주고 싶어? 나가서 얘기해."

그는 강경하게 말했고 서은은 어쩔 수 없이 그를 따라나서야 했다.

차가 있는 곳까지 걸어간 서은이 무하를 노려보았다.

"무슨 일이야? 빨리 말해."

"이제 말해봐. 종일 연락이 안 되던 사람이 왜 여기 왔는지."

"보면 몰라? 재회 만나러 왔어."

무하가 헛웃음을 터트렸다.

"화났다면 미안해."

"미안해? 뭐가 미안해?"

무하가 어금니를 악물며 물었다. 금방이라도 꺼질 듯, 낮고 가라앉은 목소리였다.

"너 이렇게 화나게 한 거."

"미치겠다."

운전대를 내려치는 무하를 보는 서은의 가슴이 먹먹해졌다. 팽팽하게 조여 있는 공기의 흐름이 조금이라도 깨진다면 눈물이 터져 나와 버릴 것만 같았다.

"너……"

무하의 눈빛이 흔들리고 있었다. 그의 마음만큼 서은의 심장도 아파왔다.

서은은 떨리는 손을 감추기 위해 주먹을 꼭 쥐었다. 겁이 났다. 이제 그만 만나자고 할까 봐 겁이 났다.

한참 동안 말없이 서은을 바라보던 무하는, 어딘가에서 들려오던 노랫소리가 잦아들 즈음, 다시 입을 열었다.

"당신 참…… 바보다. 집에 가자."

낮은 한숨을 내쉰 그가 서은의 손을 잡았다. 얼어 있는 가슴을 녹이듯 따뜻한 손이었다. 그가 재킷을 벗어 서은의 어깨에 덮었다. 그리고 조심스럽게 서은을 안았다.

"무슨 생각을 어떻게 했는지 모르지만, 다 포기해. 나는 당신과 헤어질 마음이 없어. 그러니까 안 돼. 나랑 헤어질 생각하지

마. 안 돼."

다정한 목소리와 달리 그의 눈빛은 아파 보였다. 그의 입술에서 토해내는 한숨 같은 숨결이 서은의 머리 위에서 부서졌다.

"무하야."

"이제 그러면 안 돼. 대답 안 해?"

대답하지 않으면 그가 울음을 터트릴지도 모른다는 바보 같은 생각이 들었다. 서은은 작은 목소리로 대답했다.

"……응."

"착하다. 내 서은이."

왈칵, 가까스로 싸매어놓았던 심장의 상처가 다시 터진 것 같았다. 가슴이 먹먹해진 서은은 크게 숨을 내쉬었다.

전화벨이 울렸다. 날카로운 벨 소리는 컴컴한 방 안을 가르며 요란하게 울어댔다.

서은은 베개 밑에 넣어둔 휴대전화기를 꺼내 들었다. 액정에 뜬 시계를 보니 새벽 2시가 조금 넘어 있었다.

"응."

─잠들어 있었어? 내가 깨웠나 보다.

전화기 속의 목소리는 다정하고 부드러웠다. 이유 없는 연락 두절에 마음이 상하고, 날 선 퉁명스러움에 마음이 상했을 그의 오후를 뻔히 아는데도, 그는 평소보다 더 진심이 느껴지는 목소리로 속삭이고 있었다.

"피곤해서 일찍 누웠었어. 어…… 디야?

아무것도 모르는 척, 살짝 커튼을 들추어보았다. 8시경에 자신을 내려준 그의 차는 그때부터 지금까지 줄곧 그녀의 창밖을 지키는 중이다.

—응. 오피스텔.

그가 거짓말을 했다.

"그렇구나. 피곤하겠다. 어서 쉬어."

그녀도 아무렇지 않게 거짓말을 했다.

—서은아!

"응?"

—내가 앞으로 더 잘할게. 다른 생각 안 들도록, 다른 사람은 생각도 안 나게 정말 잘할게.

그가 속삭였다. 마치 그녀의 마음을 빤히 아는 사람처럼 그렇게 그녀를 달래고 있다.

마음을 굳게 먹어야 하는데…… 자꾸만 그에게로 마음이 기운다. 그러지 말아야지 하는데도, 상처받을 것을 뻔히 아는데도 자꾸 마음의 물길이 그에게로 향해 버린다. 시간이 지나면 눈물이 사라지는 것처럼, 그에게로 향하는 마음의 물길도 언젠가는 말라 버리게 되는 걸까? 서은은 자꾸만 새어 나오려는 울음을 억지로 삼키며 대꾸를 했다.

"응"

—송서은.

그가 서은의 이름을 불렀다.

"응?"

—송서은.

—왜?

—사랑한다.

"응. 나도."

—내일도 아플 건 아니지?

"응. 하루 자고 나면 괜찮아질 거야."

전화기 너머로 침묵이 흘렀다. 말을 하지 않아도 지금 그가 어떤 기분일지, 무슨 생각을 하고 있는지 서은은 알 수 있었다.

—그래. 푹 자. 내일 얘기하자.

"……응."

낡은 차의 헤드라이트가 꺼지는 것을 보며 서은은 두 눈을 감았다.

괜히 슬퍼할 필요 없어.

살아가다가 이런 사람 아무나 만나는 건 아니니까.

이런 사랑…… 누구나 받아볼 수는 없는 거니까.

서은은 혼잣말을 중얼거리며 눈에 힘을 줬다. 혹시라도 눈물이 흘러내릴까 봐. 그럼 아름다운 이 순간이 퇴색될까 봐…….

누구도 잠들지 못하는 긴 밤이 계속되었다. 2시간쯤 지났을까? 부르릉거리며 차가 떠나는 소리가 들려온다. 서은은 눈을

감았다. 그와의 시간은 단지 한여름밤의 꿈일 뿐이라도 상관없
었다.

   그가…… 좋았다.

   사무치게 그가 좋았다.

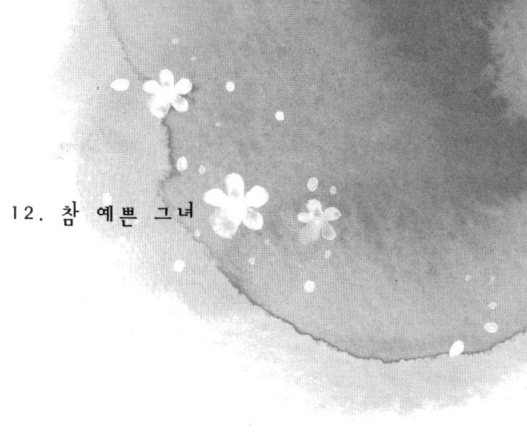

12. 참 예쁜 그녀

"……이렇듯, 가정폭력의 피해자 대부분이 여성이자 아내입니다. 그녀들은 이웃들의 방관과 정부의 안일한 대책으로 오늘도 죽음보다 더한 폭력에 내몰리고 있는 실정입니다. 여성가족부에서는……."

가정폭력으로 얼룩진 아침 뉴스를 시청하고 있던 지영은, 혀를 차며 낮은 한숨을 내쉬었다. 요 며칠 새, 가정폭력에 대한 뉴스가 끊이질 않고 있다. 가정폭력은 당해보지 않은 사람은 모르는 법이다. 다른 사람도 아닌, 가족에게 받은 상처는 평생의 한이 되는 법인데……. 대체, 세상이 어찌 되려고 이렇게 살벌해졌을까? 남의 일 같지가 않은 사례들을 보며 가슴 아파하고 있던 그녀에게 뜻밖의 손님이 찾아왔다.

"아침부터 어쩐 일이니?"

지영은 자신의 앞에 앉은 조카를 바라보며 감회에 젖어들었다. 3년 전, 큰 사고를 당해 다시는 못 볼 수도 있었던 조카가 이렇게 건강한 모습으로 앉아 있다는 것이 새삼 감사하고 고마웠다.

"차 마셔."

"네."

반가운 그녀와 달리 조카의 얼굴은 딱딱하게 굳어 있다. 벌써 이별통보를 받은 건가? 지영은 조카와 서은에게 미안함을 느끼며 찻잔을 들어 입으로 가져갔다.

"볼일은 다 본 거니?"

"네."

"그래. 이제, 마음은 정했고?"

"네."

다행스러웠다. 그래, 그래야지. 지영은 안도감에 고개를 끄덕였다.

"다시 나갈 거니? 공부는 마쳐야지? 대선은 끝나고 가는 건 어떠냐?"

"아뇨. 안 나갈 겁니다."

지영은 단호하게 말하는 무하를 놀란 눈으로 바라보았다.

"무슨 소리를 하는 거니? 공부도 마쳐야 하고……."

"이곳에서도 가능합니다. 무엇보다 다시 나갈 생각이 없습니다."

단호한 말투와 확고한 눈빛으로 자신을 보는 조카를 보며 지영은 깨달았다. 무하는 서은이와 헤어질 마음이 없다는 것을.

"너…… 너. 대체……."

어쩔 셈이냐, 라고 묻고 싶었지만, 무하가 먼저 그녀의 허를 찔렀다.

"서은이 만나셨죠? 만나서 헤어지라고 하셨습니까?"

오빠와 똑 닮은, 강한 의지를 갖춘 입술선과 흔들림 없는 눈동자를 보며 지영은 낮은 한숨을 내쉬었다.

"참 괜찮은 아가씨더라. 헤어지라고 말하기 아까울 만큼."

"헤어질 마음 없습니다."

단호하게 대답하는 조카를 바라보는 지영의 머리가 지끈거리기 시작했다.

"어쩌려고 이러니. 너 설마 그 아이 환경 모르는 건 아니지?"

"알고 있습니다."

"하나에서부터 열까지 너무 안 좋아. 아버지 생각도 해야지. 에이즈 걸려서 돌아가신 아버지는 그렇다 쳐도 엄마가 바람이 나서 태어난, 그런 아가씨랑 꼭 만나야겠니? 언론에서 가만둘 것 같아? 그렇게 나가다가 다치는 사람은 서은이야. 걔 숨기고 싶은 가족사가 만천하에 다 까발려질 거라고. 왜 그걸 생각 못 해."

"제가 알아서 합니다."

단호한 표정으로, 이만 일어나 보겠습니다. 죄송합니다, 라고
일어서는 무하를, 지영은 뜨악한 표정으로 바라보았다.

"그동안 가정폭력으로 생명을 잃는 피해자들에 대한 보도는 안타깝게
도 꾸준히 나왔습니다. 흉기를 이용한 가정폭력도 늘어나고 있습니다.
한국가정법률상담소가 지난해 서울가정법원 등에서 상담위탁 보호처분
혹은 상담 조건부 기소유예처분을 받은 가정폭력행위자 55명을 분석한
통계를 보면 흉기로 가족을 위협하거나 다치게 하는 경우가 25.5%에
달했다는 것을 알 수 있습니다."

라디오에서 흘러나오는 뉴스를 들으며 무하는 우 비서에게
전화를 했다.

"강무합니다."

—네. 무하 씨. 그렇지 않아도 전화하려고 했어요. 전에 말씀
하신 송서은 씨와의 인터뷰는 언제쯤이 좋겠습니까?

"조만간, 자리를 마련하도록 하겠습니다."

오피스텔 주차장으로 들어서며 무하는 차분히 대답했다.

—사전설문지 보내 드려야죠?

"그 사람, 아마 응하지 않을 겁니다. 그냥 있는 그대로 하죠.

—다음 주쯤에 서은 씨 아버님 사연이 방송을 탈 겁니다.

우 비서의 말에 무하는 얼굴 근육을 굳혔다.

"특별히 변경된 것이 있습니까?"

—아뇨. 전에 보내주신 시나리오가 가장 적당할 것 같습니다. 가정폭력 피해자를 돕다 사랑에 빠진 의사의 가슴 아픈 사연. 불의의 사고, 수혈로 인한 에이즈 감염으로 사망. 병원 측에서 받은 위로금을 가정폭력 희생자들을 위해 기부한 딸의 사연까지. 이렇게 시리즈로 나갈 예정입니다. 물론 송서은 씨 본명은 나가지 않고 가명으로 처리될 겁니다. 나중에 강무하 씨와 송서은 씨의 관계가 밝혀지게 되면 그때, 피해자의 딸이 바로 송서은 씨였다, 그렇게 실명을 밝히는 시나리오로 갑니다. 저희로서는 제발 그런 일이 일어나지 않길 바라지만, 아마 그렇게 되지는 않을 겁니다.

"당으로서는 큰 모험이었을 텐데 어려운 결정 내려주셔서 감사합니다."

—아닙니다. 냉정히 분석해 본 결과, 언론에 방송만 되면 실보다 득이 많을 것이란 결과가 나왔습니다. 아버지가 남기신 유산을 몽땅 기부하기가 어디 쉬운가요. 아마도 송서은 씨가 선견지명이 있으셨던 모양입니다. 어떻게 그 어린 나이에 어떻게 그런 대견한 결정을 하셨는지. 거기다 가정폭력으로 탈선한 제자들을 위해 밤낮으로 뛰어다닌 교사로서의 책임감도 아주 평판이 좋았습니다. 아, 영화배우 하신다는 동생분 인터뷰랑 이웃 주민 인터뷰도 다 따놓았고요, 가출한 제지들 찾이디니시느라 지역 경찰서에서도 아주 유명한 분이셨습니다. 방송이 나가면

아주 좋은 반응이 일어날 거라 예상이 되고 있습니다.

"참…… 예쁜 사람이죠?"

무하가 천천히 중얼거렸다.

―네. 개인적으로 두 분의 팬이 되었습니다. 두 분의 사랑, 이 대로 계속 이어지셔서 좋은 결과 맺으시길 바랍니다.

우 비서의 말에 무하는 작게 미소를 지었다. 우 비서의 말처럼 서은은 알게 되면 될수록 놀라운 여자였다. 믿어지지 않을 만큼 착하고 다정하면서도 유머러스했다. 거기다 생동감이 넘치고 따뜻하다. 무엇보다 그의 마음을, 그의 가슴을 따뜻하게 만드는 특별한 능력이 있는 여자였다. 그녀를 생각하자, 금세 그리움이 밀려온다. 보고 싶다, 무하는 시계를 풀며 혼잣말을 중얼거렸다. 그러자 거짓말처럼 현관 벨이 울렸다.

"와! 우리 텔레파시 통했나 보다. 그렇지 않아도 보고 싶었는데."

무하는 모니터 속에 나타난 그리운 얼굴을 보며 황급히 문을 열었다.

"진짜? 나도 그랬어. 오늘 토요일인데도, 진짜 일찍 눈이 떠지는 거야. 가만히 누워서 뭐하지 생각하다, 네가 미칠 것처럼 보고 싶은 거야. 보고 싶어서 도무지 참을 수가 있어야 말이지. 그래서 왔어."

처음 만났을 때처럼, 하얀 셔츠와 청바지를 입은 그녀는 아침을 몰고 온 요정처럼 화사했고, 뜻밖의 선물을 받은 무하는 오월의 햇살처럼 환하게 미소를 지었다.

"아침부터 이렇게 설레게 하면 곤란한데."

"진짜? 완전 기분 좋은데."

서은이 장난스레 말했다. 어제까지 어둡기만 하던 얼굴 위로 아이처럼 해맑은 웃음이 가득하다. 그녀의 밝은 얼굴에 덩달아 기분이 좋아지는 무하였다.

"머리 아픈 건 괜찮아?"

"응."

서은이 그의 볼에 가볍게 입을 맞추었다. 남아 있던 잠까지 달아나 버리게 하는 상큼한 입맞춤이었다. 햇빛을 잔뜩 받은 아기곰처럼 바스락거리는 서은이 못 견디게 사랑스러웠다. 무하는 낮은 신음을 내며 그녀를 껴안았다. 그녀의 머리에 얼굴을 묻으며 그리운 향기를 마음껏 들이켰다. 그녀를 만나기 위해 얼마나 먼 길을 돌아왔는지 그녀는 알고 있을까?

"오늘 내 생일인가?"

서은의 머릿결에 입술을 묻은 무하가 속삭였다. 부서지는 입김이 간지러운지 그녀가 부르르 몸을 떨며 키득거린다. 가슴 떨리게 섹시한 웃음소리. 심장이 아려올 정도로 설레는 숨결. 무하는 낮은 한숨을 토해내며 서은을 안은 손에 힘을 주었다.

"가끔 이런 날도 있어야지."

"진짜 오늘 겁나게 멋진 날인데."

아이처럼 신이 난 무하가 서은의 손을 잡아끌었다.

"그래서 오늘 스케줄이 어떻게 돼?"

"오늘 스케줄은 네가 정해. 난 네가 하자는 대로 따를게."

서은이 활짝 웃으며 말했다.

"당신, 지금 무슨 말 한 건지 알아?"

"그럼."

"이대로 구청에 가서 혼인신고하는 건 어때?"

"황송하지."

배시시 웃는 서은의 입술 끝이 흔들리는 것을 보며, 무하는 가슴이 철렁 내려앉는 것을 느꼈다. 그녀는 지금 자신과 거리를 두기 위해 준비를 하는 중이다. 그래서 지금 이별여행이라도 떠나자는 건가? 등 뒤로 서늘한 기운이 올라왔다. 왜 믿지 못하는 거지? 왜 혼자 아파하고 있는 거지? 어떻게 그렇게 쉽게 포기를 해버리는 거지? 생각할수록 화가 치밀어 올랐다. 무하는 바보처럼 웃고 있는 서은에게서 고개를 돌렸다.

"기다려. 씻고 나올게."

샤워를 하며 생각을 정리해야 했다.

"천천히 해. 아, 나 배고픈데 뭐 좀 먹어도 돼?"

"잠시만 기다려. 씻고 수프 끓여줄게."

"응."

서은이 말 잘 듣는 아이처럼 고개를 끄덕인다.

무하는 솟구치는 화를 참으며 욕실로 향했다.

"우리 경주 가볼래?"

거실에서 서은의 목소리가 들려왔다. 아무 일도 없다는 것처럼 밝고 명랑한 목소리다. 무하는 이를 악물었다.

"경주 가보고 싶어. 불국사도 보고 천마총도 걷고."

"응."

짧은 대답에 환호성 비슷한 비명이 들려왔다. 그는 샤워부스를 깨버리고 싶은 충동을 참으며 쏟아지는 물줄기를 맞았다. 절대, 절대 그녀의 뜻대로 되지는 않을 것이다. 이럴 거면 애초에 시작도 않았다. 무하는 어깨에 힘을 빼고 세면대 위의 거울을 바라보았다. 그리고 스스로 다짐을 했다. 절대, 그녀를 놓지 않을 것이라고.

"으흠. 우리 애인 겁나게 멋진데?"

머리를 털고 나오는 무하를 보며 서은이 감탄사를 내뱉었다.

"수프 먹자."

무하의 말에 서은이 웃었다. 철부지 아이처럼 환하게 웃고 있었다. 무하는 손을 뻗어 서은을 품에 안았다. 그의 품 안에서 꼬물거리는 서은을 두 팔로 꼭 눌러 움직이지 못하게 만들었다.

"컥컥. 나 숨 막혀!"

서은이 과장되게 비명을 질렀다.

"잘못했습니다, 하면 놔줄게."

"잘못했습니다."

무하는 장난처럼 따라 말하는 서은을 놓아주었다. 생가 갑아서는 흰소리 집어치우고 왜 떠나려고 하는지 이유를 말하라고 미친 듯이 흔들어주고 싶었지만, 그는 초인적인 인내심을 발휘했다. 대신 그녀에게 먹일 수프를 끓이기 위해 주방으로 향했다.

서은은 그가 끓여준 수프를 맛있게 먹었다. 아주 천연덕스러운 얼굴로.

무하는 서은과 함께 사이좋게 설거지를 끝내고 나란히 서서 양치질을 했다. 입을 헹구며 거울에서 마주친 그녀의 희고 말간 얼굴을 뚫어지게 바라보다 서은과 시선을 마주쳤다.

"왜?"

서은이 물었다.

"예뻐서. 무지 예뻐서 어떻게 해야 하나 고민하고 있었어."

"가만 보면 은근 느끼해."

"그러게. 나도 내가 이렇게 느끼한지 몰랐네."

서은이 작게 웃음을 터트렸다.

"내가 면도해 줄까?"

그녀의 말에 무하는 순순히 면도기를 내밀었다. 서툰 손길이 턱 주변에 하얀 거품을 잔뜩 바르더니 조심스럽게 면도기를 움직이기 시작했다.

"우와! 진짜 재밌다."

서은이 아이처럼 환하게 웃었다. 무하도 따라 웃었다. 이렇게 좋은데, 함께 있는 것만으로도 이렇게 행복한데 왜 헤어질 생각을 하는 거야. 이 바보 같은 여자야! 무하는 소리 없는 아우성을 목구멍 안으로 밀어 넣었다.

　욕실에서 나온 두 사람은 빛이 좋은 창가에 서서 갓 내린 커피를 나누어 마셨다. 한 모금 마시며 히죽 웃고, 또 한 모금 마시고 배시시 웃는 서은을 보며 무하는 가슴속으로 횅한 바람이 불어오는 것을 느꼈다. 이 감정이 분노인지 두려움인지 정의할 순 없었지만, 그녀를 다시 잃게 된다면 이제는 정말 참지 못할 것 같았다.

　햇살이 주방 깊은 곳까지 파고들 즈음, 두 사람은 나란히 집을 나섰다. 함께 엘리베이터를 타고 함께 차에 올랐다. 무하는 꼭 쥔 서은의 손을 한 번도 놓지 않았고 서은도 무하의 손을 풀지 않았다.

　"참! 당신 좋아하는 흘러간 팝송, 다운받아 놨어. 틀어봐."

　서은이 고개를 까닥이며 플레이버튼으로 손을 뻗었다. 휘트니 휴스턴의 청아한 음성이 카 스피커를 통해 흘러나왔다.

　"'The Greatest Love Of All'이네. 음. 좋다."

　두 눈을 감은 서은이 작은 목소리로 노래를 따라 부르기 시작했다. 촉촉한 입술을 움직여 노래하는 그녀의 모습을 바라보던 무하가 몸을 돌렸다. 그리고 서은의 눈꺼풀 위에 가볍게 키스를 날려주었다.

　"참……. 수희가 나더러 공공의 적이래."

　무하의 입술이 떠난 자리를 손가락으로 쓰다듬던 서은이 수줍게 말했다.

"응? 왜?"

"너 같은 사람은 특정 여자랑 사귀면 안 되는 거래. 그럼 그 여자는 양심이 없는 거라네."

"하하."

무하의 웃음소리가 음악과 뒤섞였다.

"아. 행복하다. 하늘도 좋고, 햇살도 좋고, 바람도 좋아. 옆에 앉은 사람은 더 좋고."

서은이 작게 말했다.

"동감!"

"원이는 자기 엉덩이가 무지 매력적이라고 나더러 전생에 나라를 구했을 거래."

"그렇지! 역시 당신 주변 사람들의 눈이 보통은 아니구나. 그니까 송서은. 당신 나에게 잘해야 해!"

"응."

"자, 그런 의미에서 다시 뽀뽀!"

무하가 다시 볼을 내밀었고, 서은은 주저 없이 그의 볼에 입을 가져다 댔다. 함께 있는 내내 서은의 얼굴에서 웃음이 떠나지 않는다. 그런 서은을 보며 무하도 따라 웃었다.

지하주차장에서 차를 탈 때까지 이상한 점을 발견하지 못했었다.

"어디로 가는 거야?"

경주로 가는 방향이 아님을 눈치챈, 서은이 낮은 목소리로 물었다. 동네를 벗어나면서부터 이상한 기운이 맴돌았다. 운전하는 내내 웃고 있었지만, 그 끝이 차갑게 느껴졌다. 간간이 오는 전화에는 짧게 대답하고 즉시 끊어버렸다. 물론, 다른 날도 둘만 있을 경우는 걸려 오는 전화나 문자들을 받지 않았지만, 오늘은 느낌부터가 달랐다. 그의 말투와 시선, 내뱉는 숨결까지. 마치 처음 만났을 때, 도무지 속을 알 수 없던 낯선 강무하로 돌아가 버린 것만 같았다.

"어디로 가냐니까?"

서은이 다시 물었다.

"잠시 들릴 곳이 있어. 내리자."

차를 세운 무하가 태연한 얼굴로 시동을 껐다. 가면을 쓴 것처럼 표정변화가 없는 그의 모습에 서은은 심장이 철렁 내려앉는 기분을 맛보았다.

"여긴 왜 온 거야?"

창밖을 확인한 서은이 떨리는 목소리로 물었다.

"일단 내려."

"싫어."

"세상에 거저 얻어지는 건 아무것도 없어. 지금은 당신의 용기가 필요해."

"무슨 용기? 내가 뭘 얻어야 하는 건데? 뭣 때문에, 내 용기가 필요한 거냐고."

"나를 얻기 위해. 우리 사랑을 위해."

분노는 맹렬한 속도로 심장을 잠식해 갔다. 금방이라도 터져 버릴 것 같은 가슴을 진정시키기 위해, 서은은 깊은숨을 들이마셨지만 쉽게 진정이 되지 않았다.

"내리자."

먼저 내린 무하가 보조석의 문을 열었다.

서은은 그를 노려보며 자신도 익히 알고 있는 건물 앞에 내려섰다.

가정폭력 피해자들을 위한 작은 쉼터…….

돌아가신 아버지의 합의금으로 세워진 건물.

"들어가자."

그가 서은의 손을 잡았다.

"그래서? 들어가서 뭘 해야 하는 건데?"

서은이 차갑게 말했다.

"저곳에 당신을 만나고 싶어하는 사람이 있어."

"나를 만나고 싶어하는 사람?"

"기자들이 기다리고 있을 거야. 가정폭력의 피해자를 인터뷰하는 자리야. 당신은 가서 그냥 묻는 말에 대답만 하면 돼."

가슴이 철렁 내려앉는 것 같았다. 심장이 벌렁거려 금방이라도 터져 버릴 것만 같았다. 서은은 무하의 손을 떨쳐 냈다.

"이 손 놔!"

"나중에, 나중에 당신 화풀이 다 받을게. 지금은 그냥 가자."

"나…… 못해."

"언제까지 도망만 다닐 순 없잖아? 이제 당당하게 맞서자. 당신, 힘들 거 알아. 하기 싫은 것도 알아. 하지만 나를 위해서, 나와 함께하기 위해서 노력해 줘."

가로등에 기대선 서은은 고개를 들어 하늘을 바라보았다. 파란 하늘에 떠 있는 구름을 가만히 바라보고 있자니, 꼭 고등학교 때로 돌아간 것 같았다. 가장 아름다웠지만, 가장 슬펐던 그 시절. 의지할 데 없이 서럽고 아팠던 그때로.

"아빠가 돌아가시고 일주일 만에 등교를 했어. 친하게 지내던 짝꿍이 있었는데 이상하게 그 아이 얼굴이 무지 보고 싶었어. 그 친구라면 날 위로해 주고, 나랑 같이 울어줄 것 같았거든. 잔뜩 기대를 안고 학교에 갔어. 그런데 그 친구가 나랑 짝이 하기 싫다며 울더라고. 온종일 아무도 내 옆에 가까이 오질 않는 거야. 말도 걸어오지 않고, 쳐다보지도 않았어. 마치 없는 사람처럼, 투명인간처럼 그렇게 취급을 했어."

가까이 다가가도, 침만 튀어도 병이 옮는 줄 알고 있었던 그때, 서은이 학교에서 말을 할 수 있을 때는 출석을 부를 때뿐이었다. 그래도 서은은 형편이 나은 편이었다. 재희와 수희가 있었으니까. 하지만, 동생 경은은 그렇지 못했다. 아무도 지켜줄 사람이 없던 경은은 또래들의 집단따돌림과 폭력에 시달려야 했다. 매일매일 맞고 들어오는 경은을 보는 일은 서은뿐만 아니라 가족 모두에게 상처였고, 아픔이었다.

"용기…… 낼 수 있어. 사람들이 수군거리는 것도 참을 수 있어. 그런데 사람들이 아빠 욕하는 거, 아빠에 대해 뭐라고 하는 거, 우리 엄마 손가락질하는 거, 경은이 다시 괴롭힘당하는 거, 그건 다시 못 참을 것 같아. 또다시 그런 일이 되풀이되는 건, 절대 못 견딜 것 같아."

애써 참아왔던 눈물이, 서은의 두 볼 위로 흘러내렸다.

"서은아. 서은아. 미안해. 정말 미안해. 그런데 날 위해, 우리를 위해 용기를 내줘."

그가 서은을 안으려 손을 뻗었다. 그녀에게 아픔을 줘야 하는, 그녀를 놓지 않기 위해, 아픔을 줄 수밖에 없는 그는 너무 슬퍼 보였다. 자신보다 더 아파 보이는 그를 보며 서은은 심장이 터져 버릴 것처럼 고통을 느꼈다. 그를 사랑하지만, 너무 사랑해서 가슴이 터져 버릴 것 같았지만, 다시 한 번 그런 일이 생긴다면 절대 견디지 못할 것이다.

그를 보지 않기 위해, 그의 아픔을 보지 않기 위해 서은은 뒤로 돌아섰다.

"서은아!"

무하가 돌아선 서은을 껴안았다.

"놔줘."

등으로 와 닿은 그의 심장 소리가, 미칠 듯이 뛰고 있는 심장 소리가 그가 얼마나 절박한지 대변해 주고 있었다.

"서은아!"

"놔줘! 무하야. 제발…… 나에게 이러지 마. 나…… 너무 무서워."

목이 메어 제대로 말을 할 수가 없었다.

"서은아. 사랑해!"

무하가 흔들리는 목소리로 말했다. 서은은 목덜미에 와 닿는 따뜻한 눈물을 애써 외면했다.

"난…… 자신 없어. 무하야……. 응?"

"내가, 내가 너에게 아무것도 아니었니?"

무하가 물었고, 서은은 고개를 흔들었다.

"내가 너 많이 사랑한 거 알잖아. 하지만, 하지만, 네 옆에 설 자신이 없어. 너에게 짐이 될 거야. 나 때문에 너도 힘들어질 거야. 나 때문에 우리 가족, 다시 힘들어질 거야. 난 정말 싫어. 무하야."

"……하지 않으면 나랑 헤어져야 하는데도?"

너무나 낮은 그의 목소리가 들려왔다.

울지 마! 울지 마, 바보야! 그의 얼굴에 흐르는 눈물을 닦아주고 싶었다. 하지만 서은은 그러지 않았다.

"미안해."

서은이 작게 속삭이자, 서은의 허리를 감싸고 있던 무하의 손 힘이 느슨해졌다. 서은은 그의 손을 떨쳐 내고 재빨리 걸음을 옮겼다.

학교에 병가를 낸 뒤, 서은은 꼬박 일주일을 자리에 누워 보냈다. 치솟는 고열과 온몸을 강타하는 근육통에 손가락 하나 꼼짝할 수가 없었다. 이불이 다 젖을 만큼 땀을 흘리다가도 미친 듯이 몸을 떨어대며 추위를 호소하기도 했다.

팔 일째 되던 날, 서은의 집을 찾은 재희가 의식을 잃은 그녀를 발견하고 응급실로 데려갔다. 서은은 해열제를 투여하고 기력을 회복할 수 있도록 링거를 맞고, 다시 이틀을 죽은 듯이, 잔후에야 의식을 찾을 수 있었다. 손가락 하나 까딱거릴 때마다 비명을 질러대던 몸이 회복되어 갈수록, 눈빛은 희미해져 갔다.

어슴푸레 날이 밝을 무렵, 서은은 잠에서 깨어났다. 얼굴이 온통 눈물로 젖어 세수를 한 사람처럼 되어 있었다.

꿈속에서 무하와 함께 길을 걸었다.

손을 잡을 때마다 '지금, 이 순간을 공유하고 있다' 던 무하의 말에 빙그레 웃음을 터트렸다. 함께 걷고, 함께 웃고, 함께 이야기를 나누며 길을 걷다, 갑자기 그가 없어져 버렸다. 낯선 곳에 남겨진 서은은 그를 찾아 주위를 둘러보았지만, 캄캄해진 어둠 속에서 그를 찾을 수가 없었다.

*

"이만 가볼게요. 빨리 회복하세요. 그럼."

형광등 불빛보다 더 하얀 서은의 얼굴을 보며 연두가 형식적으로 인사를 건넸다.

그녀는 정말이지, 서은이 싫었다. 오늘 같은 날, 교사 대표로 문병을 와야 하는 것도 싫었다. 하고많은 장소 중에, 이곳에서 최재희와 마주쳐야 하는 것도 미치도록 싫었다. 병자보다 더 아파 보이는 얼굴로 서은을 간호하는 그를 보기 위해 이렇게 달려온 것은 절대 아니었다.

그날 재희는 연두를 향해 해처럼 밝은 미소를 짓고 있었다.

별처럼 반짝이는 두 눈동자는 그녀를 향해, 그녀에게만 꽂혀 있었다.

강한 팔을 연두의 어깨에 두르고, 머리카락을 쓰다듬으며 연두의 이름을 속삭였다. 그는 그녀의 옆에서 그렇게 웃고 있었다.

연두는 행복했다.

그녀는 마치, 자신이 세상의 주인공이 된 것 같은 기분에 사로잡혀 있었다.

그리고…… 사고가 났다.

중앙선을 넘어오는 덤프트럭을 피하려던 버스는 가드레일을 들이박고 반대쪽으로 튕겨 나갔다. 비명과 함께 도로를 벗어난 버스는 낭떠러지를 구르기 시작했고 승객들은 모두 패닉상태에 빠져 비명을 질러댔다. 마치 영화의 한 장면처럼.

연두 역시 비명을 질러대며 재희의 품으로 파고들었다. 그가 자신을 보호해 줄 것이라는, 아니, 지금 이 순간 믿을 것은 재희밖에 없다는 절박감 때문이었는지도 모른다. 아무튼, 연두는 본능에 따라 그를 찾았고 그가…… 그녀의 재희가…… 자신을 안는 대신, 앞자리의 송서은을 향해 손을 뻗는 것을 보며 의식을 잃어버렸다.

누군가 119를 부르는 소리에 의식이 돌아왔다.

버스 안은 처참했다. 좌석이 종잇장처럼 구겨지고, 뒤쪽이 날아가 버린, 잔뜩 어질러진 것처럼 우스꽝스러운 버스 안에서 연두는 그들을 보았다.

송서은에게 안겨 있는 남자와 그녀의 뒤에서 그녀를 꼭 껴안고 있는 재희를.

당장에라도 달려가 그녀의 허리에 둘린 재희의 팔을 잡아 뜯고 싶었지만, 마음뿐이었다. 그들은 마치…… 가족 같았다. 아기를 보호하기 위해 자신의 몸을 내던지는 부모의 절박함이 그들에게서 느껴졌다.

지금 자신이 받고 있는 충격이 사고 때문인지 아니면 재희의 마음 때문인지 알 수가 없지만, 연두는…… 정신을 놓친 사람처럼 멍한 상태에 빠져 있었다.

송서은.

처음부터 불길했었다.

그녀를 바라보는 재희의 다정한 눈빛이 불안하고 기분 나빴었다. 길을 걷다가도, 혹은 식당에서 밥을 먹다가도 '우리 서은이가 좋아하는 건데……'라고 중얼거리는 재희 때문에 바로 지금처럼 가슴이 서늘해지기도 했었다.

그녀가 꼭 껴안고 있던…… 남자가 의식을 찾은 모양이다. 송서은에게 뭐라고 중얼거린다. 반면 뒤에 있는 재희는 아무런 움직임이 없다.

설마, 죽은 건 아니겠지?

의심이 들려는 찰라, 서은의 다리 쪽으로 떨어지는 기계부품을 자신의 다리로 가로막는, 그리고 억눌린 비명과 새빨간 선혈을 흘려대는 최재희를 보며 연두는 헛웃음을 터트렸다.

그녀는…… 사랑하는 최재희를 용서할 수가 없었다. 그래서 재희의 마음을 끝끝내 숨겨둘 작정이었다. 절대 송서은이 알지 못하게. 두 사람이 절대 이어지지 못하게.

연두는 차가운 미소를 지으며 병실을 벗어났다.

＊

김 여사는 무하가 단단히 마음에 든 모양이다.

"미친년. 온 세상에 다 까발려 놓고 뭐가 무서워서 이렇게 숨어 있어?"

삼십 분째 계속되는 김 여사의 잔소리에 서은은 두 눈을 감아버렸다.

눈치 빠른 김 여사는 서은이 무하와 헤어진 것과 그 뒤에 병원 신세까지 진 것을 알아버렸다. 그나마 다행스러운 점은 무하가 누구의 아들인 것은 아직 모른다는 것이었지만.

"제발 좀 나가. 나 머리 아파."

"평생 그렇게 한심하게 살 거야? 이년아. 뭐가 부끄러워. 네가 뭘 잘못했다고 이렇게 찌그러져 있어?"

"그만 좀 나가라고."

"가서 잡아. 오해했으면 풀고, 부모들 때문에 안 되겠다 그럼, 바짓가랑이라도 잡고 매달려야지. 뭘 잘했다고 오는 전화도 안 받아?"

"그런 게 아니야."

"네년 평생에 어디 가서 그런 놈을 만나. 어서 못 가!"

다다다 소리를 질러대는 엄마를 보며 서은은 두 눈을 감아버렸다. 오늘은 당장 비밀번호를 바꿔 버릴 생각이었다.

"한심한 년. 사람 가는 거, 한순간이야. 나중에는 더 보고 싶어도, 함께 있고 싶어도 그럴 수가 없어. 볼 수 있을 때, 함께할 수 있을 때, 그때 잘하란 말이야. 네가 살인죄라도 저질렀어? 아니면 그놈이 살인죄라도 저지른 거야?"

"그놈이…… 아주 부잣집 아들이라서 그 집에서 반대한대. 됐어?"

"이 미친년. 그럼 더 잡았어야지. 남들처럼 애부터 배든가. 넌 어째 하는 짓이 매사 그 모양이야?"

"엄마라는 사람이 그게 할 소리야?"

한바탕 설전이 오가고 휘청 현기증이 찾아왔다. 아픈 머리를 부여잡고 소파에 앉아 있는 그녀에게로 덤덤한 음성이 들려왔다.

"내가 제일 후회가 되는 게 뭔 줄 알아? 네 아빠…… 그렇게 되고, 네 아빠가 나를 밀어냈을 때, 그 옆에 붙어 있지 못한 거야. 가라고 밀어내고, 또 밀어내도, 친척들이 끌고 가려고 했어도, 절대 따라가면 안 되는 거였어. 혀를 깨물어서라도, 어떻게든 붙어 있어야 했었는데. 그럼 최소한 함께는 있을 수 있었을 텐데. 가는 마지막은 볼 수 있었을 텐데."

조금씩 사그라져 가는 촛불처럼 김 여사의 음성이 조금씩 잦아들고 있었다.

"엄마……."

"그러니까, 가서 붙들어. 나처럼 후회하면서 살고 싶지 않으면 붙들어."

돌아서는 김 여사의 말에 서은은 두 눈을 감았다. 제발, 그럴 수만 있다면 얼마나 좋을까?

＊

"가정폭력이 크나큰 문제가 되고 있는 요즘, 가정폭력의 희생자들을 위한 쉼터 건립에 평생을 바친 한 의사의 훈훈한 미담이 네티즌들에 의해 급속도로 번져 가고 있습니다.

이미 유명을 달리한 의사 송 모씨는 지난 19**년에 자원봉사를 나간 한 쉼터에서 가정폭력의 희생자인 김 모 여인을 만나게 됩니다. 그들은……."

　방송에서는 수혈을 받다 에이즈에 걸린 한 의사가 병원 측으
로부터 받은 위로금 전부를 가정폭력 피해자들을 위한 쉼터 건
립을 위해 내놓았다는 기사가 흘러나오고 있었다. 이미 유명을
달리한 의사 대신, 그의 딸이 쉼터 건립의 마무리를 끝까지 도
왔으며 그녀는 한사코 인터뷰를 거절했다는 이야기를 리포터는
안타까운 어조로 천천히 읽어나가고 있었다.

　"머리 아파?"

　마치 남의 이야기를 듣는 사람처럼 덤덤하게 TV를 보는 서은
을 보며 재희가 조심스레 물었다. 자신의 간호를 위해 거처까지
옮긴 수희와 틈이 날 때마다 교대를 해주는 재희에게 서은은 씩
씩하게 웃어 보이려 했으나 마음뿐이었다.

　"괜찮아. 넌 안 가봐도 돼?"

　"수희가 옆에 붙어 있으래."

　"안 그래도 돼. 몸살 좀 난 걸 가지고……."

　"너 일어나면 죽 먹이라던데."

　"생각 없어."

　천천히 고개를 흔드는 서은을 보며 재희는 깊은 한숨을 내쉬
었다. 그 의미를 잘 아는 서은은 애써 미소를 지어 보였다.

　"정말 생각이 없어서 그래. 나중에 배고프면 먹을게."

　"에라. 모르겠다. 그래. 그래라."

어깨를 으쓱이는 재희를 보며 서은은 자신의 옆자리를 두드렸다.

"여기 앉아."

"뭐야? 지금 나를 뭐로 보고. 이 몸뚱로 유혹하는 거야?"

"올려다볼 힘 없어."

나지막한 서은의 말에 재희는 투덜거림을 멈추고 그녀의 옆자리로 다가왔다. 침대에 등을 기대고 나란히 앉은 두 사람은 아무 말 없이 TV만 시청했다. 그렇게 한참을 멍하니 있던 재희가 평소와 다름없는 어조로 서은을 불렀다.

"서은아!"

"응?"

"송서은."

"왜에?"

"머리 나쁜 네가 기억할지 모르겠지만, 예전에 네가 이런 말을 했었어. 백만 분의 일인 확률이라도 그게 자기 일이 되면 100% 확률이 된다고. 그러니 그만 미련 떨고 이제 그냥 받아들이라고. 현실을 받아들이고 용감하게 맞서라고."

정말 그런 말을 한 적이 있었다. 어깨가 망가져 더는 야구를 할 수 없다는 선고를 받고 술로 세월을 보내는 재희를 보며 그렇게 독한 말을 퍼부은 적이 있었다.

"다른 사람이 그런 말을 했으면 거부감이 생겼을 텐데, 네가 그러니까 반발을 할 수가 없더라. 네가 직접 겪어온 삶이었을 테니까 말이야."

"그렇지. 내 삶이 좀 녹록지 않았지."

마른 입술에서 새어 나오는 연약한 대구에 재희는 아빠처럼 부드러운 미소를 지으며 그녀를 안아주었다. 세상 모든 바람을 막아줄 듯, 든든하고 따뜻한 가슴에 안긴 서은은 울컥 쏟아져 나오는 눈물을 삼키려 입술을 깨물었다.

"그렇지. 우리 송서은이 삶이 스페셜하긴 하지. 그래서인지 그놈도 참 만만찮더라. 그 미친놈이, 진짜 미친놈이 오지 말라 그러는데도 매일같이 찾아온다. 아파트 주차장에 장승처럼 서 있다 돌아가. 그런데 그 서 있는 폼이 남자인 내가 봐도 너무 멋진 거야. 주변에 여자들이 자꾸 얼씬거리더라. 너희 아파트에서 제일 예쁜 애 있지? 키 크고 늘씬하고 너랑 비교도 안 되게 어린 애. 걔도 어제부터 주위를 맴돌더라. 너 그러다 다른 여자가 채 가면 어쩌려고 이렇게 배짱을 피우냐?"

울컥, 눈물이 쏟아질 것 같아, 서은은 재빨리 입술을 깨물었다.

"친구야!"

"응."

"아아, 사랑하는 내 친구. 세상에서 제일 예쁘고 착한 내 친구. 송서은."

재희의 품에 안긴 서은은, 아무 말도 할 수가 없었다. 소리 없이 흘러내리는 눈물이 재희의 옷을 다 적시도록 아무런 말도 할

수가 없었다. 가슴이 미어지도록 아파서, 차마 아무런 말도 할
수가 없었다.

"재희야……. 나 졸려."

"응. 자."

"자장가 불러줄래?"

"어."

나지막이 들리는 재희의 노랫소리를 들으며 서은은 두 눈을
감았다. 찢어질 듯이 아픈 가슴은 어떻게 해도 나아질 것 같지
않았다. 날카로운 손톱이 심장을 쥐어짜는 것처럼 아파왔다. 이
렇게는 도저히 살 수 있을 것 같지가, 살아갈 수 있을 것 같지
않았다.

"시간의 힘을 믿지 마."

소리 없이 흐느끼는 서은의 머리를 조심스레 쓰다듬어 주던
재희가 말했다.

"시간이 지나면 잊힌다는 말 믿지 마. 아무리 시간이 흘러도
변하지 않는 게 있어. 그런 게 있더라. 절대 변할 수 없는 거. 절
대 잊을 수 없는 거. 그런 게 있더라."

재희의 부드러운 손이 서은의 눈물을 닦아주었다. 그의 손길
이 닿는 곳이 아파왔다. 피부를 뚫고 들어온 아픔이 서은의 가
슴을 난도질하듯, 쳐대기 시작했다.

"재희야……."

"울지 마. 이제 그만 울어도 돼. 넌, 인마, 평생 흘릴 눈물 이

미 다 쏟았잖아. 이제 웃고 살아."

"나 때문에 그 사람, 망가질지도 몰라. 그 사람뿐만 아니라 그 사람 가족들까지."

두려움에 가득 찬 서은의 말에 재희는 고개를 흔들었다.

"너도 같이 망가지면 되잖아. 그 사람이랑 같이. 함께 있는데 뭐가 무서워? 나…… 나도 있고, 수희도 있잖아. 이렇게 시름시름 죽어가느니, 같이 망가지는 게 훨 낫겠다. 너 이러다 죽어. 인마."

자장, 자장, 머리를 쓰다듬으며 말하는 재희의 무릎이 다 젖도록 서은은 눈물을 흘렸다.

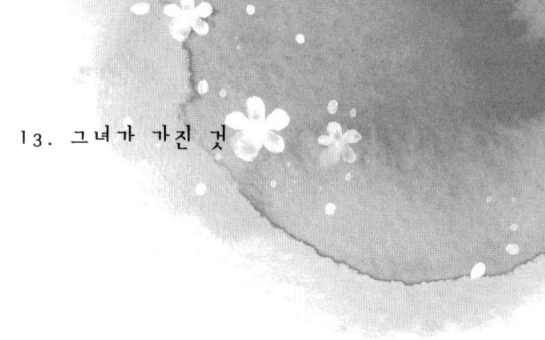

13. 그녀가 가진 것

기차여행을 제안한 것은 재희였다.

"바람 쐬러 가자."

재희는 평소와 다름없는 어조로, 파도처럼 끝없이 겹을 이루는 산 능선이 보고 싶다고 말했다. 하늘이 보이지 않을 정도로 우거진 숲에서 피톤치드가 듬뿍 들어간 보약 한 사발 마시고 오면 기분이 상쾌해질 거라 능청스럽게 말을 했다. 주차장을 지키던 무하가 보이지 않은 지 사흘째 되던 날이었다.

뭐라도 하지 않으면 미쳐 버릴 것처럼 혼란스럽던 월요일 오전, 서은은 차가운 냇물에서 막 건져 낸 것처럼 말간 얼굴의 재희를 따라 무작정 기차에 올랐다.

평일 아침이라 그런지, 처음 타보는 영화객실은 텅텅 비어 있었다. 쓸쓸하고 허전한, 공허하고 서글픈 무엇인가를 털어내기에 안성맞춤인 공간이었고, 감정의 찌꺼기를 제거하기에 적합한 여름의 끝자락 여행이었다.

"출발시간 다 됐는데 사람이 하나도 없네."

서은이 주위를 둘러보며 중얼거렸다.

"이거 우리 전용관인데……. 송서은. 오늘 완전 땡잡았다. 앉아 있어라. 식당칸 가서 커피 사올게."

카페모카를 주문받은 재희가 사라지고, 혼자 남은 서은은 숨소리조차 들리지 않는 적막함에 천천히 몸을 맡겼다. 커다란 창으로 들어오는 무성한 햇살을 받으며 아직 채 마르지 않은 감정의 찌꺼기가 말라 버리길 소원했다. 기차여행 내내 이렇게 마른 빛을 받다 보면 눅눅하고 칙칙한 감정도 틀림없이 뽀송뽀송해질 것이다.

오 분쯤 지나자 출발을 알리는 안내멘트가 흘러나왔다. 서은은 가야금으로 연주하는 캐논 변주곡을 들으며 눈을 감았다.

피곤해…….

회복이 덜 된 몸은 자꾸만 바닥으로 가라앉으려 했다. 보름 동안 수없이 많은 생각을 흘려보내고, 헤아릴 수 없을 정도의 갈등을 겪으며 보낸 탓이리라. 그와 함께했던 모든 순간, 모든 공간, 모든 감각의 기억들을 없애기 위해 얼마나 아팠던가. 생각해 보면 후회만 가득한 만남이었다. 그가 좋아한다는 잡채 한 번 만들어주지 못한 부족한 만남이었고, 마음 놓고 사랑한다는 말 한 번 제대로 해주지 못했던 부끄러운 사랑이었다.

"대체, 그 친구랑 안 가본 곳이 어디야?"
"음……. 대학 때 수희랑 재희랑 전국 일주를 했거든. 안 가본 곳 없을걸?"
"젠장."

삐친 사람처럼 돌아서던 뒷모습이 떠올랐다. 투덜거리며 걸어가다, '무하야!'라고 부르면 다시 돌아와 그녀를 꼭 안아주던 따뜻한 품도 생각이 났다. 숨쉬기조차 힘들 정도로 끌어안으며 앞으로 외간남자와 여행 다니면 혼난다던 잔소리와 너도 딴 년이랑 다니면 죽는다는 대답에 커다랗게 웃음을 터트리던, 듣기 좋은 울림도 귓가에서 맴돌았다.

무엇인가 마음에 들지 않을 때는 눈썹을 찡그리거나 윙크를 하는 것처럼 실룩거리던 모습과 '서은아, 송서은!' 이름을 불러주던 나직한 목소리도 기억났다. 키스를 나눈 뒤, 거친 숨을 고르며 머리카락 속으로 입술을 파묻던 부드러운 감촉과 피부 위로 자잘하게 부서지는 그의 숨결까지 모든 것이 다 어제의 일처럼 생생하게 되살아났다.

코끝으로 느껴지는 그의 체취에 슬머시 미소를 짓던 시은은, 기억의 조각들을 현실처럼 느끼고 있는 자신의 모습에 흠칫거리며 눈을 떴다. 의식적으로 그에 대한 생각을 차단하려 해도, 불쑥불쑥 튀어나오는 본능은 통제 불능이 되어버린다.

"정신 차려. 송서은."

스스로 주의하라고 경고하면서도 자꾸만 약해지려는 자신에게 화가 났다.

'얘는 왜 이렇게 안 오는 거야?'

천장에 있던 스크린이 스르르 내려오고 있었다. 재희를 찾아 나서려던 서은은 마음을 고쳐 먹었고 다시 자리에 앉았다. 제발, 재밌는, 너무 재밌어서 정신을 몽땅 빼앗아가 버릴 만큼의 영화가 상영되길 바랐다. 그래서 지금 이 공간에서만이라도 그녀를 얽매고 있는 고통에서 자유로워지고 싶었다.

서은의 기대를 잔뜩 안은 하얀 스크린은 한동안 아무런 변화도 보이지 않았다. 제법 길다 싶은 시간이 흐르고, 드디어 음향이 들리기 시작했다.

"사랑하는 서은. 안녕! 매일 얼굴 보면서 이렇게 인사하니까, 좀 그렇다."

낯익은 음성과 함께 스크린 속에서 모습을 드러내는 친구를 보며 서은은 아무런 말도 하지 못한 채, 멍하니 앉아만 있었다.

"우리 처음 만났을 때가…… 벌써 20년 전이네."

예전의 기억을 되뇌며 쑥스럽게 웃던 수희의 얼굴 근육이 조금씩 흔들리기 시작했다. 그 미세한 떨림은 스크린 밖의 서은에게까지 고스란히 전해졌고, 서은은 울컥거리는 응어리를 삼키며 사랑하는 친구의 얼굴을 응시했다.

"그때 기억나? 우리 처음 짝꿍 됐을 때."

화사하게 웃으며 기억을 더듬던 수희의 눈가에 조금씩 물기가 맺히기 시작했다.

"공주님처럼 예쁜 네가 내 짝꿍이 됐을 때……. 난 정말 겁이 났었어. 너도 다른 아이들처럼 나를 싫어할까 봐. 고아인 내가 싫다고 무시하고 화를 낼까 봐 엄청 쫄았었어. 그런데 공주님처럼 예쁜 네가 어찌나 살갑게 웃어주던지. 쌍둥이 짝꿍은 처음이라며, 친하게 지내자고 먼저 손 내밀어주던 꼬맹이 송서은의 모습이 아직도 생생하다."

서은 역시 그때의 기억을 떠올렸다. 낯설고 어색해서 웃음조차 제대로 짓지 못하던 첫 만남. 키가 큰 재희의 뒤에 숨어 서은을 훔쳐보던 작은 수희는 그때나 지금까지 서은의 삶에 가장 소중한 존재였다.

"천 원짜리 과자 대신 삼백 원짜리 과자 세 개를 사서 나눠 먹자던 너를……. 우리 남매 기죽을까 봐 흰 우유는 못 먹는다며, 네가 받던 급식 우유를…… 한사코 내 가방 안에…… 넣어주던 너를…… 어떻게 사랑하지 않을 수가 있겠니."

수희가 울먹이기 시작했다. 서은의 볼에도 뜨거운 눈물이 흘러내렸다.

"나…… 첫 생리 때, 당황해서 어쩔 줄 몰라 하는 내 손잡고 약국 가서 생리대 사주던 예쁜 친구야. 난 그때 맹세했어. 죽는 날까지 네 옆에 있을 거라고. 너에게 힘이 되어줄 거라고. 내가 네 가족이 되어줄 거라고. 네가 원하면, 내 모든 걸 다 내어줘도 아깝지 않을 거라고, 다 줄 수 있을 거라 생각했었어. 그런데 정말…… 정말 부끄러워서 미칠 지경이지만, 재희만큼은, 내 동생 재희만큼은 그게 안 되더라. 다 줘도 아깝지 않을 것 같았는데, 재희만은 그렇게 할 수가 없었어. 이기적인 내 욕심에, 너랑 재희 사귀는 거 반대했을 때도, 넌 내 입장 이해해 주면서 이렇게 말했지. '네가 싫어하는 일, 절대 하지 않을 거라고.' 서은아……. 미안해. 미안해. 정말 미안해."

복받쳐 오르는 설움에 한동안 말을 잇지 못하던 수희가 한참만에야 다시 입을 열었다.

"네가 정말 행복했으면 좋겠어. 넌, 세상 그 누구보다 행복해질 권리가 있어. 그러니까, 서은아. 제발 용기 내. 네가 우리에게 용기 줬던 것처럼 너도 용기 내. 용기 내서 그 사람 손잡아. 그리고 행복해져. 사람들이 뭐라 그러는 거, 우리가, 재희랑 내가 다 막아줄게. 그러니까 겁내지 말고 그 사람 손잡아."

계속해서 흐느끼는 수희를 따라 서은도 울음을 터트렸다. 영상이 흐릿해서 제대로 볼 수 없을 정도로 눈물이 흘러내렸다. 세상에 홀로 내버려진 것 같았을 때, 아무도 없는 것같이 무섭고 힘이 들 때 그녀의 옆에서 힘이 되어준 사랑하는 친구를, 삶의 구원처 같았던 친구를 어떻게 원망할 수 있을까? 함께 있는 것만으로 든든함을 주는 고마운 친구에게 섭섭한 마음 따위는 품지 않았었다. 수희를 만나면 말해줄 것이다. 그녀가 있어서 자신의 삶이 얼마나 풍족해졌는지……. 그리고 자신이 수희를 얼마나 사랑하고 의지하는지, 꼭 말을 해주고 싶었다.

"송 샘!"

허를 찌르는 반전처럼, 스크린 속의 수희가 사라졌다. 대신 유쾌한 모습의 원이가 모습을 드러냈다.

"송 샘! 저 원이에요."

주머니에 손을 넣은 채, 건들거리는 모습이 꽤 진지해 보였지만, 그 모습조차 귀엽게만 보이는 꼬맹이 제자는 제 딴에는 심각하게 눈살을 찌푸리며 진지하게 말을 이어갔다.

"샘! 샘! 전, 이 만남, 절대 반대합니다. 조금만 기다려 주세요. 제가 고등학교만 졸업하면 샘 책임질게……. 아아아야……. 아파. 이거 놔 봐."

진성에게 끌려 나가는 원이의 영상을 보며 서은의 입가가 저도 모르게 벌어졌다.

"샘. 사랑해요! 좀만 기다려 줘요~ 샘! 샘!"

원이는 화면 밖에서도 고래고래 소리를 질러댔다. 그리고 보니 그녀의 곁에는 막냇동생 같은 원이도, 보고만 있어도 가슴이 아려오는 진성이도 있었다. 그뿐만 아니라 그녀에게 기대고 의지하는 스물여덟 명의 제자들이 있었다. 함께 울고 웃으며 아픔을 보듬고 살아가는 고마운 아이들이…… 있었다.

"송 샘!"

원이를 끌고 갔다 돌아온 진성이 멋쩍은 듯, 머리를 긁적였다.

고개를 숙인 채, 생각에 잠겨 있던 진성이 한참 만에야 고개를 들어 그녀를 바라봤다. 또래보다 한참이나 깊은 눈빛을 가진 진성은 처음 만나는 그 순간부터 서은에게 남다른 아이였다. 불행한 환경이, 아버지의 병이, 그리고 어머니의 부재가 자신의 환경과 너무나 닮아 있었다.

"형이 갑자기 찾아와서는 샘한테 용기 주는 말을 하라 그러는데, 전 뭐라고 해야 할지 잘 모르겠어요. 말도 잘 못하고, 아는 것도 없고. 샘도 아시다시피, 제가 좀 무식하잖아요. 근데요, 샘. 이거 하나는 자신 있게 말할 수 있을 것 같아요. 샘이 참 멋진 여자라는 거. 보기 드물게 멋진 여자 어른이에요. 제가 형이라도 샘 놓치기 싫었을 거예요."

열여섯 나이가 믿기지 않을 정도로 아픔이 많았던 아이였다. 자신의 과거와 닮아 있는 제자를 보며 서은의 눈가가 다시 이려오기 시작했다.

"샘! 샘이 그랬잖아요. 내 손 절대 놓지 않을 거라고. 제가 커서 어른이 될 때까지 꼭 잡고 있을 거라고. 그 말…… 참 좋았어요. 세상에 나 혼자라고 생각했었는데…… 누군가가 내 옆에 있다는 사실이 그렇게 든든할 수가 없더라고요."

씨익, 진성이 작게 미소를 지었다. 학교에서나 밖에서나 좀처럼 웃는 법이 없는 녀석이다. 수줍게 웃는 모습을 보니 서은의 마음 한켠이 스르르 녹아내리는 것 같았다.

"샘. 우리 지금도 손잡고 있는 거 맞죠? 아직, 내 손 놓지 않았죠? 그렇담, 이젠 제가 샘께 힘을 보태줄게요. 샘이 저한테 힘준 것처럼 저도 그렇게 하고 싶어요. 샘, 알죠? 저 우리지역 짱인 거. 샘은 지금 짱의 절대적인 지지를 받고 있습니다. 그니까, 아무도 샘한테 태클 못 걸 거예요. 용기 내요."

사춘기 소년의 다부진 응원을 들으며 서은은 고개를 끄덕였다. 언제나 '네, 아니요'가 대화의 전부였던 아이의 다짐이라 더 가슴이 뭉클거렸다.

그 뒤로, 익숙한 몇 명의 사람들이 더 나타났다 사라졌다. 쉼터의 원장 선생님, 지난 세월 동안 그녀가 가르쳤던 제자들, 그리고 경찰서장님까지. 그들은 약속이라도 한 듯, 환하게 웃으며 서은에게 용기를 불어넣어 주었다.

그리고…… 그녀의 가장 소중한 친구인 재희가 모습을 드러냈다. 한결같은 미소와 변함없이 다정한 눈동자로 자신을 봐주는 고마운 친구는 스크린 속에서도 여전히 부드럽게 웃고 있다.

"놀랐냐? 좀…… 놀랐을 거다. 네 남자친구가 부탁하더라고. 너 기차에 좀 태워달라고. 그리고 이렇게 영상편지를 띄우래. 그놈이…… 나더러 그렇게 해달라고 정중하게 부탁을 하더라. 그래서 이렇게 너에게 영상편지를 띄운다. 그놈을 위해서가 아니라, 내 사랑하는 친구인 송서은을 위해서."

잠시 말을 멈춘, 재희가 뒷목을 쓸며 낮은 한숨을 내쉬었다.

"……남자는 남자가 보면 알아. 그 사람, 진국이더라. 세상에 어떤 미친놈이 기차 칸을 통째로 빌려서 이렇게 해주냐. 난…… 나 같은 놈은 꿈도 못 꿀 일이다. 그러니까, 내가…… 내가 인정한 놈이니까, 그만 속 썩이고 그 사람 잡아. 너 그 말 알지? 산이 깊으면 골짜기가 깊은 법이라는 거. 넌, 인마, 여태 힘들게 살았잖아. 남들보다 몇 배는 더 힘들게. 그래서 우리 송서은이는 남들보다 몇 배는 더 멋진 남자를 만날 자격이 되는 거야. 너 충분히 그럴 가치가 있고 자격이 있는 사람이야. 부족한 용기는 우리가 십시일반 걷어서 보태줄 테니, 힘내라. 친구야!"

때로는 아빠처럼, 때로는 연인처럼, 때로는 오빠처럼 그녀의 곁을 지켜준 고마운 재희가, 세상 그 누구보다 서은의 편이 되어 함께해 준 소중한 친구가 부드럽게 웃으며 손을 흔들었다.

"고마워……."

재희가 듣고 있기라도 한 것처럼 서은은 그에게 인사를 했다. 고맙고, 미안하고, 감사하고, 죄스러운 친구. 재희는 서은에게 있어, 아낌없이 내어주기만 하는 큰 나무 같은 친구였다.

"송서은!"

재희에 대한 감정을 추스르기도 전에 서은의 심장을 사로잡은 이가 모습을 드러냈다. 그는 보름 전보다 더 야위었고, 더 피곤한 모습이었다. 초췌한 모습의 무하 때문에, 서은의 가슴이 아려왔다.

그는, 많이 아프고 힘들었던 그녀보다 더한 짐을 지고 있었을 그는, 여전히 따뜻한 눈동자와 사랑스러운 미소로 서은을 향해 웃고 있었다. 더 많이 애쓰고, 더 많이 초조했을, 그의 밝은 미소는 서은의 가슴을 더 아프게 만들었다.

조용한 기차 칸으로 숨죽인 울음소리가 조금씩 새어 나갔다.

"기억해? 3년 전 그날…… 처음으로 당신을 만났지. 지하철에서 내려 버스까지 걸어가는 내내, 당신은 내 앞에 있었어. 바로 뒤에 내가 있는지도 모른 채, 씩씩하게 걸어가고 있더라. 여름이 막 시작되려던 따스한 날이었는데, 불어오는 바람에 당신 냄새가 났어. 베이비파우더 향. 그때 당신에게서 베이비파우더 향이 났었어."

문득, 기억이 났다. 사고가 나던 날, 지하철에서 젖먹이 아가를 안고 있었던 것을. 임신을 한 엄마는 부른 배를 잡고 헉헉거리고 있었고, 젖먹이는 등 뒤에서 칭얼거리고 있었다. 그래서 서은이 아가를 안아주었었다. 까맣게 잊고 있었던 그때의 기억이 새록새록 되살아났다. 그때, 무하가 있었구나. 기억도 희미한 그 공간에, 무하가 있었구나. 자신도 미처 알지 못했던 오랜 인연의 끈을 헤아려 가며 서은은 눈물을 삼켰다.

　"그때 당신은, 앞서 가는 여자들의 대화를 듣고 있었나 봐. 어깨를 들썩이고 숨죽여 웃는 당신의 뒷모습이 참 인상적이더라. 버스에 올라, 일부러 당신 옆에 앉았어. 그리고 사고가 났지. 기억도 하기 싫은 그 끔찍한 사고에서 정신을 차렸을 때, 당신은 나를 감싸 안은 채, 의식을 잃고 있었어. 아직도 기억이 생생해. 나를 꼭 안고 있던 당신의 품이. 믿기지 않을 정도로 따뜻하고 포근했거든. 사고가 채 수습이 되기도 전에, 당신을 만나 인사를 하기도 전에 수술을 받으러 미국으로 가게 되었어. 꽤 까다로운 수술을 하고, 재활치료를 받는 동안, 당신 생각을 많이 했었어. 당신은 왜 나를 안고 있었을까? 잘 알지도 못하는 나를……. 다시 한국으로 돌아오면, 당신에게 직접 물어보고 싶었어. 왜 그랬었냐고. 그런데 당신을 만나고, 당신이라는 여자를 알아가게 되면서 그 물음이 의미가 없다는 걸 알게 됐지. 당신이 나를 안은 이유는 본능이었을 거야. 당신은 옆에 누가 있더라도 그렇게 했을 거니까. 당신은 그런 여자야. 바보처럼, 저보다 남을 먼저 생각하는 멍청이야. 그래서 당신이 좋았어. 강하지만 한없이 약하기도 한 당신을 지켜주고 싶었어. 내내 내 머릿속에서 떠나지 않던 하얀색 셔츠의 여자를 내가 지켜주고 싶었어. 사랑한다. 송서은. 내 전부를, 목숨을 다 바쳐도 아깝지 않을 만큼."

무하의 말이 끝나고, 서은은 아이처럼 울음을 터트렸다. 엉엉, 통곡에 가까운 울부짖음으로 무하를 불렀다.

"강무하. 사랑해. 나도 사랑해. 미칠 것처럼 나도 사랑해."

자신과 함께함으로 겪게 될 그의 짐이 너무 클 것임을 알기에, 너무 이기적인 자신의 사랑을 포기하고 싶었다. 하지만……그의 모습을 보는 순간, 예전처럼 다정하게 웃어주는 그를 보는 순간, 깨달았다. 그와 함께함으로 얻게 되는 그 모든 짐이 그녀의 몫임을. 그에게 지워줄 마음의 짐까지 다 그녀의 몫이었고, 그와 함께 헤쳐 나가야 할 숙제였음을. 그가 원하고 그가 함께 나누고 싶어하는 짐임을. 이기적이라 해도 좋았다. 그와 함께할 수만 있다면.

"송서은!"

거짓말처럼 무하가 나타났다. 재희가 사라졌던 출입구에서 나타난 무하를 보며 서은은 믿기지 않는 듯, 멍하니 그를 바라보았다.

"무……무하야."

"내가 그랬지? 당신 파닥거릴 반항에 포기할 거면 아예 시작도 안 했다고. 당신은 절대 도망 못 가. 송서은."

아이처럼 흐느끼던 서은은 그에게로 뛰어들었다. 강한 두 팔이 그녀를 꼭 껴안았을 때, 비로소 모든 것이 제자리로 돌아왔음을 알 수 있었다.

＊

가슴 언저리가 심하게 두근거렸다. 설렘, 순수한 경외감, 그리고 불안감과 초조함이 뒤섞인 낯선 감정이었다. 서은은 얌전히 모은 손가락 끝에 힘을 주며 자신감을 불어넣으려 애를 썼지만, 자리가 주는 불편함은 그녀의 용기를 앗아가고 있었다.

"차 들어요."

찻잔을 밀어주는 강재필의 인상적인 손가락을 보며 서은은 아무 말도 하지 못한 채, 고개를 떨어뜨렸다. 지금, 자신이 잘하고 있는 것인지, 잘못하고 있는 것인지, 이렇게 하는 것이 맞는 것인지, 아닌지, 혼란이 오기 시작했다. 거기다 심한 긴장까지 더해 심장이 밖으로 튀어나올 것 같기도 했다.

"녹차가 마음에 들지 않으면 다른 차로 할까요?"

녹차 잔에 손조차 대지 못하는 서은을 보며 강재필이 다시 물었다. 낮고 안정적인 음성. 무하의 음성이 좋았던 이유가……바로 아버지 덕분이었다.

"아닙니다."

긴장해서인지 갈라진 목소리가 흘러나왔다. 지금 차 따위가 무슨 소용이란 말인가? 간장을 사발로 들이부어도 무슨 맛인지 알아차리지도 못할 것이다. 얼마나 긴장을 했는지, 태어나 지금까지 별 탈 없었던, 목 위에 달려 있는지 없는지, 관심조차 없었던 머리통마저 제대로 가누기가 힘이 들었다. 의지대로 가눌 수 없는 머리통을 의식하며 할 수만 있다면 이 자리에서 그대로 증발을 해버리고 싶은 서은이었다.

"보성에 사는 지인이 보내주신 차예요. 향이 깊고 끝 맛이 쌉싸래한 게 마실 만할 게요."

강 총리는 맞은편에 앉은 젊은이의 긴장을 풀어주기 위해 더없이 편안한 미소를 지었으나, 고고한 위엄과 태곳적부터 지녀왔음이 분명한 그의 기품에 서은은 더욱더 졸아들 뿐이었다.

"감사합니다."

서은은 가까스로 차를 마셨다. 따뜻한 기운이 뱃속으로 퍼져나가자 조금씩 안정이 되기 시작했지만, 크기가 다른 엄청난 긴장에서는 벗어날 수는 없었다.

"그래, 나를 만나서 할 말이 있다고요?"

"네."

"무하 친구라 들었습니다만?"

"네."

"그래요. 그럼 긴장하지 말고 친구 아버지에게 편안하게 말해봐요."

가슴이 쿵덕거려 숨을 쉴 수 없을 것 같았지만, 죽을 각오로

부딪쳐 봐야 했다. 서은은 차분히 숨을 고르며 마음을 안정시켜 나갔다. 그리고 한참 만에야 강 총리의 눈을 똑바로 바라볼 수 있었다. 서은은 천천히, 그러나 단호하고 흔들림 없는 목소리로 말했다.

"무하 씨를 제게 주십시오. 아버님."

혹시, 잘못 들은 것은 아닐까? 강 총리의 고개가 갸웃거리는 것을 보며 서은은 계속 말을 이어 갔다.

"아무런 대책 없이 드리는 말씀이 아닙니다. 대학을 졸업하던 해, 바로 임용고시에 합격했습니다. 그동안 꾸준히 저금하고 적금 넣어서 작년에 제 앞으로 된 아파트도 한 채 장만했습니다. 비록 작긴 하지만, 갖출 건 다 갖춘 아파트입니다. 호봉도 꽤 되는 편입니다. 무하 씨, 대학원 등록금은 물론, 취직할 때까지, 아버님께 손 벌리지 않고 제가 책임지겠습니다."

죽기 아니면 살기로 가슴속에 있는 말들을 토해냈다. 어떤 반응이 돌아올까? 설마 뒷목을 잡고 쓰러지신다거나, 미친년이라 소리를 지르며 쫓아내지는 않으시겠지? 서은은 금방이라도 튀어나올 것 같은 심장의 고동 소리를 애써 무시하며 강 총리의 대답을 기다렸다. 그런데 예상외의 반응이 돌아온다. 무하를 닮은 눈빛이 부드럽게 풀어지더니 낮은 웃음을 터트리는 것이 아닌가? 서은은 당황스러운 표를 내지 않기 위해 감고 있던 두 손에 더욱더 힘을 주며 총리에게서 시선을 떼지 않았다.

"아가씨군요."

"네?"

"생전 가도 감기 한 번 앓는 법이 없던 녀석이 다 죽어가게 생겼다고, 제 고모가 걱정을 많이 하더군요. 하나밖에 없는 아들 어떻게 되는 건 아닐까, 노파심에 전화를 넣어봤더니, 별일 아니라고, 감기라고 딱 잡아뗍디다. 하하하. 그런데 그 녀석, 감기 바이러스가 바로 아가씨였군요. 그런데 이렇게 멋진 여성을 두고 왜 그렇게 아팠을까요?"

부드럽게 웃는 총리를 보며 서은은, 가슴속의 두려움이 조금씩 사라지는 것을 느꼈다. 어쩜, 무하의 아버지라면 자신의 처지를 이해해 줄 수 있을 것이라는 실낱같은 희망도 생겼다.

"제, 제가 좀…… 아니, 많이 불리한 조건을 가지고 있습니다."

"불리한 조건?"

"네. 제 환경이 아버님 선거에 좀, 불리할지도 모릅니다. 아니, 아주 불리할 겁니다. 하지만 무하 씨도 그렇고 저도 온 힘을 다해 아버님을 도울 생각입니다. 혹시, 이번에 안 되더라도……."

면목이 없어 차마 꺼내지 못할 말이었지만, 서은은 용기를 끌어모았다. 그리고 간절하게 말했다.

"다음번은…… 다음번은 절대 염려 마십시오. 제가 키운 제자들이 다음 선거에는 죄다 투표권을 행사할 나이입니다. 그러니까, 저를 믿으시고……."

의아한 표정을 짓던 강 총리는, 이내 진지한 태도로 서은의 이야기를 경청했다. 간혹 질문할 때도 서은의 입장을 배려해, 조심스럽게 물어 왔고, 답을 들을 때도 서두르지 않고 천천히 시간을 주었다. 그렇게 짧지 않은 서은의 이야기가 끝이 나자 말없이 앉아 있던 그가 고개를 끄덕였다.

"이야기하느라 힘들었을 텐데, 솔직히 얘기해 줘서 고마워요."

강 총리의 말에 서은의 고개가 아래로 떨어졌다.

"면목 없습니다."

"면목 없기는요. 서은 양의 이야기를 들으면서 참, 야무지고 예쁜 아가씨다, 이런 생각을 했습니다. 아버님께서 보시면 아주 자랑스러우시겠어요."

총리는 잠시 말을 멈추고 창밖을 바라본다.

무슨 생각을 하는 걸까?

긴장이 조금 풀어져서일까? 약간의 여유가 생긴 서은의 눈에 무하와 많이 닮아 있는 총리의 모습이 조금씩 보이기 시작했다. 그는 9시 뉴스에서 봐왔던 그 모습 그대로였다. 듬성듬성 섞인 흰머리와 약간 긴 머리를 자연스레 뒤로 넘긴 헤어스타일은 세월의 흔적과 함께 고매한 인품을 보여주는 것 같았다. 무하도 나이가 들면 이렇게 근사하게 멋있어지겠지. 무하를 생각하자 가슴 저 깊은 곳이 따뜻해진다.

"무하 엄마를 먼저 보내고 여태 바쁘다는 핑계로 무하에게 소홀했어요. 그 덕에 우리 무하가 많이 외롭게 자랐습니다. 저는 우리 무하에게는 항상 빚을 지고 사는 처지입니다. 그런데 우리 무하를 책임져 주겠다니 저로서야 고마운 일이지요. 하지만 당차원의 선택이란 것도 있으니, 서은 양의 말처럼 쉽지 많은 않은 일이겠군요."

말을 마친 총리가 천천히 차를 음미했다.

"지금 당장 결혼을 하겠다는 말이 아닙니다. 선거가 끝난 후에, 주변이 안정되고 마음의 여유가 생기면 그때 하고 싶습니다. 그전에 이렇게 찾아뵌 것은 결혼을 전제로 한 좋은 만남을 유지하고 싶었기 때문입니다. 이렇게 아버님을 찾아뵙고 인사를 드리는 것이 예의이기도 하고 또, 저희의 이야기가 언론에 노출되어 본의 아니게 아버님께 악영향을 줄 수도 있으니까요. 그래서 이렇게 찾아뵀습니다. 아버님께서 먼저 아시고 계시는 것이 일의 순서인 것 같아서요."

그녀의 말에 강 총리가 부드럽지만 단호하게 물었다.

"제가 반대를 한다면 서은 양은 우리 무하와 헤어질 각오가 되어 있는 겁니까?"

"아니요. 그럴 수는 없습니다. 다만……."

"다만?"

"기다릴 준비는 되어 있습니다. 아버님께서 승낙하실 때까지."

"승낙이라……. 1년, 5년, 어쩌면 십 년이 걸려도?"

"네. 그럴 수 있습니다. 그때까지 무하 씨의 마음이 변하지 않는다면요."

결의에 찬 서은의 대답에 총리는 부드럽게 미소를 지었다.

"저는…… 이렇게 생각합니다. 일국의 대통령이라는 자리 못지않게, 좋은 아버지가 되는 것도 중요한 일이라고요. 서은 양을 며느릿감으로 받아들인다고 해서 국민에게 외면을 받게 된다면, 그것 또한 제가 짊어질 십자가라 생각됩니다. 그러니 너무 걱정하지 마시고 우리 무하 잘 거두어주십시오."

지금, 꿈을 꾸고 있는 것은 아닐까? 서은은 믿기지 않는 강 총리의 말에 잠시 패닉상태가 되었다. 교제 승낙을 받기 위해 왔긴 했지만, 이렇게 쉽게 일이 해결되리라는 생각은 해보지 못했다.

"총, 총리님."

"왜 갑자기 총리가 됐지? 조금 전처럼 아버지라고 불러요."

"가, 감사합니다. 아버님."

"아니요. 도리어 내가 고마워요. 우리 무하를 사랑해 줘서. 일이 잘 풀려야 할 텐데……. 생각만큼 쉽진 않을 겁니다. 아까도 말했지만 당차원의 문제도 있고, 서은 양과 가족이 감당해야 할 몫도 있을 테고, 제 고모가 따로 생각하는 아이도 있는 것 같고. 하지만 두 사람의 마음이 확고하다면 걱정할 필요 없겠죠."

딱 30년 늙은, 강무하를 보는 것 같았다. 닮은 미소로 자신을 바라보는 그의 아버지를 보며 서은은 조심스레 머리를 숙였다.

다음은 30년 전통의 손칼국수를 대접하겠다는, 인사말을 뒤로하고 서은은 후들거리는 발을 움직여 겨우 총리 관저를 벗어났다. 커다란 소나무길을 어떻게 빠져나왔는지 기억도 없었다.

"다녀왔습니다."

무하가 기다리고 있던 나무의자에 쓰러지듯 앉으며 서은은 참아왔던 숨을 뱉어냈다.

"괜찮아? 당신 얼굴이 하얗게 질렸다."

"몰라. 아무 생각이 없어."

"그러니까. 같이 들어가자니까."

무하가 손에 쥐고 있던 캔커피를 건네주며 말했다. 얼마나 오랫동안 쥐고 있었던지, 차가웠음이 분명했을 캔커피는 아주 따뜻한 온기를 품고 있었다. 손안에서 나온 열기만큼 그의 가슴은, 감각은 온통 서은을 향해 있었을 것이다.

그의 깊은 사랑은 서은을 속절없이 행복하게 만든다. 하루에도 수백 번, 수천 번, 아니, 수만 번, 그를 만난 자신의 행운을 의심해 보았지만 강무하는 송서은의 눈앞에 존재하는 현실이 분명했다. 서은은 무하의 눈빛을 마주하며 저도 모르게 안도의 한숨을 내쉬었다.

"아버님과 단둘이 만나고 싶었어. 근데 막상 뵙고 나니까 무지 떨리더라."

"그래서 뵙고 나니까 어때?"

"음……. 항상 궁금했었거든. 강무하가 이렇게 멋질 수 있는 이유가……. 네 머릿속이, 가슴이…… 그렇게 멋진 이유. 그런데 아버님을 뵙고 나니까 알 수 있었어."

"아버지는 평생 한 여자만을 사랑하신 로맨티스트이시기도 해."

무하가 서은의 손을 꼭 쥐며 말했다.

"응. 그러신 것 같았어."

맞잡은 두 손을 통해 서은은 지금까지의 불안감이 씻은 듯이 사라지는 듯한 느낌을 받았다. 그와 함께라면 어떤 고난도 견딜 수 있을 거라는 확신이 들었다. 서은은 맞잡은 무하의 손을 꼭 잡아주며 야무지게 속삭였다.

"이렇게 된 이상, 난 절대 양보할 생각 없으니까, 너도 마음 단단히 먹어."

그가 배시시 웃으며 고개를 끄덕인다.

"오홀. 완전 멋져! 이러니 내가 안 반할 수가 있나."

"그래. 그럼 이제 뭘 해야 하지?"

마음 단단히 먹으라며 당부한 것과 달리, 이제 무슨 일을 해야 할지 막막해하는 서은을 보며 무하는 작게 웃음을 터트렸다.

"이제, 우리는 열심히 사랑만 하면 되지. 사람들이 우리에게 시선을 돌리고 귀를 기울일 즈음에는 우린 끄떡도 없이 사랑하고 있을 거야. 당신은 이제 피하지 않고 있는 그대로 말하고, 행동하면 돼. 그래 줄 수 있지?"

매스컴에서 연이어 나오는 가정폭력 기사들과 사례들을 보며 서은은 그의 치밀한 안배를 느낄 수가 있었다. 자신이 도망가 있는 동안에도 포기하지 않고 모든 경우의 수를 준비해 놓은 무하를 보며 서은은 죄책감을 느꼈었다.

"나 혼자 도망가 있는 동안, 넌 열심히 준비하고 있었구나."

"내가 그랬지? 승산 없는 싸움 안 한다고. 그러니까, 당신은 지금부터라도 나만 믿어. 믿고 열심히 따라오면 돼. 이제 주사위는 던져졌으니까, 우리 국민이 얼마나 세련된 사람들인지 믿어보자고."

그가 유연하게 웃으며 말했다.

"그런데 아버님. 진짜 멋있으셨어! 완전. 완전. 아들이, 하나밖에 없는 아들이 나 같은 여자와 사귀겠다는데 어쩜 그렇게 인간적이실 수가 있지?"

"당신이 어때서?"

"물론, 나야 훌륭하지. 그래도, 난 그쪽 동네랑은 아주 먼 사람이잖아."

"우리 아버지, '사람 위에 사람 없고, 사람 밑에 사람 없다'고 내내 외시던 분이셔. 적어도 우리 집에는 이쪽 동네, 저쪽 동네 차별하는 그런 잣대는 없어."

서은은 도무지 믿어지지가 않았다. 청와대에 들어갈 꿈을 꾸는 분이, 어떻게 그런 편견이 없을 수가 있을까?

"난, 아직도 꿈만 같아. 이 모든 게 꿈속 같아."

"꼬집어줘?"

그가 장난스럽게 서은의 볼을 잡더니, 아프지 않게 살짝 꼬집었다. 서은은 작게 웃으며 그의 손을 맞잡았다.

"이제, 절대 놓지 않을 거야."

잡은 두 손을 영영 놓지 않겠다는 듯 힘주어 잡는 그를 보며 서은은 화사하게 미소를 지었다.

관저를 벗어나 서울에서 부산까지, 쉴 새 없이 소곤거리며 이야기를 나누던 두 사람이었다. 떨어져 있었던 만큼 더 소중하고 그리운 순간을 만끽하며 기차에 올랐다.

"정말?"

"그렇다니까."

"대박! 강무하 너 진짜 대박이다!"

무하의 첫 번째 미국 여행 이야기를 들으며 서은은 터져 나오는 웃음을 참지 못하고 손뼉을 쳐댔다.

"미국에선 그게 유행이었다고."

"맞아. 나도 봤어. 그 순결 서약식. 하버드에서 한 거 맞지? 뉴스에도 나왔었는걸."

"그러니까. 하필이면 내가 그때 미국을 왜 갔을까. 순결반지도 받았다. 은반지. 우리 셋 다 아직 가지고 있어."

수능을 마치고 친한 친구 두 명과 함께 미국 여행을 갔던 무하가 견학차 들렀던 하버드 대학교에서는 마침 청소년들을 위한 순결 서약식을 준비하고 있었고, 친구 중 누군가의 제의에 세 명 모두 그 서약식에 참석했다는 이야기를 들으며 서은은 연신 감탄사를 뱉어냈다.

"잘했네. 정말 대단해."

학교 교사로서 서은 역시, 아이들에게 성적 가치관에 대해 이야기를 해야 할 때가 있었다. 정말 사랑하는 사람이 있다면 왜 그 사람과 육체적 관계를 맺으면 안 되냐는 한 여학생의 물음에 서은은 난감해하며 도덕적인 이유를 들어보았지만, 요즘 같은 도덕적 불감증의 시대에 낡은 구시대적 유물 같은 말을 하면서, 스스로 생각해도 설득력이 부족한 말이라 생각했었다. 하지만 교사로서의 서은의 생각은 변함이 없었다. 정신적으로 미성숙한 아이들의 문란한 성생활로 인해 원치 않는 혼전임신과 낙태, 혹은 미혼모라는 굴레 속에 갇혀 절망하는 아이들을 보며 바른 가치관이 무엇보다 중요하다 생각하고 있었다.

"그때는 뿌듯하고 그랬는데, 지금은 무지 후회돼. 그니까 빨리 결혼하자."

빨리 결혼날짜를 잡자는 무하의 말에 서은은 웃음을 터트렸다.

서울에서 부산까지 두 시간 반 동안은 정말 짧은 시간이었고, 그 시간 동안 두 사람은 서로에 대해 더 많은 것을 알게 되었다. 어린 시절 좋아하던 만화프로그램이 똑같은 것을 알게 되었고 그가 아무것도 넣지 않은 깔끔한 김치찌개와 두부와 무만 들어간 청국장을 좋아한다는 것도 알게 되었다.

많은 이야기를 나누며 부산역에 도착한 두 사람은 서은의 아파트 앞에서 작별인사를 했다.

"내가 순결서약만 안 했어도……."

손을 놓지 못하고 아쉬워하는 무하를 보며 서은은 나지막이 웃음을 터트렸다.

"그러게. 나도 아쉽네. 그래도 중요한 서약을 깰 순 없지. 그니까 얼른 가."

"당신 먼저 들어가."

"네가 먼저 가야 나도 들어가지."

달콤한 기차여행의 끝은 뜨거운 키스였다.

아쉬운 작별을 하고, 서은은 집으로 향했다. 작별의 여운이 채 가시지 않은 두근거리는 마음으로 비밀번호를 누르고 현관문을 열었다.

"어딜 갔다 오는 거야? 전화기는 왜 꺼놨어? 왜 하루 종일 연락이 안 돼?"

집안에서 들려오는 정은의 날카로운 목소리는 그녀의 핑크빛 심장을 무덤덤한 갈색으로 바꾸어 버렸다.

"서울 다녀왔어. 웬일들이야?"

서은은 자신의 집에 주인처럼 앉아 있는 가족들을 덤덤한 눈으로 둘러보았다.

종일 겪었던 수많은 일, 재희와의 기차여행, 서로의 마음을 확인한 무하와의 재회, 그의 아버님을 만나뵙고 결혼을 허락받은 엄청난 사건까지. 무엇보다 달콤하기 그지없었던 열차 프러

포즈에 대한 여운을 곱씹을 새도 없이 맞부딪치게 된 가족들의 습격에 서은은 낮은 한숨을 내쉬었다. 이제는 정말 놀랍지도 않은 가족들이다.

"우리가 왜 온지 몰라? 정말 몰라서 물어?"

경은이 짜증스럽게 말하자, 김영자 여사가 후유 한숨을 내쉰다. 동생의 어이없는 표정과 엄마의 깊은 한숨, 언니의 호기심 어린 눈빛과 형부의 동정 어린 표정이 한꺼번에 서은을 향하고 있었다. 무하에 대해 알았구나, 서은은 심호흡을 하며 마음의 준비를 했다.

"어떻게 알았어?"

아무 일도 아니라는 듯, 덤덤하게 물어보는 서은에게로 따가운 화살들이 쏟아졌다.

"내가, 정말 황당해서. 오늘 스포츠기자가 나를 찾아왔단 말이야. 대체 그게 무슨 말이야? 너랑 총리 아들이 사귄다니? 뭔가 잘못된 것이 틀림없다고 말해주고는 왔지만, 그 뒤로도 계속 전화 오고 인터뷰 요청 오고. 이건 뭔가 잘못된 것 같더라고. 아무래도 안심이 돼야 말이지. 송서은! 너 대체 무슨 짓을 하고 돌아다니는 거야?"

서울에서 달려온 경은이 언니의 어처구니없는 만행을 이야기하는 동안, 정작 그 주인공인 서은은 남의 이야기를 듣는 듯 태연스레 앉아 있었다.

"미쳤어. 미쳤어. 너 그 사람 꼬시려고 생전 안 나가던 교회까지 다닌다면서? 그래, 교회서 졸졸 쫓아다니니까 만나주디? 송서은. 제발 정신 좀 차려. 거기가 어디라고 들이대? 시간 나면 주제 파악도 좀 하고."

"우리 사귀는 거 맞는데. 같이 영화도 보고 밥도 먹고."

심드렁하게 대답하는 서은을 보며 경은의 두 눈이 동그랗게 커졌다. 아악, 경악에 가까운 비명을 지르며 답답하다는 듯, 머리를 쓸어 올렸다.

"미쳤어. 미쳤어. 그 사람이 네가 좋아서 그러겠어? 맨날 쌀밥만 먹다가 꽁보리밥 같은 널 보니까 신기해서 그런 거야."

옆에서 듣고 있던 형부도 고개를 끄덕이며 경은의 편을 들고 나섰다.

"어허. 우리 처제 눈이 상당히 높군. 하지만 이건 경은 처제의 말이 맞아. 내 생각에도 절대 아니라고 봐. 거긴 멀어도 너무 먼 자리라고."

"그러게요. 너무 먼 자리리시 헤어질라 그랬는데, 우리 김 여사가 바짓가랑이를 잡아서라도 다시 만나래요."

가족들의 시선이 김영자 여사에게 쏠리기 시작하자, 당황한 김 여사는 머리를 감싸 안으며 신음을 흘렸다.

"에이고. 내 팔자야. 저건 어째 사고를 쳐도 저리 대형사고를 칠까. 에이고, 내 팔자야. 이년아. 내가 그놈이 그런 집안사람인지 알고 그랬어? 눈매가 단단하고 깊은 것이, 사람 됐다 싶어서 잡으라 그랬지."

"엄마도 그 사람, 봤어? 대체 어떻게 된 거야?"

흥분하는 법이 없는 언니마저 놀란 눈으로 서은을 바라보고 있었다.

여전히 변함없는 가족들 틈에서 서은은 여유롭게 미소를 지었다. 그래, 이렇게 다시는 안 볼 듯이 싸우며, 또 화해하고, 이렇게 살아가는 거겠지. 이젠 정말, 이런 가족관계가 정상적인 것처럼 느껴질 정도로 여유가 생긴 모양이다. 생각의 변화 또한 무하가 가져다준 선물이겠지.

"다들 진정하시고, 커피라도 한잔하시겠어요?"

천연덕스러운 서은의 말에 다들 기가 막혀 하는 차에 가방 속의 전화벨이 눈치 없이 울리기 시작했다. 서은은 가족들의 애정 어린 눈총(?) 속에서 전화기를 꺼내 주방으로 향했다.

"저것 봐. 저 눈치 없는 것 좀 봐. 언니랑 동생이 여기까지 와서 걱정해 주고 있구만, 저는 아무렇지도 않지. 에고 답답해. 답답해."

"장모님. 고정하세요."

김영자 여사의 하소연과 그런 장모님을 달래는 김수철의 목소리가 그녀의 뒤를 따랐다. 서은은 재빨리 손을 들어 전화기를 막았지만, 전화기 너머의 무하의 목소리는 심상치가 않았다.

―무슨 일이야?

"아무것도 아니야."

―아무것도 아닌 게 아닌데?

"집에서 아버님 일 아셨나 봐. 내가 잘 말할게."

—끊어.

갑자기 무하가 전화를 끊어버렸다.

"무하야!"

얘는 또 어쩌려고 이러는 걸까? 서은은 한숨을 내쉬며 끊어진 전화기를 들여다보았다.

무하 덕에 가족들을 깜빡했다. 등 뒤로 '저 화상을 어쩌면 좋니?', '얼마나 당해야 정신을 차리려고 저러니', '아무리 사이가 안 좋아도 가족인데, 상처받을 거 뻔히 알면서 어떻게 놔둬?' 등등의 걱정근심 가득한 대화들이 들려오고 있었다.

"커피가 필요해."

서은은 고개를 흔들며 가스레인지에 물주전자를 올렸다. 그리고 여유롭게 여섯 개의 커피잔을 꺼내놓았다.

강무하는 물이 다 끓기도 전에 서은의 집을 찾았다.

"이미님께서 계시다는 소리에 얼른 날아왔습니다."

살갑게 웃는 무하가 내민 홍삼엑기스와 고급화과자를 받아들며 김 여사의 얼굴은 조선백자처럼 하얗게 질려갔다.

커피 마실래? 라고 묻는 서은에게 여태 밥도 못 먹었다며 불쌍한 표정을 짓는 무하를 보며, 김 여사와 형부는 빛의 속도로 슈퍼마켓으로 달려갔다. 토종닭과 여러 가지 재료들을 사온 김 여사는 막중한 사명을 띤 사람처럼 두 팔을 걷어붙이고 닭백숙을 끓이기 시작했다. 서은이 김 여사를 만난 이후로 음식에 이렇게 정성을 쏟는 모습을 보기는 형부를 맞이할 때 이후로는 처음이었다.

"드셔 봐요. 입에 맞을는지."

김 여사가 오동통통한 닭다리를 무하의 앞 접시에 담아주며 조심스레 권했다. 불그스레 볼이 달아오른 김 여사의 행동은 조심, 또 조심스러워 보였다.

"잘 먹겠습니다. 어머님."

어머님이라는 말에, 김영자 여사는 하얗게 질린 얼굴로 숨을 헐떡거렸다. 무하와 서은을 번갈아 바라보며 미소를 짓고 있었지만, 입가에 파르르 경련이 이는 것이 서은이 강 총리의 앞에서 바르르 떨던 것보다 더 긴장하고 있는 것 같았다. 모전여전인가. 서은은 혼잣말을 중얼거리며 무하의 앞으로 김치 접시를 밀어주는 엄마를 흥미로운 눈으로 지켜보았다.

"저, 저흰 너무 뜻밖이라……. 뭐, 뭘 좋아하시는지도 모, 모르겠고, 또, 이, 이렇게, 가, 갑자기……. 으, 음식이 입에 맞으신지……."

인사를 드리러 왔던 상수의 앞에서 다리를 꼰 채, 고개를 뒤로 젖히며 못마땅해하던 김영자 여사는 무하의 앞에서 두 손을 가지런히 모으고 무릎 위에 올린 채, 불안하게 만지작거리고 있었다. 바르르 떠는 머리까지.

"말씀 편하게 낮추십시오. 어머님. 그리고 아주 맛있습니다."

변화무쌍한 강무하의 오늘 콘셉트는 예의 바른 사윗감 후보인 듯했다.

"그, 그래도 어떻게……."

이게 꿈일까, 생시일까, 김영자 여사의 얼굴에 여러 가지 표정들이 나타났다 사라지고 있었다.

"아닙니다. 서은 씨 어머님이면 저에게도 어머님이십니다."

무하가 옆에 앉은 서은을 지그시 바라보았다. 사랑한다는 말보다 백만 스무 배쯤 더 느끼한 그의 시선은 사랑에 빠진 남자의 그것이었다.

"왜 이렇게 예쁜가 했더니, 어머니 닮아서 그렇구나."

기름진 멘트와 함께 김 여사가 건네준 닭다리의 살을 발라 서은의 입에 넣어주는 무하를 보며, 김영자 여사는 마치 자신의 입에 닭다리가 들어온 것처럼 얼굴을 붉힌 채, 어쩔 줄을 몰라 하고 있었다.

"난 됐어. 너 먹어."

서은이 멋쩍게 말했지만, 무하는 요지부동이었다.

"얘가, 얘가 이렇게 무뚝뚝해서는. 우리, 우리 아이가 부족한 점이 많은데……."

"아닙니다. 부족하기는요. 따뜻하고 사랑스러운, 저에게는 더없이 과분한 사람입니다. 아버님도 서은 씨를 보신 후 아주 마음에 들어하셨어요."

"아이고, 총리님께서……. 아이고."

무하의 말에 김영자 여사는 얼굴이 파랗게 질릴 정도로 어쩔 줄을 몰라 했다.

"처형과 처제도 이리 와서 함께 드시죠?"

무하가 감히 식탁 쪽으로 오지도 못한 채, 거실에 서 있는 가족들을 보며 권했지만, 김영자 여사는 두 손을 내저으며 만류했다.

"아니에요. 편히 드세요. 식탁이 좁아서 다 같이 앉기도 뭐하고."

더듬거리는 김영자 여사와 서은의 눈이 마주쳤다. 서은은, 자꾸만 새어 나오는 웃음을 참지 못하고 고개를 떨어뜨렸고, 김영자 여사는 '너 나중에 봐'라는 뜻을 담은 눈빛으로 그녀를 노려보다, 옆에 있는 무하를 의식하고는 재빨리 어색한 미소를 지어 보였다.

무하를 제외하고는 모두에게 당황스러운 시간은 밤늦게까지 계속되었다. 저녁을 먹고 그만 일어나라는 서은의 말에 무하는 소화를 시켜야 한다고 했다.

"이 늦은 밤에 뛸 수도 없고, 저기…… 고스톱이라도?"

어렵게 꺼낸 형부의 말에 무하는 함박웃음을 지었고, 작은 화투판을 마주하고 앉은 그들은 급속도로 가까워지기 시작했다.

"김치를 참 좋아하네. 김치전이라도 좀 만들어줄까요?"

슬그머니 뒤로 와, 무하의 편을 들던, 언니의 말에 무하가 환하게 웃음을 터트렸다.

"저 김치전 무지하게 좋아합니다. 이럴 게 아니라 가서 막걸리라도 사 올까요?"

"아니에요. 손님에게 어떻게 심부름을……. 경은아! 얼른 가서 막걸리 한 병 사 와!"

눈에 넣어도 아프지 않을 것 같은 막냇동생에게 막걸리 심부름을 시킨 뒤, 한없이 부드럽고 다정한 얼굴로 무하와 이야기를 나누는 언니의 낯선 모습을 보며 서은은, 셰익스피어의 말을 떠올렸다.

'우리 인생의 옷감은 선과 악이 뒤섞인 실로 짜인 것이다.'

어느 개그맨의 말처럼 우리는 모두 다중이일지도 모른다. 때로는 착하고 선한 얼굴, 어느 면에서는 악하고 못된 얼굴이 때와 상황에 따라 나타나며 그것들이 뒤섞여 한 사람의 인격을 형성해 나가는 것이 복잡한 세상을 살아가기 위한 자구책인지도 몰랐다.

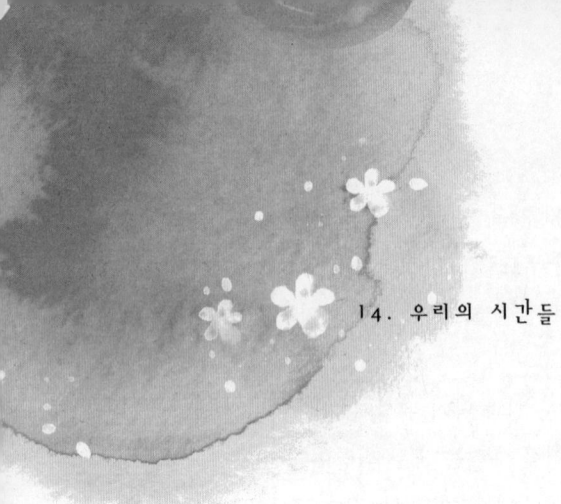

14. 우리의 시간들

　12시가 훨씬 넘어 집을 나선 무하를 배웅하고 식구들은 별말 없이 잠자리를 준비했다. 평소 같으면 제각각 흩어졌겠지만, 무하가 가져온 충격이 너무나 큰지, 다들 집으로 갈 생각도 하지 못한 채, 서은의 집에서 잠이 들었다.

　한여름밤의 꿈같은 시간이 지나고 날이 밝았다. 현실 같지 않은 밤사이 일들을 가슴에 담은 채, 서은은 자리에서 일어나 거실로 나갔다. 김 여사를 비롯한 가족들은 식탁에 모여 조용히 아침 식사를 하는 중이었다.

　"일어났어?"

　"응."

"왜 이렇게 일찍 일어났어?"

"오늘부터 출근이야."

"아……. 그렇구나. 어서 밥 먹어."

언니와의 어색한 아침인사를 시작으로 여느 날과는 다른 시간이 이어졌다. 그들은 약속이라도 한 듯, 지난밤의 일에 대해 함구하였고, 서은 역시 별다른 말 없이 출근길을 서둘렀다. 말다툼과 비난이 이어지던 작별을 대신한 침묵의 배웅은 어색했지만, 가슴 한 켠이 뭉클해지기도 하는 새로운 경험이기도 했다.

왜 이렇게 야위었냐며, 걱정돼서 죽을 뻔했다는 원이의 인사를 시작으로 한, 아이들과의 재회도 기쁘고 감사한 일이었다.

그리고 그날, 서은은 원경에게 전화를 했다.

약속장소에 나타난 원경은 서은만큼이나 야위어 있었다. 얼마나 마음고생이 심했을지 확연히 드러나는 그녀의 안색을 보며 서은이 부드럽게 물었다.

"밥 먹었어요?"

"지, 지금 뭐라는 거예요?"

잔뜩 독이 올라 있던 원경이 황당한 듯 되물었다.

"밥 먹었냐고요. 난 안 먹었거든요. 우리 밥 먹으러 갈래요?"

"이것 보세요. 난 지금 댁이랑 밥 먹으러 온 것 아니라……."

"밥 먹으러 가요. 난 지금 배고파서 쓰러질 것 같아요."

서은이 원경의 손을 잡아끌고 식당으로 들어갔다. '이모, 국

밥 두 그릇이요'라고 주문하자마자 탁자 위에 차려지는 뚝배기 그릇을 보며 원경의 얼굴이 창백하게 질려갔다.

"지금 이걸 나더러 먹으라는 거예요?"

원경은 어이없는 표정으로 김이 모락모락 나는 순댓국밥과 서은을 번갈아 바라보았다.

"보기보다 맛있어요. 먹어봐요. 한국인의 힘은 뭐니뭐니해도 밥이거든요. 밥심! 어서 먹어요. 힘이 펄펄 날 거예요."

"내 참, 어이가 없어서. 많이 드세요."

맛의 신세계를 가르쳐 주고 싶은 서은의 정성에 원경은 코웃음으로 응대해 왔다.

"그럼 놔둬요. 이거 다 먹고 먹어줄 테니."

서은은 원경의 거절에 개의치 않고, 윤기가 자르르 흐르는 하얀 쌀밥 한 숟가락을 뚝배기에 말았다. 원경은, 커다란 순대를 호호 불어가며 맛있게 먹는 서은을 정신 나간 사람 바라보듯 쳐다보고 있었다.

"송서은 씨. 진짜 이상한 사람이네요."

"뭐가요?"

"고모님께 들었어요. 감히 아버님을 찾아가요? 어, 어떻게 그 주제에 오빠를 넘볼 수가 있어요?"

입술을 깨물며 힘겹게 내뱉는 원경을 보며 서은은 숟가락을 내려놓았다. 물을 한 모금 마신 뒤에 원경을 똑바로 바라보며 물었다.

"왜 감히라는 말을 쓰죠? 대한민국 국민인 내가 우리나라 총리님을 뵈면 안 되는 건가요? 법적으로나 윤리적으로나 하자가 없는 처녀인 내가 총각인 강무하를 좋아하면 안 되는 건가요?"

"오빠를 좋아하면 안 되냐고요? 이것 보세요. 제발 꿈 깨세요. 서은 씨 때문에 아저씨가 지금, 얼마나 난처하게 될지……."

"쉿! 잠시만요. 지금 이 노래, 이 노래 알아요? 나, 이 노래 진짜 좋아하는데. 난 난 꿈이 있었죠~ 버려지고 지쳐 남루하여도 내 가슴 깊숙이 보물과 같이 간직했던 꿈~"

서은은 라디오에서 나오는 노래를 따라 흥얼거렸다.

혹 때론 누군가가 뜻 모를 비웃음 내 등 뒤에 흘릴 때도
난 참아야 했죠 참을 수 있었죠 그 날을 위해
늘 걱정하듯 말하죠 헛된 꿈은 독이라고
세상은 끝이 정해진 책처럼 이미 돌이킬 수 없는 현실이라고

그래요 난, 난 꿈이 있어요 그 꿈을 믿어요 나를 지켜봐요
저 차갑게 서 있는 운명이란 벽 앞에 당당히 마주칠 수 있어요
언젠가 난, 그 벽을 넘고서 저 하늘을 높이 날을 수 있어요
이 무거운 세상도 나를 묶을 순 없죠
내 삶의 끝에서 나 웃을 그 날을 함께해요

서은을 바라보는 원경의 눈동자에 경악이 깃들었다. 아무래
도 오빠가 미친년에게 잘못 걸려든 건 아닐까 하는 그런 염려
때문인 듯했다.

"이모. 이 노래 제목 알아요? 오리의 꿈인가?"

"아따. 밥 먹다 지랄을 하네. 몰라."

냉정한 주인 대신, 손님 중 누군가가 제목을 알려주었다.

"오리의 꿈이 아니라 거위의 꿈이요."

"맞다! 거위의 꿈. 거위의 꿈이었지."

서은은 흐흐거리며 다시 순댓국을 한 숟가락 삼켰고 그런 서
은을 바라보던 원경이 자리에서 일어나며 중얼거렸다.

"아무래도 제정신이 아닌 여자야."

"원경 씨. 난 사람이에요."

"누가 뭐래요?"

서은이 일어서는 원경을 바라보며 진지하게 말했다.

"그러니까요. 거위도 꾸는 꿈을 사람이 꾸지 말라는 법이 있
겠어요?"

"뭐, 뭐라고요?"

"무하가 나에게 너무 먼 사람이라는 것, 정말 한여름 밤의 꿈
과 같은 사람이라는 것을 잘 알고 있어요. 하지만 거위도 꾸는
그 꿈…… 을 사람인 내가 꾸지 말라는 법은 없지 않겠어요?"

서은이 방긋 웃으며 말했다.

"나는 거위 따위와 비교할 수 없는 위대한 '사람'이에요. 원

경 씨가 상상도 하지 못할 여러 가지 시련을 훌륭하게 잘 넘겼
고요. 이렇게 근사하고 멋진 어른이 되었어요. 그러니까, 전 꼭
무하와 결혼을 할 거예요. 그리고 내가 가르치는 아이들에게 이
렇게 말할 거예요. 꿈을 꾸세요. 꿈은 꾸는 대로 이루어지는 거
니까!"

횅하니 사라져 버리는 원경의 뒷모습을 보며 서은은 천천히
물을 삼켰다. 이루지 못한 사랑에 상처받은 여자의 뒷모습을 보
며, 서은은 아무래도 소화제를 먹어야 할 것 같다고 생각했다.

식당을 나선 서은은 약국에 들러 약을 샀다. 그리고 습관처럼
재희네 가게로 향했다. 복잡하고 소란스러운 시장통을 지나 자
갈치 채소로 들어서자, 그녀의 친구 최재희가 언제나처럼 박스
를 나르며 그녀를 맞이했다.

"저녁은?"

며칠 사이 조금 더 샤프해진 재희의 물음에 서은은 고개를 끄
덕였다.

"먹었지."

"어디 아프냐? 웬 약봉지?"

서은의 손에 들린 약봉지를 보며 재희가 물었다.

"저녁을 잘못 먹었나 봐."

"두드려 줘?"

걱정스러운 눈으로 자신을 바라보는 새희에게 서은은 빙그레
웃으며 고개를 저었다.

"괜안아. 약 먹었어. 넌 저녁 먹었어?"

"라면이나 좀 끓여라. 배고파 죽겠다."

"우리 막걸리 사다가 정구지 지짐(부추전의 경상도 사투리)도 부쳐 먹을까?"

"소화 안 된다며?"

"약 먹었다니까. 너 좋아하잖아. 내가 맛있게 부쳐 줄게."

"그러든지."

재희의 대답을 신호 삼아 서은은 부지런히 움직였다. 알맞은 부추를 고르고 반죽을 풀었다. 가게 한 켠에 마련된 간이주방에서는 곧 고소한 기름 냄새가 퍼져 나가기 시작했다.

"그놈은?"

한동안 먹기만 하던 재희가 세 번째 잔을 비우며 무하의 안부를 물었다.

"오늘 온종일 바쁘대."

"백수가 뭐가 바빠?"

"아버님 일 때문에."

서은과의 일을 밀어주기로 한 당이 내건 조건은 무하가 선거 운동에 함께 뛰어드는 것이었다. 당으로서는 무하를 정치판에 끌어들이기 위한 계획의 일부겠지만, 무하는 가타부타 말없이 당의 제안을 수락했다. 그는 당분간, 정신없이 바빠질 것이라 했다.

"여기서 선거 준비하는 거야?"

"부산에서부터 여론몰이를 해서 서울까지 올라갈 예정인가 봐. 난 그쪽 일 잘 몰라. 알고 싶지도 않고."

"시아버님 일인데 모르면 어떻게 해?"

"난 내 자리에서 열심히 도우면 되지. 너 선거 때, 우리 시아버님 뽑을 거지?"

은근한 압력을 가하는 서은을 보며 재희가 소리 없이 웃었다.

"우리 재희……. 웃으니까 이렇게 근사했구나."

"뭐라는 거냐?"

막걸릿잔을 들어 올리던 재희가 놀란 듯 서은을 쳐다봤다.

"한동안 너 웃는 얼굴 못 봤잖아. 내가 하도 속을 썩여서."

"알긴 아냐?"

서은은 피식거리는 재희의 손을 꼭 잡아보았다. 한때는 야구 배트를 휘두르느라, 또 지금은 배달을 하느라 여기저기 터지고 갈라지고 굳은살이 잡힌 친구의 손은 서글플 정도로 따뜻하고 포근했다.

"최재희."

"왜 이러냐? 무섭게."

"내가 너 많이 사랑하고 의지하는 거 알지? 넌 내게 친구 이상의 의미야. 내 가족이고 오빠고 동생이야."

"치워라. 오줌 마렵다."

서은의 손을 뿌리치고 나가는 친구의 뒷모습은 슬프고 아파 보였다. 서은에게까지 전해지는 아릿함을 떨쳐 버리기 위해 서은은 자신의 앞에 놓인 막걸리를 천천히 들이켰다.

*

"그렇잖아도 원이 때문에 속이 상해 죽겠는데 원경이까지 왜 저러는지 모르겠어요."

며칠째 밥을 거부하는 딸을 들여다보고 온 이 여사가 한숨을 내쉬었다.

"충격이 큰가 보군."

평소 살갑게 대하진 않았지만, 그래도 딸이었다. 딸이 상처를 입고 자리에 누워 있는데다, 어쩌면 대통령의 사돈이 될지도 모른다는 희망에 들떠 있던 고 회장으로서는 요즘의 사태가 그다지 유쾌한 일이 아니었다.

"그러지 말고 당신이 강 총리를 한 번 만나 보시는 게 어떨까요? 강 총리 입장에서는 당신 말 가볍게 여길 수도 없을 테니."

아내의 말이 아니라도 한 번쯤은 강 총리를 만나 봐야겠다고 벼르던 고 회장이었다. 당선이 확실한 마당에 이제 와서 지지를 물릴 수는 없었지만, 은근한 압력은 넣어볼 생각이었다.

"음……."

"참 섭섭해요. 우리는 여태 잘한다고 했는데. 우리 원경이가 어디 빠지는 아이도 아니고."

말없이 우유만 마시는 남편의 앞으로 샐러드 접시를 밀어주던 이 여사가 중얼거렸다.

"아침부터 쓸데없는 소리 하지 말고. 당신은 오늘 모임 건이나 잘 처리해."

오늘은 경제인 부인들의 봉사모임의 회장직을 맡고 있는 이여사가 회원들을 초대해 접대하는 날이었다.

"염려 말아요. 와인에다 음식까지 한국에서 보기 힘든 걸로 다 준비해 놨어요. 아참, 와인 주문하는 김에 원이 선생님 것도 같이했는데. 이번에도 안 받으시려나."

"흠. 지난번 것도 돌려보냈다고?"

대한민국 최고의 비서진들조차 찾지 못한 아들을 번번이 찾아내 집으로 데려오는 고마운 선생님이었다. 대가 없이 신세만지는 고마운 선생님께 보답하는 마음으로, 이 여사는 기사를 통해 값비싼 케이크를 보냈었다. 한참 만에 돌아온 기사는 선생님께서 보내셨다며 책 한 권을 내밀었다.

"답례라고 하셨습니다."

받아 든 책 속에는 케이크와 함께 보낸 봉투가 들어 있었다. 그러지 마시라, 감사의 표시다, 이런 것도 안 받아주시면 섭섭하다, 몇 번이나 전화를 했건만, 원이의 선생님은 요지부동이었다. 아이늘을 사랑하는 청렴한 선생님 덕에 이 여사는 아주 감동을 받았었다.

"내일은 원이 담임 선생님을 찾아뵈려고요. 우리 원이 때문에 그렇게 고생을 했는데 인사도 따로 안 받으시려고 하고. 그래서 직접 찾아뵙고 식사 대접이라도 하고 싶어서요."

"좋은 생각이군."

여간해서는 듣기 어려운 남편의 칭찬에 기분이 좋아지는 이 여사였다.

"요즘, 그런 선생이 어디 있겠어요. 제자들 일에 자기 일처럼 나서서는. 교장 선생님 말씀으로는 애들 찾으러 다니다 다치기도 하고 병원에 입원도 했다 그러더라고요. 우리 원이도 다른 사람 말은 안 들어도 지 선생님 말씀이라면 아주 죽으라면 죽는 시늉까지 할 기세예요."

사십이 넘어 얻은 귀하디귀한 아들이라 너무 오냐오냐 키운 것이 문제였다. 눈에 넣어도 아프지 않을 외아들이라면 자다가도 벌떡 일어나는 아내의 극성을 알면서도 모른 체했었다. 그래서인지 아들은 소심하고 외로움도 잘 타는 예민한 아이가 되어 갔다.

아내의 말처럼 사춘기 반항이 한창인 아들을 바른길로 인도해 줄 사람은 담임밖에 없어 보였다. 지난번에도 하마터면 신문 기사에까지 날 법한 대형사고를 선생님이 재빨리 처리를 해주는 바람에 조용히 끝난 적도 있었다. 무엇보다 마음을 잡지 못하고 방황하는 원이를 옆에서 보호해 주는 든든하고 고마운 선생님이었다.

"우리로서는 은인이지. 찾아뵙고 섭섭지 않게 잘 대접해요."

"그럼요. 우리 원이 바로잡아 주시는 고마운 분인데. 내, 그분이 원하면 학교라도 지어줄 의향이 있어요. 생각 같아서는 우리 원이 고등학교까지 쭉 맡아주시면 좋겠는데. 여보. 우리 원이 고등학교 올라갈 때 그 선생도 모시고 갈까? 응?"

재단에 있는 고등학교의 이사장을 친정 동생에게 맡겨둔 터라, 이 여사가 말만 넣으면 가능한 일이었다.

"나쁘지 않은 생각이군."

식사를 마친 고 회장이 자리에서 막 일어서려는 차에, 말 많던 아들 녀석이 불쑥 나타나 앞을 가로막았다.

"아버지. 출근하시게요? 조심해서 잘 다녀오세요. 식사도 꼭 챙겨 드시고요."

전에 없이 예의 바르게 행동하는 아들을 보며 고 회장은 의심쩍은 눈초리로 아내를 바라보았다.

"얘가 왜 이러는 거요?"

"선생님이 아버지 은혜에 감사하며 잘 섬기라고 그랬다네요."

"흠……."

생각할수록 마음에 드는 선생이군. 고 회장은 고개를 끄덕이며 아들을 바라보았다.

"근데, 아버지. 아버지랑 총리님이랑 아는 사이예요?"

전에 없이 살가운 아들 덕에 기분이 좋아진 고 회장에게 아들이 물었다.

"그걸 알아서 뭐하게?"

"내가 먼저 물었잖아요. 아버지. 총리님 알아요? 몰라요?"

"허허. 이 녀석이. 내 잘 알고 지내는 사이긴 하다만, 대체 뭐가 궁금한 거냐?"

"잘됐다. 우리 샘 남편 될 사람이 총리님 아들이래요. 잘 아시는 사이면 아버지가 총리님께 말해서 그 결혼 좀 말려주면 안 돼요? 울 선생님은 나랑 결혼해야 되거든요."

철딱서니 없는 아들의 말에 고 회장은 물론 옆에서 듣고 있던 이 여사까지 놀라움을 감추지 못했다.

"뭐, 뭐라고? 네 담임이 총리 며느리 될 사람이란 말이냐?"

"그럼 제가 아침부터 바쁜 아버지 잡고 농담하겠어요? 나 우리 샘이랑 결혼할 거란 말이에요. 그러니까 좀 말려줘요. 아버지. 어머니!"

✳

더없이 행복한 표정으로 스테이크를 먹던 서은의 안색이 변한 것은, 한 무리의 남녀가 들어서던 순간부터였다. 다소 긴장한 얼굴로 스테이크를 콕콕 찔러대는 서은을 보며 무하의 반듯한 이마가 찌푸려졌다.

"왜 그래?"

"응? 뭘?"

"갑자기 맛이 없어졌어? 다른 거 시킬까?"

"아니. 맛있어."

절레절레 고개를 흔들고는 다시 음식을 삼키려는 서은의 팔을, 무하가 재빨리 잡았다.

"체하겠다. 무슨 일이야?"

뭐라고 대답을 해야 할까, 망설이는 사이 고맙게도 무하의 휴대전화기가 울리기 시작했다.

"전화 온다."

"사무실이네. 급한 일인가 봐. 금방 받고 올 테니까 딱 기다려!"

"응. 잘 다녀와."

자리에서 일어나는 무하를 보며 서은이 손을 흔들어주었다. 그리고 그의 모습이 보이지 않자 서은은 한숨을 내쉬었다.

"으……. 체할 것 같아."

가슴을 치며, 저 멀리 사선에 앉은 박상수와 그의 일행을 훔쳐보았다. 케이크에 불을 켜놓은 것을 보니 생일파티라도 하는 모양이었다. 그들은 시종일관 유쾌하게 웃으며 떠들고 있었다.

서은이 앉은 쪽으로 등을 지고 있는 상수와 서은과 마주 보이게 앉은, 병원에서 만났던 화려하고 어려 보이는 여자 친구는 그사이 깁스를 푼 모양이었다. 상수가 밀어주는 접시를 시답잖은 눈으로 바라보던 여자의 눈빛이 서은과 마주쳤다.

젠장, 재빨리 눈길을 돌렸지만, 여자는 의미심장한 미소를 지으며 상수에게 바짝 다가가 소곤거리기 시작했다. 그리고 연쇄작용처럼 서은에게로 향하는 상수의 고개.

서은은 떨떠름한 미소를 지으며 그를 보았고, 여태 신나게 떠들고 놀던 한 쌍의 남녀는, 흡사 새로운 먹잇감을 발견한 야생고양이들처럼 흥미로운 눈빛으로 그녀를 향해 다가왔다. '어디가?', '응. 아는 사람이 있어서'. 그들이 나누는 대화가 서은의 귀에까지 들려왔다. 일행들의 시선이 그들을 뒤쫓았고 서은은 들고 있던 포크를 얌전히 내려놓았다.

"송서은. 오랜만이다."

다가온 상수가 먼저 인사를 했다. 재빨리 서은의 아래위를 훑는 그의 눈동자에 담긴 아쉬움을 흐뭇해해야 하나, 재수 없다고 해야 하나? 심각하게 고민하던 차에 옆에 있던 여자친구가 끼어들었다.

"전에 병원에서 만났었죠? 안녕하세요. 저는 이 사람, 애인인 김소영이라고 합니다."

자신감 넘치는 이십 대 초반의 여자가 서은에게 손을 내밀었다. 그녀의 얼굴에 드러난 승리감과 우월감을 남김없이 벗겨주고 싶은 강한 욕구가 서은을 사로잡았다.

"송서은입니다. 예의 바르게 반갑다고 인사를 드려야 하는데, 제가 또 거짓말은 못하는 성격이라."

솔직한 서은의 말에 상수는 예의 비릿한 웃음을 지었고, 여자는 놀란 눈빛으로 서은을 쏘아보았다.

"오빠! 이 여자 뭐야? 내 참, 어이가 없어서."

"이 여자의 모든 것이 원래 좀 Surprise하지."

상수의 웃음이 이렇게 가벼웠었던가? 하긴, 이제 와서 그의 웃음이 자신과 무슨 상관이겠는가? 서은은 그저, 무하가 오기 전에 이 껄끄러운 만남을 파하고 싶은 마음밖에 없었다. 그러므로 눈앞에서 얼쩡거리는 한 쌍의 바퀴벌레를 빨리 보내야 했다.

"그렇게 기억해 줘서 고맙긴 한데, 지금 내가 좀 바쁘거든. 그러니까, 오늘은 이만 가줬으면 좋겠어."

"왜 그래? 이렇게 만나기도 힘들구만. 누구? 재희 씨랑 밥 먹으러 온 거야?"

"별로 반갑지도 않은 만남이구만 왜 이래?"

서은의 앞자리를 기분 나쁘게 힐끔거리는 상수를 쏘아보며 말했지만, 그는 잠자코 물러날 생각이 없는 듯, 비어 있는 서은의 앞자리에 넉 하니 앉아버렸다.

"어딜 앉아? 빨리 안 가?"

"소영아. 오빠 이 언니랑 얘기 좀 하고 갈 테니까, 먼저 가 있어."

"뭐야? 전 애인 보니까 마음이 동해?"

"떽! 우린 순수한 우정을 나누고 싶으니까, 얼른 친구들에게 가 있어."

투덜거리며 사라지는 여자친구의 뒷모습을 보며 상수가 흐뭇하게 웃었다.

"어린애 사귀니까 좋긴 한데, 귀찮은 점도 많더라."

"왜? 너랑 딱 어울리는구만."

"질투하냐?"

"미쳤지?"

"3년 동안 네 생각 많이 나더라. 솔직히 우리가 싫어서 헤어진 건 아니잖냐."

"하고 싶은 얘기가 뭐야?"

"가만 생각해보니까. 우리가 뭐…… 철천지원수 사이도 아니고, 가까이 못 지낼 이유도 없겠다 싶어서 말이지. 우리 가끔 만날까? 물론 서로 '쿨' 하게."

"아주 지랄에 쌈을 싸 드세요. 얼른 안 일어나?"

"후후후. 그 구수한 욕도 참 그립더라."

물컵을 들어 그의 얼굴에 뿌리기 직전이었다. 무하의 목소리가 들려온 것은.

"누구야?"

"어. 왔어?"

상수는 무하의 등장에 흠칫거리며 놀랐지만, 자존심 때문인지 자리에서 일어나지는 않았다. 여전히 다리를 꼰 채, 무하를 올려다보는 상수의 허세를 서은은 한심하게 쳐다보았다.

"자리를 잘못 찾으신 것 같습니다만……."

무하가 상수를 향해 낮은 목소리로 말했다. 얼핏 봐도 10센티는 차이가 날 것 같은 두 사람의 키 차이가 아니더라도, 무하의 존재 자체는 주위를 압도하고도 남을 정도로 위협적이었다.

"아, 이거 실례했습니다. 제가 서은이랑 좀 아는 사이여서 말이지요."

아직 정신을 못 차린 상수가 거들먹거리며 자리에서 일어났다.

"실례인지 아셨으면 얼른 일어나셔야죠."

빙그레 웃으며 말하는 무하를 보며 상수의 얼굴빛이 어두워졌지만, 그는 곧 서은의 비밀을 알고 있는 유일한 사람이라도 되는 양, 의기양양하게 서은과 무하를 번갈아 보았다.

"혹시 아시는지 모르겠지만…… 우리 서은이가……."

"영화 자주 보십니까?"

"웬만큼은."

뜬금없는 물음에 상수가 어깨를 으쓱거리며 대답했다.

"그럼 잘 아시겠군요. 왜, 영화에서 보면 나오잖아요. 분위기 파악 못 하고 설치는 인간의 최후에 대해. 정신없이 얻어맞고 이가 부러진다든가, 코피가 터진다든가. 아시죠? 그런 인간들의 최후."

상수의 어깨를 탈탈 털어주며 은근히 말하는 무하의 표정은 변함이 없었지만, 상수의 얼굴은 반대로 점점 굳어갔다.

"그…… 그게 아니라."

"안이고 밖이고. 그렇게 되기 싫으면 그 입 닥치시고 그만 꺼져 주시지요. 아, 그리고 전 말이죠. 누구든 내 여자에 대해 잘 안다고 설치는 놈들……. 아주 죽여놓습니다."

흙빛이 된 상수가 겁에 질린 표정으로 서은을 바라보았다. 어서 구해달라는 그의 사인을 무시하며, 서은은 무하의 옆으로 가셨다.

"죄, 죄송합니다. 즐겁게 지내시는데……."

서은에게 도움을 기대하기 어렵다는 것을 깨달은 상수가 고개를 숙이고 재빨리 자리를 벗어났다. 서둘러 걸음을 재촉하는 그의 뒷모습을 보며 서은은 자꾸만 새어 나오려는 웃음을 삼켰다.

"왜 웃어?"

"우리 애인, 완전 멋있어서."

"그걸 이제 알았나?"

"웬걸. 진작 알고 있었지."

"그럼 내가 사랑하는 것도 알아?"

"그럼. 나도 찐하게 사랑하는걸."

레스토랑의 손님들이 두 사람을 주시하는지도 모른 채, 서은과 무하는 서로에게서 눈을 떼지 못하고 마주 보았다. 그리고 누가 먼저랄 것도 없이 서로 껴안았다.

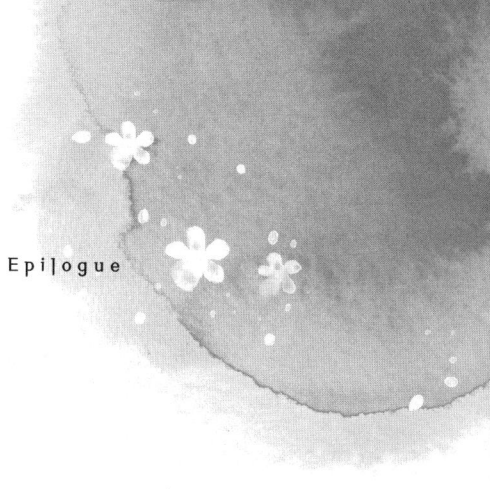

제법 지명도가 있는 스타들만 나온다는 스타극장에 경은이 캐스팅된 것은 99% 그녀의 인기 덕분이었다. 인터뷰하는 내내 경은의 입가에는 아름다운 비소가 사라지지 않았고, 때로는 진지하게, 때로는 장난스럽게 이야기를 이어가는 그녀의 모습은 누가 봐도 대중의 인기를 먹고사는 연예인, 그 자체였다.

"얼굴도 안 보고 데려간다는 셋째 딸인 걸로 아는데요."

PD의 실문에 경은은 두 눈을 농그랗게 뜬 채, 쑥스럽게 웃었다. 그리고 자연스럽게 대답을 이어갔다.

"네. 위로 언니가 둘이에요."

"언니들 얘기 좀 해주세요."

"큰언니는 속이 깊고 따뜻한 성격이에요. 왜 있잖아요. 전형적인 큰언니 상. 그런데 큰언니랑은 나이 차가 열 살이 넘게 나서 세대 차이랄까, 좀 그런 게 있어요. 작은언니는…… 뭐랄까? 제 인생의 멘토 같은 역할? 전 개인적으로 큰언니보다 작은언니가 더 무서웠어요."

"작은 언니라면, 대통령님 며느님 되시는……?"

"네. 그 언니요. 절 정말 사랑해 줬지만, 많이 엄하기도 했거든요. 나이 차가 7살이나 나다 보니까, 언니 앞에서 꼼짝도 못했죠. 뭐. 음……. 생각해 보면 참 고마운 언니예요. 직접 번 돈으로 등록금도 내주고 여행도 보내주고……. 여행은 많은 것을 얻게 하는 훌륭한 스승이라고 가르쳐 준 사람도 작은 언니였어요."

"데뷔할 때 반대도 많으셨다고 들었는데."

"네. 처음에는 무지 반대했어요. 절대 안 된다고. 이곳이 얼마나 힘들고 어려운 곳인지 알고 있으니까, 왜 나이 어린 동생들을 둔 언니들은 다들 그렇잖아요. 엄마처럼. 모든 걸 제 위주로 생각하고 결정했죠. 언니는 제게 언니 이상의 특별한 존재예요. 예쁘고, 다정하고 때로는 무서운……. 제가 잘못하면 가차 없이 꾸짖는 엄마 같은 언니였죠. 전 엄마보다 언니를 더 잘 따랐어요. 언니 말이라면 꼼짝도 못하고 컸거든요. 절 위해 많은 것을 희생한 작은언니만 생각하면 마음이 아파요."

또르르, 흘러내리는 경은의 눈물을 보던 재희가 손뼉을 치기 시작했다.

"브라보! 송경은. 모르는 사람들이 보면 완전 진짜인 줄 알겠다. 네 동생이 진짜 배우가 맞긴 맞구나."

"그러게."

"연기도 겁나 잘한다. '절 정말 사랑해 주셨어요', '언니 말이라면 꼼짝도 못하고 컸어요', '세상에서 언니가 제일 무서워요'. 저 정도면 대종상이 아니라 아카데미 여우주연상감 아니냐? 쟤가 내가 아는 송경은이 맞냐? 뻑하면 '야! 송서은', '야! 최재희' 이름 부르고 생까던 걔 맞아?"

경은의 흉내를 내는 재희 덕에 서은은 참아왔던 웃음을 터트렸다.

경은의 첫 출연작, '자전거를 타고 가는 연인들'은 아무도 예상하지 못한 대박을 터트렸다. 소위 말하는 스타 배우 한 명 출연하지 않았지만, 탄탄한 스토리와 연기파 배우들의 열연은 꾸준한 입소문을 만들어냈고 관객들은 시간이 지날수록 늘어갔다. 워낙 저예산인 영화라 손익분기점은 진즉 넘어서 영화사는 쾌재를 불렀고, 적은 출연신이지만 인상 깊은 정신병자역을 훌륭히 소화해 낸 경은은 신인이라는 타이틀이 무색할 정도로 많은 칭찬과 매스컴의 플래시세례를 받게 되었다. 게다가 차기작으로 고른 두 편의 영화가 모두 성공을 거두는 바람에 냉실상부한 인기배우의 반열에 들게 된 것이다.

"못돼 처먹은 게, 연기한다고 설칠 땐 걱정되더니 그래도 제
법 배우 필이 난다."

"내 말이……."

두 사람이 웃음을 터트리며 이야기를 나누는 사이에도 경은
의 인터뷰는 계속 이어지고 있었다.

"국립대 사범대학을 다니셨던데."

"네. 그것도 언니 영향이 컸어요. 언니가 교사생활을 하다 보니까. 전
사실 피아노나 미술 같은 예능을 하고 싶었는데 집안 형편이 어려웠거
든요. 제가 고집 피우면 엄마랑 언니들 가슴 아플까 봐, 그래서 포기했었
어요."

"지랄. 비싼 레슨비 떼먹고 놀러다니던 거 잡아서 공부시켜
놨더니, 저렇게 구라를 치네."

"사뭇 감탄스럽다."

"저 봐라. 또 연기 시작한다."

"좋은 학교, 포기하기 아깝지 않으셨어요? 공부도 꽤 잘했을 것 같은
데."

"아뇨, 처음에는 예능에 대한 미련을 버리지 못해서 갈등이 많았어요.
그래서 공부도 못했고, 진로에 대해 고민이 많던 시기였거든요. 보다 못
한 언니가 도움을 줬어요. 학교 마치고 집에 오자마자 특별과외를 시켜

주었거든요. 다행히 머리가 나쁜 편은 아니라서. 바로 따라가긴 했지만, 엄마랑 언니들 실망시키지 않으려고 많이 힘들었어요."

경은은 천연덕스럽게 말을 이어갔고, 경은의 자라온 시간을 함께 지켜봐 왔던 재희는 어이없는 표정으로 브라운관을 바라보고 있었다.

"볼수록 경이롭다. 머리가 나쁜 편은 아니라서 바로 따라잡았단다. 네가 코피까지 쏟아가며 엑기스 문제 뽑아서 대령했고만."

"그렇지. 용돈 끊는다고 협박해서 겨우 외우게 하고."

"암튼. 났다 났어! 천생 연기자 맞네."

프로그램이 끝이 나도록 그들은 어이없는 웃음을 참지 못하고 지난 시간을 이야기하며 추억에 잠겼다.

"지난달에는 자갈치에서 촬영 있다고 여기까지 와서는 협박하더라. 혹시 기자들 오면 밀 질하라고, 안 그럼 시 샌들 시켜서 이따위 구멍가게 폭삭 망하게 하겠다고."

"그걸 가만 내비뒀어? 혼구녕을 내주지."

"자꾸 이상한 소리 하면 어릴 때 코 파먹던 사진 뿌린다고 겁 줘서 쫓아냈다."

"순순히 가?"

"아니. 안 간다고 버텨서 라면 먹여 보냈다."

언제부터인가 동생의 눈치가 이상하게 느껴지기 시작했다.

부산에 올 때마다 재희네 가게를 찾고 재희가 좋아하는 스타일에 대해 이것저것을 물어보기도 했다. 워낙에 모가 나고 철이 없긴 했지만, 제 말마따나 엄마 같은 마음이 들게 하는 막내였다. 하지만 경은이를 어떻게 생각하는지 잘 아는 재희에게 괜한 부담을 줄 수는 없었기에 서은은 동생의 마음을 모르는 척 지켜보는 중이다.

"저녁 먹고 갈 거지? 낙지볶음 할 건데."

"흐흥. 맛있겠다. 그런데 난 안 돼. 가야 해."

"왜? 신랑은 미국 가서 내일이나 돼야 온다며?"

"고모님. 오늘 저녁 사주신다고 나오라셔. 것도 일급호텔에서."

마냥 어려워하던 고모님과 이제는 제법 친해진 듯한 서은을 물끄러미 바라보던 재희가 고개를 끄덕였다.

"여전히…… 행복하지?"

"응."

"더덕 좋은 거 들어왔는데. 고모님 갖다 드릴래?"

보고만 있어도 마음이 따뜻해지는 친구를 향해 서은은 부드럽게 미소를 지어 보였다.

"아니. 선물 따로 준비했어. 선물 대신, 배웅이나 해주라."

"가자."

재희와 함께 가게를 나서자 안면 있는 이웃들이 인사를 건네왔다. '대통령님은 잘 계시지?', '잘생긴 신랑은 어쩌고 혼자 다녀?', '더 예뻐졌네. 신랑이 잘해주나 봐' 라는 말에 서은은 미소로 답하며 익숙한 골목을 벗어났다.

"저치들은 종일 저렇게 따라 다니냐?"

천천히 걸음을 옮기던 재희가 서은의 뒤에서 따라오는 경호팀을 보며 물었다.

"응. 나도 처음엔 많이 불편했는데 이젠 괜찮아. 많이 친해지기도 했고."

"적응 못 할까 봐 많이 걱정했는데, 시간이 갈수록 편안해 보인다. 다행이야."

"그렇지? 나도 그랬어. 아마 내년에는 처음부터 청와대에 살았던 사람처럼 더 익숙한 모습으로 내려올지도 모르지."

"이제 가면 내년이나 또 볼 수 있는 거냐?"

혼잣말처럼 중얼거리는 재희를 보며 서은은 작게 미소를 지었다.

선거가 끝이 나고, 서은과 무하는 비밀리에 결혼식을 올렸다. 부산에서 교편생활을 계속하고 싶어했던 서은이었지만, 홀로 계신 아버님을 위해 청와대행을 결심했고 그 뒤로 6개월 만에 부산을 찾은 길이었다.

"그러니까, 내가 내려올 거릴 만들어봐."

"내려올 거릴 어떻게 만들어?"

"네가 하든가, 수희가 하든가 둘 중의 하나라도 빨리 결혼을 해. 그럼 후다닥 내려올 테니까. 아무리 바빠도 친구 결혼식에 못 오겠냐?"

"너 보고 싶으면 빨리 결혼을 해야 하는 거냐?"

"응. 한 며칠 쉬어가기에 딱 좋은 핑곗거리잖아."

해맑게 웃는 서은을 보며 재희는 낮은 한숨을 토했다. 이 바보는 결혼을 해도 여전히 빛이 난다. 비록 남의 여자가 되었지만, 옆에 있는 것만으로도 이렇게 행복해지는데 어떻게 다른 여자를 사랑할 수 있을까? 이렇게 옆에서 지켜볼 수만 있다면 평생 혼자 살아도 괜찮을 것 같았다. 재희는 빙그레 웃으며 고개를 흔들었다.

"우리가 올라갈게. 그게 빠르겠다."

"그것도 좋은 생각이네. 근데 정말 사귀는 여자도 없어?"

서은이 두 눈을 반짝이며 물었다.

"꼼장어 냄새 난다. 먹고 갈래?"

화제를 돌리기 위해 서은이 좋아하는 꼼장어를 재빨리 들먹였지만, 서은은 넘어오지 않았다.

"소개팅은? 선 같은 것도 안 들어와?"

"팥빙수 잘하는 집 생겼던데…….'"

"어떤 스타일의 여자가 좋아?"

아주 오래된 두 친구는 동문서답을 나누며 천천히 길을 걸었고 그런 그들의 뒤로 검은 양복을 입은 경호원들이 입가에 미소를 띤 채, 조용히 뒤따르고 있었다.

*

설거지를 막 끝낸 남편이 그릇을 싱크대 위 칸에 정리하고 있었다. 긴 팔을 뻗어다 굽힐 때마다 탄탄한 팔 근육이 자연스럽게 움직이는 광경을, 서은은 나른한 시선으로 바라보고 있었다.

"우리 서은이. 왜 그렇게 의미심장한 눈길로 쳐다보실까?"

싱크대 손잡이 부분에 있는 스댄 속에 비치는 아내의 모습에 무하는 빙그레 미소를 지어 보였다.

"뒤돌아서서도 내가 보여?"

"그럼. 당연히 보이지. 당신이 언제 어디에 있든지 내 레이더는 오로지 당신만을 향해 있거든."

"우리 신랑은 어쩜 말씀을 하셔도 이렇게 예쁘게 하실까."

설거지를 끝낸 뒤, 손을 닦으며 다가오는 남편을 향해 서은은 두 팔을 벌렸다.

"사랑하는 우리 신랑."

행복한 한숨을 토해내며 그를 꼭 껴안자, 그도 그녀의 등 뒤로 손을 돌려 마주 껴안아주었다. 두 사람은 숨을 쉴 수 없을 정도로 꼭 껴안은 가슴의 두근거림들을 한참이나 음미하며 서로의 그리움을 충족시켰다.

기분 좋은, 해질 무렵의 오후였다. 한 뼘쯤 열어놓은 창문 사이로 불어오는 바람에 커튼이 펄럭였고, 대기를 온통 살구색으로 물들이는 충만한 여유로움이 입가에 저절로 미소가 떠오르게 하는 마법 같은 시간이었다.

"학교 일은 잘 마무리됐어? 1년 연장할 수 있대?"

서은은 자신의 허벅지를 베고 누운 무하의 머리카락을 부드럽게 쓸어주며 미국 여행의 성과를 물었다.

"응. 학교 쪽에서도 사정을 아니까. 단 1년 이상은 안 된대."

"그렇구나."

무하는 우리당과의 약속을 성실히 수행했고, 결혼을 하기 전까지 열심히 선거를 도왔다. 아버지를 청와대에 입성시키는 데 아주 중요한 역할을 잘 감당해 낸 그는, 이제 중단한 공부를 마치기 위해 여러 가지 절차들을 알아보는 중이었다. 하지만 이곳 사정도 여의치가 않아 일 년 정도 더 연장해야 하는 사정이 생겼고, 그 일을 마무리하러 미국에 다녀오는 길이었다.

"사랑하는 우리 마누라는 신랑 없는 일주일 동안 어떻게 살았어?"

"나도 무지 바빴어. 장애우를 위한 직업훈련원 기공식에 참석했고, 아버님이랑 문화인 조찬모임에도 참석하고, 부산 가서 재희랑 수희도 보고."

"흐음. 재희 씨랑 수희 씨 만나서 오랜만에 즐거운 시간 보냈겠네."

"응."

"재희 씨는 여전히 잘 지내지?"

"응."

"서은이 울리면 죽여 버릴 테니까 알아서 해."

결혼식장에서 나지막이 중얼거리던 그를 기억하며 무하는 쓴 미소를 지었다. 썩 유쾌하진 않았지만 그를 생각하면 마음이 아프기도 했다. 한 여자를 뼛속까지 사랑하는 그의 마음을 누구보다 잘 알고 있는 사람이 바로 무하 자신이기도 했으니까. 결혼식장에서 약속했던 것처럼 그의 몫까지 평생 서은을 사랑하고 그녀와 함께할 생각이었다.

"무슨 생각을 그렇게 골똘히 해?"

아내의 물음에 무하는 손을 뻗어 서은의 머리를 붙잡았다. 그리고 나름 심각하게 그녀를 올려다보았다.

"당신 생각."

"뭐? 싱겁긴……."

그녀가 작게 웃는다. 그녀는 알고 있을까? 서툴게 미소 지을 때마다 무하의 심장이 터질 듯이 뛰는 것을.

무하는 사랑하는 아내에게로 입술을 가져갔다. 부드럽고 뜨거운 입술이 부딪치는 순간 모든 생각이 일시에 사라져 버린다.

"송서은. 사랑한다."

아내를 안고 침대로 향하며 그는 끊임없는 입맞춤과 함께 가슴속 깊은 곳에서 우러나는 고백을 했다.

✳

"자. 자 이쪽을 봐주세요. 어머님! 우아하게 웃어주시고요, 산모님은 고개를 조금만 뒤로 빼주세요. 네. 네. 좋습니다. 그 옆에 남편 되시는 분, 산모님 힘들지 않게 살짝 부축해 주시고요."

작가는 앵글 속에 모여 있는 얼굴들을 하나하나 살피며 연신 카메라 셔터를 눌러댔다. 플래시가 터질 때마다 조금씩 변해가는 작가의 표정이 무척이나 흥미로워 보인다.

"좋습니다. 이번에는 살짝 자리를 바꿔볼게요. 아름다우신 며느님. 대통령님 옆에 서주세요. 영화배우 하시는 동생분, 형부 옆으로 와주시고요. 좋습니다. 와! 완전 얼짱 집안인데요. 우리 국민 얼굴 보고 투표한 거 아닐까요?"

사진사의 능청에 가족들 모두 웃음을 터트렸다. 평소 웃음이 없기로 유명한 장모님마저 입가에 자연스러운 미소를 띤다. 모두가 행복해 보이는 오후였다. 창가에서 들어오는 햇살을 보며 무하는 자신의 옆에 서 있는 아내의 손을 꼭 잡았다.

"피곤하지 않아? 조금 쉬었다 하자 그럴까?"

"아니. 어른들도 계시는데 얼른 끝내야지."

카메라앵글을 똑바로 바라보며 복화술을 하듯 입술을 달싹이는 아내의 모습에 무하의 입가가 저도 모르게 벌어졌다.

"신랑님. 너무 좋아하시는 거 아닙니까? 너무 웃고 계십니다."

"좋은 걸 어쩝니까?"

무하의 대답에 여기저기에서 야유가 터져 나왔고, 서은은 빙그레 웃음을 지었다.

"형부! 꼭 이렇게까지 해야 해요? 결혼 일주년이면 둘이서 오붓하게 지내면 되지, 바쁜 양가 식구까지 다 불러서."

잠시 긴장이 흐트러지고 카메라에 제일 익숙한 경은이 애교스럽게 투정을 부렸다. 신인 시절, 처음 찍던 영화가 엎어지고 실의에 빠져 있던 경은에게 영화감독 친구를 소개해 준 사람은 무하였다. 비록 스타 하나 없는 저예산영화이긴 했지만, 탄탄한 스토리와 능력 있는 감독의 작품이니 그녀의 연기경력에 마이너스가 되진 않을 거라며 밀어준 사람도 무하였다. 그 뒤로 경은은 시나리오가 들어올 때마다 무하를 찾았고 덕분에 자연스레 서은과도 왕래를 할 수가 있었다.

별다른 내색은 하지 않지만, 아내 역시 조금씩 마음을 열어가는 것같이 보였고 무하의 입장에서는 아내의 오래 묵은 상처가 조금씩 나아지고 있다는 것이 무척이나 다행스러운 일이었다.

"시끄러. 입 다물고 있어. 대통령님이 제의하신 거잖아."

동생의 수다가 마음에 걸렸던지 배가 부른 처형이 우아하게 잔소리를 한다. 여전히 거리감이 느껴지는 처형이긴 했지만, 잔뜩 부른 배를 안고 그들의 집을 방문한 지난주의 감동은 아직도 잊히지가 않는다. 몸살감기로 고생하는 서은을 위해 간장게장이 든 분홍 보자기를 들고 오며 헉헉대던 처형과 그런 언니를

보며 몰래 눈물을 훔치던 아내 때문에 그 역시 마음이 뭉클해지
는 것을 느꼈으니까.

그가 생각하는 '가족'은 이런 것이었다. 말하지 않아도 서로
이해하고 알아가는 것. 때로는 싸우고 미워하다 상처를 주기도
하지만 그 근본 깊숙한 곳에는 따뜻한 사랑이 깔려 있는 것. 그
런 감정이야말로 진정한 가족애임을 그는 알고 있었다. 그렇게
조금씩 완성되어 가는 가족들을 보며 무하는 마음속의 봄이 찬
란하게 피어날 것임을 느낄 수 있었다.

"자! 자! 어서 마치고 밥 먹으러 갑시다."

형님의 말에 모두 다시 카메라로 시선을 고정했고, 그렇게 양
가는 결혼 일주년 기념사진을 예쁘게 찍어나갔다.

The End

수정을 앞두고 자갈치를 찾았습니다.

낡은 야구모자를 푹 눌러쓰고, 오래되었지만 편안한 가죽수첩과 작은 디지털카메라를 들고 골목 여기저기를 누비고 다녔습니다.

재희외 가게 앞에서 그들이 나누었을 싱거운 대화에 미소 지었고, 떨리는 마음으로 서은을 바라보았을 무하를 떠올리기도 했습니다. 사랑하는 그네들이 수없이 오고 다녔을 추억의 거리를 수백 장의 사진 속에 담으며 그들과 함께 아파하고 기뻐하며 울고 웃었습니다.

사랑하는 그들과의 치열했던 마지막 시간을 정리하며 시원섭섭한 마음으로 이 글을 씁니다.

무하와 서은, 잡은 두 손 놓지 않고 부디 잘 사시길…….

그리고 재희, 그대의 깊은 사랑에 감사를 드리며…….

이제는 정말, 후련하게 깊은숨을 내쉬며 파란 하늘을 볼 수 있을 것 같습니다.

머리 숙여 감사드립니다.
글을 쓰는 내내 힘과 용기를 주셨던 CCR 가족 여러분.
함께 아파하고, 기뻐해 주었던 사랑하는 동생 유경 양과 진휘 양.
부족한 작가의 매니저를 자처하며 격려와 채찍을 동시에 날려주신 진희 양.
같은 마음으로 고민하고 함께해 주신 청어람 출판사 관계자님.

기도로 힘을 주시는 고마운 가족들과 항상 곁을 지켜주는 친구 같은 남편에게,
'사랑합니다' 고백해 봅니다.

마지막으로,
항상 함께하시는 내 아버지께 모든 감사와 존귀를 올려 드립니다.